"나에게 앤은 실제 인물이며, 언젠가는 꼭 만날 것이라 믿는다.
해 질 무렵 연인의 오솔길에서 상상에 잠길 때, 달빛 내리는 자작나무 길을 거닐 때
내 곁에 서 있는 앤을 발견할 것이다."

Lucy Maud
Montgomery

바람 부는 포플러나무집의 앤

빨간 머리 앤 전집 4

ANNE OF
WINDY POPLARS

바람 부는 포플러나무집의 앤

루시 모드 몽고메리 | 유보라 그림 | 오수원 옮김

현대
지성

곳곳에 있는
앤의 친구들에게

주요 등장인물

앤 셜리

서머사이드 고등학교 교장으로 부임하면서 바람 부는 포플러나무집에 하숙을 얻는다. 길버트가 의학 공부를 하는 동안 떨어져 지내며 많은 편지를 주고받는다. 지역의 터줏대감인 프링글 가문과 힘겨루기를 하고, 이웃집 소녀가 아버지를 만날 수 있도록 돕고, 자기를 미워했던 교사와 둘도 없는 친구가 되는 등 온갖 일에 휘말린다.

리베카 듀

바람 부는 포플러나무집에서 살림을 도맡아 하는 여인이다. 요리 솜씨가 뛰어나고 집안일도 깔끔하게 잘한다. 사람들은 그녀가 이 집을 좌지우지한다고 생각하지만, 실제로는 함께 사는 두 부인의 의도대로 움직인다.

엘리자베스 그레이슨
(리틀 엘리자베스)

앤의 이웃에 사는 소녀다. 엄격한 할머니와 함께 살지만 낭만적인 성격이며 상상력이 풍부해서 기분에 따라 자기 이름을 바꾼다.

단풍나무집에 사는 프링글 가문의 노부인들이다. 세라
는 가문을 좌지우지하며, 엘런은 자신만의 파운드케이
크 조리법으로 유명하다. 앤과 대립했지만 우연한 계기
로 앤에게 항복한다.

세라 프링글과
엘런 프링글

케이트 매컴버와
샬럿(채티) 매클린

바람 부는 포플러나무집의 주인이며 둘 다 남편과 사별
했다. '케이트 이모'와 '채티 이모'로 불린다. 리베카 듀
에게 쥐여사는 것처럼 보이지만 실은 일부러 그런 척하
면서 자기들의 목적을 달성한다.

폴린 깁슨

상냥하고 인내심 많은 여인으로 나이 많은 어머니를 돌
보며 살아간다. 어머니의 허락 없이는 아무것도 마음
대로 하지 못하며 늘 주눅 들어 있다. 앤의 도움을 받아
사촌의 은혼식에 참석한다.

루이스 앨런

고등학교 졸업반 남학생으로 어렸을 때 부모를 여의고
하숙집에서 집안일을 하며 돈을 번다. 앤을 도와 연극
부 설립 기금을 모으러 다니면서 사진을 찍는다.

소피 싱클레어

재능이 뛰어나고 열정이 있지만 가난해서 연극부에 들
지 못하는 여학생이다. 앤의 도움으로 학교 연극 공연
에서 주인공 역을 맡는다.

젠 프링글

앤의 수업을 듣는 여학생이다. 똑똑하지만 앤을 무척
싫어해서 온갖 말썽을 일으킨다.

차례

첫 해 --- 1장 · *13*

--- 2장 · *38*

--- 3장 · *68*

--- 4장 · *76*

--- 5장 · *81*

--- 6장 · *99*

--- 7장 · *102*

--- 8장 · *113*

--- 9장 · *119*

--- 10장 · *128*

--- 11장 · *141*

--- 12장 · *149*

--- 13장 · *163*

--- 14장 · *185*

--- 15장 · *191*

--- 16장 · *205*

--- 17장 · *219*

둘째 해 --- 1장 · *225*

--- 2장 · *231*

--- 3장 · *243*

--- 4장 · *254*

--- 5장 · *265*

--- 6장 · *279*

--- 7장 · *290*

--- 8장 · *299*

--- 9장 · *311*

--- 10장 · *314*

--- 11장 · *330*

--- 12장 · *338*

--- 13장 · *341*

셋째 해 --- 1장 • *353*

--- 2장 • *357*

--- 3장 • *366*

--- 4장 • *373*

--- 5장 • *382*

--- 6장 • *388*

--- 7장 • *393*

--- 8장 • *401*

--- 9장 • *411*

--- 10장 • *420*

--- 11장 • *428*

--- 12장 • *437*

--- 13장 • *451*

--- 14장 • *455*

작품 속 문학 여행 • *467*

사진 출처 • *478*

일러두기

1. 각주는 독자의 이해를 돕기 위해 역자가 단 것이다.
2. 어린아이의 말투나 글처럼 저자가 일부러 문법에 맞지 않는 단어 혹은 문장을 쓴 부분은 우리 문화에 걸맞은 표현으로 변형해서 옮겼다.
3. 성경에 있는 표현을 옮길 때는 우리말 역본 중 개역개정판을 기준으로 삼았고, 다른 역본을 사용할 경우 출처를 밝혔다.

첫해

1장

문학사(B.A.)이자 서머사이드 고등학교 교장 앤 셜리가 킹즈포트 레드먼드 대학 의대생 길버트 블라이드에게 보낸 편지.

프린스에드워드섬, 서머사이드, 유령의 길, 바람 부는 포플러나무집

9월 12일 월요일

사랑하는 이에게

참 멋진 이름이야! 이렇게 근사한 주소가 세상에 또 있을까? '바람 부는 포플러나무집'은 내가 머무를 새 집 이름인데, 마음에 쏙 들어. '유령의 길'이라는 이름도 참 좋아. 행정구역상으론 트렌트가인데, 아무도 그렇게 부르지

않아. 『주간신보』에 실릴 때를 빼곤 늘 유령의 길로 통해. 누군가 원래 이름으로 부르면 오히려 사람들은 마주 보며 "도대체 그게 어디야?"라고 묻곤 해. 왜 유령의 길이 되었는지는 모르겠어. 리베카 듀한테 진즉 물어봤지만 전부터 유령의 길이었대. 오래전에 유령이 나왔다는 이야기도 있다나 봐. 하지만 리베카 듀는 지금껏 이곳에서 자기 얼굴보다 흉한 건 한 번도 못 봤다는 거야.

내가 너무 두서없이 이야기했네. 갑자기 리베카 듀라는 이름이 등장해서 조금 당황했지? 머지않아 속속들이 알게 될 거야. 앞으로 보낼 편지에서 자주 등장할 사람이라는 것만 미리 말해둘게.

지금은 황혼 녘이야. 말이 나온 김에 하는 이야긴데 '황혼'이라는 단어는 참 사랑스럽지 않니? '땅거미'보다 훨씬 마음에 들어. 황혼 녘이라니, 왠지 벨벳처럼 부드럽고 음영이 풍부하잖아! 그야말로 '어둑한' 느낌이야. 나는 낮 동안 이 세상에 속해 있고, 밤에는 잠과 영원의 손아귀로 들어가곤 해. 하지만 황혼 녘에는 양쪽 모두에게서 자유로워져. 오직 내게만 속하는 셈이지. 그리고… 네게도 속해 있어. 난 네게 편지를 쓰면서 이 시간을 성스럽게 만들 생각이야. 하지만 이건 연애편지가 아니야. 지금 난 거친 펜으로 쓰고 있거든. 그런 것으로는 연애편지를 쓸 수 없잖아. 너무 날카롭거나 뭉툭한 펜도 마찬가지고. 그러니까 내가 '그런' 편지를 보내는 건 제대로 된 펜을 구한 뒤로 미룰 거야. 부드러운 펜을 손에 넣을 때까지는 새로 얻은 집이랑 거기 사는 사람들 이야기를 해줄게. 길버트, 여긴 집도, 사람들도 참 좋아.

난 어제 도착해서 하숙집을 구하러 다녔어. 레이철 린드 아주머니도 같이 오셨지. 아주머니는 뭘 살 게 있다고 하셨지만 그건 핑계일 뿐 사실은 내 하숙집을 골라주러 오셨다는 걸 금세 알았어. 내가 아무리 문학사 과정을 마치고 학위를 받았다 해도 린드 아주머니 눈에는 여전히 세상 물정에 어두운 어린아이라, 이끌어주고 가르쳐주고 돌봐줘야 한다고 생각하셔서.

우리는 기차를 타고 왔어. 아, 길버트. 정말 우스운 일이 있었어. 굳이 찾아나서지 않더라도 난 항상 소동을 몰고 다니잖아. 이를테면 내가 그런 일들을 끌어당기기라도 하는 듯 말야.

기차가 막 역에 도착할 때였어. 린드 아주머니의 옷가방(아주머니는 서머사이드에 있는 친구 집에서 일요일을 보낼 예정이었어)을 꺼내려고 일어나 몸을 굽히면서 좌석 팔걸이에 손을 짚었어. 체중을 잔뜩 실었지. 팔걸이가 반들반들 윤이 나더라고. 바로 그 순간 "철썩!" 하고 소리가 나도록 손을 세게 얻어맞았어. 하마터면 비명을 지를 뻔했지. 내가 팔걸이라고 생각했던 게 글쎄 어떤 남자의 대머리였던 거야. 그 사람이 어쩌나 무섭게 노려보던지…. 마치 자다가 봉변을 당했다는 듯한 얼굴이었어. 나는 쩔쩔매면서 거듭 사과하고는 서둘러 기차에서 내렸어. 슬쩍 올려다봤는데, 그 사람이 여전히 나를 노려보고 있는 거야. 린드 아주머니도 깜짝 놀라셨어. 어찌나 세게 얻어맞았던지 손이 아직도 얼얼한 것 같아!

하숙집을 구하는 일이 그렇게 어려울 거라고는 생각지도 못했어. 원래는 톰 프링글이라는 부인이 15년 동안이나 이곳 고등학교 교장선생님들의 하숙을 도맡아주셨거든. 그런데 무슨 이유에서인지 더는 '귀찮은 일'을 하기 싫어졌다며 나를 받아주지 않겠다는 거야. 거기 말고도 괜찮은 하숙집이 몇 군데 있었지만 다들 정중하게 거절했어. 몇 곳을 더 둘러보았지만 이번에는 내 마음에 드는 집이 없었어. 그렇게 오후 내내 그 동네를 돌아다니다 보니 덥고 피곤하고 우울한 마음까지 더해져 머리가 지끈지끈 아프더라. 진절머리가 나서 그만 포기하려는데 바로 그 순간 유령의 길이 나타난 거야!

우린 린드 아주머니의 오랜 친구인 브래독 부인을 만나러 갔어. 그런데 브래독 부인이 솔깃한 이야기를 하는 거야. '그 과부들'이라면 내게 방을 내줄 것 같대.

"리베카 듀에게 월급을 줘야 해서 하숙인을 한 명 두고 싶다는 말을 들었어요. 여분의 수입이 없으면 더는 그녀를 데리고 있을 수 없으니까요. 리베카가 가버리면 누가 그 늙어빠진 붉은 암소의 젖을 짜겠어요?"

브래독 부인은 붉은 암소의 젖을 내가 짜야 한다는 듯 근엄한 시선으로 나를 바라보더라. 젖 짜는 일 정도는 나도 할 수 있다고 장담했어도 믿어주지 않을 것 같았지.

먼저 린드 아주머니가 물으셨어.

"과부들이라면, 누굴 말하는 거죠?"

"그야 케이트 이모하고 채티 이모죠."

브래독 부인은 누구나, 그러니까 물정 모르는 학사라도 그 정도쯤은 알아야 한다는 듯한 말투였어.

"케이트 이모는 애머사 매컴버의 부인이에요. 남편은 선장이었죠. 채티 이모는 링컨 매클린의 부인이고요. 평범한 과부죠. 하지만 모두들 두 사람을 '이모'라고 불러요. 그들은 유령의 길 끝에 살고 있어요."

유령의 길이라고? 그거면 됐어. 그때 나는 반드시 그 과부들의 집에서 하숙을 해야겠다고 마음먹었지. 마음이 급해진 나는 린드 아주머니를 졸랐어. 머뭇거리다가는 유령의 길이 요정 나라로 사라져버릴 것만 같았거든.

"얼른 그분들을 만나러 가요."

"그 사람들을 만나는 거야 문제없어요. 하지만 선생님을 받아들일지 말지 결정할 사람은 리베카 듀일 거예요. 그 여자가 '바람 부는 포플러나무집'의 대소사를 좌지우지하거든요. 틀림없다니까요!"

바람 부는 포플러나무집이라니! 세상에, 그런 이름을 가진 집이 있을 리 없잖아. 나는 꿈인지 생시인지 헷갈렸어. 린드 아주머니도 집에 붙이기에는 참 우스꽝스러운 이름이라고 하셨어.

"아, 그건 매컴버 선장님이 지은 이름이에요. 원래는 그 사람 집이었거든요. 집 주위에 포플러나무를 있는 대로 심고는 굉장히 자랑스러워했죠. 선장님은 좀처럼 집에 없었고 어쩌다 집에 들어와도 오래 머물지 않았지만요. 케이트 이모는 그게 참 번거롭다고 자주 얘기하곤 했는데, 선장님이 잠깐 머물러서 그렇다는 건지 아니면 집에 돌아와서 그렇다는 건지 말뜻을 정확히 알 수는 없었어요. 아무튼 셜리 선생님이 거기서 하숙할 수 있으면 좋겠네요.

리베카 듀는 요리를 잘해요. 특히 차가운 감자 요리는 일품이죠. 리베카가 선생님을 받아들이기로 결정하기만 한다면야 거기서 아주 편안하게 지낼 수 있을 거예요. 하지만 그러지 않으면… 뭐, 그런 일은 없을 테지만, 그걸로 끝이겠죠. 마을에 은행원이 새로 와서 하숙집을 구하고 있다던데, 리베카는 그를 더 마음에 들어 할 거예요.

좀 우스운 이야기인데 톰 프링글 부인도 선생님에게 방을 내주지 않을 거예요. 서머사이드에는 프링글 집안사람이 수두룩하거든요. 여기서는 그들을 '왕족'이라고 부르죠. 그러니까 셜리 선생님도 그들 편에 서야 해요. 그러지 않으면 서머사이드 고등학교에서 마음 편히 지내기는 어려울 거예요. 그들이 이 근방을 쥐고 흔드니까요. 에이브러햄 프링글 선장의 이름을 딴 거리가 있을 정도죠. 그 가문에는 평범한 사람들도 있지만 '단풍나무집'에 사는 노부인 두 명 앞에선 특히 조심해야 해요. 가문의 대장 노릇을 하거든요. 듣자 하니 그분들이 선생님을 싫어한대요."

나는 깜짝 놀라 소리쳤어.

"아니, 왜요? 그분들은 저를 본 적도 없는걸요!"

"그 부인들의 팔촌쯤 되는 사람이 교장 자리에 지원했고 모두들 그가 될 거라 믿었어요. 그런데 선생님의 지원서가 통과되니까 난리가 난 거죠. 뭐, 사람들이 다 그렇잖아요. 현실을 받아들일 수밖에요. 아마 그들은 셜리 선생님 앞에서 크림처럼 부드럽게 말하고 싹싹하게 굴 테지만 선생님이 하는 일에는 사사건건 반대할 거예요. 아, 선생님의 의욕을 꺾으려는 건 절대 아니에요. 미리 알고 대비하라는 거죠. 선생님이 일을 잘해서 그들의 콧대를 꺾어주면 좋겠어요. 만약 과부들이 선생님을 받아준다면 리베카 듀하고 같이 앉아 식사를 하게 되더라도 너무 개의치 마세요. 리베카는 하녀가 아니거든요. 선장님의 먼 친척이에요. 사리를 분별할 줄 아는 사람이라 손님이 있을 때는 식탁에 앉지 않아요. 만약 거기서 지내게 된다면 리베카는 선생님을 손님으로 생각하진 않을 거예요. 그래야 마땅하겠죠."

나는 리베카 듀와 같이 식사를 하는 건 괜찮다고 브래독 부인을 안심시킨 뒤 린드 아주머니를 잡아끌고 그 집으로 갔어. 은행원보다 먼저 가야 한다는 생각에 마음이 얼마나 급했나 몰라.

브래독 부인은 문 앞까지 우리를 배웅했어.

"채티 이모의 기분을 상하게 해서는 안 돼요. 알겠죠? 무척 예민해서 상처를 쉽게 받거든요. 불쌍한 사람이죠. 그녀는 케이트 이모와 달리 돈이 별로 없어요. 케이트 이모도 그렇게 큰 부자는 아니지만요. 그리고 케이트 이모는 남편을 정말 좋아했어요. 자기 남편 말이에요. 하지만 채티 이모는 달랐어요. 자기 남편을 싫어했다는 뜻이에요. 놀랄 일도 아니죠! 링컨 매클린은 이상한 노인네였거든요. 그런데 채티 이모는 사람들이 남편 때문에 자기를 좋아하지 않는다고 생각해요. 어쨌든 오늘이 토요일이라 다행이에요. 금요일이었다면 채티 이모는 하숙 같은 건 생각도 안 했을 테니까요. 선생님은 케이트 이모가 미신을 믿을 거로 생각하겠죠? 뱃사람들은 대체로 그러니까요. 하지만 오히려 채티 이모가 미신에 빠져 있어요. 남편이 목수였는데도 말이에요. 그 사람도 젊을 땐 아주 예뻤죠. 참 가엾어요."

나는 채티 이모의 기분을 잘 살피겠다고 브래독 부인에게 약속했지만 그래도 부인은 우리를 계속 따라왔어.

"선생님이 집에 없을 때 물건을 뒤지는 일 따위는 아무도 하지 않을 거예요. 아주 양심적인 사람들이거든요. 리베카 듀는 그럴 수도 있겠지만, 고자질 같은 건 하지 않아요. 그리고 내가 선생님이라면 현관문으로는 다니지 않을 거예요. 거기는 정말 중요할 때만 쓰거든요. 애머사의 장례식 이후로는 한 번도 열어본 적이 없을 거예요. 그러니 뒷문으로 다니세요. 열쇠는 창틀 화분 아래에 있어요. 집에 아무도 없으면 열쇠로 문을 열고 들어가서 기다리면 돼요. 참! 중요한 얘길 빼먹을 뻔했네요. 무슨 일이 있어도 그 집 고양이를 칭찬하면 안 돼요. 리베카 듀는 그 고양이를 무척 싫어하니까요. 명심하세요."

고양이를 절대로 칭찬하지 않겠다고 약속한 뒤에야 겨우 부인과 헤어질 수 있었지.

우리는 금세 유령의 길에 도착했어. 그곳은 아주 짧은

골목인데, 끝 쪽으로 시골 풍경이 이어졌고 저 멀리 푸른 언덕이 아름다운 배경을 이루고 있었어. 골목 한쪽에는 집이 하나도 없었고 항구 쪽으로 경사가 져 있었지. 골목 다른 쪽에도 집이 세 채밖에 없었어. 첫 번째 집은 지극히 평범해서 더 말해줄 게 없네. 그다음 집은 크고 인상적이면서 음침한 분위기의 붉은 벽돌 건물이었어. 이중으로 경사진 망사르드지붕에 창이 여기저기 사마귀처럼 나 있고, 지붕 꼭대기에는 철제 난간을 둘러놓았지. 주위에 가문비나무와 전나무가 우거져 집이 거의 보이지 않을 정도였어. 틀림없이 집 안은 으스스할 정도로 어두울 거야. 그리고 세 번째이자 마지막 집이 바람 부는 포플러나무집이야. 길모퉁이에 있는데, 앞쪽에는 잔디가 깔려 있고 뒤쪽은 나무 그늘이 아름다운 시골길이었어.

나는 그 집을 보는 순간 사랑에 빠졌어. 왜 그런지 말로는 정확히 설명할 수 없지만 첫눈에 마음을 사로잡는 집이 있잖아. 바람 부는 포플러나무집이 바로 그런 곳이야. 집 구조를 설명해줄게. 새하얀 목조 건물(아주 하얀색이야)로 초록색 덧문(아주 초록색이야)이 달려 있어. 모퉁이에는 옥탑방이 있고 양쪽으로 지붕창이 나 있지. 낮은 돌담이 집과 거리 사이에 있는데, 돌담을 따라 포플러나무가 띄엄띄엄 서 있어. 뒤쪽은 넓은 정원이 있는데 꽃과 풀이 즐거운 듯 함께 어우러져 있어. 하지만 이런 설명으로는 이 집의 매력을 고스란히 전할 수 없네. 한마디로 말해서 이 집은 유쾌한 개성이 있고 어딘가 모르게 초록지붕집의 향기가 감돌고 있었어.

"제가 살 집이 바로 여기예요. 이건 운명이라고요."

나는 황홀해하며 말했지만 린드 아주머니는 운명 같은 건 믿지 않는다는 표정이었어.

"학교까지 가려면 꽤 오래 걸어야겠다."

아주머니는 마음에 들지 않으셨던 거야.

"상관없어요. 운동도 되고 좋죠. 어머, 길 건너 사랑스러운 자작나무와 단풍나무 숲을 좀 보세요."

린드 아주머니는 내가 가리키는 쪽으로 눈을 돌리긴 했지만 이렇게 말씀하실 뿐이었어.

"모기한테 시달리지나 않았으면 좋겠구나."

그건 나도 마찬가지야. 모기는 정말 싫어. 양심에 찔려 괴로워할 때보다 모기 한 마리가 성가시게 굴 때가 더 밤잠을 설치기 마련이잖아.

현관문으로 들어가지 말아야 한다는 게 도리어 다행이었어. 드나들기가 정말 어려워 보였거든. 양쪽으로 여닫는 문은 무척 육중한 데다가 나뭇결 무늬가 도드라져 보였고, 심지어 문에는 빨간 꽃무늬 유리창이 있었어. 그 집과 전혀 어울리지 않아 보였지. 얇고 평평한 사암이 풀 위에 드문드문 깔린 멋진 오솔길을 따라가면 나오는 초록색 작은 옆문이 훨씬 친근하고 매력적이야. 그 오솔길 양쪽으로는 깔끔하게 손질된 화단이 있어. 은선초, 금낭화, 참나리, 수염패랭이꽃, 개사철쑥, '신부의 부케'라고 불리는 꽃, 빨갛고 하얀 데이지꽃 그리고 린드 아주머니가 '작약'이라고 부르는 꽃이 있었지. 물론 모든 꽃이 활짝 핀 건 아니지만 계절에 따라 꽃이 피고 지는 모습을 그려볼 수 있을 거야. 멀리 떨어진 구석에는 장미 화단이 있었어. 바람 부는 포플러나무집과 음침한 옆집 사이에는 담쟁이덩굴로 덮인 벽돌담이 있어. 가운데는 빛바랜 초록색 문이고 그 위에는 격자무늬 아치 모양 구조물이 있지. 덩굴에 덮여 있는 걸 보면 그 문은 한동안 열리지 않았던 게 분명해. 사실 그건 반쪽짜리 문인데 윗부분이 길쭉하게 뚫려 있어서 그곳으로 건너편 우거진 정원을 살짝 볼 수 있어.

바람 부는 포플러나무집 정원 대문을 지나 안으로 들어서자마자 길가의 클로버 한 무더기가 눈에 띄었어. 나도 모르게 몸을 굽혀 살펴봤지. 그랬더니 세상에, 바로 눈앞에 네잎클로버가 세 개나 있었어. 이건 정말 좋은 징조잖아! 프링글 가문이라도 이 말에 딴지를 걸진 못할 거야. 그리고 은행원이 오더라도 그는 결코 기회를 얻지 못할 거라는 확신이 들었어.

뒷문은 열려 있었어. 누군가 집에 있다는 뜻이었지. 그래서 우리는 화분 밑을 살펴볼 필요가 없었어. 문을 두드리자 리베카 듀가 나왔어. 한눈에 알아봤지. 다른 사람일 리가 없었거든. 더구나 그녀가 리베카 듀 말고 다른 이름을 가졌다고는 생각할 수조차 없었으니까.

리베카 듀는 마흔 살쯤으로 보여. 만약 토마토에 검은 머리가 나 있고 살짝 반짝거리는 검은 눈, 끝이 뭉툭한 자그마한 코, 가늘고 긴 입이 있다면 바로 이런 모습일 거야.

팔다리며 목과 코까지 모든 게 조그맣다고 해야 할까? 하지만 미소만큼은 달랐지. 귀에서 귀까지 닿을 정도로 큼지막했어.

하지만 그땐 그녀의 미소를 보지 못했어. 매컴버 부인을 만날 수 있겠냐고 묻자 리베카 듀는 몹시 딱딱한 표정을 지어 보였거든.

"매컴버 선장 사모님을 말씀하시는 건가요?"

리베카 듀는 꾸짖듯 말했어. 이 집에 매컴버 부인이 열둘이나 있다는 듯한 말투였지. 그래서 나는 얌전한 목소리로 "네"라고 대답했어.

리베카 듀는 우리를 곧장 응접실로 안내했어. 기다리는 동안 둘러봤는데 아담하면서 꽤 괜찮은 방이었어. 의자 등받이에 천이 좀 어수선하게 놓여 있었지만 조용하고 친근한 분위기가 마음에 들었지. 가구들은 여러 해 동안 저마다의 자리를 지켜온 듯했어. 얼마나 반짝거리던지, 어떤 광택제로도 그렇게 거울처럼 윤을 낼 순 없을 거야. 리베카 듀가 얼마나 애를 썼는지 알 수 있었어. 벽난로 선반에는 돛단배가 든 병이 놓여 있었는데 린드 아주머니는 그것에 관심이 많으셨어. 병 안에 어떻게 배를 넣었는지는 짐작도 안 간대. 그러면서도 장식품 때문에 그 방에서 '항해 분위기'가 난다고 하셨어.

잠시 후 과부들이 들어왔어. 나는 두 분이 금세 좋아졌지. 케이트 이모는 키가 크고 말랐어. 머리가 희끗하고 표정은 조금 엄격해 보였어. 대체로 마릴라 아주머니를 닮았지. 채티 이모는 키가 작고 말랐는데 머리는 희끗희끗하면서 약간 슬퍼 보였지. 젊었을 땐 아주 예뻤을 거야. 그래도 눈은 여전히 아름다워! 서글서글한 눈매에 커다란 갈색 눈이거든.

내가 용건을 말하자 과부들은 서로 얼굴을 바라보았어. 그러다가 채티 이모가 입을 열었어.

"리베카 듀와 의논해야 해요."

"그야 물론이죠!"

케이트 이모도 맞장구쳤지. 잠시 후 리베카 듀가 부엌에서 불려 왔어. 덩치가 크고 털이 복슬복슬한 몰타 고양이도 따라왔어. 가슴과 목둘레가 하얀색이었어. 얼른 쓰다듬고 싶었지만 브래독 부인의 당부가 생각나 못 본 척했어.

리베카 듀는 웃음기가 전혀 없는 얼굴로 날 바라봤지. 이어서 케이트 이모가 입을 열었는데, 난 그녀가 과묵한 사람이라는 걸 알 수 있었어.

"리베카, 셜리 선생님이 여기서 하숙하고 싶다네요. 아무래도 어려울 것 같지만."

"왜죠?"

리베카 듀가 묻자 채티 이모가 곧바로 대답했지.

"리베카가 너무 힘들어질까 봐 걱정되니까요."

"저는 힘든 일이 익숙한걸요."

리베카 듀는 망설임없이 대답했어. 나는 '리베카'와 '듀'를 따로 떼어 부를 수 없는데 과부 아주머니들은 그럴 수 있나 봐. 말을 걸 때 리베카라고 부르거든. 나로서는 도저히 이해가 안 가.

"젊은 사람들이 들락날락하도록 내버려두기에는 우리가 나이를 좀 먹었잖아요."

채티 이모는 물러서질 않았어. 하지만 리베카 듀도 계속 고집을 부렸지.

"두 분이야 그렇겠죠. 하지만 저는 겨우 마흔다섯밖에 안 됐고 몸도 멀쩡해요. 이 집에는 젊은 사람이 머무는 게 좋을 것 같아요. 그렇다면 젊은 여자가 젊은 남자보다 훨씬 낫죠. 남자는 밤낮으로 담배를 피울 거예요. 우리를 침대에서 타 죽게 만들지도 모른다고요. 하숙인을 둬야 한다면 이분을 받아야 한다는 게 제 의견이에요. 물론 여긴 두 분 집이긴 하지만요."

리베카 듀는 마치 호메로스처럼 말한 뒤 자리를 떴어. 나는 문제가 해결되었다고 생각했는데, 채티 이모가 내게 방이 마음에 드는지 살펴보라고 말했어.

"옥탑방을 빌려드릴게요. 손님방만큼 넓은 건 아니지만 겨울에 난로를 둘 수 있도록 연통 구멍이 뚫려 있고 전망이 좋아요. 오래된 묘지가 보이거든요."

나는 보지 않고도 그 방이 마음에 들 줄 알았어. 옥탑방이라는 이름만으로도 가슴이 떨렸으니까. 우리가 에이번리 학교에서 자주 불렀던 노래 속으로 들어가는 것 같았지. '잿빛 바닷가 높은 탑에서 사는' 소녀에 관한 노래 말이야. 직접 보니까 너무나도 멋진 방이었어. 거기 가려면 계단의 층계참 구석에서 다시 작은 계단을 몇 발짝 더 올라가야 해. 좀 작았지만 레드먼드 1학년 때 머물렀던 곳의 복도 침실만큼은 아니었어. 창문이 두 개인데 서쪽이 보이는 지붕창과 북쪽이 보이는 박공창*이 있었어. 구석에는 건물 구조를 감안해서 만든 3면 창이 하나 더 있는데 창문은 밖으로 열리고 아래쪽에 책을 둘 만한 선반이 있었어. 바닥에는 둥근 깔개가 깔려 있고 지붕 달린 큰 침대에는 기러기 무늬 조각보가 덮여 있었는데 주름 하나 없이 빳빳해서 누울 엄두를 못 낼 정도야.

그리고 길버트, 침대가 너무 높아서 우스꽝스러운 접이식 계단을 딛고 올라가야 해. 낮에는 침대 밑에 넣어두는데, 이처럼 기묘한 물건들은 매컴버 선장님이 머나먼 미지의 땅에서 집으로 가져온 것들 같아.

구석에 있는 찬장 문에는 꽃다발이 그려져 있고, 선반은 물결 모양의 흰 종이로 장식했어. 창가에는 파란색 둥근 쿠션을 놓아두었는데 쿠션 중앙에 단추를 깊숙이 달아놓아서 마치 파랗고 통통한 도넛처럼 보여. 선반이 두 개 달린 멋진 세면대도 있어. 위쪽 선반에는 대야와 청록색 물병을 놓을 만한 공간이 있고, 아래쪽 선반에는 비누 접시와 뜨거운 물을 담은 주전자를 둘 수 있지. 놋쇠 손잡이가 달린 작은 서랍이 붙어 있는데 거기에는 수건을 가득 채워놓았어. 세면대 위에는 도자기로 만든 하얀색 귀부인 인형이 있어. 분홍 구두를 신고 금으로 도금한 띠를 두른 데다 금발에 빨간

•   박공지붕처럼 지붕이 경사진 건축물의 다락방에 설치된 창

장미를 꽂았지.

옥수수 빛깔 커튼으로 들어온 빛이 방 전체를 황금처럼
빛냈고, 하얗게 칠한 벽에는 바깥에 줄지어 자라는 포플러
나무 그늘이 진기한 무늬를 수놓았어. 살아 있는 무늬라고
해야 할까? 항상 흔들리면서 모양을 바꾸니까. 왠지 모르
게 행복한 방처럼 보여. 내가 세상에서 가장 부유한 여자가
된 기분까지 드는 거야.

돌아오는 길에 린드 아주머니가 말씀하셨어.

"거기라면 안전할 거다. 암, 그렇고말고."

"패티의 집에서 워낙 자유롭게 지냈던 터라 좀 갑갑한
점도 있을 것 같긴 해요."

실은 아주머니를 놀리려고 그렇게 말한 거야. 그러자 린
드 아주머니는 콧방귀를 뀌었어.

"자유라니! 앤, 양키*처럼 말하지 마라."

오늘 여기로 가방과 짐을 가져왔어. 물론 초록지붕집을
떠나는 건 참 가슴 아픈 일이야. 얼마나 자주, 오래 떠나 있
건 간에 나는 휴가 때 돌아가면 집의 한 부분이 되거든. 마
치 떠난 적 없었던 것처럼 자연스럽게 녹아드는 거야. 그러
다가 다시 떠날 땐 가슴이 미어지고. 하지만 난 이 집을 좋
아하게 될 거야. 이 집도 날 좋아할 게 분명해. 어떤 집이

• 　미국 사람을 낮잡아 이를 때 양키(Yankee)라고 불렀다. 본디 뉴잉글랜드 원주
　민의 이름으로, 독립전쟁 때에는 영국인이 미국인을, 남북전쟁 때에는 남군이
　북군을 조롱하여 이르던 말에서 유래했다.

날 좋아하는지 아닌지 척 보면 알거든.

　창밖으로 보이는 전망이 참 좋아. 오래된 묘지까지도 정말 멋져. 울창한 전나무들로 둘러싸인 묘지는 구불구불한 돌담길로 이어져 있어. 서쪽 창문으로는 항구 전체가 한눈에 들어와. 멀리 안개 낀 해안까지 볼 수 있어. 내가 사랑하는 작은 돛단배와 '미지의 항구'(정말 매혹적인 말이야!)로 가는 배들도 보이지. 정말 상상할 거리가 많아! 북쪽 창문으로는 길 건너편 자작나무와 단풍나무 숲을 볼 수 있어. 너도 내가 '나무 예찬자'라는 걸 알잖아. 레드먼드 영문학 수업에서 테니슨의 시를 공부할 때도 나는 가엾은 오이노네 편에 서서 유린당한 소나무를 애도했었지.

　숲과 묘지 너머에는 사랑스러운 골짜기가 있어. 빨간 리본 같은 길이 반짝거리면서 골짜기를 굽이쳐 가로지르고 그 길을 따라 하얀 집들이 띄엄띄엄 있지. 이유는 모르겠지만 어떤 골짜기는 정말 사랑스러워! 보고만 있어도 즐겁거든. 골짜기 너머에는 내가 좋아하는 푸른 언덕이 있어. 나는 그곳을 '폭풍왕'이라고 부를 거야. 내가 이름 붙이는 걸 좋아하잖아.

　여기서는 혼자 있고 싶을 때면 언제든지 2층으로 올라갈 수 있어. 가끔씩 혼자가 되는 것도 좋잖아. 바람이 친구가 되어주겠지. 바람은 옥탑방 주위에서 울부짖고 한숨을 쉬며 노래를 불러. 겨울에는 하얀 바람, 봄에는 초록 바람, 여름에는 푸른 바람, 가을에는 진홍 바람 그리고 모든 계절에는 거센 바람이 불어오는 거야. 성경에 나오는 "그분이 명하신 대로 따르는 세찬 바람"* 말이야. 이 구절을 읽으면 난 항상 가슴이 떨려. 어떤 바람이든 빠짐없이 내게 전해줄 말을 담고 있는 것 같거든. 나는 조지 맥도널드의 아름다운 옛이야기**에 나오는, 북풍을 타고 날아간 소년이 항상 부러웠어. 언젠가 난 옥탑방 창문을 열고 바람의 품에 발을 디딜 거야. 리베카 듀는 그날 밤 내 이부자리가 흐트러지지 않은 이유를 절대 모르겠지?

사랑하는 길버트, 우리가 '꿈의 집'을 찾았을 때도 집 주위로 바람이 불었으면 좋겠어. 어디 있을까? 그 미지의 집은. 그 집에서는 달빛이 비칠 때가 좋을까 아니면 새벽 햇살이 내릴 때가 좋을까? 우린 거기서 사랑을 속삭이고 우정을 나누고 자기가 맡은 일을 하겠지? 늘그막에도 재미있는 모험을 하면서 웃어댈 거야. 노년이라니! 우리도 나이가 들까? 왠지 불가능해 보여.

옥탑방 왼쪽 창문으로는 이 마을의 지붕들을 볼 수 있어. 이곳에서 적어도 1년은 살게 될 거야. 저곳 어딘가에 내 친구가 될 사람들이 살고 있어. 물론 적이 될 사람들도 있겠지. 파이네 같은 사람들이 온갖 이름으로 곳곳에 있는 걸. 프링글 가문을 염두에 두어야 한다는 건 알고 있어. 학교 수업은 내일부터 시작해. 나는 기하학을 가르쳐야 해! 그래도 배우는 것보단 확실히 낫겠지. 프링글 가문에 수학

---

* 구약성경(새번역)의 시편 148편 8절에 나온 구절
●● 영국 작가 조지 맥도널드(1824-1905)의 『북풍의 등에서』에 수록된 내용

천재가 없기를 바랄 뿐이야.

　여기 온 지 한나절밖에 안 됐는데 집주인 아주머니들하고 리베카 듀가 평생 알고 지낸 사이처럼 느껴져. 그분들은 벌써 내게 자기들을 '이모'로 불러달래. 나도 앤으로 불러달라고 했지. 나는 리베카 듀를 '듀 양'이라고 불러봤어. 그랬더니 리베카 듀가 되묻더라고.

　"무슨 양이라고요?"

　그래서 나는 조심스럽게 말했지.

　"듀라고 했어요. 그게 성 아닌가요?"

　"뭐, 그렇긴 하죠. 하지만 누가 날 '듀 양'이라고 부른 게 너무 오랜만이라 좀 놀랐어요. 앞으로는 그렇게 부르지 않았으면 좋겠네요. 별로 익숙하지 않아서요."

　"기억해둘게요, 리베카⋯ 듀."

　난 '듀'라는 말을 붙이지 않으려고 애써 노력했지만 결국 실패하고 말았지.

　채티 이모가 예민하다는 브래독 부인의 말은 사실이었어. 저녁 식사 시간에 알아차렸지. 케이트 이모가 채티 이모의 예순여섯 번째 생일에 관해 뭔가 말했어. 내가 힐끗 보니까 그녀가 울음을⋯ 아니, 울음을 터뜨린 건 아니었어. 그런 말은 너무 격해서 이모의 차분한 모습에 어울리지 않아. 그냥 이모의 뺨을 타고 눈물이 흐르고 있었어. 커다란 갈색 눈에 물방울이 고이더니 소리 없이 자연스럽게 넘쳐 흘렀지.

　"왜 그래요, 채티?"

케이트 이모가 조금 무뚝뚝하게 물었어. 그러자 채티 이모가 말했어.

"그건… 그건 내 예순다섯 번째 생일이었어요."

"미안해요, 샬럿*."

케이트 이모가 사과하자 식탁에 다시 햇살이 비쳤지.

고양이는 몸집이 크고 잘생긴 수컷이야. 눈동자는 황금빛이고 몰티즈처럼 흰 털에는 먼지가 끼어 있어서 마치 우아한 리넨 외투를 걸친 듯해. 두 이모는 이 고양이를 '먼지 투성이 방앗간'이라는 뜻을 담아 '더스티 밀러'라고 불러. 하지만 리베카 듀에겐 '저놈의 고양이'야. 싫어해서 그렇게 부르는 거야. 매일 아침저녁으로 짐승의 간을 먹여야 하고, 응접실로 몰래 들어올 때마다 안락의자에 붙은 털을 낡은 칫솔로 떼어내야 하고, 밤늦게까지 밖에 있으면 찾아와야 하는 게 지긋지긋하기 때문이지.

"리베카 듀는 항상 고양이를 싫어했어요. 더스티는 더더욱! 캠벨 할머니네 개가(그땐 개를 길렀지요) 2년 전에 더스티를 입에 물고 여기로 데려왔어요. 아마 그 개도 캠벨 할머니한테 고양이를 데려가봤자 소용없다고 생각했겠죠. 가엾고 볼품없는 새끼 고양이였어요. 흠뻑 젖어 추위에 떨고 있었는데 조그마한 뼈가 가죽을 거의 뚫고 나올 정도였죠. 아무리 마음이 돌 같다고 해도 그 고양이를 모질게 내칠 수는 없었을 거예요. 그래서 케이트하고 난 고양이를 키우기

---

* 샬럿은 채티 이모의 본명이다.

로 했죠. 하지만 리베카는 그 일을 절대 용서하지 않았어요. 우린 사람을 설득하는 재주가 젬병이거든요. 고양이를 집에 들이지 말았어야 했어요. 우리가 리베카를 어떻게 대하고 있는지 앤이 알아차렸는지는 모르겠네요."

채티 이모는 그렇게 말하면서 식당과 부엌 사이에 있는 문을 조심스럽게 살펴봤어.

난 눈치채고 있었지. 보기만 해도 감탄스러운 일이었어. 리베카 듀가 이 집을 좌지우지하고 있다는 것이 서머사이드 사람들과 리베카 듀의 생각이겠지. 하지만 이모들의 생각은 달랐던 거야.

"우린 그 은행원을 들이고 싶지 않았어요. 젊은 남자는 분명히 어수선할 거고 그가 교회도 제대로 가지 않는다면 신경이 쓰일 테니까요. 하지만 우린 그 사람을 들이고 싶은 척했고, 리베카는 우리 말을 들으려 하지 않았던 거예요. 앤이 여기 와줘서 정말 기뻐요. 요리를 해주고 싶을 만큼 아주 좋은 분이라고 확신하거든요. 앤도 우리가 마음에 들었으면 좋겠네요.

리베카에게는 몇 가지 장점이 있답니다. 15년 전 여기 왔을 때는 지금처럼 깔끔하지 않았어요. 한번은 케이트가 응접실 거울 한가운데에 '리베카 듀'라고 이름을 써서 먼지가 얼마나 많은지 보여준 적이 있었는데, 다시는 그럴 필요가 없었어요. 리베카가 금세 알아차렸으니까요.

방이 마음에 들었으면 좋겠네요. 밤에는 창문을 열어둬도 괜찮아요. 케이트는 밤공기를 좋아하지 않지만 하숙하는 사람들도 자기 마음대로 할 권리가 있다는 사실쯤은 알고 있으니까요. 나는 케이트와 같이 자는데, 하룻밤은 케이트를 위해 창문을 닫고 다음 날은 날 위해 창문을 열어놓기로 합의했죠. 이런 사소한 문제는 언제든 해결할 수 있어요. 그렇지 않나요? 뜻이 있는 곳에는 항상 길이 있는 법이니까요.

리베카 듀가 밤에 돌아다니는 소리가 들려도 놀라지 마요. 무슨 낌새를 느끼면 집 안을 살펴보려고 일어나니까요. 그게 바로 리베카가 은행원을 들이고 싶어 하지 않는 이유 같아요. 잠옷 차림으로 남자와 마주치는 게 싫겠죠. 케이트가 별로 말을 하지 않아도 신경 쓰지 마요. 원래 그런 사람이거든요. 이야깃거리는 아주 많을 거예요. 젊었을 때 애머사 매컴버하고 전 세계를 돌아다녔으니까요. 나도 케이트만큼 이야기를 나눌 화제가 있었으면 좋겠네요. 하지만 난 한 번도 프린스에드워드섬을 떠나본 적 없어요. 그래서 가끔은 세상 이치가 왜 이런지 궁금해지기도 한답니다. 말하기를 좋아하는 난 이야깃거리가 없고, 이야깃거리가 많은 케이트는 말하는 걸 싫어하니까요. 하느님께서 잘 알고 계시겠죠."

채티 이모가 확실히 수다스럽기는 하지만 지금 이 이야기 전부를 쉴 새 없이 한 건 아니었어. 나도 중간중간 적당하다 싶을 때 이런저런 반응을 보였지. 그래 봤자 대수롭지 않은 이야기였지만.

여기서는 소 한 마리를 키우는데, 길 건너편 제임스 해밀턴 씨네 목장에 놓아두고 리베카 듀가 젖을 짜러 다니지. 크림은 얼마든지 있어. 매일 아침저녁으로 리베카 듀가 새로 짠 우유 한 잔을 담장 문으로 캠벨 할머니네에 있는 '그 사람'에게 준다는 건 나도 알아. 우유는 리틀 엘리자베스가 마실 거래. 우유를 마셔야 한다고 의사가 처방했다나 봐. 그 사람이 누구며 리틀 엘리자베스는 또 누구인지 아직 알아내지 못했어. 캠벨 할머니는 옆집 대저택에 살고, 그곳 주인이기도 해. 저택 이름은 '상록수집'이야.

오늘 밤에는 잠을 못 잘 것 같아. 나는 낯선 침대에서 보내는 첫날에는 잠을 설치거든. 그리고 이건 이제까지 내가 본 것 중에서 가장 이상한 침대이기도 해. 하지만 신경 안 쓸 거야. 나는 항상 밤을 사랑해왔으니까. 만약 잠이 안 오면 누워서 삶의 모든 것, 그러니까 과거, 현재 그리고 앞으로 올 것들을 기쁜 마음으로 생각할 거야. 특히 앞으로 일어날 일을 상상해볼 생각에 벌써부터 마음이 설레는걸.

어쩌면 성가신 편지가 되었을지도 모르겠네. 다시는 이렇게 긴 편지로 너를 괴롭히지 않을게. 하지만 모든 걸 네게 얘기하고 싶었어. 그래야 내 새로운 환경을 그려볼 수 있을 테니까. 이제야 다 끝났네. 달이 저 멀리 항구 쪽으로, "그림자의 나라로 가라앉고"* 있어. 마릴라 아주머니한테도 편지 한 통 써야 해. 편지는 모레쯤 초록지붕집에 도착할 거야. 데이비가 우체국에서 편지를 받아 오면 쌍둥이가

---

* 캐나다 시인 에밀리 폴린 존슨(1861-1913)의 시 〈달이 진다〉의 한 구절

지켜보는 앞에서 마릴라 아주머니가 편지를 뜯으시겠지. 린드 아주머니는 귀를 기울이실 거고…. 아, 아냐! 그만 향수병에 걸려버렸네. 잘 자, 길버트. 지금도 그렇고 앞으로도 영원히 사랑해.

사랑을 듬뿍 담아
앤 셜리

2장

———

앤이 길버트에게 보낸 여러 편지에서 발췌.

9월 26일

　내가 네 편지를 어디에서 읽는지 아니? 길 건너편 숲속이야. 햇빛이 고사리 위에 비쳐서 얼룩덜룩한 무늬를 만드는 아담한 골짜기가 있어. 시냇물이 그 사이로 굽이쳐 흐르지. 나는 이끼가 끼고 비틀어진 나무줄기에 앉아 있고 어린 자작나무는 자매들처럼 즐겁게 줄지어 서 있어. 이제부터는 황금빛이 감도는 녹색에 진홍색 줄무늬가 있는 꿈, 그야말로 꿈 중의 꿈을 꿀 때마다 그 꿈이 자작나무가 늘어서 있는 비밀의 골짜기에서 왔으며, 가냘프고 공기처럼 가벼운 나무들과 노래하는 개울이 맺은 신비로운 인연에서 태어났다고 믿을 거야. 그렇게 공상의 나래를 펼칠까 해. 그곳에 앉아 숲의 고요함에 귀 기울이는 시간이 참 좋아. 고요함에도 여러 종류가 있다는 걸 혹시 아니? 숲의 고요함, 해변의 고요함, 초원의 고요함, 밤의 고요함, 여름 오후의 고요함이 다 다르잖아. 그것들 하나하나에 엮여 있는 음색이 제각각이기 때문이야. 앞을 전혀 보지 못하고 더위와 추위도 느끼지 못한다 해도 내가 어디 있는지는 나를 둘러싼 고요함의 특징으로 미루어 쉽게 알 수 있을 거야.

지금까지 두 주 동안 학교에서 수업을 했는데 그런대로 꽤 잘해왔어. 하지만 브래독 부인의 말이 옳았어. 프링글 가문이 문제였던 거야. 아직은 이 난제를 어떻게 풀어나가야 할지 잘 모르겠어. 행운의 클로버를 발견했는데도 영 속수무책이야. 브래독 부인이 해준 말처럼 그 사람들은 내 앞에서만 크림처럼 부드럽게 굴어. 게다가 약삭빠르기까지 하다니까.

프링글 가문은 늘 서로 감시하고 자기들끼리 싸워대지만 외부인에 대해서는 어깨를 나란히 하고 힘을 합쳐 대응하는 부류야. 서머사이드에는 두 종류의 사람만 있다는 결론에 도달했어. 프링글 가문 사람과 프링글 가문이 아닌 사람이지.

우리 교실에는 프링글 가문 학생들이 많고, 성은 다르지만 프링글의 피가 흐르는 학생도 부지기수야. 개네들 대장은 젠 프링글인 것 같아. 초록 눈의 풋내기인데, 새커리의 소설 『허영의 시장』에 나오는 베키 샤프가 열네 살이었을 때 이런 얼굴이었을 거야. 내 말을 따르지 않고 무례하게 굴도록 아이들을 부추기는 것 같은데, 어떻게 대처해야 할지 모르겠어. 그 아이는 기묘한 표정을 지어서 누구나 웃음을 터뜨리게 만드는 재주가 있어. 내 등 뒤로 교실 전체에 웃음소리가 퍼질 때면 왜 그런지는 알지만 현장을 잡아내지는 못했어. 그 아이는 머리도 좋아(작은 악마 같지!). 문학 작품에 가까운 글을 쓸 수 있고, 수학은 정말 잘해. 내 입장이 얼마나 곤란한지 몰라. 말이나 행동 모든 면에서 총기가 번뜩이고 유머 감각도 있어. 그 아이가 나를 미워하는 것으로 관계를 시작하지만 않았어도 우리 사이에는 끈끈한 유대감이 생겼을 거야. 이대로라면 젠과 내가 함께 웃을 때까지 정말 오랜 시간이 걸릴 것 같아서 걱정돼.

    젠의 사촌 마이러 프링글은 학교에서 제일 예뻐. 하지만 바보가 분명해. 우스꽝스럽고 어이없는 소리를 해대거든. 오늘 역사 수업에서는 인디언들이 샹플랭*을 신 혹은 '인간 이상의 존재'로 여겼다고 말하지 뭐야.

    리베카 듀의 말에 따르면 프링글 가문은 서머사이드의 '지도층'이야. 벌써 프링글 가문의 집 두 곳에서 저녁 식사 초대를 받았어. 식사 자리에 신임 교사를 초대하는 건 예의에 맞는 일이고, 프링글 가문은 이런 의례적인 일들을 소홀히 하지 않거든.

엊저녁에는 제임스 프링글 씨 집에 갔어. 앞에서 말한 젠의 아버진데, 겉으로 보면 대학교수 같지만 실제로는 어리석고 무식한 사람이야. 식탁보를 손가락으로 두드리면서 '규율'에 대해 엄청 많은 말을 늘어놓았지만, 손톱이 깨끗하다고는 할 수 없었고 가끔씩 문법을 틀리는데, 정말 끔찍했지. 서머사이드 고등학교는 아이들을 잘 다루는 사람을 선호하고 무엇보다 경험이 풍부한 남자 교사를 원했다는 거야. 내가 너무 어려서 걱정이라고도 했어. "그런 결점은 시간이 곧 해결해주겠죠"라고 씁쓸한 얼굴로 말했지. 나는 아무 말도 하지 않았어. 내가 뭐라도 한 마디 꺼냈다간 이야기가 너무 길어질 테니까. 그래서 나는 마치 크림처럼 부드러운 태도로 앉아 있기만 했어. 프링글 가문 사람들이 늘 하던 것처럼 말이야. 그리고 그를 똑바로 바라보면서 속으로 '이 고약하고 편견 많은 노인네 같으니라고!' 하며 되뇌는 걸로 만족해야 했지.

젠은 어머니의 머리를 물려받은 게 틀림없어. 호감 가는 분이셨지. 부모 앞에서는 젠도 무척이나 예의 바르게 굴었어. 하지만 공손한 말을 하면서도 말투는 참 무례했지. "셜리 선생님"이라고 말할 때마다 내가 모욕을 느끼게 만들려고 애쓰더라니까. 그리고 내 머리를 마치 홍당무를 보듯 쳐다봐. 프링글 가문 사람들은 내 머리가 빨강이 아니라 적갈색이라는 사실을 결코 인정하지 않을 거야.

모턴 프링글 씨의 집은 젠의 집보다 꽤 괜찮았어. 하지만 모턴 프링글 씨는 남의 말을 전혀 듣지 않아. 무언가를 말하고 나서는 상대편이 대답하는 동안 다음에 할 말을 떠올리려고 머리를 굴리는 게 빤히 다 보여.

스티븐 프링글 부인(과부야. 서머사이드에는 과부가 많아)이 어제 나한테 편지를 보내왔어. 훌륭하고 정중하면서도 가시 돋친 내용이었지.

"밀리의 숙제가 너무 많아요. 약한 아이니까 공부를 너무 많이 시키면 안 되거든요. 벨 선생님은 그 아이에게 절대 숙제를 내주지 않았어요. 밀리는 예민한 아이니까 선생님이 이해해야 해요. 벨 선생님은 밀리를 진심으로 이해해 주셨죠."

그러면서 스티븐 부인은 나도 그 아이를 이해하게 될 거라 확신한다는 말을 남겼어. 나만 애쓰면 된다는 거네! 스티븐 부인은 애덤 프링글이 수업 중에 코피가 나서 집에 돌아간 일도 내 탓이라고 생각하는 게 틀림없어.

어젯밤에는 문득 잠에서 깼는데 다시 잠들 수가 없었어. 칠판에 문제를 썼을 때 i에 점을 찍지 않은 게 생각났거든. 젠 프링글은 분명히 그걸 알아차렸을 거야. 이야기가 금세 퍼져서 그 가문 사람들이 수군거릴 테지.

리베카 듀 말로는 프링글 가문 사람들이 다 나를 초대할 거래. 단풍나무집 노부인들만 빼고. 그런데 그 뒤로는 영원히 날 무시할 거라고 했어. 그 사람들은 '지도층'이니까, 서머사이드 사교계에서 나를 받아들이지 않을 거라는 뜻이겠지? 뭐, 두고 보면 알 거야. 전쟁은 시작되었지만 아직은 승부가 가려진 게 아니니까. 그래도 나는 이 모든 일 때문에 우울한 기분이야. 선입견을 가진 사람을 설득할 수는 없잖아. 난 아직도 어린 시절의 기질이 남아 있나 봐. 누가 나를 좋아하지 않으면 참을 수 없거든. 가르치는 학생 중 절반이 날 싫어한다고 생각하면 기분 나쁠 수밖에 없지. 내 잘못도 아니니까. 그런 '부당함'이 나를 참 힘들게 해. 또 작은따옴표로 단어를 강조해버렸네. 하지만 이렇게 하면 기분이 좀 나아지는 것 같아.

프링글 가문 일로 속상하긴 하지만 다른 학생들은 참 착해. 공부에 흥미를 느끼고 의욕적인 자세로 열심히 노력하는 학생도 몇 있어. 루이스 앨런은 하숙집에서 집안일을 도우며 번 돈으로 생활비를 감당하는데, 그걸 조금도 부끄러워하지 않아. 소피 싱클레어는 매일 아버지의 늙은 회색 말을 안장도 없이 타고 날마다 10킬로미터 거리의 학교와 집을 오가고 있어. 정말 대단하지? 내가 이런 여학생을 도와줄 수만 있다면 프링글 가문의 일쯤은 신경 쓰지 말아야 하는 것 아닐까?

문제는… 내가 프링글 가문을 이길 수 없으면 다른 사람을 도울 기회마저 별로 얻지 못할 거라는 사실이야.

그래도 나는 바람 부는 포플러나무집이 좋아. 여기는 그냥 하숙집이 아니야. 진짜 집이라고! 모두들 나를 좋아해. 심지어 더스티 밀러까지도 그런 것 같아. 물론 이 고양이는 나를 못마땅해할 때도 있어서 그런 내색을 하려고 일부러

등을 돌리고 앉기도 해. 그러면서 어깨 너머로 황금빛 눈 한쪽을 내보이면서 내가 어떻게 반응하는지 살펴보는 거야. 물론 리베카 듀가 근처에 있을 때는 고양이를 너무 귀여워하지 않으려고 노력 중이야. 더스티 밀러는 리베카 듀를 정말 짜증 나게 만드니까. 더스티 밀러도 낮에는 아늑하고 편안한 자세로 사색에 잠긴 것처럼 보이는 녀석이야. 하지만 밤에는 돌변해버리지. 리베카 듀 말로는 어두워진 뒤에 밖으로 내보내지 않아서 그러는 거래. 그녀는 뒷마당에 서서 더스티를 부르는 걸 싫어해. 이웃들이 자기를 비웃을 거라나? 너무 크고 날카로운 소리로 불러대서 조용한 밤이면 온 동네에 "야옹아… 야옹아… 야옹아!"라고 외치는 소리가 들릴 정도거든. 과부들이 잠자리에 들 때 더스티 밀러가 집에 없으면 경기를 할 게 뻔해서 그러는 거야.

"저놈의 고양이 때문에 내가 무슨 고생을 하고 있는지는 아무도 모를 거예요. 누가 알겠어요?"

리베카 듀가 엄청 힘주어 말하던 게 생각나.

두 이모랑은 잘 지내고 있어. 두 분이 점점 더 좋아지는 느낌이야. 케이트 이모는 소설을 읽는 건 좋지 않다고 생각하지만, 내가 무엇을 읽든지 간섭할 생각은 없다고 하셨어. 채티 이모는 소설을 아주 좋아하셔. 소설책을 두는 비밀 장소도 있지. 시내 도서관에서 빌린 책을 몰래 가져다놓는 거야. 그곳에 혼자 가지고 놀 수 있는 트럼프와 케이트 이모한테 보이고 싶지 않은 물건들을 넣어둬. 의자 시트 안에 있는데, 그게 단순한 의자 시트가 아니라는 건 채티 이모

말고는 아무도 몰라. 내게도 그 비밀을 알려줬는데, 어쩌면 책을 몰래 가져다놓는 일을 내가 거들어주길 바라면서 그런 말을 한 건 아닌가 하는 생각이 강하게 들어.

사실 바람 부는 포플러나무집에서 비밀 장소는 필요 없다고 봐. 비밀스러운 찬장이 이렇게 많은 집은 본 적 없거든. 물론 리베카 듀는 벽장을 비밀스럽게 내버려두지 않을 거야. 언제나 맹렬한 기세로 청소하니까. 이모들 가운데 한 명이 쉬엄쉬엄하라고 말릴 때마다 리베카 듀는 슬픈 얼굴로 "집이란 게 내버려둔다고 저절로 깨끗해지는 건 아니잖아요"라고 말하지. 만약 그녀가 이 집에서 소설책이나 트럼프 한 벌을 발견한다면 냉큼 버릴 게 분명해. 정통 교리에 충실한 그녀의 가치관으로 보면 둘 다 무서운 물건일 테니까. 리베카 듀가 그러는데 트럼프는 악마의 물건이고 소설책은 더 나쁜 거래. 리베카 듀가 이제껏 읽은 거라고는 성경책을 빼면 『몬트리올 가디언』의 사교계 소식란뿐이야. 백만장자의 집과 가구, 그 사람들이 하는 일을 자세히 들여다보는 걸 정말 좋아하거든.

"아, 황금 욕조에 들어앉아 몸을 담그는 걸 상상해보세요, 셜리 선생님."

리베카 듀가 부러운 듯 말했어.

하지만 리베카 듀는 정말 귀여운 사람이야. 하루는 내 취향에 딱 맞는 빛바랜 비단무늬가 새겨진 편안한 낡은 안락의자를 어디선가 꺼내오더니 이렇게 말했지.

"이건 선생님 의자예요. 그렇게 정해놓을게요."

그러고는 더스티 밀러가 그 위에서 자지 못하도록 하는 거야. 내가 학교에 입고 가는 스커트에 고양이털이 묻어서 프링글 가문 사람들에게 험담할 빌미를 주지 않으려고 그러는 것 같아.

세 사람 모두 내 진주 목걸이에 관심이 아주 많아. 그게 어떤 의미인지도 궁금해하고 있어. 케이트 이모는 터키석이 박힌 자기 약혼반지를 보여주셨어(지금은 너무 작아져서 끼지도 못해). 하지만 채티 이모는 약혼반지가 없다고 눈물을 글썽이며 털어놓으셨어. 남편이 그런 건 쓸데없는 낭비라고 했다는 거야. 그때 이모는 내 방에서 버터밀크로 얼굴을 닦고 있었어. 피부색을 유지하기 위해 매일 밤 그렇게 하는데, 케이트 이모가 알게 되는 건 싫다면서 내게 비밀을 지키겠다는 다짐을 받았지.

"내 또래 여자한테는 그게 어처구니없는 허영심이라고 케이트가 생각할 테니까요. 그리고 리베카 듀도 교회에 나가는 여성은 아름다워지려고 노력해서는 안 된다고 생각할 게 틀림없어요. 케이트가 잠든 뒤에 몰래 부엌으로 내려가 얼굴을 씻으면서도 리베카 듀가 내려올까 봐 항상 불안했죠. 그 사람은 자고 있을 때도 고양이처럼 귀가 밝거든요. 매일 밤 몰래 여기 와서 얼굴을 씻을 수 있다면 좋을 텐데. 아! 정말 고마워요, 앤."

상록수집에 사는 이웃에 대해서도 조금 알게 됐어. 캠벨 할머니(그 사람도 프링글 가문이야!)는 여든 살이야. 만나본 적은 없지만 듣기로는 아주 무뚝뚝한 노부인인 것 같아. 그 집에는 캠벨 할머니만큼 나이 들고 무뚝뚝한 하녀가 있어. 이름은 마사 멍크먼인데 다들 그녀를 '캠벨 부인의 시녀'라고 불러. 캠벨 할머니는 리틀 엘리자베스 그레이슨이라는 증손녀와 같이 살아. 엘리자베스는(두 주나 여기 있었는데도 아직 그 아이를 본 적이 없어) 여덟 살인데 뒷길(뒷마당을 지나는 지름길이야)로 초등학교를 다니는 바람에 등굣길이나 하굣길에도 마주칠 일이 없어.

아이의 어머니는 캠벨 할머니의 손녀인데 이미 세상을 떠났어. 캠벨 할머니가 엘리자베스의 어머니도 키웠대. 그쪽 부모님도 세상을 떠났지. 엘리자베스의 어머니는 피어스 그레이슨이라는 미국인하고 결혼했어. 레이철 린드 아주머니라면 '양키'라고 부르셨을 거야. 엘리자베스는 태어나자마자 어머니를 여의었어. 게다가 아버지 피어스 그레이슨도 다니던 회사의 파리 지점으로 발령 나는 바람에 곧바로 집을 떠나야 했대. 그래서 그 아이가 캠벨 할머니의 집에 맡겨진 거야. 딸이 태어나는 대가로 아내가 목숨을 잃었으니 아버지는 딸의 모습을 차마 볼 수 없었고 아무런 관심도 보이지 않았다는 소문이 돌았어. 물론 근거 없는 말일 거야. 캠벨 할머니나 시녀 중 누구도 아버지에 대해서는 전혀 입을 열지 않았으니까.

리베카 듀가 그러는데 두 사람은 리틀 엘리자베스를 아주 엄격하게 대하고 함께 시간을 보내지도 않는대.

"걔는 여느 아이들과 달라요. 여덟 살치고는 지나치리만큼 어른스럽죠. 가끔씩 하는 말도 그래요! 어느 날에는 그 아이가 내게 그러는 거예요. '리베카 아줌마, 침대에 들어가려고 할 때 누가 발목을 깨무는 것 같은 기분이 들지 않나요?' 어두울 때 잠자리에 드는 걸 그 아이가 무서워하는 것도 무리는 아니에요. 두 사람이 그렇게 만들고 있으니까요. 캠벨 부인이 그러는데 자기 집에는 겁쟁이가 없어야 한대요. 두 사람은 고양이 두 마리가 쥐를 감시하듯이 아이를 지켜보면서 거의 녹초가 될 지경까지 쥐고 흔들거든요. 조금이라도 소리를 내면 거의 기절할 듯이 굴어요. 항상 '쉿, 쉿!' 이러기만 해요. 진짜로 그 아이는 죽을 때까지 쉿 소리만 들을 거예요. 도대체 어쩌면 좋을까요?"

정말 어떻게 해야 하는 걸까? 그 아이를 만나보고 싶다는 생각이 들어. 왠지 가엾게 느껴지는걸. 케이트 이모가 그러는데 아이가 물질적으로는 충분히 보살핌을 받고 있대. 케이트 이모는 정말로 이렇게 말했어.

"잘 먹이고 옷도 좋은 걸로 입혀요."

하지만 아이가 밥만 먹고 살 수는 없잖아. 나는 초록지붕집에 오기 전까지의 내 삶을 결코 잊을 수 없어.

이번 금요일 저녁에는 에이번리에서 아름다운 이틀을 보낼 생각이야. 유일한 문제점은 서머사이드 학교에서 하는 일이 마음에 드는지 만나는 사람마다 내게 물어볼 거라는 사실이지.

하지만 길버트, 이맘때 초록지붕집이 어떨지 떠올려봐. 반짝이는 호수에 푸른 안개가 감돌고, 시냇물 건너편에서는 단풍나무가 진홍빛으로 물들기 시작하고, 유령의 숲에서는 황갈색 고사리가 자라고, 연인의 오솔길에는 저녁노을이 그림자를 드리우겠지? 정말 그리운 곳이야. 난 지금 그곳에서 누군가와 함께 있고 싶은 마음뿐인걸. 그게 누구일까?

길버트, 너도 알겠지만 널 사랑하는 마음이 무척 강렬하게 느껴질 때가 있어!

서머사이드, 유령의 길, 바람 부는 포플러나무집

10월 10일

"존경과 공경을 담아 당신께….."

채티 이모의 할머니가 쓴 연애편지는 이런 인사말로 시작해. 멋지지 않아? 아마 할아버지는 우쭐해서 가슴이 뛰셨을 게 틀림없어! 혹시 너도 '사랑하는 길버트에게' 같은 말보단 이런 걸 더 좋아하는 게 아닐까? 하지만 어쨌든 난 네가 그 할아버지가 아니라서(그냥 할아버지가 아니라 그 할아버지) 다행이라고 생각해. 우린 아직 젊고, 우리에게는 '함께할' 앞날이 펼쳐져 있다는 사실을 생각하면 정말 멋져! 그렇지?

몇 쪽이 빠져 있다. 앤의 펜이 날카로워지거나 뭉툭하게 닳거나 녹슨 것은 아닌 게 분명하다.

나는 옥탑방 창가에 앉아 호박색 하늘을 배경으로 흔들리는 나무와 그 건너편 항구를 바라보고 있어. 어젯밤에는 나 혼자 아주 멋진 산책을 했어. 사실은 어디로든 가야만 했지. 바람 부는 포플러나무집 분위기가 좀 우울했거든. 채티 이모가 마음에 상처를 입고 거실에서 울고 있었어. 케이트 이모는 애머사 선장의 기일이라 침실에서 울고 있었지. 게다가 리베카 듀도 왜 그런지는 모르겠지만 부엌에서 울고 있지 뭐야. 리베카 듀가 우는 모습은 처음 봐. 그런데 뭐가 문제인지 넌지시 알아보려고 했더니, 울고 싶을 때 울 수도 없는 거냐며 내게 화를 버럭 내는 거야. 그래서 리베카 듀가 속이 시원해질 때까지 울도록 남겨두고 슬그머니 물러 났지.

나는 밖으로 나와 항구 도로로 내려갔어. 멋지고 서늘한 10월의 향기가 코끝을 스쳤어. 이제 막 쟁기질을 끝낸 땅에서 올라온 상쾌한 흙냄새도 섞여 있었지. 땅거미가 깊어져 달 밝은 가을밤이 될 때까지 계속 걸었어. 혼자였지만 외롭지는 않았어. 벗들과 나누는 상상 속 대화가 이어졌고, 기분 좋은 경구가 나 스스로도 놀랄 만큼 수없이 떠올랐지. 프링글 가문에 관한 걱정이 많을 때였는데도 정말 즐거운 시간을 보냈어.

프링글 가문을 생각하면 신음소리가 절로 터져 나와. 인정하고 싶지는 않지만 서머사이드 고등학교에서의 일은 별로 순조롭지 않아. 나를 적대시하는 모임이 만들어지고 있다는 사실은 의심할 여지가 없어.

한 가지 예를 들어볼게. 프링글 가문이나 그 가문의 피가 섞인 학생들은 아무도 숙제를 해오지 않아. 부모들에게 호소해봤지만 전혀 소용이 없었어. 그들은 정중하고 예의 바르게 얼버무리거든. 프링글 가문이 아닌 학생들은 모두 나를 좋아한다는 걸 알고는 있지만 프링글 가문의 불복종 바이러스가 교실 전체의 사기를 떨어뜨리고 있어. 어느 날 아침에는 내 책상이 뒤집혀 있는 거야. 누가 그랬는지는 알 수가 없었어. 그리고 또 다른 날에는 책상 위에 상자가 있었는데 그걸 여니까 안에서 장난감 뱀이 튀어나왔어. 누가 놓아뒀는지는 아무도 말하지 않았는데, 정말 몰라서 그런 건지 알고도 말을 안 한 건지는 모르겠어. 하지만 프링글 가문 학생들은 다 내 얼굴을 보고 웃어대며 소리를 지르는 거야. 내 표정이 꽤나 볼 만했던 것 같아.

젠 프링글은 한 주의 절반 정도를 학교에 늦게 와서는 언제나 완벽하고 빈틈없는 변명을 아주 정중하게 늘어놓곤 해. 건방지게 입을 삐죽이면서 그러니까 더 화가 나. 수업 중에도 내 눈앞에서 쪽지를 돌려. 오늘은 외투를 입으니까 거기에 껍질 벗긴 양파가 들어 있었어. 그 아이가 예의범절을 배울 때까지 빵하고 물만 주면서 어딘가 가둬놓고 싶을 지경이야.

지금껏 겪었던 최악의 사건은 어느 날 아침 칠판에 내 캐리커처가 그려져 있는 걸 발견한 일이야. 하얀 분필로 얼굴을 그리고 거기에 진홍색 머리카락을 얹어놓았어. 다들 자기들이 그린 게 아니라며 발뺌했어. 젠도 그중 하나였지. 하지만 나는 그렇게 그릴 수 있는 학생은 이 교실에서 젠

뿐이라는 걸 알고 있었어. 아주 잘 그린 그림이었거든. 코(너도 알다시피 그건 항상 내 자랑이자 기쁨이었지)는 무슨 혹 같았고, 입은 프링글 가문 아이들로 가득한 학교에서 30년 동안 가르쳐온 심술궂은 노처녀의 입이었지. 그래도 그건 나였어. 그날 밤에는 새벽 3시에 깼는데 그 기억이 떠올라 몸부림쳤어. 우리가 밤에 깜짝깜짝 놀라는 게 악행을 저질 렀기 때문인 경우가 거의 없다는 건 이상하지 않아? 창피하고 굴욕적인 일을 당했을 때나 그러곤 하니까.

별의별 이야기가 나오고 있어. 프링글 가문이라는 이유로 해티 프링글의 답안지에 일부러 점수를 낮게 주었다는 비난도 받았지. 아이들이 실수할 때 웃는다는 말도 들었다 니까. 뭐, 프레드 프링글이 로마의 백인대장*을 '백 살까지 산 사람'이라고 설명했을 때 웃은 적은 있었어. 도저히 참을 수 없었거든.

제임스 프링글 씨가 한 말이 떠올랐어.

"이 학교에는 규율이라는 게 아예 없어요."

그리고 내가 고아라는 소문도 돌고 있어.

이처럼 나는 다른 방면에서도 프링글 가문의 적의에 직면하기 시작했어. 서머사이드는 교육에서뿐만 아니라 사교적인 면에서도 프링글 가문의 손아귀 아래에 놓여 있어. 그 사람들을 '왕족'으로 부르는 것도 놀랄 일이 아니야. 지

---

* 로마 군대의 조직 중 100명으로 이루어진 단위 부대의 우두머리로 '백부장'이라고도 한다.

난 금요일에 앨리스 프링글가에서 도보 파티가 열렸는데, 나는 그 파티에 초대받지 못했어. 프랭크 프링글 부인이 교회 사업을 후원하는 다과회를 열었을 때도(부인들이 새 첨탑을 세울 거라고 리베카 듀가 알려줬어!) 참석 요청을 받지 못한 사람은 그곳 장로교회에서 나밖에 없었지. 서머사이드에 새로 부임한 목사 사모님은 나더러 성가대에 들어와서 노래하라고 권했는데, 프링글 가문 사람들이 만약 내가 들어오면 모두 그만둘 거라고 말했다지 뭐야. 그렇게 되면 성가대는 빈껍데기만 남아버려서 도저히 계속할 수 없겠지.

물론 학생들 일로 고생하는 교사가 나뿐만은 아니야. 다른 선생님들은 학교에 규율(내가 그 말을 얼마나 싫어하는데!)을 세워야 한다면서 자기 학생들을 내게 보내는데, 그중 절반은 프링글 가문 아이들이야. 하지만 그 학생들에 대한 불평은 절대 하지 않을 거야.

이틀 전에는 수업이 파한 뒤 젠을 남게 해서 그 아이가 일부러 하지 않았던 것들을 시켰어. 그러자 10분 뒤에 단풍나무집에서 온 마차가 학교 건물 앞에 서더니 엘런 할머니가 문 앞에 나타났어. 아름다운 옷차림에 우아한 검은 레이스 장갑을 끼고 매처럼 날카로운 예쁜 콧날에 상냥하게 미소를 짓는 노부인인데 마치 1840년대 모자 상자에서 막 나온 것 같은 모습이었지. 부인은 무척 미안해하면서 지금 젠을 데려가도 괜찮겠냐고 물었어. 로베일에 있는 친구 집에 방문할 예정인데 젠을 데려가기로 약속했다는 거야. 젠은 의기양양하게 미소 지으며 교실 문을 나섰고, 나는 상대편에서 전열을 갖추고 있는 병력의 힘이 얼마나 강력한지 새삼 깨달았지.

비관적인 기분이 들 때면 프링글 가문은 슬론 가문과 파이 가문의 연합 같다는 생각이 들어. 물론 그렇지 않다는 건 알아. 적이 아니었으면 그 사람들을 좋아할 수도 있었을 거야. 대체로 솔직하고 유쾌하면서 성실한 사람들이거든. 아마 엘런 할머니까지도 좋아할 수 있었겠지. 세라 할머니는 아직 본 적 없어. 10년 동안이나 단풍나무집에서 나온 적이 없었대.

리베카 듀가 코웃음을 치면서 입을 열었어.

"몸이 너무 약해서 그래요. 그게 아니라도 본인은 그렇게 생각해요. 하지만 거만한 게 가장 큰 문제예요. 프링글 가문 사람들은 모두 거만하지만 그 두 할머니는 훨씬 더하죠. 두 사람이 조상들 이야기하는 걸 앤도 들어봐야 해요. 뭐, 그 사람들 아버지인 에이브러햄 프링글 선장은 훌륭한 사람이었어요. 그의 동생 마이럼은 그렇게 훌륭하지는 않았지만 프링글 사람들이 그 사람에 대해 이야기하는 건 별로 듣지 못할 거예요. 하지만 선생님이 그 가문 사람들 때문에 힘든 시간을 보낼까 봐 정말 걱정돼요. 그들은 무슨 일에 대해서건 어떤 사람에 대해서건 여간해서는 한번 먹은 마음을 바꾸지 않으니까요. 그래도 고개를 펴고 힘을 내세요, 셜리 선생님. 용기를 잃으면 안 돼요."

채티 이모는 한숨을 쉬면서 다른 이야기를 하지 뭐야.

"엘런 할머니의 파운드케이크 조리법을 얻을 수 있으면

좋겠어요. 알려주겠다고 나와 몇 번이나 약속했는데 말만 그렇게 할 뿐이에요. 그건 옛날 잉글랜드 가정집의 조리법이죠. 그 사람들은 자기 집안의 조리법을 절대 남에게 알려주지 않으려고 해요."

난 이상한 꿈을 꿀 때가 있는데 엘런 할머니의 무릎을 꿇리고 채티 이모에게 조리법을 건네주도록 시키고 젠한테는 p와 q를 신경 쓰라고 지시하는 꿈이야. 정말 미치겠는 건, 그 가문 전체가 젠의 나쁜 행동을 편들지만 않는다면 젠이 p와 q를 구별하는 것 정도는 아주 쉽게 가르칠 수 있다는 사실이지.

두 쪽이 빠져 있다.

당신의 충실한 종

앤 셜리

추신. 이건 채티 이모의 할머니가 연애편지의 마지막에 쓴 표현이야.

10월 15일

오늘 들은 이야기인데 어젯밤 마을 반대편에 도둑이 들었대. 어느 집에서 약간의 돈과 은수저 열두어 개를 도둑맞았다는 거야. 그래서 리베카 듀는 개를 빌릴 수 있는지 알아보려고 해밀턴 씨 집에 갔다 왔어. 그녀는 개를 뒤쪽 베란다에 묶어둘 거라면서, 나한테는 약혼반지를 잘 간수하라고 주의를 줬어!

그건 그렇고 리베카 듀가 왜 울었는지 이유를 알았어. 집에서 무슨 일이 있었던 것 같아. 더스티 밀러가 또 말썽을 부렸고, 리베카 듀는 저놈의 고양이를 정말로 어떻게 해야 한다고 케이트 이모한테 말했지.

"날 지치게 해서 금세라도 끊어질 것 같은 바이올린 줄처럼 만들어버려요. 올해 들어 벌써 세 번째라고요. 일부러 그러는 게 틀림없어요."

그러자 케이트 이모는 야옹거릴 때마다 밖으로 내보냈다면 고양이가 사고를 치지 않았을 거라고 리베카 듀한테 말했어. 리베카 듀는 곧바로 받아쳤어.

"음, 저도 참을 만큼 참았어요!"

그래서 눈물을 쏟았던 거야.

프링글 가문 아이들은 날이 갈수록 점점 더 내 일에 훼방을 놓고 있어. 어제는 내 책에 아주 무례한 말이 적혀 있었고, 호머 프링글은 집으로 돌아갈 때 복도 끝까지 계속 공중제비를 넘었어. 게다가 최근에는 기분 나쁜 빈정거림으로 가득 찬 익명의 편지도 받았지. 낙서나 편지가 젠의 소행 같진 않아. 그 아이는 장난꾸러기지만 그런 비열한 일은 하지 않으니까. 리베카 듀는 몹시 화를 내고 있어. 그녀가 프링글 가문을 좌지우지할 수 있었다면 무슨 일을 했을지 생각만 해도 몸서리가 나. 폭군 네로의 소망은 비교할 수도 없을 정도지. 사실 난 리베카 듀를 탓하지 않아. 때론 나도 프링글 집안사람 모두에게 보르자 가문*에서 만든 독약을 기분 좋게 건네주고 싶은 마음이 들기도 하거든.

다른 교사에 대해서는 별로 얘기해주지 않았던 것 같네. 나 말고 두 명이 더 있는데, 교감인 캐서린 브룩은 아래 학년 담당이고 조지 매카이는 입시반을 맡고 있어. 조지에 대해서는 별로 할 말이 없네. 수줍음이 많고 착한 스무 살 청년이야. 억양에 달콤한 스코틀랜드 북부 사투리가 조금 남아 있어서 말을 할 때마다 양치기 오두막과 안개 낀 섬이 보이는 것 같아(할아버지가 스코틀랜드의 스카이섬 사람이래). 조지는 입시반 학생들과 아주 잘 맞는 편이야. 내가 아는 한 괜찮은 사람이지. 하지만 캐서린 브룩은 여간해서는 좋아할 수 없을 것 같아 걱정이야.

캐서린은 스물여덟 살 정도라는데 실제로는 외모가 서른다섯 살로 보여. 교장으로 승진할 희망을 품고 있었다는 말을 들었지. 그래서 내가 그 자리를 차지하니까 화가 난 것 같아. 더구나 나는 캐서린보다 어리잖아. 캐서린은 (좀 엄한 편이지만) 훌륭한 교사야. 하지만 누구에게도 인기가 없지. 게다가 그런 건 신경도 안 써! 친구나 친척도 없는 것 같고, 추레하고 좁은 템플 거리에 있는 음침한 집에

- 르네상스 시대 동안 타락한 교황들을 배출한 것으로 기억되는 스페인 기원의 이탈리아 귀족 가문으로, 역사상 최초의 범죄자 집안이자 이탈리아 마피아의 선구자로 여겨진다.

서 하숙하고 있어. 아주 촌스럽게 옷을 입고, 누굴 만나러 나가는 경우도 없는 데다가, 인색하다는 말도 들어. 빈정거리기를 잘해서 학생들은 그 신랄한 말투를 무서워해. 캐서린은 눈썹이 아주 검고 짙은데, 그 검은 눈썹을 치켜올리는 모습하고 느릿느릿한 말투가 학생들 진을 빼놓는다고 그러더라. 프링글 가문 학생들한테 나도 그렇게 해보고 싶기는 했어. 하지만 캐서린이 그랬던 것처럼 학생들을 무섭게 다루고 싶지는 않아. 난 아이들에게 사랑받고 싶거든.

캐서린은 학생들이 말을 잘 듣게 만드는 점에서는 분명 성공한 것처럼 보이는데도 계속 몇 명씩 나한테 보내는 거야. 특히 프링글 가문의 학생들을 내게 떠넘기듯 한다니까. 캐서린이 일부러 그런다는 걸 알아. 내게 문제가 생기는 걸 기뻐하고 최악의 상황을 맞닥뜨리는 걸 반가워하는 듯해. 안타깝지만 사실이니 어쩔 수 없지.

리베카 듀 말로는 아무도 캐서린과는 친구가 될 수 없을 거래. 그런데 하숙집 이모들은 몇 번이나 캐서린을 일요일 저녁 식사에 초대했어(자상한 성격의 두 분은 외로운 사람들을 위해 늘 그렇게 하셔. 세상에서 가장 맛있는 치킨샐러드를 항상 준비해두는 거지). 하지만 캐서린은 오지 않았어. 그래서 두 분도 결국 포기한 거야. 케이트 이모 말처럼 넘지 말아야 할 선이라는 게 있는 법이니까.

캐서린은 아주 똑똑하고 노래도 잘하고 낭송(리베카 듀의 표현으로는 '연설'이지)도 수준급이라는 소문이 있어. 하지만 그 어느 것도 하려고 들지 않아. 한번은 채티 이모가 캐서린에게 교회 만찬 자리에서 낭송을 해달라고 부탁한 적이 있었어.

"우리 생각엔 캐서린이 무례하게 거절할 것 같았죠."

케이트 이모가 말했어. 리베카 듀도 거들었어.

"그저 으르렁거리기만 했어요."

캐서린의 목소리는 아주 낮고 쉰 듯한 소리야. 거의 남자 목소리라고 보면 돼. 게다가 기분이 좋지 않을 때는 으르렁대는 것처럼 들려. 예쁘지는 않지만 신경 쓰면 지금보다는 더 잘 꾸밀 수 있을 거야. 피부는 가무잡잡한 편이고, 풍성한 검은 머리는 넓은 이마가 드러나게 항상 뒤로 당겨 목 아래쪽으로 어설프게 묶어놓았어. 검은 눈썹 밑의 밝은 호박색 눈은 머리카락과 어울리지 않아. 그녀의 귀는 어디에 내놓아도 남부끄럽지 않은 모양이고, 손은 내가 아는 그 누구보다 아름다워. 게다가 또렷한 입매도 예쁘고. 하지만 옷차림은 끔찍할 정도야. 입어서는 안 되는 색과 모양을 조합하는 데 천재적인 재능이 있는 것 같아. 얼굴이 누런 편이라 초록색이나 회색은 어울리지 않는데도 어두운 초록색과 칙칙한 회색을 좋아하고, 줄무늬를 즐겨 입는 탓에 실제보다 더 크고 말라 보이지. 옷은 항상 그대로 입고 잔 것처럼 제멋대로 구겨져 있어.

그녀의 태도는 아주 불쾌해. 리베카 듀의 말처럼 항상 싸울 듯한 기세야. 학교 계단에서 마주칠 때마다 나에 대해 무슨 끔찍한 생각을 하는 것 같아서 위축돼. 내가 말을 걸 때면 항상 내가 틀린 말을 한 것 같은 느낌이 들게 하지. 그런데도 나는 캐서린이 아주 안됐다는 생각이 들어. 물론 내가 동정하고 있다는 사실을 알면 캐서린은 불같이 화를 낼 게 뻔해. 게다가 내가 무언가를 도와줄 수도 없어. 도움 같은 건 바라지도 않을 테니까. 캐서린은 정말 불쾌한 사람이야. 어느 날 교사 세 명이 모두 교무실에 있었는데 내가 학교의 불문율 중 하나를 어겼나봐. 그러자 캐서린이 비꼬는 투로 말하는 거야.

"이해할 수 없네요. 본인이 규칙 위에 있다고 생각하시나 봐요, 셜리 선생님?"

또 어느 때는 내가 학교에 좋은 일이라고 생각해서 몇 가지 개선점을 제안했더니 캐서린이 경멸하듯 비웃으며 말하는 거야.

"난 동화 같은 건 관심 없어요."

내가 캐서린의 성과와 방법을 칭찬했을 때는 또 이렇게 말했지.

"이런 사탕발림에 넘어갈 내가 아니에요. 무슨 꿍꿍이가 있는 거죠?"

하지만 나를 가장 짜증 나게 했던 일은 따로 있어. 어느 날 교무실에서 우연히 캐서린의 책을 집어들었는데 뒤표지가 힐끗 보이기에 내가 이렇게 말했어.

"선생님 이름이 K로 시작해서 다행이네요. 캐서린이라는 이름은 C로 시작하는 것보다 K로 시작하는 게 더 매력적이거든요. 꽉 막힌 것 같은 C보다는 K가 집시처럼 훨씬 자유롭잖아요."

캐서린은 아무 대답도 하지 않았어. 그런데 다음에 나한테 보낸 쪽지에다가 C를 써서 서명해놓은 거야!

나는 그날 집에 돌아오는 내내 재채기를 했지.

내가 캐서린과 친구가 되려는 노력을 포기하지 않은 건, 그녀의 무뚝뚝함과 무관심 아래로 우정에 대한 갈망이 존재할지도 모른다는, 기묘하고도 설명할 수 없는 기분이 들었기 때문이야.

요약하자면, 캐서린의 적의나 프링글 가문의 태도가 이 모양이니 상냥한 리베카 듀와 네 편지가 없다면 과연 내가 이 생활을 견딜 수 있을지 모르겠어. 아, 한 사람이 더 있네. 나는 리틀 엘리자베스랑 가까워졌거든. 정말 사랑스러운 아이야.

사흘 전 밤에 우유 잔을 가지고 담장 문으로 갔더니 리틀 엘리자베스가 시녀 대신 우유를 받으러 나와 있었어. 머리를 나무 문 위로 살짝 내밀고 있어서 마치 얼굴이 담쟁이 덩굴로 둘러싸인 것처럼 보였지. 몸집이 작은 그 아이는 창백하고 슬퍼 보였어. 가을 어스름 속에서 나를 바라보는 커다란 눈동자는 금갈색이었지. 은빛이 도는 매끄러운 금발 머리 가운데로 가르마를 타고 둥글게 빗질을 해 어깨까지 물결치듯 내려와 있었어. 파란색 깅엄 드레스를 입은 모습이 영락없는 요정 나라 공주 같았어. 리베카 듀의 말처럼 '약해 보이는 분위기'였는데 몸이 아니라 마음에 영양실조 기미가 보이는 아이였어. 햇빛보다는 달빛에 가까웠지.

내가 먼저 말을 건넸어.

"네가 엘리자베스니?"

그러자 그 아이는 아주 진지하게 대답했어.

"오늘 밤에는 아니에요. 지금처럼 세상 모든 걸 사랑할 수 있을 땐 베티가 되니까요. 어젯밤에는 엘리자베스였고 내일 밤에는 아마 베스일 거예요. 제가 누구인지는 제 기분에 달려 있어요."

난 금세 짜릿해졌지. 마음이 맞는 사람하고 있을 때만 느낄 수 있는 기분이었어.

"그처럼 쉽게 이름을 바꾸면서도 그걸 자기 이름이라고 여길 수 있다니, 정말 멋지구나!"

내 말에 리틀 엘리자베스가 조용히 고개를 끄덕였어.

"저는 이름을 아주 많이 지어낼 수 있어요. 엘시, 베티, 엘리사, 리스베스, 베스…. 하지만 리지는 아니에요. 제가 리지라는 기분은 들지 않거든요."

"도대체 누가 리지라는 기분이 들겠니?"

나는 나도 다 안다는 듯 얼른 말했어.

"제가 바보 같다고 생각하시죠, 셜리 선생님? 할머니하고 시녀는 그렇게 생각해요."

"바보 같은 일이 절대로 아니야. 도리어 똑똑하고 아주 재미있는 일이지."

난 얼른 그 아이를 위로했어.

그러자 리틀 엘리자베스는 우유 잔 가장자리 위로 눈을 접시처럼 둥그렇게 뜨고 날 바라보았어. 마치 어떤 비밀스러운 영혼의 저울로 나를 달아보고 있다는 기분이 들었고,

고맙게도 내가 기준에 못 미치지는 않는다는 걸 곧바로 깨달았어. 리틀 엘리자베스가 내게 부탁이란 걸 했거든. 이 아이는 자기가 좋아하지 않는 사람에게는 무엇을 해달라고 요청하지 않아.

"고양이를 쓰다듬어도 괜찮나요?"

엘리자베스가 수줍게 물었어.

그때 더스티 밀러는 내 다리에 몸을 비벼대고 있었어. 내가 고양이를 안아 올리자 리틀 엘리자베스는 자그마한 손을 내밀고 기쁜 듯이 고양이의 머리를 쓰다듬었지.

"저는 아기보다 새끼 고양이가 더 좋아요."

엘리자베스는 이렇게 말하고는 약간 대드는 듯 기묘한 태도로 날 바라봤어. 내가 충격을 받을 걸 알아도 자기는 진실을 말할 수밖에 없다는 표정이었지.

"네가 아기를 안아본 적이 없어서 그럴 거야. 그래서 아기가 얼마나 귀여운지 모르는 거겠지."

나는 이렇게 말한 뒤 미소를 지으며 물었어.

"너도 새끼 고양이를 기르니?"

엘리자베스는 고개를 저었어.

"아, 아니에요. 할머니가 고양이를 좋아하지 않으시거든요. 게다가 시녀도 고양이를 몹시 싫어하고요. 오늘 밤에는 시녀가 없어서 제가 우유를 받으러 나온 거예요. 전 우유를 받으러 오는 걸 정말 좋아해요. 리베카 듀는 참 좋은 분이니까요."

"오늘 밤에 리베카 듀가 나오지 않아서 실망했니?"

내가 웃으며 물었어. 그러자 리틀 엘리자베스는 또다시 고개를 저었어.

"아뇨. 선생님도 아주 반가운 분이에요. 선생님하고도 친해지고 싶었는데 내일이 오기 전에는 그런 일이 일어나지 않을 것 같아 걱정하고 있었어요."

엘리자베스가 얌전하게 조금씩 우유를 마시는 동안 우리는 거기 서서 이야기했어. 그 아이는 '내일'에 대해 전부 말해줬어.

"시녀는 내일 같은 건 절대 오지 않을 거라고 그랬지만 저는 잘 알고 있어요. 언젠간 꼭 올 거예요. 어느 아름다운 아침, 잠에서 깨면 그날이 내일이라는 걸 알게 될 테죠. 그날은 '오늘'이 아니라 '내일'이에요. 그때부터 여러 가지 일이 일어나요. 멋진 일들이요."

아무에게도 감시받지 않고 자기가 좋아하는 걸 마음껏 하게 될 날이 그 아이에게 과연 올지는 모르겠어. 하지만 엘리자베스는 내일이 와도 그렇게 좋은 일은 일어나지 않을 거라고 생각하는 것 같아. 그렇다 하더라도 이 아이는 항구 도로의 끝에 있는 무언가를 찾게 되겠지. 멋진 붉은 뱀처럼 구불구불한(그래서 엘리자베스는 세상의 끝까지 이어진다고 생각해) 그 길을 따라가다 보면 행복의 섬에 다다를 수 있을 거야. 어딘가에는 행복의 섬이 있고 그곳에서는 다시는 돌아오지 않을 배들이 닻을 내리고 있으며 내일이 오면 그 섬을 발견할 거라고 엘리자베스는 확신하고 있어.

"그리고 내일이 오면요. 저는 개 백만 마리하고 고양이 마흔다섯 마리를 기를 거예요. 할머니가 고양이를 못 키우게 해서 제가 그렇게 할 거라고 말했어요. 그랬더니 할머니가 화를 내셨죠. '이런 건방진 아이 같으니라고! 그런 말은 듣도 보도 못했어.' 저는 그날 저녁도 못 먹고 잠자리에 들었어요. 하지만 건방진 말을 하려던 게 아니었어요. 그날 밤 저는 한숨도 못 잤어요. 왜냐하면 건방진 말을 하고 나서 자다가 죽은 아이가 있다고 시녀가 말해주었거든요."

엘리자베스가 우유를 다 마셨을 때 창문을 날카롭게 두드리는 소리가 났어. 가문비나무에 가려져 있어 이쪽에서는 보이지 않았는데 누가 우리를 계속 지켜보고 있었던 것 같아. 나의 요정 소녀는 반짝이는 금발을 휘날리며 어두컴컴한 가문비나무 사이로 뛰어가 사라졌지.

"공상을 좋아하는 아이예요."

내가 이날의 모험을 얘기해주자 리베카 듀는 자기가 겪은 일을 말해주었어(정말 어딘가 모르게 모험 같은 사건이었어, 길버트).

"어느 날인가 그 아이가 나한테 이렇게 묻는 거예요. '리베카 듀, 사자가 무섭나요?' 그래서 대답했죠. '나는 한 번도 마주친 적이 없어서 뭐라고 말을 못 하겠네.' 그러자 그 아이가 이렇게 말했어요. '내일에는 사자가 얼마든지 있을 거예요. 하지만 모두 멋지고 친절한 사자예요.' 그래서 난 이렇게 말해줬죠. '애야, 그렇게 날 쳐다보면 네 온몸이 다 눈으로 변할지도 몰라.' 그 아이는 내 속을 꿰뚫고 자기가 말하는 내일에 있는 무언가를 보고 있었으니까요. 그러더니 '저는 생각에 빠져 있는 거예요'라고 말하더군요. 그 아이의 문제점은 잘 웃지 않는다는 거예요."

이야기를 나누는 동안에 엘리자베스가 한 번도 웃지 않았던 게 기억났어. 아직 웃는 법을 배우지 못한 것 같았지. 그 커다란 집은 너무 조용하고 쓸쓸한 데다가 웃음소리도 없거든. 세상이 가을빛으로 온통 물들어가는 지금도 그 집은 칙칙하고 음침해 보여. 리틀 엘리자베스는 잃어버린 속삭임에 귀를 기울이고 있는 거야. 서머사이드에서 내게 맡겨진 사명 중 하나는 엘리자베스한테 웃는 법을 가르치는 일인 것 같아.

당신의 가장 상냥하고 충실한 벗,
앤 셜리

추신. 마지막 표현도 채티 이모의 할머니가 쓴 편지에서 따온 거야!

3장

—

프린스에드워드섬, 서머사이드, 유령의 길, 포플러나무집

10월 25일

사랑하는 길버트에게

무슨 일이 있었는지 알아? '단풍나무집'에 저녁을 먹으러 갔었어!

엘런 할머니가 직접 초대장을 보내셨어. 리베카 듀는 정말 흥분했지. 그 사람들이 나한테 관심을 가져줄 거라고는 생각도 못 했거든. 그리고 나랑 친하게 지내려는 목적으로 초대한 건 아니라고 꽤 확신하는 눈치더라. 리베카 듀는 속마음을 솔직하게 털어놓았어.

"음흉한 속셈이 있는 거예요. 틀림없어요!"

나도 속으로는 어느 정도 그런 기분이 들었어. 그때 리베카 듀가 명령하듯 말했지.

"가장 좋은 옷을 입는 거 잊지 마세요."

그래서 나는 보라색 제비꽃무늬가 있는 예쁜 크림색 드레스를 입고 앞머리를 이마에 내려뜨렸어. 처음 해보는 머리 모양이었는데 나랑 아주 잘 어울렸지.

단풍나무집의 노부인들은 나름대로 유쾌한 분들이야. 두 분이 허락만 해주신다면 나는 그분들을 좋아할 수 있을 거야. 단풍나무집은 근사하고 위풍당당한 분위기가 느껴지는 저택이야. 주위에 나무를 심어놓고 평범한 집들과 거리를 두고 있지. 과수원에는 하얀 나무로 만든 커다란 여인상이 있어. 에이브러햄 선장님의 '가서 그녀에게 물어라'라는 이름을 가진 유명한 배에서 떼어 온 거야. 현관 계단 옆에 가득한 개사철쭉은 백여 년 전에 첫 번째로 이주해온 프링글 사람들이 고국에서 가져온 거래. 두 분의 조상 중에는 민덴 전투*에 참전한 사람도 있었는데, 그 조상의 칼이 에이브러햄 선장님의 초상화와 나란히 응접실 벽에 걸려 있어. 에이브러햄 선장님은 노부인들의 아버지인데, 두 분 다 선장님을 무척 자랑스러워하는 게 틀림없어.

세로로 홈이 새겨진 검은색 벽난로 선반도 있었어. 아주

---

* 7년전쟁의 전투 중 하나로 이 전투에서 페르디난트 공작이 지휘하는 프로이센 하노버 영국 연합군은 콩타느 후작이 지휘하는 프랑스군과 1759년 8월 1일 교전을 벌여 승리했다.

오래되어 보였지. 그 위에는 커다랗고 멋있는 거울이 여러 개 걸려 있었어. 밀랍을 입힌 꽃이 담긴 유리 상자, 아름다운 옛날 배 사진들, 프링글 가문 유명인들의 머리카락으로 만든 장식 고리, 커다란 소라껍데기도 있었어. 손님방 침대에는 정교한 부채무늬의 조각보 이불이 깔려 있었지.

우리는 응접실로 가서 앉았어. 마호가니로 만든 셰러턴 양식*의 의자였지. 벽은 은색 줄무늬 벽지로 도배했고 창문에는 묵직한 은색 실로 무늬를 넣은 커튼이 드리워져 있었어. 대리석 상판을 붙인 탁자 중 하나에는 진홍색 선체에 눈처럼 하얀 돛을 단 아름다운 배 모형이 놓여 있었어. 바로 '가서 그녀에게 물어라'호야. 그 외에 유리로 된 거대한 샹들리에가 천장에 대롱대롱 매달려 있었고 가운데에 시계가 박힌 둥근 거울도 있었지. 에이브러햄 선장님이 외국에서 가져온 거야. 정말 근사했지. 우리가 꿈꾸는 집에도 이런 게 있었으면 좋겠어.

그곳은 그림자까지도 웅장하고 고풍스러웠어. 엘런 할머니는 수백만 장이나 되는(그 정도로 보였어) 프링글 가문의 사진을 보여줬어. 그중 가장 많은 건 가죽 보관함에 들어 있는 은판사진이었어.

갑자기 커다란 삼색무늬 고양이가 들어와서 내 무릎에 뛰어올랐는데 엘런 할머니가 곧장 부엌으로 데리고 나갔어. 다시 돌아온 할머니는 내게 얼른 사과했지. 하지만 부

* 18세기 말에서 19세기 초까지 유행한 영국 가구 양식

옆에서 고양이에게 먼저 사과하지 않았을까?

이야기는 주로 엘런 할머니가 했어. 세라 할머니는 체구가 아담한 분으로, 검은색 실크드레스를 입고 빳빳하게 풀을 먹인 페티코트를 입고 있었어. 머리는 눈처럼 하얗고 눈은 드레스처럼 시커멓고. 핏줄이 다 드러나는 여윈 손을 무릎 위에 포개고 있었지. 무릎에는 근사한 레이스를 덮어놓았어. 슬프고 사랑스럽고 온화한 모습이 마치, 이야기를 나누기라도 하면 부서질 것 같아 보였어. 하지만 길버트, 난 엘런 할머니를 포함해 프링글 사람들 모두가 세라 할머니의 장단에 맞춰 춤을 추고 있다는 인상을 받았어.

저녁 식사는 아주 훌륭했어. 물도 시원했고 린넨 식탁보도 아름다웠고 접시와 유리잔도 얇은 것들이었지. 어느 하녀가 시중을 들었는데 이 집 사람들처럼 도도하고 귀족적이었어. 하지만 세라 할머니는 내가 말을 걸 때마다 귀가 잘 안 들리는 척하는 바람에 내가 하는 한 마디 한 마디가 목에 걸리는 것만 같았지. 그래서 그나마 갖고 있던 용기마저 전부 새어나가버렸지 뭐야. 끈끈이에 잡힌 불쌍한 파리 같은 기분이었지. 길버트, 나는 절대로 이 왕족들을 정복하거나 이 왕족들과 맞붙은 싸움에서 승리하는 일 따위는 없을 거야. 새해 벽두에 사직하는 내 모습이 보이는 것 같아. 내겐 그런 사람들을 꺾을 재간이 절대 없으니까.

그런데 집 안을 둘러보던 중에 이 두 노부인이 조금 안됐다는 기분이 저절로 드는 거야. 이 집도 한때는 '살아 있는' 곳이었겠지. 이곳에서 태어나고, 이곳에서 죽고, 환호

성을 질렀을 거야. 잠과 절망과 두려움과 기쁨과 사랑과 희망과 미움을 겪었겠지. 하지만 지금은 아무것도 남아 있지 않고 오직 예전에 살았던 추억과 자부심만 자리를 지키고 있잖아.

채티 이모는 오늘 몹시 당황한 듯했어. 내 침대에 깔려고 깨끗한 시트를 펼쳤을 때 가운데에 마름모꼴로 접힌 자국이 있었대. 그건 집안사람 중 누가 죽을 전조라는 거야. 케이트 이모는 그런 미신에 넌더리를 내. 하지만 나는 미신을 믿는 사람들도 좋아하는 편이야. 삶에 색깔을 더해주잖아. 모두가 현명하고 분별력 있다면 그리고 착하기만 하다면 세상이 얼마나 지루하겠어! 그러면 이야깃거리도 없지 않을까?

이틀 전 밤에 여기서 대참사가 있었어. 더스티 밀러가 밤새도록 밖에 나가 있었던 거야. 리베카 듀가 뒷마당에서 "야옹아"라고 큰 소리로 불러댔지만 아무런 기척이 없었어. 그리고 아침에 고양이가 나타났을 때는… 정말 꼴이 말이 아니었지! 한쪽 눈은 완전히 감겨 있었고 턱에는 달걀만 한 혹이 나 있었어. 털은 진흙이 묻어 뻣뻣해져 있었고 한쪽 다리는 물어뜯긴 모습이었지. 하지만 멀쩡한 눈에서는 의기양양해하고 후회하지 않는 표정이 역력했어. 이모들은 겁에 질렸지만 리베카 듀는 아주 기뻐하며 말했어.

"저놈의 고양이가 난생처음 제대로 된 싸움을 해본 모양이군요. 상대방 고양이는 훨씬 더 심한 꼴을 하고 있을 게 틀림없고요!"

오늘 밤에는 항구에서 스며들어온 안개가, 리틀 엘리자베스가 탐험하고 싶어 하는 붉은 길을 완전히 덮어버렸어. 마을의 모든 정원에서는 풀과 낙엽이 타오르고 있었고, 연기와 안개가 뒤섞이면서 유령의 길을 으스스하고 매혹적이며 마법에 걸린 곳으로 만들었지. 밤이 깊으면 내 침대는 이렇게 말해.

"주무시도록 준비하고 있었어요."

이제는 접이식 계단을 밟고 침대로 올라가는 일이 아주 익숙해. 내려가는 일도 그렇고. 아, 길버트. 이건 아무한테도 말하지 않았는데 너무 웃겨서 더는 비밀을 못 지키겠어. 바람 부는 포플러나무집에서 처음 눈을 뜬 아침에 있었던 일이야. 계단이 높다는 걸 까맣게 잊어버린 채 봄날 아침을 맞이하러 힘차게 뛰어내린 거야. 리베카 듀의 말을 빌리자면 벽돌 천 개가 무너져 내리는 듯한 소리를 내면서 떨어졌지 뭐야. 다행히 뼈가 부러지지는 않았는데, 일주일 내내 검고 파란 멍은 없어지지 않았지.

리틀 엘리자베스하고 나는 아주 좋은 친구가 됐어. 그 아이는 매일 저녁 우유를 받으러 와. 시녀가 아파서 누워 있거든(리베카 듀 말로는 '기관지염'에 걸렸대). 나는 항상 담장 문에서 그 아이를 만나. 해 질 녘의 빛을 커다란 눈에 가득 담고 날 기다리고 있지. 우리는 몇 년이나 열린 적이 없는 그 문을 사이에 두고 이야기를 나눠. 엘리자베스는 대화를 최대한 길게 하기 위해 천천히 우유를 홀짝거려. 마지막 한 방울이 아이의 입속으로 떨어질 때면 어김없이 창문을 두드리는 소리가 들리지.

그 아이는 '내일'이 오면 여러 일들이 벌어지겠지만 그중 하나가 아버지한테 편지를 받는 일이라는 걸 내게 알려줬어. 여태 한 번도 편지를 받은 적이 없었대. 아버지라는 사람이 도대체 무슨 생각을 하고 사는 건지 모르겠어.

"아빠는 저를 보는 게 힘들대요, 셜리 선생님. 하지만 편지는 쓸 수 있겠죠?"

리틀 엘리자베스의 말에 나는 그만 화가 났어.

"아빠가 너를 보는 게 힘들다고 누가 그랬니?"

"시녀가요."(엘리자베스의 입매를 보면 '시녀'라는 단어를 애써서 발음하는 게 느껴져.)

"그건 맞는 말이겠죠? 안 그러면 아빠가 저를 가끔은 보러 올 테니까요."

그날 밤 엘리자베스는 베스였어. 아버지 이야기를 하는 건 그 아이가 베스일 때뿐이거든. 베티일 때는 할머니하고 시녀 뒤에서 얼굴을 찌푸리지. 엘시가 되면 잘못한 일을 후회하면서 자백해야 한다고 생각하지만, 자백하는 건 또 겁을 내. 엘리자베스일 때는 거의 없는데, 가끔씩 그럴 때면 요정의 음악을 듣고 장미와 클로버가 하는 말을 알아듣는 듯한 얼굴을 하고 있어. 특이하면서도 매력적인 아이야. 바람에 나부끼는 포플러 잎사귀처럼 예민하지. 나는 그 아이가 정말 좋아. 끔찍한 두 할머니가 아이를 어둠 속에서 잠자리에 들게 하는 걸 알고 나서 얼마나 화가 났는지 몰라.

"저는 많이 컸으니까 등불 없이도 잘 수 있다고 시녀가 그랬어요. 하지만 아직 전 아주 작은 아이인걸요. 밤은 너무 길고 무서우니까요. 그리고 제 방에는 박제한 까마귀가 있는데 저는 그게 너무 무서워요. 제가 울면 그게 눈을 쪼아버릴 거라고 시녀가 그랬어요. 물론 그런 말을 믿지는 않아요. 하지만 여전히 무서운걸요. 밤에는 제 방에 있는 물건들이 서로 이야기를 나누는 소리가 들려요. 하지만 내일이 되면 저는 아무것도 무섭지 않을 거예요. 유괴를 당한다고 해도 말이죠!"

"네가 유괴당할 위험은 없단다, 엘리자베스."

"어디 혼자 가거나 모르는 사람하고 말을 하면 그렇게 된다고 시녀가 말했어요. 하지만 선생님은 모르는 사람이 아니잖아요. 그렇죠, 셜리 선생님?"

"그럼 아니지. 우리는 내일이라는 곳에서 전부터 알고 지낸 사이잖니."

4장

서머사이드, 유령의 길, 바람 부는 포플러나무집

11월 10일

사랑하는 이에게

예전에 난 내 펜촉을 망가뜨리는 사람이 세상에서 가장 싫었어. 하지만 리베카 듀라면 도저히 미워할 수 없어. 다만 내가 학교에 가고 나면 내 펜으로 조리법을 베껴두는 버릇이 있다는 게 문제야. 리베카 듀가 오늘 또 그러는 바람에 이번에도 너는 길고 사랑이 가득 담긴 편지를 받지 못하게 된 거야.

이제는 귀뚜라미도 노래를 부르지 않아. 요즘은 저녁에 꽤 쌀쌀해서 내 방에 조그맣고 통통한 타원형 장작 난로를 놓아뒀어. 리베카 듀가 가져다준 거야. 그래서 펜에 관한 일은 용서해줬지. 그녀는 못 하는 일이 하나도 없어. 내가 학교에서 돌아올 때쯤이면 항상 불을 넣어줘. 난로는 손으로 들 수 있을 정도로 작아. 마치 쇠로 된 안짱다리 네 개가 있는 검고 앙증맞은 강아지처럼 보여. 속에 단단한 장작을 넣으면 장밋빛으로 붉게 타오르면서 굉장한 열기를 뿜어내는데, 덕분에 방이 얼마나 아늑한지 몰라. 나는 지금 난로 앞에 앉아 자그마한 난로 받침대에 발을 올리고, 편지지를 무릎 위에 펼쳐서 네게 편지를 쓰고 있어.

서머사이드 사람들은 한 명도 빠짐없이(그 정도는 될 거야) 하디 프링글가에서 개최한 무도회에 갔어. 물론 나는 초대를 못 받았지. 그 일로 리베카 듀가 짜증을 내고 있어. 내가 더스티 밀러가 아닌 게 얼마나 다행인지 몰라. 화풀이 상대거든. 그래도 얼굴은 예쁘지만 머리는 나쁜 하디의 딸 마이러가 이등변삼각형 밑변의 양 끝 두 각이 같다는 사실을 증명하면서 답안지에다 '각'(angle)을 '천사'(angel)라고 적어놓은 걸 생각하면 프링글 가문 사람들을 죄다 용서하고 싶어져. 지난주에는 여러 가지 나무 종류를 적어보라고 했더니 정말로 진지하게 '교수대나무'까지 적어놓은 거야! 공정하게 말하자면 프링글 가문의 학생들만 이런 실수를 저지르는 건 아니야. 블레이크 펜턴은 얼마 전에 악어가 어떤 동물이냐는 질문에 '커다란 곤충'이라고 대답했지. 그런 일들이 교사 생활의 색다른 재미가 아닐까?

오늘 밤에는 눈이 내릴 것 같아. 나는 그런 저녁이 좋아.

바람이 '탑과 나무들 사이로'* 불면서 내 방을 더 아늑하게 만들어주니까. 오늘 밤에는 사시나무에서 마지막 남은 황금빛 잎이 떨어질 거야.

이제 어지간한 집에서는 전부 저녁 초대를 받은 것 같아. 학생들의 집을 말하는 거야. 마을 중심가나 외곽 가릴 것 없이 다녔지. 사랑하는 길버트, 나는 이제 호박절임이라면 신물이 나! 우리가 꿈꾸는 집에는 호박절임을 절대 갖다놓지 말기로 하자.

지난달 내가 갔던 거의 모든 곳에서 저녁 식사로 호박절임이 나왔어. 처음 먹었을 때는 무척 좋았지. 황금빛을 띤 모습이 마치 절여놓은 햇빛을 먹는 느낌이었거든. 그러고는 경솔하게 그걸 마구 칭찬해버린 거야. 그 뒤로 내가 호박절임을 정말 좋아한다는 소문이 퍼져서 사람들이 나를 위해 일부러 그걸 준비하게 됐지. 어젯밤에 해밀턴 씨 집에 가려고 하는데, 그곳에서는 호박절임을 먹지 않아도 될 거라고 리베카 듀가 장담했어. 해밀턴 가족은 아무도 그걸 좋아하지 않는다는 거야. 그런데 우리가 저녁을 먹으려고 앉자 식기대 위에는 호박절임을 가득 담아둔 유리그릇이 당연한 듯 놓여 있었어. 해밀턴 부인은 접시에 호박절임을 가득 담아서 내게 친절히 건네주며 말했어.

"우리 식구는 호박절임을 안 먹어요. 하지만 선생님이 이걸 정말 좋아하신다고 해서 지난 일요일에 로베일에 있

• 영국 시인 앨프리드 테니슨(1809-1892)의 시 〈자매들〉을 인용했다.

는 사촌언니에게 가서 특별히 부탁했죠. '이번 주에 셜리 선생님이 저녁 식사를 하러 오시는데, 그분은 호박절임을 그렇게 좋아한대요. 선생님 드리게 한 병만 좀 나눠 줬으면 좋겠어요.' 언니가 준 게 바로 이거예요. 남은 건 선생님이 가져가셔도 돼요."

내가 해밀턴 씨 집에서 호박절임이 3분의 2까지 들어 있는 유리병을 들고 집에 왔을 때 리베카 듀의 얼굴이 어땠는지 너도 봤어야 해! 바람 부는 포플러나무집 사람들은 아무도 호박절임을 좋아하지 않는 터라, 결국 우린 그걸 한밤중에 어둠을 틈타 정원에 묻어버렸지.

"이 일을 소설로 쓰진 않을 거죠?"

리베카 듀가 걱정스러운 얼굴로 물었어. 리베카 듀는 내가 잡지에 투고할 소설을 가끔씩 쓰고 있다는 걸 안 뒤로는 두려움 속에서 살고 있어(어쩌면 두려움이 아니라 기대일지도 모르겠네). 바람 부는 포플러나무집에서 일어나는 모든 일을 내가 소설로 쓸지도 모른다고 생각하는 거야. 게다가 그녀는 내가 프링글 가문의 이야기를 써서 그들을 혼내주길 바라고 있어. 하지만 안타깝게도 혼을 내고 있는 쪽은 프링글 사람들이야. 나는 그들과 학교 일에 쫓겨서 소설 쓸 시간을 거의 내지 못하고 있지.

지금 정원에는 마른 잎과 서리 내린 줄기만 있어. 리베카 듀가 짚하고 감자 자루로 장미나무를 감싸놓았는데 저녁놀이 비칠 때 보면 등이 굽은 채 지팡이에 몸을 의지하고 서 있는 노인들과 꼭 닮았어.

오늘은 데이비에게서 엽서가 왔어. 입맞춤을 뜻하는 X자가 열 개나 있었지. 프리실라가 쓴 편지도 받았는데 편지지는 일본에 있는 친구가 보내준 거래. 실크처럼 얇은 종이인데 유령같이 흐릿한 벚꽃 무늬가 있어. 일본에 산다는 프리실라의 친구가 어떤 사람인지 의심스럽기도 해. 네가 보내준 커다랗고 두툼한 편지는 오늘이 내게 준 최고의 선물이었어. 나는 그 향기를 남김없이 맡기 위해 네 번이나 반복해서 읽었지. 접시가 반짝일 때까지 핥는 강아지처럼 말이야! 확실히 그건 낭만적인 비유는 아니지만 갑자기 머릿속에 떠올랐어. 아무리 편지가 멋지다고 해도 그것만으로는 만족할 수 없네. 너를 보고 싶어. 5주만 지나면 크리스마스 휴가라 다행이야.

5장

어느 11월 말 저녁, 앤은 옥탑방 창가에 앉아 펜을 입에 문 채 꿈꾸는 듯한 눈으로 해가 저물어갈 무렵의 세상을 바라보았다. 그러다 문득 오래된 묘지까지 산책하고 싶다는 생각이 들었다. 앤은 그때껏 묘지에 가보지 않았다. 저녁 산책으로는 자작나무와 단풍나무 숲이나 항구 도로가 더 좋았다. 하지만 나뭇잎이 떨어진 뒤에는 항상 '11월의 공백'이라고 할 만한 것이 있어서 그런 숲에 발을 들여놓는 일은 실례인 듯 느껴졌다. 나무들 입장에서는 이 땅의 영광이 사라지고 영적이면서 순결하고 순백색을 띤 천상의 영광은 아직 오지 않았기 때문이다. 그래서 앤은 묘지로 발길을 옮겼다. 이즈음 앤은 기가 꺾이고 희망도 사라진 상태였기에 차라리 묘지가 즐거운 곳처럼 여겨졌다. 게다가 리베카 듀의 말에 따르면 이 묘지는 프링글 가문 사람으로 가득 차 있었다. 그들은 여러 세대에 걸쳐 이곳에 묻혔고, 새로운 매장지보다 이곳을 선호하는 경향이 이어지면서 묘지는 끼어들 자리가 없을 만큼 빼곡해졌다. 앤은 이 많은 프링글 가문 사람들이 다른 사람들을 더는 괴롭힐 수 없는 곳에 있는 모습을 보면 분명히 기분이 풀릴 것이라고 생각했다.

프링글 가문에 대해서는 이제 인내의 한계에 이른 기분이었다. 가면 갈수록 모든 게 악몽이 되어갔다. 학교에서는 앤의 말을 듣지 않고 무례하게 구는 미묘한 분위기가 마침내 최고조에 이르렀다. 젠 프링글이 주도한 일이었다. 어느 날, 앤은 상급반 학생들에게 '이번 주에 일어난 가장 중요한 일'이라는 제목으로 글짓기를 하게 했다. 젠 프링글은 훌륭한 작품을 썼는데(이 장난꾸러기 아이는 영리했다) 글 속에 교사를 모욕하는 내용을 교묘하게 집어넣었다. 너무나도 신랄해서 도저히 무시할 수 없었다. 앤은 젠을 집으로 보내면서, 사과하기 전까지는 학교에 다시 오는 것을 허락하지 않겠다고 말했다. 불에 기름을 부은 격이었다. 이제 앤과 프링글 가문 사이의 전면전이 시작되었다. 그리고 가엾은 앤은 승리의 깃발이 어디에 걸릴지 잘 알고 있었다. 학교 이사회는 프링글 가문의 편을 들 것이고, 앤은 젠이 학교에 다시 나올 수 있도록 허락하는 일과 스스로 교직을 그만두는 일 사이에서 선택을 강요받을 것이다.

앤은 억울한 기분이 들었다. 나름대로는 최선을 다했다. 공정하게 싸울 기회가 있었다면 이길 수도 있었을 것이다.

'그건 내 잘못이 아니야.'

앤은 비참한 마음을 달래며 이렇게 중얼거렸다.

"이처럼 막강한 진영이 굉장한 전술로 공격해오는데, 도대체 누가 맞서서 이길 수 있겠어?"

하지만 전쟁에서 패한 채 초록지붕집으로 돌아가야 하다니! 린드 아주머니의 분개와 파이네 사람들이 내지르는 환호를 견뎌내야 하다니! 친구들이 건네는 위로까지도 괴로울 것이 분명하다. 게다가 서머사이드에서 실패한 일이 알려지면 다른 학교에서도 일을 못 하게 될 수 있다.

그러나 연극에서만큼은 프링글 집안사람들도 앤을 이기지 못했다. 그때의 기억을 떠올리면서 앤은 장난기 어린 미소를 지었고 눈에는 짓궂은 기쁨이 넘쳤다.

앤은 연극부를 조직하고 작은 공연을 준비했다. 앤이 관심을 뒀던 계획 가운데 하나(각 교실에 둘 멋진 판화를 사려는 계획)를 위한 기금 마련 방법으로 서둘러 기획한 일이었다. 교감인 캐서린 브룩에게도 도와달라고 부탁했는데 이는 모든 일에서 소외된 것 같은 그녀가 딱했기 때문이다. 하지만 앤은 두고두고 후회하지 않을 수 없었다. 연습하는 내내 캐서린은 평소보다 훨씬 퉁명스럽게 굴고 빈정댔다. 신랄한 혹평 없이 그냥 지나간 적이 손에 꼽힐 만큼 그녀는 매사에 눈살을 찌푸리며 트집을 잡았다. 더욱 심각한 일은, 젠 프링글에게 스코틀랜드 여왕 메리 역을 맡겨야 한다고 캐서린이 끝끝내 고집했다는 것이다.

캐서린이 짜증 섞인 목소리로 말했다.

"우리 학교에서 그 역을 할 수 있는 아이는 젠뿐이에요. 그 애만큼 그 역에 딱 어울리는 개성을 가진 아이가 없으니까요."

하지만 앤은 동의할 수 없었다. 키가 크고 갈색 눈에 풍성한

밤색머리의 소피 싱클레어가 젠보다 훨씬 스코틀랜드 여왕 메리와 닮았다고 생각했기 때문이다. 하지만 소피는 연극부 단원이 아니었고 무대에 서본 경험도 전혀 없었다.

"이번 연극에서 풋내기는 필요 없어요. 난 성공하지 못할 일에는 관여하고 싶지 않아요."

캐서린이 어찌나 불쾌한 얼굴로 말하던지 앤은 그만 손을 들 수밖에 없었다. 젠이 이 배역에 적임자라는 사실도 부정할 수 없었다. 더구나 젠은 연기에 타고난 재능이 있었고, 맡은 역할에 진심으로 몰두했다. 연습은 한 주에 네 번씩 저녁에 했고 겉으로는 모든 일이 순조롭게 진행되는 듯 보였다. 자신의 배역에 큰 흥미를 가진 젠은 연극에 관한 한 예의 바르게 행동했다. 앤은 젠의 연습에 관여하지 않고 캐서린이 지도하도록 맡겨두었다. 하지만 한두 번인가 젠의 얼굴에 교활한 승리의 표정이 떠오른 것을 보고 적잖이 당혹했다. 그것이 무슨 의미인지 짐작조차 할 수 없었다.

연극 연습이 시작된 지 얼마 안 된 어느 날 오후, 소피 싱클레어가 여학생 탈의실 한구석에서 눈물 흘리는 모습을 보았다. 처음에는 갈색 눈을 깜빡이면서 아무 일도 아니라고 손사래 치던 소피는 이내 울음을 터뜨렸다.

"저도 연극에 출연하고 싶어요. 메리 여왕 역을 맡고 싶다고요. 하지만 제겐 기회가 한 번도 없었어요. 연극부에 들어가는 걸 아빠가 허락해주지 않으셨거든요. 그러려면 회비를 내야 하는데 한 푼이라도 아껴야 할 형편이니까요. 물론 공연을 해본 경험도 없고요. 하지만 저는 메리 여왕을 쭉 사랑해왔어요. 이름만 들어도 손끝에 전율이 느껴질 정도예요. 저는 메리 여왕이 남편 단리 경 살해 사건과 관련 있다는 걸 도저히 믿을 수 없어요. 그럴 리가 없으니까요. 잠깐만이라도 제가 메리 여왕이 되어볼 수 있다면 정말 멋질 것 같아요."

훗날 앤은 그때 자기가 이렇게 대답한 것은 수호천사 덕분이었다고 회상했다.

"내가 메리 여왕의 대사를 적어줄게, 소피. 연기도 가르쳐주고. 넌 분명히 잘 해낼 거야. 그리고 연극이 잘되면 다른 곳에서 공연할 계획도 있어. 젠이 항상 무대에 나갈 수 있는 건 아니니까 대역을 미리 준비해두는 편이 좋겠지? 하지만 소피, 이 사실은 아무한테도 말하지 않기로 하자."

소피는 다음 날까지 메리 여왕의 대사를 모두 암기했다. 날마다 수업이 끝나면 앤과 함께 바람 부는 포플러나무집 옥탑방에 가서 연습했다. 앤은 조용하면서도 쾌활한 소피와 함께 즐거운 시간을 보냈다. 연극은 11월 마지막 금요일 마을회관에서 공연하기로 정해졌다. 널리 홍보한 덕에 지정석은 하나도 남지 않고 다 팔렸다. 앤과 캐서린은 회관을 장식하느라 꼬박 이틀 저녁을 일했다. 악단을 섭외했고 막간에 노래를 부를 유명한 소프라노 가수가 샬럿타운에서 오기로 되어 있었다. 드레스 리허설*은 성공적이었다. 젠은 탁월한 모습을 보여주었고 출연진 전체가 젠 못지않게 좋은 연기를 했다.

금요일 아침이 되었다. 그런데 젠이 학교에 오지 않았다. 오

---

*   연극 등에서 의상과 분장을 모두 갖추고 무대에서 마지막으로 하는 연습

후가 되자 젠의 어머니가 소식을 보내왔다. 젠이 심한 인후통으로 앓아누웠고 혹시 편도선염이 아닐까 걱정된다는 내용이었다. 관련된 모든 사람은 무척 안타까워했지만 그날 밤 젠이 연극에 출연할 수 없다는 사실은 분명해 보였다.

캐서린과 앤은 처음으로 같은 실망감을 맛보며 서로를 쳐다보았다. 캐서린이 천천히 말했다.

"공연을 미뤄야 해요. 음, 그건 실패라는 뜻이죠. 일단 12월에 들어서면 해야 할 일이 많고요. 뭐, 이런 때에 연극을 하려고 했던 건 바보 같은 일이라고 생각해왔어요."

"공연을 연기하지는 않을 거예요."

앤이 말했다. 앤의 눈은 젠 못지않게 초록색으로 빛났다. 굳이 캐서린 브룩에게 말할 생각은 없었지만, 자기 못지않게 건강한 젠 프링글이 하필 이때 편도선염에 걸릴 리가 없다는 것쯤은 앤도 잘 알고 있었다. 프링글 집안사람 가운데 누가 관여했든지 간에 이번 일은 연극을 망치려고 의도적으로 계획한 것이 분명했다. 연극을 주도한 사람이 바로 앤 셜리였기 때문이다.

캐서린이 어깨를 으쓱하며 말했다.

"아, 선생님 생각이 어떻든 상관없어요! 그런데 어떻게 할 생각이세요? 메리 여왕의 대사를 읽을 사람이라도 뽑으시려고요? 그건 연극을 망치는 길이에요. 메리 여왕은 연극 전체에 계속 나오는걸요."

"소피 싱클레어에게 맡겨보세요. 그 애는 젠만큼이나 그 역을 잘 소화할 수 있어요. 의상도 잘 맞을 거고요. 다행히 선생님이 만든 덕에 의상이 지금 여기 있네요. 젠의 집이 아니라."

그날 밤 꽉 들어찬 관객 앞에서 연극이 상연되었다. 소피는 너무도 기뻐하며 메리 여왕을 연기했다. 이제 소피는 메리 여왕이었고, 이는 젠 프링글이 절대 대신할 수 없었다. 벨벳 예복을 입고 주름 장식과 보석을 단 소피의 모습은 마치 진짜 메리 여왕을 보는 것 같았다. 평소 수수하고 촌스러운 어두운 색 서지* 드레스 위에 볼품없는 외투를 걸치고 낡은 모자를 쓴 소피의 모습에 익숙했던 서머사이드 고등학교 학생들은 놀란 눈으로 그녀를 바라보았다. 소피를 연극부 종신회원으로 하자는 주장이 그 자리에서 나왔고(앤이 회비를 냈다), 그때부터 소피는 서머사이드 고등학교에서 '주목받는' 학생 가운데 한 명이 되었다. 하지만 그 누구도(소피 자신은 더더욱) 알지 못하고 꿈꾸지 못한 사실이 있었다. 그날 밤 소피는 스타로 가는 길에 첫발을 내디뎠던 것이다. 20년 뒤 소피 싱클레어는 미국에서 손꼽히는 여배우가 되었다. 그렇지만 그날 밤 서머사이드 마을회관에서 막이 내렸을 때 터져나온 열광적인 박수만큼 소피의 귀에 달콤하게 들린 갈채는 없었다.

제임스 프링글 부인이 집으로 돌아가 딸에게 이 이야기를 해주었다. 젠의 초록색 눈이 분노로 불타올랐다. 리베카 듀가 신이 나서 말한 것처럼, 이번만큼은 젠도 '마땅한 벌'을 받았다. 그리고 이 일에 대한 결과가 앞서 말했던 '앤을 모욕하는 글짓기'로 이어진 것이다.

---

* 무늬가 씨실에 대하여 45도가 되도록 짠 모직물로, 바탕이 야무지고 단단해서 내구성이 좋다.

앤은 이런저런 일들을 떠올리며 바큇자국이 깊게 패인 오솔길을 따라 오래된 묘지로 걸어 내려갔다. 길 양쪽의 이끼 낀 돌제방에는 서리 내린 고사리가 걸려 있었다. 11월의 바람에도 아직 잎이 다 떨어지지 않은, 길고 끝이 뾰족한 양버들이 오솔길을 따라 이어져 자수정 빛으로 물든 먼 언덕을 배경으로 까맣게 솟아 있었다. 하지만 묘비 절반이 술 취한 사람처럼 기울어져 있는 이 오래된 묘지는 사방이 크고 거무스름한 전나무들로 둘러싸여 있었다. 이곳에 누가 있을 것이라고는 생각하지 못했던 앤은 안으로 들어서자마자 밸런타인 코텔로와 마주치는 바람에 조금 놀랐다. 밸런타인은 길고 섬세한 코, 얇고 점잖은 입, 부드럽고 우아한 어깨, 그리고 범접하기 어려운 숙녀다운 분위기를 지니고 있었다. 서머사이드 사람들은 모두 밸런타인을 알았고 앤도 마찬가지였다. 유명한 재봉사인 밸런타인은 살아 있는 사람이나 고인이 된 사람 모두를 알았다. 밸런타인이 모른다면 그렇게 중요한 사람은 아니라는 뜻이었다. 앤은 혼자 이곳을 거닐며 독특한 옛 비문을 읽고, 이끼 낀 묘비들 사이에서 이제는 아무도 모르는 연인들의 이름을 꿰맞춰보려던 참이었다. 하지만 밸런타인이 팔짱을 끼면서 묘지를 안내해주겠다고 나서자 앤은 도망갈 수 없게 되었다. 이 묘지에는 코텔로 가문 사람들도 프링글 가문만큼이나 많이 묻혀 있는 것이 분명했다. 밸런타인은 프링글 가문의 피가 한 방울도 섞이지 않았고, 그의 조카는 앤이 가장 아끼는 제자 가운데 한 명이기도 했다. 그래서 밸런타인을 친절하게 대하는 것이 앤에게 그리 힘든 일은 아니었다. 다만 밸런타인이 생계 때문에 바느질을 하고 있다는 사실을 내비치지 않도록 늘 조심해야만 했다. 밸런타인이 그런 이야기에 예민하다는 소문도 있었다.

"오늘 저녁 여기 오길 잘했다는 생각이 드네요. 여기 묻혀 있는 사람들에 대해 전부 다 말해줄 수 있거든요. 묻힌 사람들의 이야기를 자세히 알게 되면 묘지도 정말 즐거운 곳이 될 거라고 저는 항상 이야기해요. 저는 새 묘지보다 이곳을 다니는 걸 더 좋아해요. 여기 묻힌 사람들은 옛날 친척들뿐이거든요. 하지만 평범한 사람들은 새 묘지에 묻혀 있어요. 코탤로 가문은 이쪽 편에 묻혀 있고요. 뭐, 우리 가문은 지금껏 장례를 정말 많이 치렀어요."

"오래된 집안은 다 그런 것 같아요."

앤이 말했다. 밸런타인을 보니 앤이 무언가 대답하기를 기대하고 있는 기색이 역력했기 때문이다.

밸런타인이 자부심 넘치는 얼굴로 말했다.

"우리 가문처럼 장례를 많이 치른 가문은 아마 하나도 없을 거예요. 집안사람 중에 폐병쟁이가 정말 많았거든요. 대부분은 기침 때문에 죽었어요. 여긴 베시 고모의 무덤이에요. 성녀가 정말 있다면 아마 이분일 거라고 할 정도였죠. 하지만 이야기 상대로는 동생인 세실리아 고모가 더 재미있다는 건 확실해요. 제가 마지막으로 봤을 때 고모는 이렇게 말했죠. '앉아라, 얘야, 여기 앉아. 난 오늘 밤 11시 10분에 죽을 거야. 그렇다고 해서 우리가 마지막으로 진짜 재미있는 이야기를 나누지 말란 법은 없잖니?' 그런데 셜리 선생님, 참 이상한 일도 다 있죠. 고모는 그날 밤 정말로 11시 10분에 돌아가신 거예요. 도대체 자기가 죽는 시간을 어떻게 아셨을까요?"

앤은 대답할 수가 없었다.

"저희 고조할아버지가 여기 묻히셨어요. 1760년에 태어나서 물레를 만들어 생계를 이어가셨죠. 평생 동안 모두 1,400대를 만드셨다고 들었어요. 돌아가셨을 때 목사님은 '그들이 행한 일이 그들을 따라다니기 때문이다*'라는 성경 구절을 인용하면서 설교하셨어요. 그렇다면 고조할아버지가 천국으로 간 길 뒤에는 물레가 꽉 들어차 있다는 거냐고 마이럼 프링글 씨가 물었어요. 그런 말을 하는 게 고상한 일이라고 생각하세요?"

"물론 그렇게 생각하진 않아요."

프링글이 아니라 다른 가문 사람들이 한 말이었다면 앤도 이렇게 딱 잘라서 대답하지는 않았을 것이다. 그러고는 해골 밑에 뼈를 교차한 모양으로 장식한 비석을 보면서 이것 역시 고상한 일은 아니지 않을까 생각했다.

"제 사촌인 도라 언니는 여기 묻혔어요. 남편이 세 명 있었는데 다들 너무 빨리 죽었죠. 불쌍한 도라 언니는 건강한 남자와 결혼할 운이 전혀 없었던 것 같아요. 마지막 남편은 벤저민 배닝이에요. 그는 여기에 없어요. 로베일에 있는 첫 번째 부인 곁에 묻혔죠. 벤저민은 죽는 걸 받아들이지 못했어요. 더 좋은 세상으로 갈 거라고 도라 언니가 말해주니까 가엾은 형부는 이렇게 말했죠. '그럴지도 몰라. 아마 그렇겠지. 하지만 나는 불완전한 이 세상에 익숙해졌잖아.' 그 사람은 예순한 가지나 되는 약

• 　　신약성경(새번역)의 요한계시록 14장 13절에 나온 표현

을 먹었어요. 하지만 그렇게 약을 많이 먹었는데도 꽤 오랫동안 죽지 않았어요. 데이비드 코탤로 삼촌네 가족은 모두 여기 있어요. 무덤가에 장미를 심었는데 꽃이 참 예쁘게 피어나요! 전 해마다 여름이 되면 여기 와서 그걸 꺾어다가 제 꽃병에 꽂아요. 꽃을 그냥 버려두는 건 아깝잖아요. 그렇지 않나요?"

"아, 네. 뭐, 저도 그렇게 생각해요."

"가엾은 제 동생 해리엇도 여기 누워 있어요. 그 애는 머리가 정말 근사했어요. 선생님 머리색하고 비슷했죠. 그렇게 빨갛지는 않았던 것 같지만요. 끝이 무릎에 닿을 만큼 길었어요. 약혼 중에 죽었죠. 선생님도 약혼하셨다고 그러던데요. 저는 그렇게까지 결혼하고 싶었던 적은 없지만 약혼이라는 게 참 좋은 것 같긴 해요. 아, 물론 저도 기회는 몇 번 있었어요. 아마 제가 너무 까다로웠나 봐요. 그래도 코탤로 사람이 아무하고나 결혼할 수는 없잖아요. 그렇지 않나요?"

물론 그렇게 보이기는 했다.

"프랭크 딕비는… 저기 옻나무 아래 구석에 있는데요. 저랑 결혼하고 싶어 했어요. 거절했을 땐 조금 아쉽다는 생각이 들긴 했죠. 하지만 그는 딕비 가문 사람이잖아요! 프랭크는 결국 조지나 트루프와 결혼했어요. 조지나는 자기 옷을 자랑하려고 교회에 항상 조금 늦게 왔어요. 꾸미는 것을 좋아했거든요. 죽은 뒤에는 아주 예쁜 파란 드레스를 입고 묻혔어요. 다른 사람 결혼식 때 입으라고 제가 만들어준 옷이었지만 결국 자기 장례식에서 입게 된 거죠. 조지나는 귀여운 아이가 셋이나 있었어요. 교회에서 제 앞에 자주 앉았는데 제가 늘 사탕을 줬죠. 교회에서 아이들한테 사탕을 주는 게 나쁜 일이라고 생각하시나요, 셜리 선생님? 박하사탕은 아니었어요. 그거라면 괜찮았겠죠. 박하사탕은 왠지 경건한 구석이 있잖아요. 안 그런가요? 그런데 그 가엾은 아이들은 박하사탕을 좋아하지 않았어요."

코탤로 가문의 무덤에 대한 사연이 다 떨어지자 밸런타인의 추억담에 점점 가시가 돋았다. 아마 코탤로 집안사람이 아니라면 누구에 대해 이야기하든 별 차이가 없었을 것이다.

"러셀 프링글 부인은 여기 있어요. 저는 그 할머니가 과연 천국에 갔을지 종종 궁금해져요."

충격을 받은 앤이 숨을 고르며 물었다.

"왜 그렇게 생각하는 거죠?"

"글쎄, 그분은 자기보다 몇 달 전에 죽은 언니 메리 앤을 항상 미워했어요. '메리 앤이 천국에 있다면 나는 절대 거기 가지 않을 거야'라고 말할 정도였죠. 프링글 사람답게 자기가 한 말을 항상 지켰어요. 그녀는 프링글 가문에서 태어나 사촌오빠인 러셀과 결혼했어요. 이쪽은 댄 프링글 부인이에요. 처녀 땐 재네타 버드였죠. 일흔 살이 되기 하루 전날 돌아가셨어요. 사람들 말로는 일흔 살보다 하루라도 더 오래 사는 건 잘못된 일이라고 생각했을 거래요. 성경에 사람의 수명이 일흔 살이라고 그랬으니까요.• 사람들은 참 우스운 말을 해요. 그렇죠? 재네타가 자기 남편에게 묻지도 않고 마음대로 한 건 죽는 일뿐이었다는 말도 들었어요. 자기가 싫어하는 모자를 부인이 사들고 왔을 때 그

• 　구약성경의 시편 90편 10절에 나온 내용

남편이 어떻게 했는지 아세요, 선생님?"

"아니요, 상상도 못 하겠는데요?"

"그걸 먹어치웠어요! 물론 아주 작은 모자긴 했어요. 레이스와 꽃이 달려 있었고… 깃털은 없었죠. 그래도 소화는 잘 안 됐을 게 분명해요. 한참 동안 위가 쪼는 듯이 아팠겠죠. 물론 그 사람이 먹는 걸 보지는 않았지만 전 그 이야기가 사실일 거라고 믿어왔어요. 선생님도 그렇게 생각하시죠?"

"프링글 집안사람이라면 그랬을 수도 있겠죠."

앤이 날카롭게 말했다. 이어 밸런타인은 안타까운 표정으로 앤의 팔을 꼭 잡았다.

"선생님은 참 안됐어요. 정말 그래요. 그 사람들은 선생님을 참 모질게 대하죠. 하지만 서머사이드 사람들이 전부 프링글 가문은 아니잖아요, 셜리 선생님?"

"가끔씩은 그런 기분도 들어요."

앤이 원망스러운 미소를 지으며 말했다.

"아뇨, 그렇지 않아요. 선생님이 이기는 걸 보고 싶어 하는 사람도 많아요. 그러니까 그 가문이 선생님께 무슨 짓을 하더라도 항복해서는 안 돼요. 늙은 악마가 그들에게 들어간 거니까요. 하지만 그 사람들은 한마음 한뜻이고 세라 할머니는 조카를 교장 자리에 앉히길 원했어요. 자, 그 유명한 네이선 프링글의 무덤은 여기 있어요. 네이선은 아내가 자기를 독살하려 한다고 믿었지만 별로 신경 쓰는 것 같지는 않았어요. 덕분에 긴장감을 유지하며 살아갈 수 있다고 말했죠. 한번은 아내가 죽에 비소를 넣은 게 아닌지 의심했어요. 그래서 밖으로 나가 그걸 돼지한테 먹인 거예요. 돼지는 석 주 뒤에 죽었죠. 하지만 네이선은 그건 우연일 뿐이고 정말 그 죽을 먹은 돼지가 죽었는지도 분명하지 않다고 말했어요. 결국 아내가 먼저 죽었고, 네이선은 그 한 가지 말고는 좋은 아내였다고 말했죠. 그렇지만 그 한 가지도 네이선이 잘못 알고 있었다고 믿는 게 나을 거예요."

앤은 다른 비문을 읽다가 깜짝 놀랐다.

"킨제이 양을 추모하며. 정말 특이한 비문이네요! 이분은 성만 있고 이름은 없었나요?"

"이름이 있었다 해도 아무도 몰랐던 거예요. 노바스코샤에서 온 사람인데 조지 프링글 씨 집에서 40년간 일했죠. 자기를 킨제이 양으로 불러달라고 해서 다들 그렇게 했어요. 그런데 그 사람이 갑자기 세상을 떠났을 때 아무도 정확한 이름을 모른다는 걸 깨달은 거죠. 친척도 찾을 수 없었고요. 그래서 묘비에 저렇게 적어놓은 거예요. 조지 프링글 씨가 엄숙하게 장례를 치르고 묘비값도 지불했죠. 킨제이 양은 성실하고 부지런한 사람이었어요. 하지만 선생님이 그 사람을 한 번만 봤어도 태어날 때부터 이미 킨제이 양이었을 거라고 생각하셨을걸요? 제임스 몰리 부부는 여기 있어요. 저는 두 사람의 금혼식에도 갔죠. 정말 굉장했어요. 선물에 축사에 꽃에… 자식들은 모두 집으로 돌아왔고 다들 웃으면서 인사했죠. 그러면서도 두 사람은 서로를 몹시 미워했어요."

"서로 미워했다고요?"

"끔찍했어요. 모두가 그걸 알고 있었죠. 수십 년 동안 그렇게 해왔거든요. 사실은 결혼 생활 대부분을 그렇게 지내왔어요. 결혼식을 하고 교회에서 집으로 돌아오는 길에도 말다툼을 했다니까요. 저는 두 사람이 어떻게 여기 나란히 누워 평화롭게 있는 건지 궁금할 때도 많아요."

앤은 다시 몸서리를 쳤다. 얼마나 끔찍한 일인가? 식탁에 마주 앉고, 밤에 나란히 침대에 눕고, 아이들에게 세례를 주러 교회에 가고, 이 모든 일을 하면서도 서로 미워하고 있었다니! 하지만 두 사람도 처음에는 서로 사랑했을 것이 틀림없다. 나와 길버트에게도 그런 일이 벌어질 수 있을까? 말도 안 되는 소리! 프링글 가문은 정말 신경에 거슬린다.

"잘생긴 존 맥탭은 여기 묻혀 있어요. 그 사람 때문에 애네타 케네디가 물에 빠져 죽은 게 아닌지 다들 의심했죠. 맥탭 가문 사람들은 다들 잘생겼지만 그들이 하는 말은 절대 믿을 수 없잖아요. 여기에는 존의 삼촌인 새뮤얼의 비석이 있었어요. 물에 빠져 죽었다는 말을 듣고 50년 전에 세운 거예요. 그런데 그 사람이 살아 돌아오는 바람에 가족이 비석을 치웠죠. 하지만 그 비석을 팔았던 사람이 반품을 받지 않아 새뮤얼 부인이 그걸 빵 반죽판으로 사용했어요. 대리석 비석에 대고 반죽을 했다는 얘기예요! 빵 반죽에는 오래된 비석이 그만이라고 부인이 말했어요. 맥탭네 아이들은 숫자하고 글자가 새겨진 과자를 학교에 가지고 왔어요. 비문이 찍힌 거죠. 아이들은 인심 좋게 과자를 나눠 줬지만 난 그걸 먹지 않았어요. 그런 일에 예민하거든요. 뭔가 찜찜하잖아요. 여긴 할리 프링글 씨 무덤이에요. 언젠가 그는 피터 맥탭을 마을 큰길까지 손수레에 태워 끌고 가야 했어요. 여성용 모자까지 쓰고요. 선거 결과를 두고 내기했거든요.

서머사이드 사람들은 다 그걸 보러 나왔어요. 물론 프링글 집 안사람들은 빼고요. 그들은 창피해서 죽으려고 했으니까요. 밀리 프링글은 여기 있어요. 저는 밀리를 아주 좋아했어요. 프링글 집안사람이기는 했지만요. 정말 예뻤고 요정처럼 가벼운 발걸음으로 걸었죠. 오늘 같은 밤이면 무덤에서 빠져나와 예전처럼 춤을 추고 있을 것 같다는 생각을 종종 해요. 하지만 기독교인이 그런 생각을 품어서는 안 되겠죠. 여기는 허브 프링글의 무덤이에요. 프링글 가문에도 쾌활한 축에 드는 사람들이 있었는데, 그중 한 명이었어요. 항상 사람들을 웃게 만들었죠. 한번은 교회에서도 크게 웃었어요. 메타 프링글이 기도하려고 고개를 숙였는데 모자에 달린 꽃에서 쥐가 떨어졌거든요. 하지만 저는 별로 웃을 기분이 아니었어요. 쥐가 어디로 갔는지 알 수 없었으니까요. 교회를 나설 때까지 치맛자락을 꼭 누르고 있었죠. 설교가 하나도 귀에 들어오지 않았어요. 허브는 제 뒤에 앉아 있었는데 얼마나 크게 소리를 질렀는지 몰라요. 쥐를 보지 못한 사람들은 그가 미쳤다고 생각했을 정도였죠. 그는 죽었어도 그의 웃음소리만큼은 절대 죽을 수 없다는 생각이 들어요. 그가 살아 있었더라면 세라 할머니가 있든 없든 선생님 편을 들어줬을 거예요. 이건 아시다시피 에이브러햄 프링글 선장의 기념비예요.”

기념비는 묘지 전체를 압도했다. 돌로 만든 정사각형 받침대를 네 단으로 쌓았고 그 위에 거대한 대리석 기둥을 세웠다. 꼭대기에는 우스꽝스러운 항아리가 있었고, 그 밑에는 통통한 아기천사가 뿔피리를 불고 있었다.

"정말 보기 흉하네요!"

앤이 솔직하게 말하자 밸런타인은 조금 놀란 것 같았다.

"아, 그렇게 생각하세요? 처음 세워졌을 때는 다들 아주 멋있다고 생각했죠. 대천사 가브리엘이 트럼펫을 부는 모습이래요. 저는 이 기념비가 묘지에 우아한 느낌을 준다고 생각해요. 만드는 비용이 900달러나 들었대요. 에이브러햄 선장님은 아주 훌륭한 분이셨어요. 돌아가셔서 정말 안타까워요. 그분이 살아 계셨으면 선생님도 지금처럼 괴롭진 않았을 거예요. 세라 할머니랑 엘런 할머니가 에이브러햄 선장님을 자랑스러워하는 건 당연한 일이겠지만 조금 지나친 것 같기는 해요."

묘지 문에 다다르자 앤은 몸을 돌려 뒤를 돌아보았다. 낯설고 평화로운 고요함이 바람도 없는 이곳을 뒤덮고 있었다. 기다란 달빛 손가락이 어두운 전나무들 사이로 들어와 무덤 이곳저곳을 만지며 그 사이로 기묘한 그림자를 만들었다. 하지만 이 묘지는 슬픈 장소가 아니었다. 밸런타인의 이야기를 들은 뒤로는 이곳에 묻힌 사람들이 살아 있는 것처럼 느껴졌다.

오솔길을 내려가고 있을 때 밸런타인이 걱정스럽게 말했다.

"선생님이 글을 쓰신다고 들었어요. 제가 말한 것들을 소설에 넣지는 않으실 거죠?"

앤이 약속했다.

"걱정 마세요. 쓰지 않을 테니까요."

밸런타인이 조금 걱정스러운 듯 속삭였다.

"죽은 사람을 나쁘게 말하는 건 정말 잘못된 일, 위험한 일이잖아요. 그렇죠?"

"정확히 말하면 잘못이라거나 위험한 일이라고 볼 순 없어요. 그냥, 좀 불공평하죠. 자기 스스로 방어할 수 없는 사람들을 때리는 거랑 마찬가지니까요. 하지만 당신은 누구에 대해서도 아주 나쁜 말은 하지 않았잖아요."

"네이선 프링글이 아내가 자기를 독살하려 한다고 의심했다는 말은 했는데요?"

"하지만 의심이었지 잘못을 저질렀다는 말은 아니었잖아요."

앤의 말에 밸런타인은 안심하며 집으로 돌아갔다.

6장

앤은 집으로 돌아와서 길버트에게 편지를 썼다.

오늘 저녁에는 묘지로 가는 길을 거닐었어. '길을 거닐었다'는 말은 아름다운 표현인 것 같아서 가능할 때마다 쓰고 있지. 묘지에서 산책을 즐겼다는 말은 이상하게 들리겠지만 나는 정말 그랬어. 그리고 밸런타인 코텔로가 들려준 이야기는 정말 재미있었어. 희극과 비극이 삶 속에 뒤섞여 있었거든. 내 머릿속에서 떠나지 않는 건 50년 동안 함께 살면서도 줄곧 서로를 미워했던 두 사람 이야기뿐이야. 그들이 정말 그랬다고 도저히 믿을 수 없거든. 누군가가 "미움이란, 길을 잘못 든 사랑일 뿐이다"라고 말했지? 나는 두 사람이 미움 속에서 서로를 진정으로 사랑했다고 확신해.

나도 그랬어. 널 싫어한다고 생각했던 순간에도 실제로는 너를 진심으로 사랑했지. 그 부부는 죽음이 닥치고 나서야 그걸 알게 됐다고 생각해. 나는 살아 있는 동안 깨달아서 다행이야. 그리고 괜찮은 프링글 사람들도 있다는 걸 알게 됐어. 비록 죽은 사람들이긴 하지만.

어젯밤 늦게 물을 마시려고 아래층으로 내려갔다가 케이트 이모가 식료품 저장실에서 버터밀크로 얼굴을 씻고 있는 걸 봤어. 채티 이모한테는 말하지 말아달라고 부탁하더라. 자기를 바보라고 여길 것 같다는 거야. 그래서 나는 입을 꾹 다물겠다고 약속했지.

엘리자베스는 지금도 우유를 받으러 와. 시녀의 기관지염이 꽤 좋아졌다고 하니 앞으로도 엘리자베스가 계속 올 수 있을지는 모르겠어. 캠벨 할머니도 프링글 집안사람이잖아. 지난 토요일 밤 엘리자베스가(그날 밤에는 베티였던 것 같아) 나랑 헤어지고 노래를 부르며 뛰어가는데 현관문에서 시녀가 하는 말이 똑똑히 들렸어. "안식일이 가까이 다가왔을 때에는 그런 노래를 부르면 안 돼"라고 하지 뭐야. 시녀는 할 수만 있다면 어느 날이건 엘리자베스가 노래 부르는 걸 막을 게 분명해!

엘리자베스는 그날 밤 새 옷을 입고 있었어. 어두운 포도주색이었지(그 집 사람들은 아이에게 옷을 잘 입히기는 해). 그리고 슬픈 얼굴로 말했어.

"오늘 밤에 이 옷을 입으면서 생각했어요. 저도 조금은 예뻐 보인다고요. 아빠가 이런 저를 봐줬으면 좋겠어요. 물론 내일은 아빠가 저를 보러 오시겠죠? 하지만 그날이 너무 천천히 오는 것 같아요. 시간을 조금 앞당길 수 있으면 좋겠어요, 셜리 선생님."

사랑하는 길버트, 지금부터는 기하 문제를 풀어야 해. 리베카 듀가 '문학 활동'이라고 부르는 그 자리를 '기하학'이 대신해버린 거야. 수업 중에 내가 풀 수 없는 문제가 튀어나올지도 모른다는 두려움이 날마다 나를 따라다니고 있어. 그러면 프링글 집안 사람들은 뭐라고 할까? 아, 그러면 그들이 얼마나 나를 비웃을까?

아무튼 너는 나를 사랑하고 고양이들도 사랑할 테니까 학대받아 슬픔에 잠긴 가엾은 고양이를 위해 기도해줘. 요전 날 식료품 저장실에서 쥐 한 마리가 발등을 스치고 지나간 뒤로 리베카 듀는 씩씩대며 벼르고 있어.

"저놈의 고양이는 먹고 자는 것 말고는 아무것도 안 하면서 쥐가 아무 데나 다니도록 내버려두고 있어요. 저도 참을 만큼 참았다고요."

그래서 리베카 듀는 더스티 밀러를 이리저리 쫓아다녔지. 고양이가 좋아하는 쿠션에서 끌어 내리고(내가 그걸 봤거든), 때로는 발로 차서 밖으로 내보냈어. 결코 가벼운 발길질이 아니었어.

7장

12월이 끝나가는 따뜻하고 화창한 어느 금요일 저녁, 앤은 학생 중 한 명인 윌프레드 브라이스의 초대를 받아 로베일로 갔다. 삼촌과 함께 로베일에서 사는 윌프레드가 수업이 끝난 뒤 수줍은 얼굴로 앤에게 부탁했기 때문이다.

"저랑 같이 교회에서 열리는 칠면조 만찬에 갔다가 저희 집에서 토요일을 같이 보내주시면 좋겠어요."

앤은 삼촌을 설득해 윌프레드를 계속 고등학교에 다니도록 할 생각으로 승낙했다. 윌프레드는 새해가 되면 학교를 못 다니는 건 아닐까 걱정하고 있었다. 그는 영리하고 꿈 많은 소년이어서, 앤은 그에게 특별한 관심을 두고 있었다.

윌프레드를 기쁘게 해주었다는 사실을 제외하면 앤에게는 즐겁지 않은 시간이었다. 삼촌 부부는 별나고 무례한 사람들이었다. 설상가상으로 토요일 아침에는 바람이 불고 어둑한 데다 눈발까지 날렸다. 앤은 어떻게 이 하루를 지내야 할지 고민했다. 전날 늦은 시간까지 칠면조 만찬 자리에 있었던 터라 피곤하고 졸렸다. 윌프레드는 탈곡을 도우러 갔고 집 안에는 책 한 권도 보이지 않았다. 그때 앤은 2층 복도 안쪽에서 보았던 낡고 오래된 선원용 상자가 떠오르면서 스탠턴 부인의 부탁도 기억났다. 프린스카운티의 역사를 저술하고 있었던 스탠턴 부인은 도움이 될 만한 옛 일지나 기록을 아는지 혹은 찾을 수 있는지 앤에게 물어본 적이 있었다. 그러면서 이렇게 덧붙였다.

"물론 프링글 사람들은 제게 도움이 될 만한 걸 잔뜩 갖고 있어요. 하지만 그 사람들에게 물어볼 순 없잖아요. 아시다시피 프링글 가문과 스탠턴 가문은 친하게 지냈던 적이 없으니까요."

"안타깝지만 저도 그분들한테는 부탁할 수 없네요."

"아, 그런 걸 해달라는 건 아니에요. 단지 선생님이 다른 사람들의 집을 방문할 때 잘 살펴봐달라는 거죠. 오래된 일지나 지도 같은 걸 발견하면 빌려다주실 수 있나요? 그런 유물들에서 얼마나 재미있는 걸 찾아낼 수 있는지 짐작도 못 하실 거예요. 거기서 발견한 실생활의 작은 조각들을 토대로 예전에 살았던 개척자들의 삶을 유추할 수 있거든요. 책을 쓰려면 통계나 가계도만큼이나 그런 것들이 필요해요."

앤은 브라이스 부인에게 그런 고문서가 있는지 물어보았다. 부인은 고개를 저었다. 그러다 문득 얼굴이 밝아졌다.

"아, 그러고 보니 앤디 삼촌의 오래된 나무 상자가 2층에 있네요. 거기 뭐가 들어 있을 거예요. 삼촌은 에이브러햄 프링글 선장님하고 같이 배를 탔거든요. 선생님이 그 상자를 뒤져봐도 될지 덩컨한테 물어보고 올게요."

덩컨은 앤이 얼마든지 그걸 '뒤져도' 괜찮고 자료가 될 만한 것을 발견한다면 가져가도 좋다는 말을 전해주었다. 어쨌든 그는 배와 관련된 내용물을 태워버리고 상자를 도구함으로 쓸 생각이었다. 앤은 얼른 상자를 뒤져보았다. 상자 안에 있는 것이라고는 누렇게 변해서 일지인지 기록물인지 분간하기 힘든 문서가 전부였고, 이는 앤디 브라이스가 항해하는 동안 기록한 것 같았다. 앤은 흥미진진하게 자료를 읽으면서 폭풍우 치는 오전 시간을 보냈다. 앤디는 바다에 대한 지식을 갖추고 에이브러햄 프링글 선장과 수많은 항해를 함께했으며 선장을 엄청나게 존경했던 것이 분명해 보였다. 비록 문법은 엉망이었지만 일지에는 선장의 용기와 지략, 특히 혼곶*을 지나는 위험한 순간에 그가 보여준 모습에 대한 찬사가 가득 적혀 있었다. 하지만 다른 배의 선장이었던 에이브러햄의 동생 마이럼에게는 존경심이 미치지 않았던 것 같다.

"오늘 밤에는 마이럼 프링글의 집에 다녀왔다. 마이럼은 부인에게 화를 내며 얼굴에 물잔을 집어던졌다."

"마이럼은 지금 집에 있다. 그의 배가 불에 타서 모두들 작은 배로 옮겨 탔다. 거의 굶어 죽게 되자 결국 그들은 총으로 자살한 조너스 셀커크를 먹어 치웠다. 메리 G호에 발견될 때까지 그를 먹으면서 살아남았다. 마이럼이 이 일을 직접 이야기해줬다.

〰〰〰〰〰〰〰〰〰〰〰〰〰〰

*   칠레령 혼섬의 남쪽 끝에 있는 곳

흥미로운 일이라고 생각하는 것 같았다."

앤은 마지막 부분을 보고 몸서리를 쳤다. 게다가 참혹한 사실을 너무도 담담하게 써 내려간 앤디의 문장이 더 소름 끼쳤다. 이윽고 앤은 생각에 잠겼다. 이 일지에는 스탠턴 부인에게 도움이 될 만한 것이 전혀 없었다. 하지만 세라와 엘런 할머니는 사랑하는 아버지에 관한 내용이 많이 들어 있으니 이 일지에 흥미를 갖지 않을까? 이것을 두 사람에게 보내면 어떨까? 덩컨 브라이스도 이미 허락한 일이었다.

'아니, 보내지 말자. 왜 그들을 기쁘게 해줘야 하며, 가뜩이나 콧대가 하늘을 찌르는 사람들의 자존심을 세워주려 애써야 하지? 나를 학교에서 쫓아낼 궁리만 하고 있잖아. 난 두 사람과 그 가문에게 당하고 있어.'

그날 저녁 윌프레드는 바람 부는 포플러나무집으로 앤을 바래다주었다. 둘 다 무척 행복해 보였다. 조카가 고등학교까지는 마치도록 돕겠다고 윌프레드의 삼촌이 약속했기 때문이다.

윌프레드가 말했다.

"졸업한 다음에는 1년 동안 어떻게든 퀸스를 다니고 학생들을 가르치면서 혼자 공부를 계속할 거예요. 이 은혜를 어떻게 보답해야 할지 모르겠어요. 삼촌은 누구 말도 듣지 않는데 선생님은 좋아하시네요. 헛간에서 저한테 말했어요. '나는 언제나 저 빨간 머리 여자가 시키는 일을 하게 된단 말이야.' 하지만 저는 선생님의 머리 색깔 때문에 그런 건 아니라고 생각해요. 그냥, 선생님이라서 그랬던 거예요."

그날 새벽 2시 문득 잠에서 깬 앤은 앤디 브라이스의 일지를 단풍나무집에 보내주기로 결심했다. 두 노부인에게 다소나마 호의를 갖고 있었던 것이다. 사실 두 사람에게는 삶의 온기가 거의 없었다. 오로지 아버지에 대한 자부심뿐이었다. 앤은 3시에 다시 일어나서는 보내주지 않기로 마음먹었다. 세라 할머니는 일부러 귀가 먼 척까지 하지 않았던가. 4시에 앤은 다시 망설였다. 그러고는 결국 두 사람에게 일지를 보내주기로 결심했다. 속 좁게 굴어서는 안 된다! 앤은 자기가 파이네 사람들처럼 옹졸해질까 봐 두려웠다.

마음을 정하자마자 앤은 깊은 잠에 빠져들었다. 한밤중에 잠에서 깼을 때 옥탑방 주위에 부는 겨울밤 눈보라 소리를 들은 뒤, 담요로 몸을 감싸며 다시 꿈나라를 떠다니는 일이 얼마나 달콤한지 몰랐다.

월요일 아침, 앤은 낡은 일지를 정성스럽게 포장하고 짧은 쪽지를 동봉해 세라 할머니에게 보냈다.

친해하는 프링글 부인께

이 오래된 일지에 관심을 가지실지 모르겠습니다. 이 지역의 역사를 집필 중인 스탠턴 부인에게 전해주라며 브라이스 씨가 제게 준 것입니다. 하지만 스탠턴 부인에게는 별다른 도움이 되지 못할 것 같고, 오히려 부인께서 갖고 싶어 하실 것 같다는 생각이 들었습니다.

앤 셜리 드림

앤은 생각했다.

'끔찍할 정도로 딱딱한 내용이네. 하지만 그 사람들한테는 자연스럽게 글을 쓰기 힘든걸. 만약 거만하게 이걸 다시 돌려보낸다 해도 난 놀라지 않을 거야.'

초겨울 저녁의 청명한 푸른빛 속에서 리베카 듀는 유령이라도 본 것처럼 기절초풍했다. 단풍나무집의 마차가 눈발이 날리는 유령의 길을 따라 달려오다가 바람 부는 포플러나무집 대문 앞에 멈춰선 것이다. 엘런 할머니가 마차에서 내렸고, 뒤를 이어 10년 동안이나 단풍나무집을 떠난 적 없었던 세라 할머니도 모습을 드러냈다.

리베카 듀가 당황해서 숨을 헐떡였다.

"그 사람들이 현관문으로 오고 있어요."

케이트 이모가 말했다.

"프링글 사람들이 설마 어디 다른 데로 들어오겠어요?"

"물론, 그건 그래요. 그런데 문이 안 열려요. 꿈쩍도 안 해요. 알고 계시잖아요. 지난봄에 대청소를 한 뒤로는 한 번도 연 적이 없는걸요. 저도 해볼 만큼 해봤다고요."

리베카 듀는 비극적인 표정을 지었다.

현관문은 정말 꿈쩍도 하지 않았다. 하지만 리베카 듀가 있는 힘을 다해 문을 비틀자 마침내 문이 열렸고, 단풍나무집의 부인들을 무사히 응접실로 안내할 수 있었다.

'정말 다행이야. 오늘 불을 피워두길 잘했어. 저놈의 고양이가 소파에 털을 묻혀놓지 않았어야 할 텐데. 우리 응접실에서 세라 프링글의 옷에 고양이털이 묻기라도 한다면….'

리베카 듀는 결과를 감히 상상할 수 없었다. 셜리 선생님은 집에 계시냐고 세라 할머니가 묻자 리베카 듀는 옥탑방에서 앤을 불러낸 뒤 부엌으로 내려갔다. 두 할머니가 도대체 무슨 일로 앤을 만나러 온 것인지 궁금해서 미칠 것 같았다.

"혹시 더 괴롭히려는 거라면…."

리베카 듀는 어두운 얼굴로 중얼거렸다.

앤도 두렵기는 매한가지였다.

'차갑게 경멸하면서 일지를 돌려주려고 온 것일까?'

앤이 응접실에 들어서자 거두절미하고 일어나 말을 꺼낸 사람은 주름투성이에 고집불통인 세라 할머니였다.

"우리는 항복하러 온 거예요. 어쩔 도리가 없네요. 물론 선생님은 가엾은 마이럼 삼촌에 대한 불명예스러운 기록을 발견했을 때 우리가 무기력할 수밖에 없다는 걸 아셨겠죠. 하지만 그 내용은 사실이 아니에요. 아니, 사실일 수가 없어요. 마이럼 삼촌은 앤디 브라이스를 놀린 것뿐이에요. 앤디는 뭐든 잘 속는 사람이었으니까요. 그렇지만 다른 집안 사람들은 그게 사실이라고 신나서 믿어버리겠죠. 선생님도 아시다시피 그 일 때문에 우리는 웃음거리가 될… 아니, 더 끔찍한 일을 당하게 될 거예요. 아, 선생님이 정말 똑똑한 분이라는 건 인정해요. 젠은 사과드릴 거고 앞으로 예의 바르게 행동할 거예요. 이 세라 프링글이 보증할게요. 선생님이 스탠턴 부인한테 그리고 누구한테도 일지에 대해서 말하지 않겠다고 약속만 해주시면, 우리는 무슨 일이라도 하겠어요. 무슨 일이라도요!"

세라 할머니는 파란 정맥이 비치는 손으로 고운 레이스 손수건을 꼭 쥐고 있었다. 말 그대로 파르르 떨고 있었다.

앤은 놀라움과 두려움으로 눈이 동그래졌다. 할머니들은 지금 협박을 받고 있다고 생각한 것이다!

앤이 세라 할머니의 가엾고 애처로운 손을 잡으며 소리쳤다.

"어머, 그건 말도 안 되는 오해예요. 그렇게 생각하실 줄은 꿈에도 몰랐어요. 저는 그냥 두 분이 훌륭하신 아버님에 대한 흥미로운 기록 전부를 갖고 싶어 하실 거라고 생각했어요. 거기 적혀 있는 이런저런 내용을 다른 사람한테 보여주거나 떠벌릴 생각은 전혀 없었어요. 별로 중요하지 않다고 생각했거든요. 앞으로도 절대 그러지 않을 거고요."

잠시 침묵이 흘렀다. 세라 할머니는 가만히 손을 빼고는 손수건을 눈에 대며 앉았다. 곱게 주름진 얼굴이 살짝 붉어졌다.

"우리가 선생님을 오해하고 있었네요. 그동안 선생님께 끔찍한 짓을 해왔죠. 우릴 용서해주시겠어요?"

리베카 듀에게는 숨이 넘어갈 뻔했던 30분이 지난 뒤 프링글가의 할머니들은 집으로 돌아갔다. 앤과 두 할머니는 앤디의 일지 중에서 아무런 문제가 없는 내용을 사이좋게 이야기하며 의견을 나누었다. 현관문에서 세라 할머니가(이번에는 이야기를 나누는 동안 귀가 어두워 어려움을 겪는 일이 없었다) 문득 몸을 돌리더니 정성스레 또박또박 쓴 종이 한 장을 손가방에서 꺼냈다.

"하마터면 잊어버릴 뻔했네요. 매클린 부인한테 파운드케이크 만드는 법을 알려준다고 약속한 적이 있어요. 번거롭겠지만 이걸 좀 전해주시겠어요? 그리고 숙성시키는 과정이 정말 중요하다고 말해주세요. 꼭 필요한 단계거든요. 엘런, 모자가 한쪽으로 삐뚤어져 있어. 나가기 전에 바로잡는 게 좋겠다. 아, 선생님.

우리가 옷을 입을 때 마음이 좀 불안했거든요.”

앤은 자신이 앤디 브라이스의 오래된 일지를 단풍나무집에 보내준 일로 노부인들이 고맙다는 인사를 하러 온 것이라고 과부들과 리베카 듀에게 말해주었다. 세 사람은 이 정도 설명으로 만족해야 했다. 리베카 듀는 그 사실 말고도 훨씬 중요한 무언가가 있다고 짐작했지만 어쩔 수 없는 노릇이었다.

‘낡고 색이 바래고 담배 얼룩이 있는 일지에 대한 답례로 세라 프링글이 바람 부는 포플러나무집의 현관문까지 올 리는 없지. 셜리 선생님은 정말 대단한 사람이야!’

그러고는 선언이라도 하듯 말했다.

“이제부터는 하루에 한 번은 현관문을 열어야겠어요. 잘 열리게 해둬야죠. 문을 열면서 거의 자빠질 뻔했다니까요. 어쨌든 파운드케이크 만드는 방법을 구했네요. 달걀이 서른여섯 개나 들어가요! 저놈의 고양이를 치워버리고 암탉을 기르게만 해준다면 1년에 한 번 정도는 파운드케이크를 만들 수 있을 거예요.”

말을 마친 리베카 듀는 씩씩하게 부엌으로 갔고, ‘저놈의 고양이’가 간을 먹고 싶어 하는 것을 알면서도 운명에 맞서기라도 하려는 듯 일부러 우유를 줬다.

셜리 대 프링글 가문의 반목은 이것으로 끝났다. 프링글 가문 사람들 말고는 아무도 이유를 알지 못했지만 서머사이드 사람들은 셜리 선생님이 혼자 힘으로 신비로운 방법을 써서 프링글 가문 전부를 무찌르고 그들을 완전히 손아귀에 넣었다고 생각했다. 다음 날 젠은 학교로 돌아와 학생들이 보는 앞에서 앤에게 사과했다. 프링글 가문 어른들의 적의도 햇빛 아래 안개처럼 사라져버렸다. 규율이나 숙제에 불만을 표하는 일도 없었다. 이 가문의 장기인 은밀하고 교묘하게 모욕하는 일도 없어졌다. 오히려 다들 경쟁적으로 앤에게 잘해주려고 애썼다. 무도회나 스케이트 모임도 앤 없이는 열지 않으려고 했다.

운명을 가른 그 일지는 세라 할머니가 직접 불에 던져버렸지만, 기억은 그대로 남아 있는 법이며 셜리 선생님은 마음만 먹으면 얼마든지 그 이야기를 할 수 있다. 마이럼 프링글 선장은 식인종이었다는 사실이 참견하기 좋아하는 스탠턴 부인에게 알려져서는 절대로 안 된다!

8장

앤이 길버트에게 보낸 편지에서 발췌.

나는 옥탑방에 있고 리베카 듀는 부엌에서 "나도 올라갈
수 있을까?"*라는 찬송가 구절을 흥얼거리고 있어. 그걸
듣고 생각났는데, 목사님의 부인이 나한테 성가대에서 노
래를 불러달라고 부탁하시는 거야! 물론 프링글 집안사람
들이 사모님한테 말씀드렸겠지. 초록지붕집에 가지 않는
일요일에는 그럴 것 같아. 프링글 가문은 적극적으로 우정
의 손길을 내밀고 있어. 나를 철저하게 받아들이기로 했나

---

* 영국 찬송 시의 아버지로 불리는 신학자 아이작 와츠(1674-1748)가 작사한 찬
  송가 〈순수한 기쁨의 땅이 있네〉의 6절 가사

봐. 정말 대단한 사람들이야!

그동안 프링글 집안에서 여는 파티에 세 번이나 다녀왔어. 악의가 있어서 하는 말은 아닌데 내 생각에 프링글 가문의 아가씨들은 죄다 내 머리 모양을 흉내 내고 있는 것 같아. "모방은 가장 순수한 아첨이다"라는 말도 있잖아. 그리고 길버트, 나는 그들이 참 좋아. 그들이 기회만 준다면 내가 그러리란 건 알고 있었어. 머지않아 젠을 좋아하게 될 것 같아. 젠은 마음만 먹으면 매력적인 아이가 될 수 있는데, 이미 그런 조짐이 보여.

어젯밤 나는 수염을 뽑는 심정으로 사자 굴에 뛰어들었어. '상록수집' 정문 계단을 용감하게 올라가 하얗게 칠해진 쇠 항아리 네 개가 귀퉁이에 놓여 있는 네모난 현관에 서서 과감히 초인종을 울린 거야. 시녀인 멍크먼 양이 문 앞에 왔을 때 리틀 엘리자베스를 데리고 산책을 가도 되는지 물어봤어. 거절당할 거라고 생각했는데 시녀가 들어가 캠벨 부인과 의논하더니, 엘리자베스가 나가는 건 괜찮지만 너무 늦게까지 데리고 있지는 말아달라고 퉁명스럽게 말을 전하더라. 캠벨 부인까지도 세라 할머니의 명령을 받은 게 아닌가 싶어.

엘리자베스는 어두운 계단을 춤을 추듯 내려왔어. 빨간 외투를 입고 작은 녹색 모자를 쓴 요정처럼 보였지. 그 아이는 너무 기뻐서 말도 제대로 하지 못했어. 밖으로 나오자마자 아이가 내게 속삭였어.

"온몸이 짜릿짜릿하고 심장이 두근거려요. 지금 저는 베티예요. 이런 기분일 때는 항상 베티죠."

우리는 세상의 끝까지 이어지는 길을 되도록 멀리까지 갔다가 돌아왔어. 오늘 밤 항구는 진홍빛 저녁놀 아래 어둡게 놓여 있어서 "쓸쓸한 요정 나라"*와 지도에도 없는 바다 위 신비한 섬들을 떠올리게 하는 것들이 가득 찬 것 같았지. 나는 가슴이 두근거렸고 나와 손을 잡고 있는 조그만 아이도 마찬가지였어.

"셜리 선생님, 우리가 열심히 뛰면 저녁놀 속으로 들어갈 수 있을까요?"

아이의 말을 들었을 때 나는 전에 폴이 상상했던 '저녁놀 나라'가 생각났어.

"엘리자베스, 먼저 내일이 오기를 기다려야지. 그럼 그럴 수 있을 거야. 저기를 봐. 항구 입구에 황금빛 구름섬이 있네. 저기를 네 행복의 섬이라고 하자."

그러자 엘리자베스는 꿈을 꾸듯 말했어.

"그 아래에 섬이 있네요. 이름은 '날아다니는 구름'이에요. 참 예쁜 이름, 내일에서 막 나온 것 같은 이름이잖아요. 다락방 창문으로 저 섬이 보여요. 보스턴에서 온 어느 신사가 갖고 있다는데 여름 별장도 거기 있대요. 하지만 저는 그 섬이 제 거라고 생각해요."

나는 문 앞에서 엘리자베스가 집으로 들어가기 전 몸을

---

* 영국에서 낭만파 시 운동을 전개한 대표적 시인 존 키츠(1795-1821)의 시 〈나이팅게일에게 부침〉의 한 구절

굽히고는 뺨에 입을 맞췄어. 그때 아이의 눈은 절대 잊지 못할 거야. 애정에 너무도 굶주려 있는 아이야.

오늘 밤 우유를 받으러 왔을 때, 엘리자베스는 한참 울고 난 얼굴이었어. 날 보자마자 흐느끼며 하소연했지.

"할머니하고 시녀가 제 얼굴에 남아 있는 선생님 입맞춤 자국을 씻으라고 엄하게 말했어요. 난 절대 세수하지 않으려고 했단 말이에요. 맹세도 했어요. 왜냐면요, 선생님이 해준 입맞춤을 씻어내고 싶지 않았으니까요. 오늘 아침에는 씻지 않고 학교에 갔는데 밤에 시녀가 저를 데리고 가서 박박 씻어버렸어요."

나는 웃음이 나려는 걸 애써 참았어.

"얼굴을 씻지 않고 평생을 지낼 수는 없단다. 하지만 입맞춤이라면 걱정 마. 매일 밤 네가 우유를 받으러 올 때마다 해줄게. 그러면 다음 날 아침에 얼굴을 씻어도 아무런 문제가 없을 거야."

"저를 사랑해주는 사람은 세상에서 선생님뿐이에요! 저한테 말씀하실 때는 제비꽃 향기가 나요."

이렇게 예쁜 칭찬을 들은 사람이 또 있을까? 하지만 엘리자베스의 말에서 첫 문장은 그냥 흘려들을 수 없었어. 그 아이를 사랑하는 사람이 나뿐이라는 건 말이 안 되잖아. 실제론 그렇지 않으니까.

"엘리자베스, 할머니도 너를 사랑하셔."

"그렇지 않아요. 저를 미워하세요."

"너는 아주 조금 바보 같은 면이 있구나! 네 할머니와 멍크먼 양은 두 분 다 나이가 드셨지. 나이 든 분들은 쉽게 불안해지고 걱정도 많아. 물론 네가 두 분을 귀찮게 할 때도 있겠지. 그리고 두 분이 어렸을 때는 아이들이 지금보다 훨씬 엄하게 자랐어. 두 분은 그저 당신들이 자랐던 방식대로 너를 대하시는 것뿐이야."

하지만 엘리자베스는 내 말을 이해하지 못한 듯했어. 솔직히 그 두 사람은 엘리자베스를 사랑하는 것 같지 않았고 아이도 그걸 아는 거야. 엘리자베스는 문이 닫혀 있는지 보려고 조심스럽게 집 쪽을 뒤돌아봤어. 그러고 나서 천천히 또박또박 말했지.

"할머니하고 시녀는 폭군일 뿐이에요. 내일이 오면 저는 이 집에서 영원히 도망칠래요."

그 아이는 내가 그 말을 들으면 놀라 자빠지리라고 생각했던 것 같아. 아마도 관심을 받고 싶어서 그런 말을 한 것 같다는 생각이 강하게 들어. 그래서 그냥 웃으며 입맞춤해줬어. 속으로는 마사 멍크먼이 부엌 창문으로 그걸 봤으면 좋겠다고 생각했지.

옥탑방 왼쪽 창문으로는 서머사이드 일대가 보여. 지금은 하얀 지붕이 사이좋게 모여 있어. 내가 프링글 집안사람들과 친구가 된 뒤라서 그렇게 보이나 봐. 여기저기 박공창과 지붕창에서 불빛이 반짝이고 있어. 곳곳에서 회색빛 유령 같은 연기가 피어오르고 이 모든 것 위로는 빽빽한 별들이 낮게 드리워져 있지. 이곳은 꿈꾸는 마을이야. 참 사랑스러운 말이지? "갤러해드는 꿈꾸는 마을을 지나 걸어갔다"*라는 시구 기억나?

나는 정말 행복해, 길버트. 크리스마스 휴가 때, 싸움에 져서 만신창이가 된 채 초록지붕집으로 가지 않아도 되잖아. 인생은 멋져. 정말 멋진 거야!

프링글 집안의 파운드케이크는 참 맛있었어. 리베카 듀가 하나 만들었는데 세라 할머니가 써준 내용대로 재료를 '숙성'시켰어. 그러니까 재료를 갈색 종이하고 수건으로 여러 겹 싸서 사흘 동안 놔둔다는 뜻이야. 그 방법은 정말 권장할 만해.

그런데 '권장하다'(recommend)라는 단어에서 c가 두 개 들어가던가? 학사학위까지 있는데도 헷갈리네. 나보다 먼저 프링글 사람들이 앤디의 일지를 발견했으면 어떻게 됐을지 상상해봐!

• 앨프리드 테니슨의 시 〈갤러해드 경〉의 한 구절

9장

2월 어느 날 밤, 트릭스 테일러는 앤의 옥탑방에 몸을 웅크리고 앉아 있었다. 약한 눈발이 창문을 때렸고 터무니없이 작아 보이는 난로는 빨갛게 달아올라 검은 고양이처럼 가르랑거렸다. 트릭스는 앤에게 고민을 이야기하고 있었다. 언제부터인지 사람들은 앤에게 비밀을 털어놓기 시작했다. 더구나 앤이 약혼했다는 사실이 알려지면서 서머사이드의 아가씨들은 앤을 잠재적 경쟁자로 여기지 않았다. 그래서 앤에게는 내밀한 이야기를 해도 안심할 수 있었던 것이다.

트릭스는 다음 날 저녁 식사에 앤을 초대하려고 왔다. 쾌활한 성격에 몸이 약간 통통하고 자그마한 트릭스는 반짝이는 갈색 눈과 장밋빛 뺨을 가진 스무 살 아가씨였다. 아직까지는 인생의 무거운 짐을 짊어진 것처럼 보이지는 않았지만 나름의 괴로움이 있는 듯했다.

"내일 밤 레녹스 카터 박사님도 그 자리에 올 거예요. 그래서 더욱 선생님이 와주셨으면 해요. 그 사람은 레드먼드의 현대어학부 학과장이고 굉장히 똑똑해요. 그래서 박사님과 이야기를 나눌 만큼 머리가 좋은 사람이 필요한 거죠. 아시다시피 저는 자랑할 만한 게 없고 동생 프링글도 그래요. 에스메 언니는… 뭐, 아시잖아요, 앤 선생님. 언니는 세상에서 가장 사랑스럽고 정말 똑똑하지만 너무 수줍어하고 소심한 편이라 카터 박사님이 옆에 있을 때는 그 좋은 머리도 굳어버리죠. 그런데 에스메 언니는 박사님을 굉장히 사랑해요. 딱할 정도로요. 저도 조니를 정말 좋아하지만, 그래도 조니 앞에서 그렇게 흐물흐물 녹아버리지는 않잖아요!"

"에스메와 카터 박사님은 약혼했나요?"

"아직은 아니에요."

의미심장한 대답이었다. 트릭스는 곧바로 설명했다.

"하지만 앤 선생님. 언니는 이번에 박사님이 청혼하지 않을까 기대하고 있어요. 그럴 생각이 없다면 학기 중간에 사촌을 방문하러 이 섬까지 오셨겠어요? 언니를 위해서라도 청혼을 해주셨으면 좋겠어요. 그러지 않으면 언니는 죽어버릴지도 모르니까요. 하지만 선생님하고 저하고 이 침대 기둥만 있으니까 하는 말인데요, 그분이 형부로는 별로 마음에 들지 않아요. 언니가 그러는데 굉장히 까다로운 편이래요. 그래서 언니는 그가 우리를 마음에 들어 하지 않을까 봐 심각하게 걱정하고 있어요. 그러면 절대 청혼하지 않을 테니까요. 그래서 내일 밤 모든 일이 잘 진행되기를 언니가 얼마나 바라는지 선생님은 상상도 못 하실 거예요. 일이 틀어질 이유는 없죠. 엄마는 요리 실력이 뛰어나고, 우리 집에는 솜씨 좋은 하녀도 있는 데다 동생한테는 예의 바르게 굴라고 내 일주일치 용돈의 절반을 뇌물로 주었거든요. 동생이 카터 박사님을 좋아하지는 않아요. 잘난 척한다나요? 하지만 동생도 에스메 언니를 좋아하는 걸요. 아빠만 갑자기 퉁명스럽게 굴지 않으면 돼요!"

"그걸 걱정할 이유가 있나요?"

앤이 물었다. 하지만 사실 서머사이드 사람들은 누구나 사이러스 테일러가 갑자기 부루퉁해진다는 사실을 알고 있었다. 트릭스는 애처로운 얼굴로 말을 이어갔다.

"언제 그렇게 될지 아무도 모르니까요. 아빠는 오늘 밤에도 새 플란넬 잠옷을 못 찾겠다며 잔뜩 화가 났어요. 언니가 그걸 다른 서랍에 넣어두었거든요. 내일 밤에는 기분이 나아질 수도 있고 아닐 수도 있어요. 여전히 저기압이라면 아빠는 가족 모두한테 망신을 줄 거고 카터 박사님은 이런 집안과 결혼할 수 없다는 결론을 내리겠죠. 적어도 언니 말로는 그래요. 저도 그 말이 맞을까 봐 걱정이고요. 제 생각에는 레녹스 카터 박사님도 언니를 아주 좋아하는 것 같아요! 자기에게 딱 맞는 신붓감으로 여기는 거죠. 하지만 서두르고 싶지는 않고 행여나 자기 인생을 망칠까 봐 조심하는 거예요. 남자라면 결혼할 집안이 어떤지 아무리 주의를 기울여도 과한 일이 아니라고 자기 사촌에게 얘기했다나 봐요. 박사님은 사소한 일로 어느 쪽을 택할지 결정해야 하는 지점에 있는 거죠. 그러니까 아빠가 갑자기 부루퉁해지는 건 사소한 일 정도가 아닌 거예요."

"아버님이 카터 박사님을 싫어하시나요?"

"아니요, 좋아하세요. 언니에게 훌륭한 짝이라고 생각하시죠. 하지만 아빠가 갑자기 퉁명스럽게 굴면 아무도 못 말려요. 그게 바로 프링글 집안의 특징이잖아요, 앤 선생님. 우리 할머니가 프링글 집안 출신이거든요. 우리 가족이 어떤 일을 겪어왔는지 선생님은 상상도 못 하실 거예요. 아빠가 마구 화를 내시지는 않아요. 조지 삼촌하고는 다르니까요. 그 집은 삼촌이 화를 내도 별로 신경 쓰지 않아요. 삼촌은 성질을 부릴 때면 소리를 질러요. 고함 소리가 세 블록 떨어진 곳에서도 들리죠. 그러고 나서는 순한 양이 되어 화해의 표시로 모두에게 새 옷을 사주는 거예요. 하지만 우리 아빠는 퉁명스럽게 굴고 노려보기만 하면서 누구한테도 말을 하지 않아요. 언니 말로는 그래도 사촌오빠인 리처드 테일러보다는 낫대요. 리처드는 식탁에서 계속 빈정대고 자기 아내를 모욕하니까요. 하지만 저는 아빠의 끔찍한 침묵이 더 나쁘다고 생각해요. 우리는 겁이 나서 입도 못 열거든요. 물론 우리끼리만 있을 때는 그렇게 나쁘진 않아요. 손님이 있을 때도 그런 일이 일어나니까 문제죠. 언니하고 저는 아빠가 무례하게 입을 다무는 행동을 둘러대는 일에 지쳐버렸어요. 언니는 아빠가 잠옷 일로 기분이 상한 상태가 내일 밤까지 계속될까 봐 걱정해요. 그러면 레녹스 카터 박사님이 어떻게 생각하겠어요? 그리고 언니는 선생님이 파란색 드레스를 입었으면 좋겠대요. 언니가 새로 맞춘 옷도 파란색이에요. 레녹스가 그 색을 좋아하거든요. 하지만 아빠는 파란색을 싫어하세요. 만약 선생님이 파란색을 입고 오시면 언니가 뭘 입든지 아빠도 뭐라 하지는 못하실 거예요."

"에스메는, 다른 색 옷을 입는 게 낫지 않을까요?"

"손님이 오는 식사 자리에 어울리는 옷은 아버지가 크리스마스 때 선물한 초록색 포플린 드레스밖에 없어요. 옷 자체는 예뻐요. 아버지는 우리가 예쁜 옷을 입는 걸 좋아하시죠. 하지만 언니가 초록색을 입으면 얼마나 끔찍해 보이는지 선생님은 상상도 못 하실 거예요. 동생 말로는 폐병 말기 환자 같대요. 레녹스 카터 박사님은 병약한 사람과 절대 결혼하지 않을 거라고 그분의 사촌이 말해줬어요. 조니가 그렇게 '까다롭지' 않은 건 정말 다행이에요."

"조니와 결혼을 약속한 건 아버지께 말씀드렸나요?"

앤이 물었다. 앤은 트릭스의 연애사를 낱낱이 알고 있었다.

"아직이요. 도저히 용기가 나질 않아요. 아빠는 아마 무섭게 화를 내실 거예요. 조니를 싫어하거든요. 가난하기 때문이죠. 아빠는 자기가 철물점을 시작했을 때 조니보다 가난했다는 사실을 잊어버린 거예요. 물론 빨리 말씀드려야겠죠. 하지만 언니의 일이 해결될 때까지는 기다리고 싶어요. 아빠는 내가 그 말을 하면 우리 중 누구하고도 얘기하지 않을 거예요. 엄마도 많이 걱정하시겠죠. 엄마는 아빠가 갑자기 퉁명스럽게 구는 걸 못 참으시거든요. 아빠 앞에서는 우리 모두 겁쟁이가 되어버려요. 물론 엄마하고 언니는 원래부터 누구 앞에서나 소심해요. 하지만 동생과 저는 꽤 용감한 편이에요. 우리가 무서워하는 사람은 아빠뿐이죠. 저는 우리 편을 들어주는 사람이 있다면 어떨까 가끔 생각해요. 하지만 그런 사람은 없으니까 꼼짝도 못 할 뿐이에요. 아빠가 퉁명스럽게 굴 때 우리 집에서 손님과 식사를 하는 일이 어떤 건지 상상도 못 하실 거예요, 앤 선생님. 하지만 내일 밤 아빠가 예의 있게 행동해주시기만 하면 무엇이든 용서해드릴 거예요. 그러려고 마음만 먹으면 아빠는 친절하게 행동하실 수 있어요. 롱펠로의 시에 나오는 어린 소녀•처럼요. '좋을 때는 아주 좋고, 나쁠 때는 끔찍한' 거죠. 사람들 앞에서 주도적으로 파티를 즐겁게 이끄시는 아빠를 본 적도 있어요."

"지난달 제가 저녁 식사를 같이 하던 밤에는 아버님이 아주 친절하게 대해주셨어요."

"맞아요, 아빠는 선생님을 좋아해요. 그래서 제가 내일 저녁 식사 자리에 선생님이 와주셨으면 좋겠다는 거예요. 그러면 아빠에게 좋은 영향을 줄 거예요. 우리는 아빠 마음에 들 만한 일은 무엇이건 다 준비해둘 생각이에요. 하지만 여전히 걱정돼요. 아빠가 갑자기 퉁명스럽게 굴 때면 무엇이건 어떤 사람이건 간에 전부 다 못마땅해하시는 것 같아서요. 어쨌든 우리는 멋진 저녁을 준비하고 있어요. 우아한 오렌지커스터드를 후식으로 낼 거고요. 엄마는 파이를 준비하시겠대요. 아빠 빼고 세상 모든 남자가 후식으로는 파이를 아주 좋아한다고 말씀하셨거든요. 현대어학부 교수님까지도요. 하지만 아빠는 파이를 싫어하니까 내일 밤에는 그런 위험을 무릅쓰지는 않을 거예요. 정말 많은 것이 걸려 있는 날이잖아요. 오렌지커스터드는 아빠가 제

• 　미국 시인 헨리 워즈워스 롱펠로(1807-1882)의 시 〈한 소녀가 있었네〉

일 좋아하는 후식이에요. 아, 가엾은 조니하고 저는 언젠가 같이 도망쳐야 할 것 같아요. 아빠는 절대 용서하지 않으시겠죠?"

"용기를 내서 말씀드리고 퉁명스럽게 구셔도 견뎌낸다면 아버님이 마음을 바꾸고 부드러워지는 걸 볼 수 있을 거예요. 그러면 트릭스도 몇 달이고 괴로워하지 않아도 되잖아요."

트릭스는 여전히 어두운 얼굴로 말했다.

"선생님은 아빠를 몰라요."

"아마 제가 더 아버님을 잘 알고 있을지도 몰라요. 트릭스는 균형감을 잃었을 테니까요."

"제가 뭘 잃었다고요? 그런 말은 못 알아듣겠어요. 앤 선생님, 제가 대학에 안 다녔다는 걸 잊지 마세요. 고등학교만 졸업했을 뿐이죠. 대학에 정말 가고 싶었지만 아빠는 여자가 고등교육을 받을 필요는 없다고 생각하셨거든요."

"저는 트릭스가 아버님과 너무 가까이 있기 때문에 오히려 이해하지 못하는 것 같다고 말한 거예요. 조금 떨어져 있는 낯선 사람이 아버님을 분명하게 잘 파악할 수도, 더 잘 이해할 수도 있다는 거죠."

"제가 아는 건 아빠가 입을 다물겠다고 마음먹으면 그 어떤 수단으로도 말을 하게 만들 수 없다는 거예요. 무슨 일이 있더라도요. 심술궂게도 아빠는 그걸 자랑스러워해요."

"그럼 아무 일도 없는 것처럼 다른 가족이 계속 말을 하면 되잖아요?"

"그건 정말 힘든 일이에요. 아빠 때문에 다들 꼼짝 못 하게 된다고 말했잖아요. 내일 밤에도 아빠가 잠옷 일로 계속 저기압이면 선생님 눈으로 직접 확인하실 수 있을 거예요. 아빠가 어떻게 그럴 수 있는지 정말 놀랍지만, 아무튼 분명히 그러시거든요. 물론 아빠가 말만 하신다면야 아무리 퉁명스럽게 굴어도 그렇게까지 신경이 쓰이지는 않을 거예요. 우릴 정말 힘들게 하는 건 바로 침묵이에요. 중대사가 걸린 내일 밤 아빠가 그런 행동을 한다면 전 절대 용서하지 않을 거예요."

"트릭스, 우리 좋은 쪽으로 희망을 가져봐요."

"저도 애쓰고 있어요. 그래서 선생님께 도움을 구하는 거예요. 엄마는 캐서린 브룩 선생님도 불러야 한다고 생각하셨지만, 제 생각은 달라요. 아빠는 캐서린 선생님을 싫어하거든요. 그렇다고 아빠를 탓하지는 않아요. 저도 캐서린 선생님이 오지 않는게 좋아요. 앤 선생님이 어떻게 그분한테 그렇게 잘해줄 수 있는지 모르겠어요."

"캐서린은 가엾은 분이잖아요."

"캐서린 선생님이 가엾다고요? 모두 그녀를 싫어하는 데는 다 이유가 있는 법이에요. 뭐, 이 세상도 별별 사람들이 모여서 이루어진 거겠죠. 하지만 서머사이드에는 캐서린 브룩 선생님이 없어도 돼요. 뚱한 늙은 고양이 같다고요!"

"트릭스, 캐서린은 실력 있는 선생님이에요."

"어머, 제가 그걸 모를 것 같아요? 저는 캐서린 선생님 반 학생이었어요. 제 머릿속에 오만 가지 것들을 쑤셔 넣었죠. 그러고는 빈정거리면서 뼈에서 살을 발라내듯 저를 괴롭혔어요. 게다가 옷차림은 또 어떻고요! 아빠는 그렇게 옷을 못 입는 여자를 싫어해요. 촌스러운 여자가 싫고, 아마도 하느님도 그러실 거라고 말씀하세요. 엄마는 제가 앤 선생님한테 이 이야기를 한 걸 알면 진저리를 치실 거예요. 엄마는 아빠가 그렇게 말하는 건 어쩔 수 없다고 하세요. 아빠는 남자니까요. 그것뿐이라면 우리도 괜찮았겠죠. 가엾게도 조니는 이제 우리 집에 올 생각도 못해요. 아빠가 조니한테 함부로 대하시거든요. 저는 날씨 좋은 밤이면 몰래 집을 나와서 조니와 함께 광장을 돌며 산책해요. 몸이 반쯤 얼어붙을 때까지요."

앤은 트릭스가 돌아가자 안도의 한숨 비슷한 것을 쉬고는 아래층으로 내려가 리베카 듀에게 간식을 청했다.

"타일러네 집에 저녁을 먹으러 간다면서요? 음, 사이러스 영감이 예의 바르게 굴면 좋겠네요. 갑자기 퉁명스럽게 굴어도 가족이 그렇게나 무서워하지만 않으면 그 사람도 자주 그러지는 않을 거예요. 그건 확실해요. 정말이에요, 셜리 선생님. 퉁명스럽게 구는 걸 좋아할 뿐이라고요. 난 이제 저놈의 고양이한테 줄 우유를 데워야겠네요. 까다로운 녀석 같으니라고!"

10장

———

다음 날 저녁 앤은 사이러스 테일러의 집에 도착했다. 문에 들어서자마자 어딘가 차가운 분위기가 느껴졌다. 단정한 차림의 하녀가 응접실로 안내했지만 앤은 계단을 오를 때 테일러 부인이 식당에서 부엌으로 종종걸음 치는 모습을 발견했다. 부인은 창백하고 초췌하면서도 여전히 아름다운 얼굴에 흐르는 눈물을 닦고 있었다. 사이러스가 아직 잠옷 일로 계속 언짢아하는 것이 분명했다.

난감한 표정의 트릭스가 살며시 응접실로 들어와 불안한 얼굴로 속삭이자 이 짐작은 확신으로 변했다.

"아, 앤 선생님. 지금 아빠는 끔찍할 정도로 기분이 가라앉아 있어요. 오늘 아침까지만 해도 꽤 괜찮아 보여서 우리 모두 희망을 가졌죠. 그런데 오후에 휴 프링글이 체커 게임에서 아빠를 이긴 거예요. 아빠는 이 게임에서 지고는 못 견디거든요. 하필 오늘 그런 일이 일어난 거죠. 아빠 말을 빌리자면, '에스메가 거울에 비친 자기 모습에 넋을 잃고 있는 것'을 봤다는 거예요. 그래서 방에서 내쫓고 문을 잠가버렸죠. 가엾은 언니는 자기 모습이 레녹스 카터 박사님 마음에 들 만큼 예뻐 보이는지 확인하려고 했을 뿐이었는데요.

에스메 언니는 진주 목걸이를 찰 겨를도 없었어요. 그리고 저 좀 보세요. 저는 머리를 말지도 못했어요. 아빠는 머리를 말면 자연스럽지 않다며 싫어하시거든요. 아빠 기분을 맞추느라 이렇게 형편없는 모양새로 있어야 하다니! 하지만 저는 아무래도 좋아요. 다행히 선생님만 보시는 거니까요. 아빠는 엄마가 식탁에 놓은 꽃도 갖다 버리셨어요. 엄마는 무척이나 속상해하셨죠. 애써 장식한 거였거든요. 아빠는 엄마가 석류석 귀걸이도 달지 못하게 했어요. 아빠가 이렇게 기분이 나쁜 건, 지난봄 서부에서 돌아와 자기가 좋아하는 짙은 자주색 대신 빨간색 커튼을 엄마가 쳐놓은 걸 본 이후 처음이에요. 아, 앤 선생님. 저녁 식사 자리에서 아빠가 입을 다물고 있으면 선생님이 최선을 다해 이야기해주세요. 그러지 않으면 정말 비참해질 거예요."

"최선을 다해볼게요."

앤이 약속했다. 확실히 앤은 무슨 말을 해야 할지 몰라 힘들었던 적은 없었다. 하지만 이제부터 맞닥뜨릴 상황에 처해본 적도 처음이었다.

모두들 식탁 주변에 모여 앉았다. 꽃은 없었지만 아주 예쁘게 잘 차린 식탁이었다. 회색 실크 드레스를 입은 테일러 부인은 옷보다 더 진한 잿빛 얼굴을 하고 있었다. 에스메는 가족 중에서 가장 아름다웠다. 옅은 금발, 연분홍색 입술, 연한 물망초 빛을 띤 눈이 돋보였다. 다만 파리한 피부가 평소보다 더 창백해 금세라도 기절할 것 같았다. 둥근 눈에 안경을 끼고 거의 하얀색으로 보일 정도로 옅은 금발의 프링글은 평소 통통하고 쾌활한 열네 살 장난꾸러기였지만 이날만은 줄에 묶인 강아지처럼 얌전했다. 트릭스는 겁에 질린 여학생 같았다.

검은 곱슬머리와 초롱초롱한 눈동자에 은테 안경을 쓴 카터 박사는 잘생기고 눈길을 끄는 외모였다. 앤은 그가 레드먼드 대학 조교수로 있을 때 처음 봤는데 당시에는 그를 잘난 척하지만 지루한 풋내기로 여겼다. 그런 그도 이 자리가 거북해 보였다. 무언가 잘못되었다고 느끼는 것만은 분명했다. 집주인이 식탁 상석에 성큼성큼 다가와 인사 한 마디 없이 의자에 털썩 앉았다면 그렇게 생각할 수밖에 없을 것이다.

사이러스는 감사기도를 드리지 않으려 했다. 순무처럼 얼굴이 빨개진 테일러 부인이 거의 알아들을 수 없을 정도의 목소리로 중얼거렸다.

"우리에게 먹을 것을 주신 주님께 진심으로 감사드립니다."

식사는 처음부터 엉망이었다. 몹시 긴장한 에스메는 포크를 바닥에 떨어뜨렸다. 사이러스 말고는 다들 움찔했다. 모두가 에스메처럼 극도로 긴장한 상태였다. 사이러스는 툭 튀어나온 파란 눈으로 에스메를 노려보았다. 이어서 한 사람씩 노려보면서 다들 얼어붙게 만들었다. 그가 가엾은 부인을 노려보았을 때 부인은 고추냉이 소스를 덜고 있었다. 남편의 책망하는 듯한 눈빛을 본 부인은 자신의 위가 약하다는 사실을 떠올렸고, 아주 좋아하는 소스였는데도 그때부터 한 입도 먹지 못했다. 이 소스 때문에 탈이 나리라 생각한 것은 아니지만 남편이 노려보고 있었기 때문에 아무것도 할 수 없었고, 이는 에스메도 마찬가지였다. 두 사람은 먹는 척만 했다. 식사는 무시무시한 침묵 속에서 이어졌다. 트릭스와 앤이 갑자기 생각난 듯 나누는 날씨 이야기만이 침묵을 깰 뿐이었다. 무슨 이야기라도 해달라고 트릭스가 앤에게 눈으로 애원했지만, 앤은 난생처음 할 말이 없는 상황에 직면했다. 무언가 말을 해야 한다는 생각에 안간힘을 썼지만 세상에서 가장 바보 같은 것들, 차마 소리 내어 말할 수 없는 것들만 머릿속에 떠오를 뿐이었다. 모두들 마법에라도 걸린 듯했다. 퉁명스럽고 고집스러운 사람 한 명이 모두에게 끼치는 영향은 기이할 정도였다. 앤은 이 상황이 믿기지 않았다. 사이러스는 자기가 식탁에 있는 모두를 견딜 수 없이 불편하게 만들고 있다는 것을 알고서 몹시 행복해했다. 마음속으로 도대체 무슨 생각을 하고 있는 것일까? 누가 그를 바늘로 찌른다 한들 과연 꼼짝이라도 할까? 앤은 버릇없는 아이를 대하듯 그의 손등을 찰싹 때린 다음 일으켜서 구석에 세워놓고 싶었다. 삐죽한 흰머리와 거친 콧수염만 없다면 영락없는 악동이었다.

무엇보다도 그가 입을 열게 만들고 싶었다. 입을 꾹 다물고 있겠다고 결심한 그를 속여 말하게 만드는 것보다 더한 벌은 없다는 사실을 앤은 본능적으로 느꼈다.

일어나서 식탁 구석에 놓인 크고 흉측한 구식 꽃병을 일부러 깨뜨리면 어떨까? 장미꽃과 잎 화환으로 뒤덮여 있어서 먼지를 털기는 힘들지만 티 하나 없이 깨끗하게 관리해야만 하는 화려한 장식품이었다. 가족들 모두 이 꽃병을 싫어한다는 사실을 앤은 알고 있었다. 하지만 사이러스 테일러는 어머니의 유품이라는 이유로 다락방에 넣자는 말을 들으려고도 하지 않았다. 앤은 사이러스가 큰 소리로 화낼 것이라는 확신만 있었어도 주저 없이 꽃병을 깨뜨렸을 것이다.

레녹스 카터는 왜 아무런 말을 하지 않는 것일까? 그가 무슨 말이라도 했다면 앤도 말문을 열 수 있었을 것이고, 아마 트릭스와 프링글도 자기들을 묶어놓은 주문에서 벗어나 어떤 이야기든 했을 것이다. 하지만 카터는 그저 먹기만 했다. 아마도 그렇게 하는 것이 최선이라고 생각한 것 같았다. 무언가를 말하다가 이미 화가 나 있는 것이 분명한 연인의 아버지를 폭발하게 만들까 봐 두려워하고 있을지도 몰랐다.

테일러 부인이 꺼질 듯한 목소리로 말했다.

"피클을 먼저 더시겠어요, 셜리 선생님?"

그때 장난스러운 무엇인가가 앤의 마음속에서 요동쳤다. 앤은 피클을 덜면서 다른 일도 시작했다. 잠시 후 다른 생각이 끼어들 틈도 없이 몸을 앞으로 내밀고는 커다란 회녹색 눈을 투명하게 반짝이며 부드러운 목소리로 말했다.

"제 말을 들으면 깜짝 놀라실 거예요, 카터 박사님. 테일러 씨가 지난주부터 갑자기 귀가 안 들리신다네요?"

앤은 폭탄 발언을 마친 뒤 등을 기대고 앉았다. 스스로도 무엇을 기대하는 것인지 정확히 알 수 없었다. 카터 박사는 집주인인 테일러 씨가 침묵을 지키고 있는 것이 끝 간 데 없는 분노 때문이 아니라 귀가 안 들리기 때문이라고 생각한다면 편히 입을 열 수 있을 것 같았다. 사실 앤이 거짓말을 한 것도 아니었다. 사이러스 테일러의 귀가 안 들린다고 했지 원래 귀가 먹은 사람이라고 말한 것은 아니지 않은가. 다만 그의 입을 열게 하는 건 실패였다. 그가 묵묵히 앤을 노려보기만 했으니까.

하지만 앤의 말은 트릭스와 프링글에게 효과를 발휘했다. 두 사람이 반응을 보이리라고는 꿈에도 생각지 못했다. 트릭스는 말없이 있었지만 크게 화난 상태였다. 앤이 이 전략적 질문을 던지기 직전 에스메가 절망에 잠긴 푸른 눈에서 흘러나온 눈물을 남몰래 훔치는 모습을 본 것이다. 이제 희망은 사라졌다. 레녹스 카터는 에스메에게 청혼하지 않을 것이다. 누가 무슨 말을 하고 어떻게 행동하든 아무런 소용이 없다. 트릭스는 잔혹한 아버지에게 복수를 하고 싶다는 욕망에 사로잡혔다. 앤의 말은 트릭스에게 기이한 영감을 주었고, 터지기 직전의 화산 같았던 장난꾸러기 프링글도 잠시 얼떨떨한 표정으로 하얀 속눈썹을 깜빡이다가 이내 누나가 이끄는 대로 따랐다. 잠시 후 앤, 에스메, 테일러 부인이 평생 결코 잊지 못하게 될 무시무시한 15분이 이어졌다.

트릭스가 식탁 너머로 카터 박사에게 말했다.

"가없은 아빠에게는 정말 큰 고통이죠! 아직 예순여덟 살밖에 되지 않으셨는데 말이에요."

자기 나이가 여섯 살이나 늘어난 것을 들은 사이러스 테일러의 콧구멍 가장자리 두 곳이 작고 하얗게 오므라들었다. 하지만 그는 여전히 침묵을 지켰다.

프링글이 또렷이 말했다.

"제대로 된 음식을 먹을 수 있어서 정말 좋아요. 어떻게 생각하세요, 카터 박사님? 자기 가족한테 과일하고 달걀만 먹게 하는 사람이 있다면요? 다른 거 말고 오직 과일과 달걀을, 그것마저도 내킬 때만 준다니까요."

카터 박사가 당황한 얼굴로 입을 열었다.

"혹시… 아버님께서?"

"자기 마음에 들지 않는 커튼을 달았다고 아내를 깨무는 사람은 어떻게 생각하세요? 일부러 그랬다면요?"

트릭스가 묻자 프링글이 근엄하게 덧붙였다.

"피가 날 때까지요."

"그러니까 아버님이 그러셨다는?"

"아내의 실크 드레스 모양이 자기 마음에 안 든다고 찢어버리는 사람은 어떻게 생각하세요?"

트릭스가 말했다. 이번에도 프링글이 말을 보탰다.

"어떻게 생각하세요? 아내가 개를 키우고 싶어 하는데도 허락하지 않는 사람이 있다면요."

"그렇게까지 한 마리 키우고 싶다는데도요."

트릭스가 한숨을 쉬었다. 이제는 대단한 재미를 느끼기 시작한 프링글이 말을 이었다.

"이런 사람은 어떻게 생각하세요? 크리스마스 선물로 아내한테 덧신 장화를 사준다면요? 다른 선물 없이 덧신 장화만요."

"덧신 장화만으로는 마음이 따뜻해지지 않죠."

카터 박사도 인정했다. 그는 앤과 눈이 마주치자 미소를 지었다. 앤은 문득 여태껏 그의 웃는 얼굴을 본 적 없다는 사실이 떠올랐다. 미소를 짓자 그의 인상이 놀랍도록 좋아졌다. 트릭스는 지금 무슨 말을 하고 있는 것일까? 트릭스가 이런 악마가 되리라고 누가 생각이나 했을까?

"카터 박사님, 남을 함부로 대하는 사람하고 사는 게 얼마나 끔찍한지 생각해보셨어요? 고기가 잘 익지 않았다고 그걸 집어 들어서는 하녀에게 내던진다면요?"

카터 박사는 걱정스러운 눈빛으로 사이러스 테일러를 힐끗 쳐다보았다. 그가 누군가에게 닭 뼈를 집어던지지는 않을까 두려워하는 눈치였다. 그러다 곧바로 집주인이 귀가 먹었다는 사실을 기억해내고는 안도하는 듯했다. 프링글이 그 순간을 놓치지 않고 말을 이었다.

"지구가 평평하다고 믿는 사람은 어떻게 생각하세요?"

이번에는 사이러스도 입을 열 것이라고 앤은 생각했다. 하지만 벌겋게 달아오른 얼굴이 살짝 떨렸을 뿐 그는 아무 말도 하지 않았다. 그래도 콧수염의 도전적인 기세가 조금 수그러진 것은 분명히 알 수 있었다.

"자기 고모를, 하나밖에 없는 고모를, 구호시설에 들여보내는 사람은 어떻게 생각하세요?"

트릭스가 물었다. 프링글도 말을 보탰다.

"그리고 고모 무덤에서 소에게 풀을 먹였다면요? 서머사이드 사람들은 그 충격에서 아직 헤어나지 못하고 있어요."

트릭스가 다시 물었다.

"저녁에 뭘 먹었는지 매일 일기에 적어두는 사람은 어떻게 생각하세요?"

"위대한 피프스●도 그런 일을 했죠."

카터 박사가 미소 지으며 말했다. 금세라도 웃음을 터뜨릴 것 같은 목소리였다. 앤은 그가 거만한 사람은 아닐 것이라는 결론에 도달했다. 그저 젊고 수줍음이 많으며 지나치게 진지한 사람일 것이다. 하지만 앤은 지금 아연실색한 상태였다. 일을 이렇게까지 크게 벌일 생각은 없었다. 무엇을 시작하는 것보다 끝맺는 것이 훨씬 어렵다는 사실을 실감했다. 트릭스와 프링글은 악마처럼 영리하게 굴고 있었다. 두 사람은 나열한 일들 중 단 한 가지라도 아버지가 했다고는 말하지 않았다. 프링글은 동그란 눈을 더욱 동그랗게 뜨고 여전히 순진한 척하며 이런 식으로 말할 뿐이었다.

"저는 그저 카터 박사님이 이런 일들을 어떻게 생각하는지 궁금해요."

하지만 앤은 프링글의 속마음을 금세 알아차렸다.

트릭스가 계속해서 말을 이어갔다.

"아내 앞으로 온 편지를 멋대로 뜯어서 읽는 사람은 어떻게 생각하세요?"

이번에는 프링글이 물었다.

"장례식에, 그것도 자기 아버지 장례식에 작업복을 입고 가는 사람은 어떻게 생각하세요?"

~~~~~~

● 　　영국 정치가이자 『일기』의 작가다. 새뮤얼 피프스(1633-1703)는 1660년에서 1669년에 걸쳐 일기에 런던의 생활을 자세히 기록해두었다.

두 사람은 다음에 무엇을 생각해낼까? 테일러 부인은 대놓고 울음을 터뜨렸다. 에스메는 절망한 나머지 도리어 침착해졌다. 이젠 아무래도 상관없다는 표정이었다. 에스메는 몸을 돌리더니 이제 영원히 잃게 될 카터 박사를 정면으로 바라보았다. 그러고는 난생처음으로 현명한 말을 하기 시작했다.

"불쌍한 고양이가 총에 맞아 죽자 새끼 고양이를 온종일 찾으러 다닌 사람은 어떻게 생각하세요? 새끼 고양이가 굶어 죽는 건 참을 수 없다는 이유로 말이죠."

이상한 침묵이 방을 가득 메웠다. 트릭스와 프링글은 부끄러워하는 표정을 지었다. 그러자 이번에는 테일러부인이 입을 열었다. 뜻하지 않게 아버지를 옹호한 에스메를 편드는 것이 아내의 의무라고 느꼈던 것이다.

"그 사람은 뜨개질을 정말 잘해요. 지난겨울에 허리가 아파서 누워 있을 때 응접실 탁자 가운데에 놓을 아주 아름다운 장식보를 만들었죠."

사람이란 인내심에 한계가 있는 법이다. 사이러스 테일러가 바로 그 지점에 도달했다. 그는 크게 화를 내며 의자를 뒤로 밀었고, 의자는 잘 닦인 바닥 위를 미끄러지며 가로질러 가다가 꽃병이 놓인 탁자에 부딪쳤다. 탁자가 넘어지자 꽃병은 그야말로 산산조각이 났다. 마침내 사이러스는 텁수룩한 하얀 눈썹을 곤두세우고는 벌떡 일어나 화를 터뜨렸다.

"난 뜨개질 안 하잖아, 이 여편네야! 그 시시한 장식보 같은 걸로 한 남자의 평판을 영영 날려버리려는 거야? 허리가 빌어먹을 만큼 아파서 내가 뭘 하는지도 몰랐다고. 그리고 뭐? 내 귀가 멀었다고요, 셜리 선생? 내가 귀머거리예요?"

"선생님은 아빠 귀가 먹었다고 말씀하시지 않았어요."

트릭스가 외쳤다. 아버지가 화를 낼 때면 조금도 무섭지 않았던 것이다.

"아, 그래? 선생님이 내가 그렇다고 말하진 않았지. 너희도 마찬가지고. 나는 아직 예순두 살인데 예순여덟 살이라고 말하지도 않았어, 맞지? 내가 개를 못 기르게 한다고도 안 했어! 세상에, 그러고 싶다면 개를 4만 마리 키워도 된다는 거 당신도 알고 있잖아! 내가 언제 당신이 하고 싶다는 걸 못 하게 했다는 거야? 도대체 언제 그랬냐고?"

"그런 적 없었어요, 여보. 한 번도요."

테일러 부인이 흐느끼듯 더듬거리며 말했다.

"저는 개를 기르고 싶어 한 적 없어요. 개를 기르고 싶다는 생각조차 해본 적 없단 말이에요, 여보."

"내가 언제 당신 편지를 뜯어 봤어? 내가 언제 일기를 썼다고 그래? 일기 같은 소리 하고 있네! 내가 언제 장례식에 작업복을 입고 갔냐? 내가 언제 소에게 무덤가의 풀을 먹였어? 우리 고모중에서 누가 구호시설에 있다는 거야? 내가 언제 고기를 남한테 던졌어? 내가 너희한테 과일하고 달걀만 먹인 적 있어?"

"없어요, 여보, 한 번도 없었어요. 언제나 당신은 좋은 가장이었어요. 최고였죠!"

테일러 부인이 흐느꼈다.

"덧신 장화는 무슨 말이야? 당신이 지난 크리스마스에 그걸 사달라고 했잖아!"

"네, 아, 맞아요. 물론 제가 그랬죠, 여보. 덕분에 겨울을 나는 동안 발이 편안하고 따뜻했어요."

"뭐, 그럼 됐네!"

사이러스는 의기양양한 눈길로 방 안을 둘러보았다. 그러다가 앤과 눈이 마주쳤다. 갑자기 뜻밖의 일이 벌어졌다. 사이러스가 피식 웃었던 것이다. 뺨에는 보조개가 떠올랐다. 이 보조개가 그의 표정 전체에 기적을 일으켰다. 사이러스는 의자를 식탁으로 다시 가져와 앉았다.

"나는 퉁명스럽게 구는 나쁜 버릇이 있어요, 카터 박사. 누구나 나쁜 버릇이 좀 있죠. 내 버릇은 그겁니다. 그거 하나뿐이에요. 자, 여보. 그만 울어요. 나는 그런 말을 전부 들어도 싸지. 뜨개질 이야기는 빼고! 우리 딸 에스메, 너만 내 편을 들어준 건 절대 잊지 않으마. 와서 저 난장판을 치워달라고 매기한테 말해라. 저 망할 놈의 물건이 깨져서 너희가 기뻐한다는 건 나도 알아. 그리고 푸딩을 내오라고 해라."

앤은 끔찍하게 시작된 저녁이 이렇듯 유쾌하게 마무리된다는 사실을 믿을 수 없었다. 사이러스는 친절하고 기분 좋은 대화 상대였다. 당연히 그날 있던 심판의 여파는 없었다. 며칠 뒤 저녁 앤을 찾아간 트릭스가 어렵게 용기를 내서 아버지에게 조니 이야기를 했다고 알려주었던 것이다.

"아버님이 무섭게 구셨나요, 트릭스?"

"아빠는, 아빠는 하나도 안 무서웠어요. 그저 콧방귀를 뀌시고는 조니도 슬슬 결심할 때가 됐다고 말씀하셨죠. 2년이나 제 옆에서 어슬렁거리며 다른 사람은 가까이하지 않았으니까요.

아빠는 지난번에 퉁명스럽게 굴었던 때가 얼마 안 되었는데 또 그럴 수는 없다고 생각하셨겠죠. 퉁명스럽게 굴지 않을 땐 아빠도 정말 좋은 사람이에요."

"트릭스한테는 과분할 정도로 훌륭한 아버지인 것 같아요. 그때 저녁 식사 자리에서는 정말 너무했어요."

앤이 말했다. 리베카 듀와 똑같은 말투였다.

"그건 앤이 시작한 일이었어요. 착한 프링글도 좀 도와줬고요. 끝이 좋으면 다 좋은 거라는 말*도 있잖아요. 게다가 다시는 꽃병의 먼지를 털지 않아도 돼서 얼마나 다행인지 몰라요."

---

* 윌리엄 셰익스피어의 희곡 제목 〈끝이 좋으면 다 좋다〉를 응용한 표현

11장

———

2주 후 길버트에게 보낸 편지에서 발췌.

에스메 테일러와 레녹스 카터 박사가 약혼한다고 발표했
어. 내가 들은 여러 소문을 종합해보면 박사는 아버지와 가
족으로부터(아마 친구들로부터도!) 에스메를 보호하고 구해
주고자 그 운명의 금요일 밤에 결혼을 결심했던 것 같아.
기사도 정신으로 무장한 박사는 에스메가 처한 곤경을 그
냥 지나칠 수 없었던 게 분명해. 트릭스는 내가 이런 결과
를 이끌어냈다고 주장하고 있어. 내가 한몫했다는 건 분명
한 사실이겠지. 하지만 다시는 이런 일에 말려들지 않을 생
각이야. 번쩍이는 번갯불의 꼬리를 잡으려는 것처럼 힘들
었거든.

내가 무슨 생각으로 그랬는지는 정말 모르겠어, 길버트. 프링글 가문다운 건 무엇이든 싫어했던 지난날이 남긴 자질구레한 감정의 조각들 때문에 그랬나 봐. 난 그때의 사건이 아주 오래전 일처럼 느껴져. 실제로도 거의 잊고 있었어. 하지만 다른 사람들은 아직도 궁금해하고 있어. 밸런타인 코텔로가 하는 말을 들었는데, 내가 프링글 가문을 물리쳤을 때 자기가 전혀 놀라지 않았던 건 내게는 '나름의 엄청난 비법'이 있다는 걸 알고 있었기 때문이라는 거야. 목사님 부인은 자기의 기도가 응답을 받았다고 생각하고 계셔. 그래, 그래서일 수도 있겠다 싶네.

어제는 젠 프링글하고 학교를 나섰는데, 중간에 헤어질 때까지 나란히 걸어가면서 '배와 구두와 봉랍'*에 대해 이야기했어. 기하학만 빼고 무엇이건 자유롭게 이야기한 거야. 우리는 가급적 기하학 이야기는 피하고 있어. 젠은 내가 기하학에 자신이 없다는 걸 알아. 하지만 마이럼 선장님에 대해 아주 작은 지식을 가진 것만으로도 기하학의 부족한 부분을 벌충하고 있지. 나는 젠한테 폭스의 『순교자 열전』을 빌려줬어. 좋아하는 책을 빌려주는 건 썩 내키진 않아. 책을 다시 받았을 땐 빌려주기 전하고는 다른 책처럼 보이니까. 내가 『순교자 열전』을 좋아하는 이유는, 사랑하는 앨런 사모님이 오래전 주일학교에서 그 책을 상으로 주

---

* 영국 작가 루이스 캐럴(1832-1898)의 동화 『거울 나라의 앨리스』에 나오는 시 〈바다코끼리와 목수〉의 한 구절

셨기 때문이라는 게 전부야. 순교자 이야기는 별로 좋아하지 않거든. 순교자들은 나를 보잘것없이 부끄러운 사람으로 느끼게 만들기 때문이지. 내가 추운 날 아침 침대에서 나오길 싫어하고 치과에 가는 걸 주저한다는 걸 떠올리면 정말 부끄러워지잖아!

어쨌든 에스메와 트릭스가 모두 행복해져서 다행이야. 나만의 작은 로맨스가 꽃을 피우는 중이라 다른 사람들의 로맨스에도 관심이 가는 것이겠지? 아주 긍정적인 방향이 잖아. 호기심이나 악의 때문에 그러는 게 아니라 행복이 퍼져 나가는 거라서 참 기뻐.

아직 2월이네. "수도원 지붕의 눈은 달빛에 반짝이고"* 있어. 사실은 수도원이 아니라 해밀턴 씨네 헛간 지붕일 뿐이지만, 나는 이렇게 생각하려고 해.

'봄까지는 몇 주만 더 있으면 되고, 여름까지는 몇 주만 더 있으면 되고, 그러면 여름휴가가 있고, 그때 난 초록지붕집으로 돌아가고, 에이번리의 초원에는 금빛 햇살이 쏟아지고, 바다에 접한 만은 새벽엔 은빛으로, 낮엔 푸른빛으로, 해 질 녘엔 진홍빛으로 물들고… 그리고 길버트가 날 기다리고 있지.'

리틀 엘리자베스하고 나는 봄에 뭘 할지 끝도 없이 계획을 세우고 있어. 우리는 정말 좋은 친구야. 나는 매일 저녁 우유를 가져다주고, 그 아이는 아주 가끔씩 나랑 같이 산

• 앨프리드 테니슨의 시 〈성 아그네스의 전야〉의 한 구절

책해도 좋다는 허락을 받고 나와. 참, 우리 둘은 생일이 같아! 엘리자베스는 그 사실을 알고 흥분해서 뺨이 '성스러운 장미 같은 빨간색'으로 물들었지. 얼굴을 붉힐 때는 얼마나 사랑스러운지 몰라. 평소에는 너무 창백해서 신선한 우유를 마셔도 혈색이 좋아지지 않거든. 저녁 바람을 맞으며 해 질 녘의 밀회에서 돌아왔을 때만 뺨에 사랑스러운 장밋빛이 맴돌아. 한번은 내게 진지한 얼굴로 물었어.

"제가 어른이 되면 선생님처럼 예쁜 크림색 피부가 될까요? 매일 밤 버터밀크를 얼굴에 바르면요?"

유령의 길에서 버터밀크는 꽤 인기 있는 화장품인 것 같아. 리베카 듀도 그걸 쓰는 걸 봤어. 과부들한테는 비밀로 해달라고 사정하면서 기어이 다짐을 받았지. 그 나이에 바보같이 군다고 생각할 거라나. 바람 부는 포플러나무집에서는 지켜야 할 비밀이 너무 많아서 내가 나이보다 늙어버릴 것 같아. 나도 코에 버터밀크를 바르면 주근깨 일곱 개가 없어질까 궁금하네. 그런데 내가 '예쁜 크림색 피부'라고 생각해본 적 있니? 혹시 그랬다고 해도 내게 직접 말해주지 않았잖아. 그리고 내가 '비교적 아름답다'는 것도 알고 있었어? 나도 내가 그렇다는 걸 얼마 전에 알았거든.

"아름답다는 건 어떤 기분일까요, 셜리 선생님?"

며칠 전에 리베카 듀가 진지한 얼굴로 물었어. 새로 산 비스킷 색깔의 옷을 입고 있을 때였지.

"글쎄요? 나도 궁금할 때가 있어요."

"하지만 선생님은 아름답잖아요."

리베카 듀의 말을 듣고 나는 짐짓 기분이 상해 나무라듯 대꾸했어.

"어머, 당신이 내게 빈정대리라고는 생각도 못 했네요, 리베카 듀."

"빈정대는 게 아니에요, 셜리 선생님. 선생님은 아름답잖아요. 비교적 그렇단 거예요."

"아! 비교적이라고요?"

그러자 리베카 듀가 식기대를 가리키면서 말했어.

"식기대에 비친 얼굴을 보세요. 나하고 비교하면 선생님은 아름다워요."

음, 그렇기는 했어! 그런데 엘리자베스 이야기가 아직 남아 있었네. 폭풍우가 몰아치는 어느 저녁이었어. 그날따라 유령의 길에 바람이 어쩌나 심하게 불던지, 도저히 산책을 갈 수 없었어. 우리는 그 대신 내 방으로 올라와 요정 나라의 지도를 만들었어. 엘리자베스는 높이를 맞추기 위해 파란색 도넛 모양 쿠션 위에 앉았는데 지도 위에 몸을 굽히고 무언가를 그리는 모습이 제법 진지한 꼬마 도깨비처럼 보였지. 그런데 소리 나는 대로 적는 건 내 취향이 아니야! '꼬마 도깨비'(gnome)의 발음이 '놈'(nome)이라고 해도 철자만큼은 제대로 적는 게 훨씬 더 으스스하고 요정 같은 느낌이 들잖아.

우리 지도는 아직 완성되지 않았어. 거기에 그려 넣을 것들이 날마다 새롭게 생각나거든. 어젯밤에는 '눈의 마녀' 집이 있는 곳을 정했고 그 뒤쪽으로는 꽃이 활짝 핀 야생 벚나무로 완전히 뒤덮인 언덕 세 개를 그려놨지. (우리가 꿈꾸는 집 근처에도 야생 벚나무가 몇 그루 있었으면 좋겠어, 길버트.) 물론 지도에는 '내일'도 있어. '오늘'의 동쪽이고 '어제'의 서쪽이야. 요정 나라에는 시간이 많아. 봄이라는 시간, 긴 시간, 짧은 시간, 초승달이 뜨는 시간, 잘 자라는 인사를 하는 시간, 다음에 오는 시간…. 하지만 마지막 시간은 없어. 요정 나라에 그런 시간이 있으면 너무 슬프니까. 그리고 나이 든 시간, 젊은 시간도 있어. 한쪽이 있으면 마땅히 다른 쪽도 있어야 하잖아. '산악 표준시'는 어때? 이걸 넣은 건 매력적으로 들리기 때문이야. 밤의 시간과 낮의 시간도 있어. 하지만 자는 시간이나 수업 시간은 없어. 크리스마스 시간도 있고. 한 번뿐인 시간은 없어. 이것도 너무 슬프니까. 하지만 잃어버린 시간은 있어. 나중에 그 시간을 찾는다면 정말 멋질 거잖아. 가끔 있는 시간, 즐거운 시간, 빠른 시간, 느린 시간, 입맞춤하고 30분이 지난 시간, 집에 가는 시간, 태곳적의 시간…. 이건 세상에서 가장 아름다운 말 중 하나야. 그리고 다른 '시간들'을 가리키는 멋지고 작은 빨간색 화살표가 어느 곳에나 있지. 리베카 듀가 나를 꽤나 어린아이 같다고 생각하는 건 알아. 하지만… 아, 길버트! 우린 너무 어른이 되지도 말고 지나치게 똑똑해지지도 말자. 요정 나라에 갈 수 없을 정도로 나이가 들고 아둔해져서는 안 돼.

　리베카 듀는 내가 엘리자베스의 인생에 좋은 영향을 끼친다고 확신하지 못하는 것 같아. 도리어 그 반대야. 내가

'공상하는 버릇'을 부추긴다고 생각하니까. 어느 날 저녁, 내가 집에 없어서 리베카 듀가 대신 우유를 가지고 갔는데, 엘리자베스는 이미 담장 문에 와 있었으면서도 정신없이 하늘을 바라보느라 자신의 요정 같은(솔직히 말하면 요정과는 거리가 먼) 발소리를 듣지 못했대.

"저는 귀를 기울이고 있었던 거예요."

엘리자베스가 미안해하며 설명했는데, 리베카 듀는 못마땅한 얼굴로 말했어.

"너는 언제나 뭘 듣기만 하는구나."

엘리자베스는 어딘가 거리를 두는 것같이 살짝 미소를 지었어. (리베카 듀가 이런 말을 쓴 건 아니지만 나는 엘리자베스가 어떻게 미소를 지었는지 정확하게 알아.)

"아마 깜짝 놀라실 거예요. 제가 가끔 듣는 게 무슨 소리인지 아신다면요."

엘리자베스의 말투에 리베카 듀는 뼛속까지 소름이 끼쳤대. 분명 그랬다고 그녀가 내게 단언했어. 하지만 엘리자베스는 항상 요정에게 매료되어 있는걸. 그건 어떻게 할 수가 없는 거잖아?

너의 가장 앤다운 앤

추신 1. 뜨개질 이야기를 아내한테 들었을 때 사이러스 테일러가 보인 얼굴을 나는 절대로, 절대로, 절대로 잊지 못할 것 같아. 하지만 나는 그 사람을 언제까지나 좋아할 거야. 왜냐하면 새끼 고양이를 찾으러 다녔으니까. 그리고 나는 에스메도 좋아. 모든 희망이 다 무너졌다고 생각하면서도 아버지 편을 들었잖아.

추신 2. 펜촉을 갈았어. 사랑해. 너는 카터 박사처럼 잘난 척하지 않으니까. 그리고 또 사랑해. 너는 조니처럼 귀가 튀어나오지 않았으니까. 그리고 이게 가장 큰 이유인데, 네가 길버트라서 사랑해!

12장

유령의 길, 바람 부는 포플러나무집

5월 30일

가장 사랑하고 그보다 더 사랑하는 이에게

봄이야! 너는 킹즈포트에서 수많은 시험을 치르느라 눈 돌릴 틈도 없었을 테니 봄이 온 것도 몰랐을 거야. 하지만 나는 머리끝부터 발끝까지 봄을 느끼고 있어. 서머사이드도 봄을 느끼고 있지. 별로 사랑스럽지 않았던 거리까지도 낡은 판자 울타리 너머로 꽃들이 팔을 내밀고 길섶의 풀 속에 민들레가 줄지어 피면서 완전히 달라졌지. 내 선반 위에 있는 귀부인 도자기 인형도 봄을 느끼고 있어. 내가 한밤중에 문득 눈을 뜨면 이 인형이 독무(獨舞)를 추는 걸 볼 수 있을지도 몰라. 뒤꿈치가 황금인 분홍색 구두를 신고 춤추는 모습을 상상해봐.

모든 것이 내게 '봄'이라고 말하고 있어. 수줍게 웃는 시냇물, 폭풍왕에 낀 푸른 안개, 내가 네 편지를 읽으러 가는 장소인 숲속 단풍나무, 유령의 길을 따라 서 있는 하얀 벚나무, 뒷마당에서 더스티 밀러에게 도전하듯 뛰어다니는 개똥지빠귀, 리틀 엘리자베스가 우유를 받으러 올 때마다 우리가 만나는 담장 문에 붙어서 고개를 내미는 푸른색 덩굴, 오래된 묘지 주위를 빙 둘러 자라면서 새싹을 틔우는 전나무… 심지어는 낡은 묘지까지도 봄을 말하지. 무덤 위쪽에 심은 온갖 종류의 꽃이 잎사귀와 꽃봉오리를 내보이고 있어. '이곳에서도 삶은 죽음을 이겨냈다'라고 말하는 것 같아. 요전 날 밤에 묘지를 산책했는데, 그때 정말 즐거웠어. (리베카 듀는 내가 이런 식으로 산책하는 걸 두고 끔찍할 정도로 소름 끼치는 취미라고 생각할 게 틀림없어. 그녀가 언젠가 이렇게 말했거든. "선생님이 왜 그처럼 무서운 곳을 그렇게나 가고 싶어 하는지 나는 정말 모르겠어요.") 나는 향기로운 초록색 고양이풀이 난 그곳을 거닐며 네이선 프링글의 부인이 정말 남편을 독살하려고 했을까 곰곰이 생각해봤어. 부인의 무덤은 어린 풀과 6월 백합으로 둘러싸여 있어. 그 청순한 모습을 보며 마침내 결론을 내렸지. 그건 터무니없는 중상모략이었다고.

한 달만 있으면 여름방학이라 집에 돌아갈 거야! 나는 그리운 풍경을 계속 머릿속에 그려보고 있어. 지금쯤 눈갈

이 하얀 꽃이 가득한 초록지붕집의 오래된 과수원을, 반짝이는 호수에 가로놓인 오래된 다리를, 귀에 들려오는 바다의 속삭임을, 연인의 오솔길에서 보내는 여름날 오후를… 그리고 너를!

오늘 밤에는 무언가를 고백하기 딱 적당한 펜을 쓰고 있어, 길버트. 그래서 나는….

두 쪽이 빠져 있다.

오늘 저녁에는 깁슨 씨네 집에 다녀왔어. 예전에 마릴라 아주머니가 그 집을 한번 찾아가보라고 하셨거든. 그분들이 화이트샌즈에 살 때 아는 사이였대. 그래서 먼젓번에 다녀온 뒤로는 매주 방문하고 있어. 폴린은 내가 오는 걸 좋아하고 나는 폴린이 너무 안쓰럽게 느껴지거든. 폴린은 어머니의 노예일 뿐이야. 폴린의 어머니는 참 지독한 할머니라니까.

애도니럼 깁슨 할머니는 여든 살인데 종일 휠체어를 탄 채로 지내. 15년 전에 서머사이드로 이사 왔지. 폴린은 지금 마흔다섯 살이고 그 집의 막내딸이야. 오빠랑 언니는 모두 결혼했는데, 그들은 어머니를 모실 의향이 없대. 그래서 폴린이 집안일을 하는 틈틈이 어머니 손발 노릇도 하면서 시중을 들고 있어. 폴린은 몸집이 작고 얼굴은 창백하며 눈은 엷은 황갈색인데, 금갈색 머리는 여전히 윤기가 흐르고 아름다워. 꽤 넉넉한 살림이라 어머니를 모시지만 않았어도 무척 즐겁고 여유 있게 살 수 있었을 거야. 교회 활동을 좋아하는 그녀는 부인 봉사회와 선교회에 참석하고 만찬이나 환영회를 계획하면서 정말 행복하게 지낼 수 있겠지. 마을에서 제일 예쁜 자주달개비꽃을 가졌다고 마음껏 뽐내도 사람들은 고개를 끄덕일 거야. 하지만 지금은 거의 집을 비울 수가 없어서 일요일에 교회를 가는 것도 힘들어해. 폴린을 이런 상황에서 벗어나게 해주고 싶은데, 방법을 못 찾겠어. 깁슨 할머니는 백 살까지 사실 것 같거든. 할머니는 다리를 쓸 수 없지만 혀는 아무런 문제도 없어. 가엾은 폴린을 표적으로 삼아 독설을 퍼부어댄다니까. 거기 앉아서 그걸 듣고 있노라면 마음속이 항상 속절없는 분노로 가득 차게 돼. 그런데 폴린 말로는 자기 어머니가 나를 아주 좋게 생각해서 내가 옆에 있으면 평소보다 상냥하게 군다는 거야. 이 말이 사실이라면, 내가 옆에 없을 땐 어떻다는 걸까? 생각만 해도 몸서리를 치게 돼.

　폴린은 깁슨 할머니의 허락 없이는 아무것도 못 해. 양말 한 켤레조차 마음대로 살 수 없어. 자질구레한 것까지 깁슨 할머니의 허락을 받아야 해. 두 번이나 옷감을 뒤집어서 다 닳았다고 확인시켜줘야 하거든. 그래서 폴린은 4년째 같은 모자를 쓰고 있어.

　깁슨 할머니는 집에서 나는 작은 소리나 상쾌한 산들바람조차 못 견디고 질색을 해. 평생 한 번도 미소 지은 적이 없다는 소문이 있을 정도야. 나도 지금껏 웃는 얼굴을 못 봤어. 그래서 할머니를 볼 때마다 미소를 띠면 얼굴이 어떻게 변할까 궁금해지는 거야. 폴린은 자기 방도 없어. 어머니하고 같은 방에서 자야 하는데 밤에 거의 한 시간마다 일어나서는 깁슨 할머니의 등을 문질러주고, 약을 먹이고, 뜨거운 물주머니를 가져오고(아주 뜨거워야 해, 미지근하면 큰일 나!), 베개를 고쳐주고, 뒷마당에서 이상한 소리가 나면 왜 그런지 확인하러 가야 해. 깁슨 할머니는 오후에 잠을 자고 밤에는 폴린한테 무슨 일을 시킬지 고민하면서 지내는 분 같아.

그런데도 폴린은 괴로워하지도 않아. 상냥하고 이타적이고 인내심이 강하거든. 그나마 예뻐하는 개라도 곁에 있어서 다행이야. 자기 마음대로 한 건 개를 키우는 일뿐이었어. 그것도 마을 어느 집에 강도가 든 적이 있는데 집을 지키려면 개가 필요하다고 깁슨 할머니가 생각했기 때문이야. 폴린은 자기가 개를 얼마나 사랑하고 있는지 어머니한테 절대 보여주지 않아. 깁슨 할머니는 그 개를 싫어해서 아무 데서나 뼈다귀를 물어온다고 불평하지. 하지만 그 개를 내보내라고 말하지는 않아. 자기만 아는 이기적인 이유가 있으니까.

마침내 내가 폴린에게 무언가를 줄 수 있는 기회가 생겼어. 그래서 그렇게 하려고 해. 하루를 선물하려는 거야. 그건 내가 초록지붕집에서 보낼 주말을 포기한다는 뜻이겠지만, 그럴 만한 가치가 있다고 봐.

그런데 오늘 밤 그 집에 들렀다가 폴린이 울고 있는 모습을 봤어. 깁슨 할머니는 폴린이 왜 그러는지 내가 궁금해할 틈도 주지 않았어.

"글쎄, 폴린이 나를 두고 나가겠다는군요. 아주 훌륭하고 고마운 딸이에요. 그렇죠?"

"딱 하루만이에요, 엄마."

폴린이 흐느끼는 소리를 삼키고 애써 미소를 지으며 말했어. 하지만 할머니는 득달같이 쏘아붙였지.

"딱 하루만이라니! 음, 내 하루가 어떤지 알고 계시나요, 셜리 선생님? 다들 알고 있지만 선생님은 아직 모를 거예요. 아플 때 보내야 하는 하루가 얼마나 긴지는 모르는 게 낫죠."

하지만 그때 깁슨 할머니는 하나도 아프지 않았어. 그래서 안쓰럽게 생각하지 않으려고 했어.

그때 폴린이 말했어.

"엄마 혼자 두지 않아요. 돌봐줄 사람을 부를게요. 사촌 언니 루이자가 다음 주 토요일 화이트샌즈에서 열리는 은혼식에 저를 초대했어요. 언니가 모리스 힐턴과 결혼했을 때 제가 들러리를 섰거든요. 엄마만 허락해주신다면 정말 가고 싶어요."

하지만 깁슨 할머니는 생각을 바꿀 것 같지 않았어.

"내가 홀로 죽을 운명이라면 그렇게 해야지. 그건 네 양심에 맡기겠다, 폴린."

깁슨 할머니가 양심에 맡기겠다고 하는 순간, 나는 폴린이 싸움에서 졌다는 사실을 알게 됐어. 깁슨 할머니는 사람들의 양심을 자극하는 방법으로 평생 자기 뜻을 이루며 살아왔거든. 몇 년 전에 누가 폴린과 결혼하고 싶어 했는데 깁슨 할머니는 양심에 맡긴다는 말로 방해했다는 소문을 들은 적 있어.

폴린은 눈물을 닦고 애처로운 미소를 억지로 짓더니 만들고 있던 드레스를 집어들었어. 초록색과 검은색 체크무늬가 끔찍해 보였지.

"이제 뚱한 얼굴은 하지 마라. 그런 건 못 참아. 그 드레스에 옷깃이나 잘 달도록 해. 믿어지세요, 셜리 선생님? 폴린이 옷깃도 달지 않고 드레스를 만들려고 했어요. 내가 아무 말 안 했으면 목이 깊게 파인 드레스를 만들어서 입었을 거예요."

폴린이 그렇게 불쌍해 보일 수가 없었어. 가냘프고 자그마한 목이(조금 통통하지만 예쁜 편이야) 뻣뻣한 심지가 있는 높은 망사 옷깃에 둘러싸여 있었지. 나라도 폴린 편을 들어 주어야 했어.

"요즘은 옷깃이 없는 드레스가 유행이에요!"

"옷깃이 없다니요? 그런 옷은 외설적이에요!"

(참고로 그때 내가 그런 옷을 입고 있었어.)

깁슨 할머니가 말을 계속했어.

"그리고 말이죠, 나는 모리스 힐턴이 정말 싫었어요. 그 사람 어머니는 크로켓 가문이에요. 모리스는 예의범절 같은 걸 하나도 몰라요. 자기 아내한테 입맞춤을 할 때 항상 가장 부적절한 곳에다 했어요!"

(네가 나한테 입맞춤을 할 때 적절한 곳에만 할 자신 있니, 길

버트? 깁슨 할머니는 예컨대 목덜미가 가장 부적절한 곳이라고 생각하고 있는 건 아닌지 불안해.)

"하지만 엄마, 그날 하비 위더의 말이 교회 잔디밭에서 날뛰던 통에 루이자 언니가 밟힐 뻔했잖아요. 모리스가 약간 흥분한 것도 당연해요."

"폴린, 말대꾸하지 마라. 누구한테 입맞춤을 하던 교회 계단은 부적절한 장소야. 내 의견 따윈 아무도 귀담아듣지 않겠지만 말이다. 모두들 내가 죽길 바랄 테니까. 무덤에는 누울 자리가 있을 거야. 너한테 내가 얼마나 무거운 짐인지는 알고 있단다. 차라리 죽는 편이 낫겠지. 날 아무도 원하지 않으니까."

"그런 말씀 하지 마세요, 엄마."

"말할 거다. 지금 너는 은혼식에 가려고 마음먹었잖니. 내가 반대하는 걸 똑똑히 알면서도 어떻게 그럴 수 있는지, 도저히 이해할 수 없구나."

"엄마, 제가 안 갈게요. 엄마가 싫다고 하시면 갈 생각도 하지 않을게요. 제발 그렇게 흥분하시지는⋯."

"아니, 내가 조금 흥분하는 것도 안 된다는 거냐? 난 이 지루한 생활에 활기를 좀 불어넣으려고 했을 뿐이야. 아, 벌써 가려는 건 아니죠, 셜리 선생님?"

내가 거기 더 있었다가는 미쳐버리거나 호두까기 인형처럼 생긴 깁슨 할머니의 얼굴을 때리고 말 것 같은 기분이 들었어. 그래서 답안지를 채점해야 한다고 말했지.

그러자 깁슨 할머니는 한숨을 내쉬었어.

"아, 네. 나같이 나이 많은 사람을 상대해봤자 무슨 재미가 있겠어요. 폴린이 별로 쾌활한 편도 아니고…. 그렇지, 폴린? 설리 선생님이 여기 오래 머물고 싶어 하지 않는 것도 이상한 일은 아니죠."

폴린은 현관까지 나를 바래다줬어. 달빛이 작은 정원을 비추고 항구도 반짝이게 해주었지. 부드럽고 기분 좋은 바람이 하얀 사과나무에 말을 걸고 있었어. 봄이야, 봄. 봄이라고! 아무리 깁슨 할머니라도 자두나무에 꽃이 피는 걸 막을 수 없어. 하지만 폴린의 부드러운 회청색 눈에는 눈물이 가득했지.

"루이자 언니의 은혼식에 정말 가고 싶었어요."

폴린은 자포자기하는 심정으로 체념 섞인 긴 한숨을 내쉬며 말했어.

"가게 되실 거예요."

"아, 아니에요. 갈 수 없어요. 가엾은 엄마가 허락해주지 않을 테니까요. 그냥 그 일은 생각하지 않으려고 해요. 오늘 밤은 달이 참 아름답지 않나요?"

폴린은 더 크고 밝은 목소리로 마지막 말을 덧붙였어. 그러자 거실에서 깁슨 할머니의 고함이 들려왔어.

"달을 본다고 뭐 좋은 일이 있을 거란 말은 못 들어봤다! 그만 지껄이고 들어와서 빨간색 침실용 실내화나 가져와. 위에 털을 두른 거야. 지금 신고 있는 건 발이 아파. 내가 얼마나 거북한지는 아무도 신경 안 쓰지."

그 말대로 나는 할머니에게 전혀 신경 쓰고 싶지 않았

어. 가엾은 폴린! 하지만 폴린은 하루 휴가를 얻어 은혼식에 가게 될 거야. 나, 앤 셜리가 그렇게 말했으니까.

집에 돌아와서 리베카 듀랑 과부들에게 이 일을 다 이야기해줬어. 우리는 내가 깁슨 할머니에게 했어야 할 법한 근사한 말을 생각해내면서 즐거운 시간을 보냈지. 케이트 이모는 폴린이 외출할 수 있게 허락을 받아내는 일을 내가 해낼 수 없을 거라고 생각하지만, 리베카 듀는 나를 믿는다고 했어.

"만약 선생님이 실패한다면 아무도 못 할 거예요."

얼마 전에는 톰 프링글 부인의 저녁 식사에 초대받았어. 내게 하숙방을 주지 않겠다며 거절했던 분이지. (리베카 듀가 그러는데 나처럼 식비가 안 드는 하숙인은 없대. 저녁 식사에 초대받는 일이 워낙 많으니까.) 프링글 부인이 날 거절한 건 참 다행이야. 부인은 친절하고 이야기도 기분 좋게 잘하는데다가 파이를 잘 만든다고 온 동네에 칭찬이 자자하지만 그 집은 바람 부는 포플러나무집도 아니고 유령의 길에 있지도 않으니까. 그리고 그분은 케이트 이모도, 채티 이모도, 리베카 듀도 아니잖아. 나는 세 사람이 정말 좋아서 내년과 내후년에도 여기서 머무를 생각이야. 내 의자에는 이름도 있어. '셜리 선생님의 의자'야. 채티 이모는 내가 없을 때도 식탁에 내 자리를 똑같이 차려놓으라고 리베카 듀한테 말씀하셨어.

"그러면 그렇게 쓸쓸해 보이지는 않을 거야."

가끔씩은 채티 이모가 민감하게 반응해서 일을 조금 복

잡하게 만들기도 했어. 하지만 이젠 날 이해하게 됐고 내가 일부러 상처를 주려는 건 아니라는 사실을 알게 되었다고 말씀하셨어.

리틀 엘리자베스하고 나는 이제 일주일에 두 번 산책을 해. 캠벨 부인이 그래도 좋다고 했거든. 하지만 그보다 더 자주 가서는 안 되고 일요일에는 절대 안 돼. 봄이 되면서 이런저런 사정이 나아졌어. 음침한 낡은 집에도 햇살이 들어오고, 집 바깥쪽은 나뭇가지가 춤을 추면서 그림자를 드리운 덕에 한층 아름다워졌지. 그래도 엘리자베스는 기회 있을 때마다 집에서 나오고 싶어 해. 그래서 가끔씩 우리는 마을 번화가 쪽으로 가서 불 켜진 가게를 들여다보곤 해. 대개는 세상 끝까지 이어지는 길을 가능한 한 멀리까지 가고 있어. 모험심과 기대를 갖고 모퉁이를 돌아가다 보면 그 너머에 있을 내일을 찾을 수 있지 않을까? 멀리 저편에는 작고 푸르른 언덕이 단정하게 둥지를 틀고 앉아 있지. 엘리자베스가 내일이 되면 하겠다는 일 가운데 하나는, 필라델피아로 가서 교회에 있는 천사를 보는 거야. 사도 요한이 묵시록에 쓴 필라델피아 교회*는 펜실베이니아주 필라델피아에 있는 교회가 아니라는 사실을 그 아이에게 아직 말해주지 않았어(앞으로도 말하지 않을 거야). 우린 이런 환상을 너무 빨리 잃어버리지. 게다가 어쨌든 우리가 내일로 갈 수 있다면 그곳에서 뭘 발견할지 누가 알겠니? 어디에나 천사

* 신약성경(공동번역) 요한의 묵시록 3장 7절에 나오는 교회

가 있을지도 모르잖아.

가끔씩 우리는 투명한 봄의 대기 속에서 순풍을 타고 반짝이는 항로를 따라 항구로 들어오는 배를 바라보기도 해. 엘리자베스는 그중 한 척에 아버지가 타고 있지는 않을까 생각하지. 언젠가는 아버지가 찾아올 거라는 희망을 부여잡고 있는 거야. 왜 오지 않는 것인지 나는 상상도 못 하겠어. 아버지를 애타게 그리워하는 작고 사랑스러운 딸이 있다는 걸 알면 꼭 보러 올 거라고 확신해. 엘리자베스가 어느덧 어엿한 소녀가 되었다는 걸 모르는 거겠지. 그는 여전히 엘리자베스를 아내의 목숨을 앗아간 아기라고만 생각하는 걸 거야.

어느덧 서머사이드 고등학교의 1년도 끝나 가. 첫 번째 학기는 악몽이었지만 지난 두 학기는 즐겁게 지냈어. 프링글 가문은 유쾌한 사람들이야. 어떻게 내가 그들을 파이 가문과 비교했을까? 오늘은 시드 프링글이 내게 연영초 꽃다발을 가져다줬어. 젠은 반에서 성적이 가장 높은데, 그 아이를 진정으로 이해한 선생님은 나밖에 없다고 엘런 할머니가 말씀하셨대! 옥의 티라고는 캐서린 브룩뿐이야. 계속해서 쌀쌀맞게 굴고 거리를 둬. 친해지려는 노력은 이제 그만하려고 해. 리베카 듀의 말처럼 넘지 말아야 할 선이라는 게 있으니까.

아, 깜빡 잊을 뻔했네. 샐리 넬슨이 나한테 자기 결혼식의 들러리가 되어달라고 부탁했어. 6월 말에 보니뷰(넬슨 박사님의 여름 별장인데 외딴곳에 있어)에서 결혼식을 올릴 예정이야. 샐리는 고든 힐과 결혼해. 그러면 넬슨 박사님의 여섯 딸 중에서 결혼하지 않은 사람은 노라 넬슨만 남는 거지. 노라는 짐 윌콕스와 여러 해 동안 사귀는 중이야. 리베카 듀의 말마따나 '그랬다 안 그랬다' 하면서 관계를 이어가고 있어. 하지만 여태껏 아무 일도 없다 보니 앞으로 무언가 진행될 거라고 기대하는 사람은 없어. 나는 샐리를 좋아하지만 노라와는 별로 친하지 않아. 물론 노라는 나보다 훨씬 나이가 많고 내성적인 데다 좀 거만한 면도 있어. 그래도 나는 노라와 친구가 되고 싶어. 예쁘거나 똑똑하거나 매력적이지는 않지만 어딘가 모르게 개성이 느껴지거든. 친구가 되어볼 만하다는 기분이 들어.

결혼식 이야기가 나왔으니까 말인데, 에스메 테일러가 지난달에 카터와 결혼했어. 수요일 오후라서 에스메를 보러 교회에 갈 수는 없었어. 하지만 에스메가 아주 아름답고 행복해 보였다고 다녀온 사람들이 말해주더라. 카터 박사도 자기 판단이 옳았고 양심에 부합하는 일을 했다고 생각하는 듯한 얼굴이었대. 사이러스 테일러하고 나는 좋은 친구가 됐어. 요즘도 그는 그날의 식사 자리를 언급하곤 해. 모두에게 큰 추억거리가 되었다고 생각하게 된 거지. 그가 멋쩍어하며 말했어.

"그 뒤로는 퉁명스러워질 엄두를 못 내요. 다음번에는 바느질을 한다며 나를 책망할 수도 있으니까요."

그러고는 '미망인분들'에게 안부를 전해달라고 말했어. 길버트, 이곳 사람들은 어쩌나 유쾌하고 재미있는지 몰라.

인생도 그렇고 나도 그래.

언제나 영원히
너의 앤!

추신. 해밀턴 씨 집에 있는 붉은색 늙은 암소가 얼룩무 늬 송아지를 낳았어. 그래서 우리는 석 달 동안 루 헌트에 게 우유를 사 먹고 있지. 이제 우리도 크림을 다시 만들 수 있을 거라고 리베카 듀가 그랬어. 헌트네 우유는 마르지 않 는다는 말을 항상 들어왔는데 지금은 그 말을 믿는다는 거 야. 리베카 듀는 송아지가 태어나는 걸 전혀 원하지 않았 어. 케이트 이모가 해밀턴 씨에게 부탁했어.

"그 소는 너무 늙어서 더는 송아지를 낳을 수 없을 거라 고 리베카에게 말해줘요."

그제야 리베카 듀가 허락해준 거지.

13장

"아, 선생님도 나처럼 늙어서 침대에만 묶여 있으면 내 처지를 이해할 수 있을 거예요."

깁슨 부인이 우는소리를 했다.

"제가 이해 못 한다고 생각하진 말아주세요, 깁슨 부인."

앤이 말했다. 30분 동안의 노고가 허사로 돌아가자 앤은 깁슨 부인의 목이라도 분질러버리고 싶은 심정이었다. 폴린이 등 뒤에 서서 애원하는 눈으로 지켜보지만 않았다면 앤은 벌써 자포자기한 채 집으로 돌아갔을 것이다.

"약속드릴게요. 쓸쓸하게 내버려두는 일은 없을 거예요. 제가 종일 여기 있으면서 불편하거나 부족한 게 전혀 없도록 보살펴 드릴 거예요."

"아, 제가 누구한테도 도움이 되지 못하다는 건 알아요."

집슨 부인은 이제까지 앤이 했던 말과는 아무 상관없는 이야기를 갑자기 꺼냈다.

"그렇게 똑같은 말을 되풀이할 필요는 없어요, 셜리 선생님. 난 언제든 떠날 준비가 되어 있으니까요. 언제든지요. 그러면 폴린은 어디든 원하는 대로 돌아다닐 수 있겠죠. 버림받은 것처럼 괴로워하던 나도 여기 없을 테니까요. 요즘 젊은 사람들은 도무지 분별력 같은 게 없어요. 다들 경박하게 굴죠. 어찌나 경박한지 모르겠다니까요."

분별력 없는 경박한 젊은이가 폴린인지 자신인지는 알 수 없었지만 앤은 탄약고에서 마지막 남은 한 방을 꺼냈다.

"집슨 부인, 만약 폴린이 자기 사촌의 은혼식도 가지 않으면 사람들은 정말 심한 말을 할 거예요."

집슨 부인이 날카로운 목소리로 말했다.

"심한 말이라니! 무슨 말을 한다는 거죠?"

"존경하는 집슨 부인(적절치 못한 형용사를 붙인 저를 용서해주소서!), 연륜이 깊으니 잘 아시겠지만, 생각 없는 사람들은 항상 터무니없는 말을 해대거든요."

집슨 부인이 발끈하며 말했다.

"굳이 나이 이야기를 꺼낼 필요는 없잖아요. 그리고 세상이 트집 잡기 좋아한다는 건 굳이 말 안 해도 돼요. 정말 잘 아니까요. 이 마을에 수다쟁이들이 가득하다는 것도 말해줄 필요가 없고요. 하지만 그 사람들이 나에 대해서 함부로 지껄이지는 않을 거예요. 그러니까 내가 늙은 폭군이라는 식으로 말을 지어내진 않을 거라고요. 나는 폴린이 가지 못하도록 막은 적이 없어요.

단지 저 아이 양심에 맡긴 거잖아요."

"아니죠. 아마 그렇게 믿는 사람은 거의 없을 거예요."

앤이 애써 슬픈 표정을 지으며 말했다. 깁슨 부인은 잠시 동안 박하사탕을 맹렬하게 빨아댄 다음 다시 입을 열었다.

"화이트샌즈에 볼거리가 유행하고 있다죠?"

"엄마, 전 예전에 이미 볼거리를 앓았잖아요."

"두 번 걸리는 사람도 있지. 너 같은 사람이 두 번 걸리는 거야, 폴린. 너는 늘 유행하는 병에 걸렸어. 내가 그때 밤 새워 너를 돌보았다. 네가 아침을 못 볼지도 모른다고 생각하면서 말이야! 아, 어머니의 희생 같은 건 오래 기억되지도 않는구나. 게다가 화이트샌즈까지는 어떻게 갈 생각이냐? 너는 몇 년째 기차를 타본 적도 없잖니. 토요일 밤에 돌아오는 기차도 없고."

앤이 얼른 끼어들었다.

"토요일 아침 기차를 타고 가면 돼요. 돌아올 때는 제임스 그레거 씨가 데려다줄 거고요."

"제임스 그레거? 나는 그 사람을 좋아하지 않아요. 그의 어머니는 타부시 가문이라고요."

"그레거 씨는 금요일에 마차를 타고 간대요. 그때 폴린도 같이 갈 수 있고요. 하지만 기차를 타고 가도 괜찮을 거예요, 깁슨 부인. 서머사이드에서 타고 화이트샌즈에서 내리면 되니까. 환승할 일도 없고요."

깁슨 부인이 의심스러운 얼굴로 물었다.

"무슨 꿍꿍이가 있군요. 왜 그렇게 폴린을 보내려고 하는 거죠, 셜리 선생님? 그 이유나 말해봐요."

앤은 눈을 번뜩이며 의심스럽다는 기색으로 쏘아보는 깁슨 부인의 얼굴을 향해 미소를 지었다.

"폴린이 착하고 친절한 딸이라고 생각하니까요. 깁슨 부인, 누구나 그렇듯 가끔씩은 쉬어야 해요. 더구나 폴린처럼 착하고 친절한 딸은 더욱 그렇죠."

대부분의 사람들은 앤의 미소를 감히 거절하지 못했다. 그 이유 때문인지 아니면 소문에 대한 두려움 때문인지 깁슨 부인도 결국 무너지고 말았다.

"할 수만 있다면 나도 휠체어에서 하루라도 벗어나고 싶은데 그런 심정 따위는 아무도 헤아려주지 않는 것 같네요. 물론 난 그럴 수가 없으니 이 고통을 묵묵히 참아낼 수밖에요. 뭐, 꼭 가야만 한다면 하는 수 없죠. 폴린은 항상 자기 맘대로만 했어요. 저 아이가 볼거리에 걸리거나 이상한 모기에 물려서 목숨이 위태로워진다 해도 제 잘못은 아니에요. 저야 온 힘을 다해 어떻게든 지내겠죠. 아, 선생님이 여기 계실 거라고는 생각하지만 폴린이 하는 것처럼 익숙하게 내가 원하는 방식대로 날 돌봐주지는 못할 거예요. 하지만 하루 정도는 참아볼게요. 그러지 못한다 해도 뭐, 그렇게 오랜 세월을 덤으로 살아왔으니 이제 와서 별일이야 있겠어요?"

어느 면으로도 흔쾌한 허락은 아니었지만 그래도 허락해준 것은 분명했다. 앤은 안도와 감사의 표시로 자신도 상상조차 하지 못했던 행동을 했다. 몸을 굽혀 깁슨 부인의 거친 뺨에 입을 맞춘 것이다. 그러고는 잔뜩 상기된 목소리로 말했다.

"감사합니다!"

"어휴, 그렇게 기분 좋은 척할 필요는 없어요. 자, 박하사탕이나 들어요."

집에서 나와 거리로 이어진 좁은 길을 함께 걸어가면서 폴린이 앤에게 말했다.

"어떻게 감사를 드려야 하죠, 셜리 선생님?"

"가벼운 마음으로 화이트샌즈에 가서 모든 순간을 한껏 즐기고 오세요. 그걸로 충분해요."

"아, 그렇게 할게요. 이 일이 제게 얼마나 중요한지 모르실 거예요, 셜리 선생님. 제가 보고 싶은 건 루이자뿐만이 아니에요. 루이자네 집 옆의 오래된 러클리네 집이 매물로 나와 있는데, 남의 손에 넘어가기 전에 한 번 더 보고 싶어요. 메리 러클리는 제가 어렸을 때 제일 친한 친구였어요. 지금은 하워드 플레밍의 부인이 되어 서부에 살고 있죠. 우리는 자매처럼 지냈답니다. 러클리네 집에 자주 놀러갔는데 저는 그곳이 정말 좋았거든요. 그곳에 다시 가는 꿈을 자주 꿔요. 꿈을 꾸기에는 제 나이가 너무 많다고 엄마가 핀잔을 주셨지만요. 그런데 정말 그렇다고 생각하세요, 셜리 선생님?"

"나이 때문에 꿈꾸지 못하는 사람은 없어요. 꿈은 결코 나이를 먹지 않으니까요."

"그렇게 말씀해주셔서 정말 기뻐요. 아, 셜리 선생님! 그곳의 세인트로렌스만을 다시 보게 되었네요! 15년 만에 보는 거예요. 여기 항구도 아름답지만 그곳만큼은 아니에요. 전 지금 구름 위를 걷는 기분이에요. 다 선생님 덕분이죠. 엄마가 선생님을 좋아하니까 제가 가도록 허락해준 거예요. 선생님은 저를 행복하게 해주셨어요. 저뿐만 아니라 모든 사람들을 행복하게 해주는 분이에요. 음, 선생님이 방에 들어오면 그 안에 있는 사람들의 마음이 한결 밝아지거든요."

"이제까지 제가 들은 것 중에서 가장 멋진 칭찬이에요, 폴린."

"그런데 한 가지 문제가 있어요. 낡은 호박단* 드레스 말고는 입을 게 없거든요. 게다가 검은색이에요. 은혼식에 입고 가기엔 너무 어둡잖아요. 그리고 살이 빠져서 옷이 너무 커요. 지은 지 6년이나 되었으니까요."

앤이 자신 있는 얼굴로 말했다.

"새 드레스를 짓도록 어머니를 설득해야겠네요."

하지만 그 일은 앤의 능력 밖이었다. 깁슨 부인은 요지부동이었다. 루이자 힐트의 은혼식에 입기에는 폴린의 검은 호박단 드레스 정도로 충분하다는 것이었다.

"6년 전인가 한 마에 2달러나 주고 사서 제인 샤프한테 3달러를 주고 맞춘 거예요. 제인은 훌륭한 재봉사였죠. 제인 어머니는 스마일리 가문이었고요. 밝은 걸 입고 싶은 거냐, 폴린 깁슨! 저 아이는 허락만 받으면 머리부터 발끝까지 진홍색 옷으로 차려입고 갈 거예요, 셜리 선생님. 그런 짓을 하고 싶어서 내가 죽기만 기다리고 있죠. 아, 그래. 이제 얼마 뒤면 나 때문에 고생하는 일도 끝날 거다, 폴린. 그러면 네가 원하는 대로 화려하고 경박하게 옷을 입을 수 있을 거야. 하지만 내가 살아 있는 동안은 점잖게 굴어야지. 모자는 또 왜 그 모양이냐? 어쨌든 지금은 턱

~~~~~~

*   광택이 있고 얇은 견직물로 여성복이나 양복을 만드는 데 쓴다.

밑을 끈으로 묶는 모자를 쓸 때야."

가엾은 폴린은 그런 모자가 진저리 나게 싫었다. 그럴 바에는 평생 낡은 모자를 쓰는 편이 나았다.

"그냥 속으로만 기뻐하고 옷에 대해서는 전부 잊어버릴래요."

폴린이 앤에게 말했다. 두 사람은 정원으로 나와 과부들에게 줄 꽃다발을 만들기 위해 6월 백합과 금낭화를 꺾었다.

"좋은 생각이 있어요."

앤이 거실 창문으로 두 사람을 지켜보고 있는 집슨 부인에게 들리지 않도록 조심스럽게 눈을 돌려 확인하며 말했다.

"제 은회색 포플린 드레스 아시죠? 그걸 빌려드릴게요."

흥분한 폴린은 꽃바구니를 떨어뜨렸다. 그래서 앤의 발밑에 분홍색과 하얀색 꽃밭이 생겼다.

"아, 그건 안 돼요! 엄마가 허락하지 않으실 거예요."

"어머니가 모르시게 해야죠. 자, 들어보세요. 토요일 아침에 먼저 그 옷을 입고 검은색 호박단 드레스를 위에 걸치는 거죠. 딱 맞을 거예요. 좀 길기는 하지만 제가 내일 주름 단을 좀 넣어 줄게요. 요즘은 주름 장식이 유행이거든요. 옷깃도 없고 소매도 팔꿈치까지라서 아무도 눈치채지 못할 거예요. 그곳에 도착하면 곧바로 호박단 드레스를 벗어요. 그날 모든 행사가 끝난 뒤 그곳에 제 포플린 드레스를 두고 와도 돼요. 다음 주말에 제가 집에 갈 때 찾아올 수 있거든요."

"하지만 젊은 사람 옷이 제게 어울릴까요?"

"문제없어요. 회색 옷은 몇 살이든 입을 수 있거든요."

"이게 정말… 옳은 일일까요? 엄마를 속이는 거잖아요."

폴린의 목소리가 떨렸다. 앤은 위로하듯 당당하게 말했다.

"이런 경우라면 전혀 문제될 게 없어요. 은혼식 같은 날에는 검은색 드레스를 입으면 안 된다는 건 아시잖아요. 신부에게 불운을 가져다줄 수도 있으니까요."

"맞아요, 그러면 안 되죠. 엄마한테 피해가 가는 일도 물론 아니고요. 엄마도 토요일 내내 잘 지내셨으면 좋겠어요. 제가 없으면 한 입도 안 드실까 봐 걱정돼요. 제가 사촌언니 마틸다의 장례식에 갔을 때도 그러셨어요. 아무것도 안 드셨다고 프라우티가 말해줬죠. 그때 프라우티가 엄마랑 있었거든요. 사촌언니 마틸다가 죽었다고 화가 많이 난 거예요. 제 말은, 엄마가 그러셨다는 거죠."

"식사는 하실 거예요. 제가 꼭 끝까지 지켜볼게요."

"선생님은 엄마를 다루는 요령이 있으신 것 같네요. 정해진 시간에 약을 드리는 것도 잊지 않으실 테죠. 아, 하지만 저는 역시 안 가는 게 좋을 것 같아요."

그때 깁슨 부인이 화를 내며 소리쳤다.

"둘이 밖에 오래 있는구나. 꽃다발을 마흔 개는 만들려는 거냐? 그 과부들이 네 꽃을 왜 갖고 싶어 하는지 모르겠다. 자기들도 잔뜩 갖고 있으면서. 나 같으면 리베카 듀가 내게 꽃을 보내주는 걸 기다리느니 꽃 없이 지낼 거야. 난 지금 물이 마시고 싶어 죽겠어. 하긴 나 같은 건 중요하지도 않겠지."

금요일 밤 폴린은 몹시 당황한 목소리로 앤에게 전화를 걸었다. 목이 아픈데 혹시 볼거리는 아닌지 걱정된다는 내용이었다. 앤은 달려가 폴린을 안심시켰고, 가는 김에 회색 포플린 드레스를 갈색 종이에 싸서 가져갔다. 앤은 이 꾸러미를 라일락 덤불에 놓아두었고, 그날 밤 폴린이 식은땀을 흘리면서 그것을 2층 작은방으로 몰래 가지고 올라갔다. 침실은 아니었지만 옷을 놓아두고 갈아입는 용도로는 쓸 수 있는 방이었다. 폴린은 드레스 때문에 마음이 편치 않았다. 목이 아픈 것은 어머니를 속인 대가일지도 모른다. 하지만 루이자의 은혼식에 형편없는 검은색 드레스를 입고 갈 수도 없었다. 그것만은 피해야 했다.

토요일 아침, 앤은 일찍부터 깁슨네 집에 있었다. 이렇게 빛나는 여름 아침이면 앤은 아침의 광채와 함께 반짝이는 듯 그 어느 때보다 아름다워 보였다. 앤은 그리스 항아리에 새겨진 날씬한 처녀같이 황금빛 대기 속을 걸었다. 앤이 들어서자 더없이 음침했던 방까지도 빛이 나고 생기가 돌았다.

"세상이 자기 것이라도 되는 것 같은 걸음이네요."

깁슨 부인이 비꼬았다. 하지만 앤은 아랑곳하지 않고 밝은 얼굴로 대답했다.

"그럼요. 지금 꼭 그런 기분이에요."

"아, 선생님은 젊으니까요."

깁슨 부인이 화를 내듯 쏘아붙이자 앤은 성경 구절을 인용해 대꾸했다.

"성경에 '내 마음이 즐거워하는 것을 내가 막지 아니하였으니*'라는 구절이 있잖아요. 지금 제게 딱 어울리는 말씀이에요, 깁슨 부인."

---

* 구약성경의 전도서 2장 10절에 나온 표현

"'사람은 고생을 위하여 났나니 불꽃이 위로 날아가는 것 같으니라.'* 이것도 성경 말씀이죠."

집슨 부인이 응수했다. 대학까지 졸업한 셜리 선생의 말을 이처럼 속 시원하게 받아쳤다는 사실에 집슨 부인은 잠시 동안 기분이 뿌듯했다.

"나는 마음에도 없는 말을 하는 사람이 아니에요, 셜리 선생님. 하지만 파란 꽃이 달린 그 밀짚모자는 잘 어울리네요. 그걸 쓰니까 선생님 머리도 아주 빨갛게 보이지는 않네요. 이렇게 풋풋한 아가씨가 부럽진 않니, 폴린? 너도 젊은 아가씨가 되고 싶지 않아?"

폴린은 너무나도 행복하고 들떠 있어서, 그때만큼은 자신 말고 다른 사람이 되고 싶지는 않았다. 앤은 폴린과 같이 2층 방으로 올라가 옷 입는 것을 도와주었다.

"오늘 얼마나 즐거운 일들이 일어날지 정말 기대돼요! 목은 꽤 괜찮아졌고 엄마도 기분이 좋으시거든요. 선생님의 눈에는 그렇게 보이지 않을 수도 있지만 저는 잘 알아요. 비꼬기는 해도 말을 하고 계시니까요. 엄마는 화가 나거나 짜증이 나 있으면 토라져서 말을 안 하세요. 감자 껍질을 까두었고, 스테이크는 아이스박스에 넣어놨어요. 엄마가 드실 블랑망제푸딩은 지하실에 있고요. 저녁 식사에 먹을 닭고기 통조림하고 스펀지케이크는 식료품 저장실에 있어요. 저는 혹시나 엄마가 마음을 바꾸실까 봐 조마조마해요. 만약 그런 일이 벌어진다면 저는 도저

---

* 　구약성경의 욥기 5장 7절에 나온 표현

히견딜 수 없을 거예요. 아, 셜리 선생님. 제가 회색 드레스를 입는 게 낫다고 생각하세요? 정말로요?"

앤이 한껏 학교 선생님다운 태도로 말했다.

"입으세요. 지금 당장이요."

폴린은 그 말에 따랐다. 회색 드레스는 폴린에게 아주 잘 어울렸다. 드레스에는 옷깃이 없었고 팔꿈치까지만 내려온 소매에는 우아한 레이스 주름 장식이 달려 있었다. 앤이 머리를 묶어주자 폴린은 자기 모습을 못 알아볼 정도로 딴사람이 되었다.

"이 옷을 그 촌스럽고 낡은 호박단 드레스로 덮어버리기가 싫을 정도예요!"

하지만 그렇게 해야 했기 때문에, 둘은 검은 드레스를 걸쳐서 이 옷을 단단히 가렸다. 낡은 모자도 썼다. 물론 모자는 루이자의 집에 도착해서 벗을 생각이었다. 새 구두도 신었다. 깁슨 부인이 구두만큼은 새로 장만해도 좋다고 허락해준 덕분이었다. 비록 뒤꿈치가 보기 흉할 정도로 높다고 생각했지만 깁슨 부인은 구두에 대해 이러쿵저러쿵하지 않았다.

"제가 혼자서 기차를 타고 가면 소문이 돌 게 뻔해요. 사람들이 저를 보고 누가 죽은 건 아닌가 지레짐작하지 않았으면 좋겠어요. 루이자의 은혼식이 어떤 식으로든 죽음하고 연관되는 건 바라지 않으니까요. 어머, 향수네요, 셜리 선생님! 사과꽃 향이에요! 정말 좋죠? 아주 살짝만 뿌려도 돼요. 저는 향수를 뿌리면 숙녀다워진다고 생각해왔는데, 엄마는 제가 향수를 사도록 허락하지 않으실 거예요. 아, 셜리 선생님. 개한테 먹이 주는 거 잊지 마세요. 잘 좀 부탁드려요. 뚜껑 있는 접시에 뼈를 담아서 식료품 저장실에 뒀어요. 아, 그런데 말이에요."

폴린은 민망한 듯 목소리를 낮췄다.

"선생님이 여기 계실 땐요. 음, 개가 집에서 실수를… 안 했으면 좋겠네요."

폴린은 떠나기 전에 어머니의 검사를 통과해야만 했다. 외출한다는 흥분과 포플린 드레스를 숨기고 있다는 죄책감이 합쳐져 두 뺨은 전에 없이 붉어진 상태였다. 깁슨 부인은 불만스러운 눈으로 폴린을 뚫어지게 쳐다보았다.

"아이고, 이런! 여왕님을 뵈러 런던에라도 가는 거냐? 너무 빨갛게 달아올랐어. 사람들이 널 보면서 뺨에 무슨 칠이라도 했다고 생각할 거다. 정말 그런 건 아니지?"

폴린은 화들짝 놀랐다.

"아, 아뇨, 엄마. 절대 아니에요!"

"예의 바르게 행동해야 한다는 걸 명심해라. 앉을 때는 단정하게 발목을 엇갈리게 둬라. 찬바람이 드는 곳에는 앉지 말고, 말을 너무 많이 해서도 안 돼."

"안 그럴게요, 엄마."

폴린은 간절한 얼굴로 약속하며 불안한 듯 곁눈질로 시계를 힐끗 보았다.

"루이자에게 건배할 때 쓸 사르사파릴라 술 한 병을 가져다 줘라. 난 루이자를 좋아하진 않지만 그 아이 어머니는 태커베리 가문이지. 병을 다시 갖고 오는 거 명심해. 루이자한테 새끼 고양이를 얻어 와서도 안 된다. 루이자는 언제나 사람들한테 새끼 고양이를 덥석 안기거든."

"알겠어요, 엄마."

"비누를 물속에 그냥 둔 건 아니지?"

"그럼요, 엄마."

폴린은 불안한 눈으로 시계를 힐끗 보았다.

"구두끈은 잘 맸니?"

"네, 엄마."

"점잖지 못한 냄새가 나는구나. 향수를 뒤집어썼어."

"아, 아니에요. 아주 조금만 뿌렸어요. 딱 한 방울이었는데….."

"내가 뒤집어썼다고 했으면 그런 거다. 겨드랑이 쪽에 옷이 뜯어진 데는 없지?"

"네, 없어요. 엄마."

"어디 보자."

갑작스러운 사태에 폴린은 몸을 떨었다. 팔을 들어 올렸을 때 회색 드레스의 치맛단이 보이면 어쩌지!

"뭐, 그럼 가 봐라."

검열을 마친 깁슨 부인은 긴 한숨을 내쉬었다.

"네가 돌아왔을 때 내가 여기 없다면, 레이스 숄을 걸치고 검은색 새틴 덧신을 신은 모습으로 묻히고 싶어 했다는 것만 기억해 줘. 머리는 제대로 말아놓았는지도 살펴보고."

"몸이 더 안 좋으세요, 엄마?"

포플린 드레스 때문에 폴린의 양심은 더욱 예민해져 있는 상태였다.

"그러시다면 내가 가지 않는 게….."

"구두 때문에 쓴 돈을 낭비할 셈이냐? 당연히 가야지. 계단 난

간을 타고 미끄러져 내려가면 안 된다는 거 명심해라."

이는 지렁이도 꿈틀하게 만들 말이었다.

"엄마! 제가 그런 짓을 할 거라고 생각하세요?"

"낸시 파커의 결혼식 때 그랬잖니."

"35년 전 일이에요! 지금도 제가 그럴 것 같아요?"

"이제 떠날 시간이다. 왜 그렇게 여기서 지껄이고 있는 거냐? 기차를 놓치고 싶은 건 아니겠지?"

폴린이 서둘러 떠나자 앤은 비로소 안도의 한숨을 쉬었다. 깁슨 부인이 기차가 떠나버릴 때까지 폴린을 붙잡아두려는 사악한 충동에 사로잡혀 있을까 봐 두려웠던 것이다.

"이제 좀 조용해지겠네요. 집이 끔찍하게 지저분해요, 셜리 선생님. 항상 그렇지는 않다는 걸 알아주면 좋겠네요. 요 며칠 동안 폴린은 정신이 나가 있었거든요. 죄송하지만 저기 꽃병을 몇 센티미터만 왼쪽으로 옮겨주시겠어요? 아뇨, 다시 원래대로 해주세요. 저 등불 갓도 기울어져 있네요. 음, 이제 좀 제대로 됐네요. 그런데 저 차양은 다른 것보다 조금 내려가 있네요. 똑바로 맞춰주세요."

운 나쁘게도 앤은 차양을 너무 세게 잡아당겼다. 그 바람에 끈이 앤의 손에서 벗어나 윙 소리를 내면서 꼭대기까지 쑥 올라가버렸다.

깁슨 부인이 말했다.

"거봐요."

앤은 무엇을 보라는 것인지 알 수 없었지만, 다시 조심스럽게 차양을 바로잡았다.

"그럼 이제 맛있는 차를 끓여드릴까요, 깁슨 부인?"

깁슨 부인은 애처로운 목소리로 대답했다.

"마실 게 필요하긴 해요. 이렇게 걱정하고 소동을 부리니까 완전히 지쳐버렸네요. 위가 밖으로 튀어나온 것 같아요. 차는 제대로 끓일 수 있나요? 어떤 사람들은 차라리 진흙물을 마시는 게 나을 정도로 솜씨가 형편없거든요."

"차 끓이는 법은 마릴라 커스버트 아주머니가 가르쳐주셨어요. 금방 알게 되실 거예요. 하지만 먼저 휠체어를 현관으로 밀어다드릴게요. 그러면 햇볕을 즐기실 수 있을 거예요."

깁슨 부인이 고개를 저었다.

"난 몇 년 동안 현관으로 나간 적이 없어요."

"어머, 오늘 정말 날씨가 좋은걸요. 몸에 해로울 수 없죠. 꽃이 활짝 핀 돌능금나무를 보여드리고 싶네요. 밖에 나가지 않으면 볼 수 없어요. 오늘은 바람이 남쪽에서 불어오니까 노먼 존슨 씨네 밭에서 나는 클로버 향기를 맡으실 수 있을 거예요. 차를 가져다드릴 테니까 저랑 함께 마셔요. 그러고 나서 제가 수놓을 걸 갖고 올게요. 우리 둘이 거기 앉아서 지나가는 사람 한 명 한 명을 흉보는 거예요."

깁슨 부인은 점잖은 척하며 말했다.

"사람들을 흉보는 일에는 동의할 수 없어요. 그건 기독교인답지 않은 일이라고요. 그건 그렇고 선생님 머리는 원래부터 그런 건지 말해줄 수 있나요?"

앤이 웃었다.

"한 가닥도 빼놓지 않고 제 머리카락이 맞아요."

"그렇게 빨갛다니 안됐네요. 지금은 빨간 머리가 유행인 듯하지만요. 난 선생님 웃음소리가 왠지 마음에 들어요. 가엾은 폴린이 신경질적으로 킥킥대는 웃음소리는 언제나 신경에 거슬리거든요. 음, 밖에 나가야 한다면 그래야겠네요. 감기에 걸려 죽을지도 모르겠지만 그건 그쪽 책임이죠. 셜리 선생님, 내가 여든 살이라는 걸 기억해줘요. 하루도 모자라지 않고 딱 여든이죠. 데이비 애컴이라는 늙은이가 내가 아직 일흔아홉이라는 유언비어를 온 서머사이드에 퍼뜨리고 다닌다는 이야기를 들은 적이 있지만요. 그 사람 어머니는 와트 가문이죠. 그 집 사람들은 항상 질투가 심했어요."

앤은 휠체어를 능숙하게 밀었고 쿠션을 받쳐주는 일에도 솜씨가 있다는 것을 증명해 보였다. 곧이어 앤이 차를 가지고 오자 깁슨 부인은 합격점을 줄 수밖에 없었다.

"네, 마실 만은 하네요, 셜리 선생님. 아, 난 1년 동안 소화하기 쉬운 유동식만 먹고 산 적이 있었어요. 그때 사람들은 내가 건강을 회복하지 못할 거라고 했죠. 나도 가끔은 그렇게 생을 마감하는 편이 더 나았을 거라고 생각한답니다. 선생님이 그렇게 좋다고 했던 돌능금나무가 저건가요?"

"네, 맞아요. 참 예쁘죠? 새파란 하늘을 배경으로 정말 하얗게 보이잖아요?

"별로 시적인 표현도 아니네요."

깁슨 부인의 반응은 이뿐이었다. 하지만 차 두 잔을 마신 뒤에는 꽤 기분이 좋아졌다. 오전 시간은 어느덧 지나고 점심 식사를 생각할 시간이 되었다.

"제가 가서 음식을 준비한 뒤에 작은 탁자에 차려서 여기로 가져올게요."

"아니, 그러지 마세요, 선생님. 나는 그런 바보 같은 장난은 좋아하지 않아요. 여기서 남의 눈에 띄게 먹고 있으면 사람들이 아주 이상하다고 생각할 거예요. 물론 여기 나와 있는 건 좋아요. 클로버 냄새가 좀 찜찜하긴 하지만요. 오늘 오전 시간은 평소보다 굉장히 빨리 지나갔네요. 하지만 누가 부탁해도 문밖에서 점심을 먹지는 않을 거예요. 나는 집시가 아니라고요. 요리를 하기 전에 손을 깨끗이 씻는 거 잊지 말아요. 이런, 스토리 부인 집에는 또 손님이 오려나 보네요. 손님방 침구를 전부 걸어서 말리고 있으니까요. 저건 진짜로 손님을 대접하고 싶은 게 아니에요. 그냥 사람들한테 잘 보이고 싶어서 그런 거죠. 그 사람 어머니는 캐리 가문이에요."

앤이 마련한 점심을 먹고 집슨 부인은 아주 만족해했다.

"신문에 글을 쓰는 사람이 요리를 할 수 있을 줄은 생각도 못 했어요. 하지만 마릴라 커스버트가 선생님을 키웠으니까 당연한 일이겠죠. 그 사람 어머니는 존슨 가문이에요. 폴린은 은혼식에서 탈이 날 때까지 음식을 먹을 것 같네요. 그 아이는 자기가 배부른 것도 몰라요. 제 아버지를 꼭 닮았죠. 나는 아이 아버지가 한 시간 뒤면 배가 아파 몸을 배배 꼬게 될 걸 알면서도 딸기를 게걸스럽게 먹는 걸 본 적 있어요. 혹시 그 사람 사진을 보여준 적이 있었나요? 음, 손님방에 가서 그걸 가지고 와주세요. 침대 밑에 있어요. 거기 올라가 있는 동안에 서랍을 뒤적거리는 건 곤란해요. 그런데 책상 밑에 먼지가 뭉쳐 있지는 않은지 살펴봐주세요. 폴린은 믿을 수가 없네요."

앤이 사진을 가져오자 깁슨 부인은 이어서 말했다.

"아, 네. 이 사람이에요. 그의 어머니는 워커 가문이죠. 요즘은 이런 남자가 없어요. 타락한 시대니까요."

앤이 미소를 지었다.

"호메로스도 기원전 800년에 똑같은 말을 했어요."

깁슨 부인이 자신 있는 목소리로 말을 받았다.

"구약성경 저자 중에도 계속 불평만 해댄 사람이 있죠. 내가 이런 말을 해서 놀랐겠네요, 셜리 선생님. 그런데 내 남편은 아는 게 참 많았어요. 선생님이 약혼했다는 말을 들었는데, 의대생이라면서요? 의대생은 다들 술독에 빠져 있나 봐요. 내 생각에는 그럴 수밖에 없을 거예요. 해부실에서 버티기가 힘들 테니까요. 아무튼 술 마시는 남자하고는 결혼하지 마세요, 셜리 선생님. 벌이가 시원찮은 남자도 안 되고요. 입에 발린 말로는 먹고살 수 없어요. 그건 내가 장담해요. 아, 저기 개수대를 깨끗하게 닦고 행주는 잘 헹구는 거 잊지 마세요. 행주에 기름기가 남아 있는 꼴은 절대로 못 봐요. 개한테도 먹을 걸 줘야 할 것 같은데요. 지금도 피둥피둥한데 폴린이 계속 먹여대네요. 언젠가는 저 개를 없애버려야 할 거 같아요."

"어머, 저라면 그러지 않을 거예요, 깁슨 부인. 언제 도둑이 들지 모르잖아요. 이 집은 외딴곳에 있고요. 위험에 철저히 대비할 필요가 있어요."

"아, 좋아요. 선생님 마음대로 하세요. 나는 사람들하고 이러쿵저러쿵 뭘 따지고 있을 바에는 차라리 다른 걸 하겠다는 생각이니까요. 특히 목덜미가 이렇게 이상하게 욱신거릴 때는 더 그래요. 아무래도 뇌졸중에 걸리려는 게 아닌가 싶네요."

"낮잠을 주무셔야겠네요. 주무시고 나면 한결 기분이 좋아질 거예요. 제가 이불을 잘 덮어드리고 의자도 편안하게 낮춰드릴게요. 현관에 나가서 낮잠을 주무시겠어요?"

"사람들 앞에서 자다니요! 그건 먹는 거보다 더 나빠요. 선생님은 정말 이상한 생각만 하네요. 거실에서 자게 준비해줘요. 차양을 내리고 파리가 못 들어오게 문을 닫으세요. 선생님도 조용히 쉬고 싶겠죠. 혀를 꽤나 많이 움직였으니까요."

깁슨 부인은 오랫동안 곤하게 낮잠을 잤지만, 눈을 떴을 때는 기분이 상해 있었다. 그녀는 앤이 다시 현관으로 휠체어를 몰고 가지 못하게 했다.

"밤공기를 쐬어 날 죽이고 싶어 하는 것 같네요."

아직 다섯 시밖에 되지 않았는데도 깁슨 부인은 무엇을 해도 마음에 들지 않는 듯했다. 앤이 가져온 음료수는 너무 차갑다고 하더니 다음번에 가져온 것은 또 충분히 식지 않았다고 했다. 물론 무엇을 가져왔건 성에 차지 않았을 것이다. "개는 어디서 사고를 치고 있는 게 틀림없다, 등이 아프다, 머리가 아프다, 가슴뼈가 아프다, 아무도 날 생각해주지 않는다, 내가 얼마나 괴로운지 아무도 모른다, 의자가 너무 높다, 이젠 너무 낮다, 어깨에는 숄을 덮어주고 무릎에는 담요를 올려주고 발에는 쿠션을 대주면 좋겠다, 이 끔찍한 외풍은 어디서 들어오는 건지 셜리 선생님이 좀 봐줄 수 있을까, 차 한잔 마시고 싶지만 남에게 폐를 끼치고 싶지는 않다, 이제 곧 무덤에서 쉬게 될 텐데 그렇게 신경 쓸 것 없다, 내가 가버리면 다들 날 고마워할 거다…" 그렇게 깁슨 부인은 오후 내내 투덜거렸다.

"하루가 짧아도 하루가 길어도, 결국 시간은 흘러 저녁 노래가 들려오는 거야."

시간이 멈춘 것처럼 느껴지는 순간이 몇 번이나 있었지만 이렇게 하루가 지나갔다. 해 질 녘이 되자 깁슨 부인은 폴린이 왜 돌아오지 않는지 궁금해서 견딜 수 없었다. 황혼이 찾아왔다. 여전히 폴린은 오지 않았다. 밤이 되어 달빛이 비쳐도 폴린의 모습은 보이지 않았다.

"이럴 줄 알았어요."

깁슨 부인이 수수께끼 같은 말을 하자 앤이 달래주었다.

"그레거 씨가 돌아올 때까지는 따님도 올 수 없다는 거 아시잖아요. 그 사람은 서두르는 편이 아니니까요. 침대로 모셔다드릴까요? 피곤하실 거예요. 익숙한 사람 대신 낯선 사람이 옆에 있으면 조금 부담스러운 법이니까요."

깁슨 부인의 입가에 난 작은 주름이 고집스럽게 깊어졌다.

"그 아이가 집에 올 때까지는 침대로 가지 않을 거예요. 하지만 선생님이 돌아가고 싶다면 그렇게 해요. 나 혼자 얼마든지 있을 수 있어요. 아니 그냥 혼자 죽어버려도 상관없으니까요."

9시 30분이 되자 깁슨 부인은 짐 그레거가 월요일까지 돌아오지 않을 것이라는 결론을 내렸다.

"짐 그레거는 믿지 못할 사람이에요. 하루에도 몇 번씩 마음을 바꾸니까요. 일요일에는 집에 돌아오는 일도 하면 안 된다고 생각하고 있겠죠. 그 사람은 선생님네 학교 이사잖아요. 그렇죠? 선생님은 그에 대해 어떻게 생각하세요? 그의 교육관에 대해서는요?"

온종일 깁슨 부인의 횡포를 참을 만큼 참았던 앤은 심술궂은 기분이 들었다. 그래서 진지한 얼굴로 대답했다.

"그분은 시대에 뒤떨어진 생각을 하시는 것 같아요."

깁슨 부인은 눈썹 하나 깜빡이지 않았다.

"나도 같은 생각이에요."

그 뒤로는 잠든 척했다.

14장

10시가 되자 폴린이 돌아왔다. 다시 호박단 드레스를 입고 낡은 모자를 썼지만 붉게 물든 뺨과 반짝이는 눈 덕분에 10년은 젊어 보였다. 퉁명스러운 표정으로 휠체어에 앉아 있는 어머니에게 폴린은 가지고 온 꽃다발을 내밀었다.

"루이자 언니가 엄마께 드리는 꽃다발이예요. 예쁘죠? 하얀 장미가 스물다섯 송이예요."

"이게 뭐냐! 내게 은혼식 케이크 한 조각을 보내줄 생각은 아무도 안 했구나. 요즘 사람들은 친척을 챙길 마음이 하나도 없는 모양이야. 아이고, 옛날 같으면….""

"아니에요. 케이크도 줬어요. 가방에 큰 케이크 조각 하나를 넣어서 가져왔죠. 모두들 어머니가 잘 계시는지 묻고 안부를 전해달라고 했는걸요."

앤이 끼어들었다.

"즐겁게 지내다 오셨나요?"

폴린은 딱딱한 의자에 앉았다. 부드러운 의자에 앉으면 어머니가 화를 낸다는 사실을 알고 있었기 때문이다. 그리고 나서 조심스럽게 대답했다.

"아주 재밌었어요. 은혼식 만찬도 근사했고, 걸코브 교회를 맡고 계신 프리먼 목사님이 오셔서 루이자와 모리스는 결혼식을 또 한 번 했죠."

"그런 걸 신성모독이라고 하지."

"그러고 나서 다 함께 모여 사진을 찍었어요. 꽃이 정말 예뻤죠. 응접실은 숲속에 있는 그늘 같았고요."

"장례식 같았겠군."

"아, 엄마. 메리 러클리도 서부에서 왔어요. 지금은 플레밍 부인이잖아요. 메리와 제가 어렸을 때 얼마나 친했는지 기억하시죠? 우리는 서로를 폴리, 몰리라고 불렀어요."

"아주 바보 같은 이름이었지."

"메리를 다시 만나 시간 가는 줄 모르고 옛날 얘기를 했어요. 정말 좋았죠. 메리의 동생 엠도 왔어요. 아기도 데려왔는데, 아주 좋은 냄새가 났어요."

깁슨 부인이 투덜거렸다. 앤이 다시 끼어들었다.

"무슨 음식 이야기라도 하는 것 같구나. 아기들은 어디서나 볼 수 있잖아!"

깁슨 부인이 받은 장미를 꽂아놓으려고 꽃병에 물을 받아 가져오던 앤이 말했다.

"어머, 아니에요. 똑같은 아기는 없어요. 아기 한 명 한 명은 모두 기적이죠!"

"음, 난 아기를 열 명이나 낳았지만 그중에 한 번도 기적 같은 건 보지 못했어요. 폴린, 제발 좀 가만히 앉아 있어라. 너 때문에 정신이 하나도 없어. 그리고 넌 내가 어떻게 지냈는지 물어봐주지도 않는구나. 하긴 그런 걸 기대하는 내가 바보지."

"어떻게 지내셨는지는 안 물어봐도 알겠는걸요. 아주 밝고 기운 있어 보이네요!"

폴린은 그날 일로 여전히 들뜬 상태여서 어머니에게도 조금 장난스럽게 굴었다.

"엄마하고 셜리 선생님하고 두 분이 같이 즐거운 시간을 보내셨을 게 틀림없으니까요."

"잘 지내긴 했지. 선생님이 하고 싶은 대로 놔뒀으니까. 몇 년 만에 처음으로 재미있는 대화를 나눈 건 사실이야. 어떤 사람들이 하는 말처럼 내가 무덤에 아주 가까이 있는 건 아닌 모양이다. 나는 아직 귀도 멀쩡하고 노망이 들지도 않았으니까. 맙소사! 다음번엔 달에라도 갈 기세구나. 혹시 내 사르사파릴라 술은 인기가 없었던 거냐?"

"어머, 다들 좋아했어요. 아주 맛이 좋다고 했죠."

"그 말을 할 때까지 시간이 참 많이도 걸리는구나. 병은 다시 가져왔니? 아니면 네가 그것까지 기억하는 게 너무 무리한 일이었던 거냐?"

"저기, 그 병은 깨졌어요. 누가 식료품 저장실에서 떨어뜨렸거든요. 하지만 루이자가 똑같이 생긴 병을 줬어요. 그러니까 걱정 안 하셔도 돼요."

"그 병은 내가 살림을 시작한 뒤로 계속 갖고 있었던 거야. 루이자가 준 거랑 똑같을 리 없다. 요즘은 그런 병을 만들지 않아. 숄을 하나 더 갖다주면 좋겠구나. 재채기가 나는 걸 보니 지독한 감기에 걸린 것 같아. 내가 밤공기를 쐬면 안 된다는 걸 둘다 잊은 것 같구나. 덕분에 신경통이 도질 거야."

마침 그때 길 위쪽에 사는 오랜 이웃이 찾아왔다. 폴린은 그기회를 놓치지 않고 조금 떨어진 곳까지 앤을 바래다주었다. 깁슨 부인은 앤이 집을 나설 때 꽤 정중히 인사를 건넸다.

"잘 자요, 셜리 선생님. 오늘 신세를 많이 졌네요. 선생님 같은 분이 진즉 있었다면 이 마을이 더 좋아졌을 거예요."

깁슨 부인은 이가 다 빠진 입으로 싱긋 웃으며 앤을 자기 쪽으로 끌어당겼다. 그러고는 이렇게 속삭였다.

"남들이 뭐라고 하건 상관없어요. 나는 선생님이 정말 예쁘게 생겼다고 생각해요."

폴린과 앤은 서늘하고 푸르른 밤하늘 아래로 거리를 따라 걸었다. 폴린은 한껏 자신의 기분을 드러내고 있었다. 어머니 앞에서는 감히 하지 못하는 행동이었다.

"아, 셜리 선생님. 마치 천국에 있는 것 같았어요! 이 은혜를 어떻게 갚을 수 있을까요? 이렇게 멋진 날은 처음이었어요. 앞으로 몇 년은 이날을 생각하면서 즐겁게 지낼 수 있을 거예요. 다시 한번 신부의 들러리를 서게 되어 가슴이 두근거렸어요. 신랑 들러리는 아이작 켄트 선장이었죠. 그 사람은… 예전에 제 애인이었는데요. 아니, 애인까지는 아니었죠. 그 사람이 날 그렇게까지 생각했던 것 같지는 않으니까요. 그래도 우리 둘이서 마차를 타고 돌아다녔죠. 그가 제게 두 번이나 칭찬을 해줬어요. '루이자 결혼식 때 포도주색 드레스를 입은 당신이 얼마나 예뻤는지 기억합니다'라고요. 그 드레스를 기억하고 있다니 정말 멋진 일 아닌가요? 또 이렇게 말했어요. '당신 머리는 예전과 다름없이 당밀사탕처럼 보이네요'라고요. 혹시 그렇게 말한 게 예의에 벗어난 건 아니겠죠, 셜리 선생님?"

"절대로 아니에요."

"다들 돌아간 뒤에 루이자하고 몰리하고 나하고 아주 즐겁게 저녁 식사를 했어요. 저는 배가 무척 고팠어요. 몇 년 동안 그렇게 배고팠던 적은 없었던 것 같아요. 먹고 싶은 것만 먹을 수 있었고, 또 그런 건 소화가 안 된다면서 뭐라고 하는 사람도 없어서 정말 마음이 편했어요.

저녁을 먹고 메리와 저는 전에 살던 집으로 가는 길에 지난 이야기를 하며 정원을 거닐었어요. 오래전에 우리가 심었던 라일락 덤불도 발견했죠. 어렸을 때 우리는 둘이서 멋진 여름을 보내곤 했거든요.

해 질 녘에는 그리웠던 옛 해변으로 내려가 바위 위에 말없이 앉아 있었어요. 항구에서 종소리가 울리고 있었죠. 바다에서 불어오는 바람을 다시 느끼고 물속에서 흔들리는 별빛을 보는 건 정말 근사했어요. 그곳의 밤이 그렇게나 아름다웠다는 걸 까맣게 잊고 있었어요. 꽤 어두워지고 나서 다시 돌아오니까 그레거씨가 떠날 준비를 하고 있었어요. 그래서…."

폴린은 웃음과 함께 말을 마무리했다.

"노파는 그날 밤 집으로 돌아왔답니다."*

"폴린, 당신이 지금처럼 힘들게 살지 않았으면 좋겠어요."

"어머, 셜리 선생님. 지금은 아무렇지도 않아요. 어쨌든 가엾은 엄마 곁에는 제가 꼭 필요하잖아요. 누구에게 필요한 사람이 된다는 건 좋은 일이에요."

그렇다. 필요한 사람이 된다는 것은 좋은 일이다. 앤은 자기의 옥탑방에서 생각에 잠겼다. 리베카 듀와 과부들을 피해 올라온 더스티 밀러가 앤의 침대 위에서 몸을 웅크린 채 자고 있었다. 비록 속박의 나날로 다시 돌아갔지만 영원히 기억에 남을 '행복한 하루'를 안고 살아가게 될 폴린을 생각했다.

앤이 더스티 밀러에게 말했다.

"누군가 나를 항상 필요로 하면 좋겠어. 그건 멋진 일이지, 더스티 밀러. 누군가에게 행복을 줄 수 있다는 거 말이야. 폴린에게 오늘이라는 날을 주면서 나도 부자가 된 기분이 들었어. 그런데 난 여든 살까지 산다고 해도 애도너럼 깁슨 할머니처럼 되지는 않을 것 같아? 그렇지, 더스티 밀러?"

더스티 밀러는 그렇게 되지는 않을 것 같다는 듯 크고 쉰 소리로 가르랑대며 앤을 안심시켜주었다.

---

* 잉글랜드의 옛이야기 '할머니와 돼지'에 나온 표현

15장

샐리 넬슨의 결혼식을 하루 앞둔 금요일 밤, 앤은 보니뷰로 갔다. 넬슨 가족은 이날 집에서 친구들과 결혼식 하객들에게 저녁을 대접하기로 했다. 넬슨 박사의 여름 별장인 이곳은 가문비나무 사이에 세워진 크고 장대한 저택이었다. 집 양쪽에는 만이 있었고, 그 너머로는 이곳을 지나는 바람에 대해 모든 것을 알고 있는 황금빛 모래언덕이 펼쳐져 있었다.

앤은 처음 본 순간부터 이 집이 마음에 들었다. 오래된 석조 저택은 언제나 평온하고 위엄 있어 보인다. 비바람이 몰아치거나 변화의 물결이 거세게 몰아쳐도 두려워하지 않는다. 6월의 어느 날 저녁 이곳은 풋풋한 활기와 흥분으로 들끓고 있었다. 아가씨들의 웃음소리, 오랜만에 만난 친구들의 인사, 오고 가는 마차들, 이리저리 뛰어다니는 아이들, 도착하는 선물들 속에서 모든 사람이 결혼식의 흥겹고 소란스러운 분위기를 즐기고 있었다. '바나바'와 '사울'*이라는 우스꽝스러운 이름을 가진, 넬슨 박사의 검은 고양이 두 마리는 베란다 난간에 앉아 스핑크스라도 된 듯 근엄하게 모든 것을 지켜보고 있었다.

샐리가 사람들 사이에서 빠져나오더니 앤을 데리고 2층으로 잽싸게 올라갔다.

"앤이 쉴 곳을 북쪽 다락방에 마련해두었어요. 적어도 세 분이랑 방을 같이 써야 하겠지만요. 여기는 완전히 난리가 났네요. 아버지는 가문비나무 숲에서 남자아이들이 머물 텐트를 치고 있어요. 나중에 우리는 뒤쪽에 있는 유리 현관에 간이침대를 갖다놓을 거예요. 물론 아이들 대부분은 마구간 위층에 있는 건초더미에서 재우면 돼요. 아, 앤. 난 지금 정말 설레고 두근거려요! 결혼을 하니까 즐거운 일들이 끝도 없네요. 웨딩드레스는 오늘 몬트리올에서 도착했어요. 꿈만 같아요! 크림색 코디드 실크 옷인데 레이스 깃이 달려 있고 진주로 수를 놓았어요. 정말 멋진 선물들도 받았죠. 이게 앤이 쓸 침대예요. 다른 침대는 메이미 그레이, 도트 프레이저, 파머 언니 거예요. 어머니는 에이미 스튜어트를 이 방에서 재우려고 했지만 제가 말렸어요. 에이미는 선생님을 싫어하거든요. 자기가 들러리를 서고 싶었으니까요. 하지만 그렇게 뚱뚱하고 땅딸막한 사람을 들러리로 세울 수는 없잖아요. 안 그래요? 게다가 에이미는 청록색 옷을 입으면 뱃멀미하는 사람처럼 보여요. 아, 그리고 고양이 고모님도

와 계셔요. 방금 전에 도착하셨는데, 덕분에 우리 가족은 겁에 질려 있죠. 물론 우리는 대고모님을 초대할 수밖에 없지만요. 하지만 내일에나 오실 거라고 생각했거든요.”

“고양이 고모가 도대체 누군가요?”

“아빠의 고모예요. 제임스 케네디의 부인이죠. 아, 진짜 이름은 그레이시인데 토미가 ‘고양이 고모’라는 별명을 붙였어요. 대고모님은 본인이 보기 싫은 것들을 찾아내서는 고양이가 쥐를 잡듯 덤벼들어요 대고모님에게서 달아날 방법은 없어요. 무엇이라도 놓칠세라 아침 일찍 일어나시고, 밤에는 가장 늦게 잠자리에 드시죠. 하지만 가장 나쁜 건 그게 아니에요. 대고모님은 하지 말아야 할 말도 꼭 하세요. 세상에는 묻지 말고 덮어두어야 할 질문이 있다는 것도 전혀 모르시고요. 아빠는 대고모님의 말씀을 ‘고양이 고모의 명언’이라고 불러요. 틀림없이 대고모님이 오늘 저녁 식사를 망칠 거예요. 아, 저기 오고 계시네요.”

문이 열리자 고양이 고모가 들어왔다. 동그란 갈색 눈이 튀어나왔고 몸집이 작은 부인으로, 움직일 때는 구충제 냄새가 풍겼으며 얼굴에는 걱정스러워하는 표정이 떠나지 않았다. 사냥감을 찾는 고양이와 정말 많이 닮은 모습이었다.

“그러니까 아가씨가 셜리 선생님이군요. 아가씨 이야기는 귀에 못이 박힐 정도로 많이 들었어요. 전에 내가 알았던 셜리 양하고는 하나도 닮지 않았네요. 그 사람은 눈이 아주 예뻤죠. 음, 샐리야. 드디어 너도 시집을 가는구나. 이제 가엾은 노라만 혼자 남았지? 그래, 너희 어머니도 너희들을 다섯이나 치워버렸으니 운이 좋구나. 8년 전에 내가 이렇게 물어봤지. ‘제인, 너는 이

여자애들을 전부 시집보낼 수 있다고 생각하는 거냐?' 뭐, 내가
보기에 남자는 고생만 시키는 존재고, 세상에서 벌어지는 일 중
에서도 결혼이 가장 불확실한 일이야. 하지만 여자한테는 결혼
말고 또 뭐가 있겠니? 불쌍한 노라에게 내가 지금 막 해준 이야
기가 바로 그거야. 나는 노라한테 '내 말 명심해, 노라. 노처녀가
되면 재미있는 일도 별로 없어. 짐 윌콕스는 무슨 생각을 하는
거냐?'라고 말했지."

"그레이스 대고모님, 그 말씀은 하지 않는 게 좋았을 텐데요!
짐하고 노라는 지난 1월에 무슨 이유에선지 말다툼을 했고 이후
로 짐은 모습을 보이지 않고 있어요."

"나는 생각한 건 말해야 한다고 믿어. 뭐든 입 밖에 내는 게
더 좋지. 그 말다툼에 대해서는 나도 들었다. 그래서 내가 그 아
이한테 짐 이야기를 물은 거다. 나는 노라한테 이렇게 말했어.
'그 사람이 엘리너 프링글을 마차에 태우고 다닌다며 사람들이
수군대는 걸 알아두는 게 좋을 거다.' 노라는 얼굴이 빨개지면서
화를 내더니 밖으로 뛰쳐나갔어. 그런데 베라 존슨은 여기서 뭘
하고 있는 거냐? 걔 친척도 아니잖아."

"베라는 저랑 아주 친한 친구예요. 베라가 〈결혼행진곡〉을 연
주해줄 거예요."

"아, 그 아이가 말이냐? 뭐, 실수로 장송곡을 연주하지만 않
으면 좋겠구나. 톰 스콧 부인이 도라 베스트의 결혼식에서 그런
어처구니없는 짓을 했었지. 아주 나쁜 징조야. 여기 있는 사람
들을 밤에 어디서 재울 수나 있을지 모르겠구나. 누군가는 빨랫
줄에 매달려서 자야 하지 않을까 싶다."

"각자가 묵을 곳을 모두 마련해놨어요, 그레이스 대고모님."

"그런데 샐리, 나는 네가 헬렌 서머스처럼 마지막 순간에 마음을 바꾸지 않기만을 바란다. 그러면 완전히 엉망진창이 되어버리니까. 네 아버지는 굉장히 들떠 있구나. 나는 누가 잘못되는 걸 바라는 사람은 아니지만 네 아버지가 그러는 게 뇌졸중의 조짐은 아니었으면 좋겠다는 마음뿐이다. 그러다가 쓰러지는 사람을 본 적이 있거든."

"어머, 아빠는 괜찮으세요. 그냥 좀 흥분했을 뿐이에요."

"아, 넌 너무 어려, 샐리. 그래서 별의별 일들이 일어날 수 있다는 걸 아직 모르는 거야. 너희 어머니 말로는 결혼식이 내일 정오라고 그러더구나. 세상 모든 일이 그렇듯 결혼식 방법도 변했지. 더 좋아졌다는 건 결코 아니란다. 나는 저녁에 결혼식을 올렸는데, 우리 아버지는 결혼식에 쓸 술을 100리터 가까이 준비해놨었다. 아, 세상에나. 옛날하고는 정말 다르구나. 머시 대니얼스는 왜 저러는 거냐? 아까 계단에서 만났는데 얼굴빛이 아주 끔찍해 보였어."

"자비심은 강요할 수 있는 게 아니잖아요."*

샐리는 꼼지락꼼지락 야회복**을 걸치며 키득거렸다.

"성경 이야기를 경박하게 인용해서는 안 된다."

고양이 고모가 꾸짖고 나서 앤에게 말을 건넸다.

---

* 윌리엄 셰익스피어의 〈베니스의 상인〉 4막 1장에 나온 표현으로, 머시 대니얼스의 머시(mercy)가 자비를 의미하기 때문에 장난스레 인용한 것이다.

** 야회(밤에 열리는 사교 모임)에 참석할 때 입는 서양식 예복이다. 남자는 연미복, 여자는 이브닝드레스를 주로 입는다.

"죄송해요, 셜리 선생님. 이 아이는 결혼이 처음이라서 그래요. 뭐, 신랑이 쫓기는 듯한 표정만 짓지 말기를 바랄 뿐이다. 수많은 남자가 그러거든. 그렇게 느낄 수도 있을 것 같다만 그렇다고 해서 노골적으로 내색할 필요는 없지. 그리고 결혼반지를 잊어버리지 말았으면 좋겠구나. 업턴 하디도 그랬거든. 업턴하고 플로라는 커튼 봉에서 고리를 하나 빼서 그걸로 결혼할 수밖에 없었어. 자, 난 결혼 선물이나 다시 보러 가야겠다. 좋은 걸 많이 받았더구나, 샐리. 내가 바라는 만큼 숟가락을 번쩍번쩍하게 닦아놓았으면 좋겠다. 그런 걸 왜들 어려워하는지 모르겠다. 내가 원하는 건 그것뿐이야."

그날 밤 탁 트인 유리 현관에서 열린 저녁 식사는 더없이 즐거웠다. 여기저기 매달린 중국풍의 종이 초롱이 아가씨들의 아름다운 드레스와 윤기 나는 머리와 주름 없는 하얀 이마에 부드러운 빛을 비추었다. 바나바와 사울은 넬슨 박사가 앉은 의자 팔걸이에 흑단 조각상처럼 앉아 박사에게 음식을 한 입씩 얻어먹고 있었다.

고양이 고모가 말했다.

"파커 프링글만큼이나 안 좋은 짓을 하는구나. 그 사람은 자기 개를 식탁에 앉히고 심지어 냅킨까지 주거든. 뭐, 조만간 하늘의 심판이 내릴 거다."

성대한 식사 자리였다. 이미 결혼한 넬슨네 딸들과 남편들이 와 있었고, 여기에 더해 신랑 신부의 들러리들도 있었기 때문이다. 고양이 고모의 '명언'에도 아랑곳없이, 아니 오히려 그 덕분에 즐거운 자리였다. 아무도 고양이 고모의 말을 진지하게 받아들이지 않았다. 도리어 젊은이들 사이에서는 웃음거리가 되었다. 고양이 고모가 고든 힐을 소개받고는 "뭐, 내가 예상했던 거랑은 조금도 안 닮았네. 나는 샐리가 키가 큰 미남을 고를 거라고 항상 생각했는데"라고 말하자 온 방 안에 떠들썩한 웃음소리가 번졌다. 고든 힐은 키가 작은 편인 데다 가까운 친구에게조차도 '좋은 인상' 이상의 말은 못 듣는 편이었기에 스스로도 고양이 고모에게 잘생겼다는 말을 듣지 못하리라는 것쯤은 알고 있었다. 고모가 도트 프레이저에게 "음, 거기, 너는 볼 때마다 새 드레스구나! 내가 바라는 건 너의 아버지 지갑이 몇 년 더 버티는 것뿐이다"라고 말하자 도트는 할 수만 있다면 고양이 고모를 끓는 기름 속에 던져버리고 싶었다. 하지만 몇몇 아가씨는 이 말이 재미있다고 생각해서 웃음을 터뜨렸다. 피로연 준비에 대해 고양이 고모가 "내가 원하는 건 피로연이 끝나고 찻숟가락이 제자리로 돌아오는 것뿐이다. 거티 폴의 결혼식에선 다섯 개나 잃어버렸지. 끝내 나오지 않았어"라고 슬픈 얼굴로 말하자, 찻숟가락을 30개 넘게 빌려준 넬슨 부인과 여기저기서 얻어다준 넬슨 부인의 시누이는 불안한 얼굴이 되었다. 하지만 넬슨 박사는 쾌활하게 웃어넘겼다.

"손님들이 가시기 전에 주머니를 전부 다 뒤집어볼 겁니다, 그레이스 대고모님."

"아, 내 말이 우스운가 보구나, 새뮤얼. 집 안에서 그런 일이 일어나면 웃어넘길 문제가 아니야. 누군가가 찻숟가락을 가지고 있는 게 틀림없다. 나는 어딜 가든 내 찻숟가락이 있는지 눈을 크게 뜨고 있지. 어디서 보든 알 수 있어. 비록 28년 전에 있었던 일이긴 하지만 똑똑히 기억하고말고. 불쌍한 노라는 그때 아직 아기였지. 네가 이 아이를 데려왔던 거 생각나니, 제인? 작고 하얀 수를 놓은 드레스를 입었잖아. 28년 전 일이라니! 아, 노라. 너도 제법 나이를 먹었구나. 이 조명 아래에서는 네가 그렇게 나이 많아 보이진 않으니 그나마 다행이야."

뒤이어 웃음소리가 터져나왔지만 노라는 같이 웃지 않았다. 도리어 금세라도 화를 터뜨릴 것 같았다. 수선화색 드레스를 입고 검은 머리에 진주를 달았지만 앤은 이런 노라의 모습이 까만 나방 같다고 생각했다. 차갑고 눈처럼 하얀 금발 머리인 샐리와는 대조적으로 노라 넬슨은 풍성한 검은 머리, 어두운 눈동자, 짙고 검은 눈썹, 벨벳 같은 붉은 뺨이 특징이었다. 노라는 매부리코가 될 조짐을 보이기 시작했고 예쁘다는 말을 들은 적도 없었다. 게다가 늘 부루퉁하고 어두운 표정을 지었다. 그런데도 앤은 왠지 노라에게 끌렸다. 인기 있는 샐리보다는 노라를 친구로 삼고 싶어진 것이다.

저녁 식사가 끝나고 모두들 춤을 추었고, 음악과 웃음소리가 석조 저택의 넓고 낮은 창문으로 홍수처럼 쏟아져 나왔다. 10시가 되자 노라의 모습이 사라졌다. 앤도 소음과 떠들썩한 분위기에 조금 지친 상태였다. 홀을 지나 항상 열려 있는 뒷문으로 빠져나온 뒤 해안으로 향하는 바위 계단을 가볍게 내려와 뾰족한 전나무가 있는 작은 숲으로 갔다. 후텁지근한 저녁을 보내고 맞는 시원한 바닷바람이 얼마나 근사했는지! 만 위에서 반짝이는 은색 달빛이 얼마나 아름다웠는지! 달이 떠오르는 곳에서 항구 어귀로 다가오는 배가 얼마나 꿈 같았는지! 마치 인어들의 무도회에 참석한 것 같은 밤이었다.

노라는 물가에 있는 어둡고 검은 바위 그림자 속에서 몸을 웅크린 채 앉아 있었다. 얼굴빛은 아까보다 더 어두워져서 마치 폭풍 전야와도 같았다.

앤은 조심스레 말을 걸었다.

"잠깐 곁에 앉아도 될까요? 춤을 추는 것도 좀 지쳤고, 이렇게 멋진 밤을 놓치는 것도 아까우니까요. 항구 전체가 뒷마당이라니 정말 부러워요."

"애인이 없다면 이럴 때 어떤 기분이 들 것 같나요?"

노라는 갑작스럽게 시무룩한 얼굴로 묻더니 잠시 후 더욱 시무룩한 얼굴로 덧붙였다.

"애인이 있을 가망도 없다면요."

"애인이 없는 건 노라가 원하지 않기 때문이겠죠."

앤이 노라 옆에 앉으며 말했다. 노라는 엉겁결에 고민을 이야기했다. 앤에게는 사람들이 자신의 고민을 털어놓게 만드는 힘이 있었다.

"물론 선생님은 예의상 그렇게 말씀하시는 거겠죠. 꼭 그러지 않아도 돼요. 나는 남자가 보기에 매력 있는 여자가 아니라는 건 선생님도 잘 알잖아요. '평범한 넬슨 양'인걸요. 애인이 없는 건 내 잘못이 아니죠. 더는 그곳에 있을 수 없었어요. 그래서 여기 내려와 울적한 기분에 젖어 있었던 거죠. 모두에게 미소를 지으며 상냥하게 대하는 것도, 아직 결혼을 못 했다는 빈정거림에 신경 쓰지 않는 척하는 것도 이제 질려버렸어요. 앞으로는 그런 척하지 않을 거예요. 난 신경이 쓰여요. 끔찍할 정도로 마음에 걸린단 말이에요. 넬슨 집안 딸들 중에서 나만 남았어요. 자매 중에서 다섯 명이 결혼했어요. 내일이면 그렇게 되겠죠. 저녁 식사 자리에서 고양이 고모가 내 나이를 들먹이는 걸 선생님도 들었잖아요. 식사 전에는, 대고모님이 우리 어머니에게 내가 지난여름 이후로 꽤 많이 늙었다고 말씀하시는 것도 들었어요. 당연히 늙었죠. 스물여덟 살인데요. 앞으로 12년 뒤면 마흔 살이 돼요. 마흔 살이 될 때까지도 어딘가에 뿌리를 내리지 못한다면 난 어떻게 견뎌내야 할까요, 앤 선생님?"

"나라면 대고모님 말씀은 신경 쓰지 않을 거예요."

"어머, 그래요? 선생님은 코가 나 같지 않잖아요. 10년 뒤면 나도 아버지처럼 매부리코가 될 거예요. 선생님은 코에 신경 쓰지 않을 수 있겠어요? 몇 년 동안 어떤 남자가 청혼해주기만 기다리는데, 그럴 기미가 보이지 않는다면 말이에요."

"음, 그런 거라면 신경이 쓰일 것 같네요."

"지금 내게 닥친 일이 바로 그거예요. 짐 윌콕스와 내 이야기는 들었죠? 아주 오래전 일이에요. 그 사람은 몇 년째 내 곁에 있었지만 결혼에 대해서는 한 마디도 안 했어요."

"그를 좋아하나요?"

"물론 좋아하죠. 항상 안 그런 척하기는 했지만 방금 말한 것처럼 이제는 그런 척하는 거도 그만둘 거예요. 그는 지난 1월 이후로 내 곁에 한 번도 오지 않았어요. 싸웠거든요. 하지만 전에도 몇백 번은 싸웠어요. 전에는 항상 돌아왔는데 이번에는 그러지 않았어요. 다신 오지 않을 거예요. 그러고 싶지 않나 보죠. 건너편에 있는 그의 집을 좀 보세요. 달빛에 빛나고 있네요. 아마 그는 저기 있을 거예요. 난 여기 있고요. 우리 사이에는 바다가 놓여 있죠. 앞으로도 계속 그럴 거예요. 이건 정말 끔찍한 일이에요! 그런데 난 아무것도 할 수 없어요.”

“노라의 마음을 전하면 다시 돌아오지 않을까요?”

“그에게 연락한다고요? 내가 그런 짓을 할 것 같아요? 그럴 바엔 죽어버릴 거예요. 마음만 있으면 그가 오지 못할 이유는 없어요. 만약 그러고 싶지 않은 거라면 나도 그가 오는 게 싫어요. 아니, 솔직히 그가 왔으면 좋겠어요. 정말 그래요! 난 짐을… 사랑해요! 결혼도 하고 싶어요. 가정을 꾸리고 ‘부인’이라고 불리면서 고양이 고모가 더는 나에 관해 이러쿵저러쿵하지 못하게 만들고 싶어요. 아, 아주 잠깐이라도 바나바나 사울이 되어 대고모님을 욕할 수 있었으면 좋겠어요! 한 번만 더 ‘불쌍한 노라’라고 부른다면 석탄 통에 집어넣을지도 몰라요. 하지만 대고모님은 모두가 생각하는 걸 말했을 뿐이죠. 어머니는 오래전에 내 결혼을 포기했기 때문에 혼자 내버려두지만, 다른 사람들은 날 놀려요. 솔직히 난 샐리가 미워요. 물론 그러면 안 되겠지만 그래도 미운걸요. 샐리는 자상한 남편과 멋진 가정을 얻었어요. 샐리는 모든 걸 가졌는데 내겐 아무것도 없다는 건 불공평해요. 나보다 착하거나 똑똑하거나 훨씬 예쁜 것도 아니잖아요. 그냥 운이 좋았던 거죠. 선생님은 내가 못됐다고 생각하겠지만 그래도 상관없어요.”

“노라, 많이 지쳐 보여요. 몇 주 동안 가족의 결혼식을 준비해 왔으니 힘든 게 당연하죠. 그럴 땐 사소한 일도 견디기 어려워지는 법이에요.”

"선생님은 이해해주시네요. 네, 그래요. 선생님이라면 그럴 것 같았어요. 진즉에 선생님과 친해지고 싶었죠. 그렇게 웃는 모습이 좋거든요. 나도 선생님처럼 웃을 수 있으면 좋겠다는 생각을 했어요. 난 보기만큼 부루퉁하지 않아요. 눈썹 때문에 그렇게 보이는 거죠. 이걸 보고 남자들이 무서워서 도망가는 것 같아요. 내게는 지금껏 각별한 동성 친구도 없었어요. 하지만 짐이 항상 곁에 있었죠. 우린 어렸을 때부터 친구였어요. 아, 그를 꼭 보고 싶을 때면 다락방 작은 창문에 등불을 놓곤 했어요. 그러면 곧바로 배를 타고 와줬죠. 우리는 어디든 함께 다녔어요. 다른 남자애들과는 그럴 기회가 없었어요. 아무도 그런 걸 원하지 않았을 테니까요. 지금은 모든 게 끝났어요. 그는 내게 싫증이 나서 말다툼을 핑계로 달아난 거라고요. 아, 이런 얘기를 다 하다니, 내일이면 선생님이 싫어질지도 모르겠네요."

"왜요?"

노라가 쓸쓸한 얼굴로 말했다.

"사람들은 비밀을 알아챈 상대를 싫어하기 마련이잖아요. 결혼식에서는 뭔가 이상한 기분이 들어요. 하지만 난 신경 안 써요. 뭐든 상관없어요. 아, 앤 셜리 선생님. 그래도 난 지금 너무 비참해요! 선생님 어깨에 기대서 울어도 될까요? 내일은 하루 종일 행복한 듯 웃어야 해요. 샐리는 내가 들러리를 하지 않는 게 미신 때문이라고 생각해요. '들러리를 세 번 서면 신부가 될 수 없다'라는 속담이 있잖아요. 하지만 미신 때문에 그런 게 아니에요! 거기 서서 샐리가 '네'라고 말하는 걸 차마 들을 수 없고, 또 내가 짐 앞에서 그런 말을 할 기회가 없다는 걸 아니까 그런 거예요. 난 머리를 뒤로 젖히고 하늘을 향해 소리나 질러 버리겠죠. 나도 신부가 되고 싶어요. 혼수도 준비하고 싶고 머리글자를 수놓은 침대 시트, 식탁보, 베갯잇도 갖고 싶고, 멋진 선물도 받고 싶어요. 고양이 고모의 은으로 만든 버터 접시라도 받고 싶단 말이에요. 대고모님은 결혼하는 신부한테 버터 접시를 주세요. 성베드로대성당의 돔 같은 뚜껑이 달린 우스꽝스러운 접시죠. 그걸 아침 식탁에 놓고 짐을 놀릴 수 있을 거예요. 앤, 정말 미칠 것 같아요."

두 사람이 손을 잡고 집으로 돌아오자 무도회는 끝나 있었다. 사람들은 잠자리를 찾아 뿔뿔이 흩어졌다. 토미 넬슨은 바나바와 사울을 헛간으로 데려갔다. 고양이 고모는 여전히 소파에 앉아서 다음 날 생기지 않았으면 싶은 무서운 일 전부를 생각하고 있었다.

"누군가 벌떡 일어나 두 사람이 함께할 수 없는 이유를 말하지 않았으면 좋겠다. 먼젓번 틸리 햇필드의 결혼식에서 그런 일이 일어났었지."

"고든에게 그런 행운은 일어나지 않을 겁니다."

신랑의 들러리가 말하자 고양이 고모는 싸늘한 갈색 눈으로 그를 빤히 보았다.

"젊은이, 결혼은 농담으로 하는 게 아니네."

"물론 그렇죠."

거리낌 없이 대답한 그는 노라에게 말을 건넸다.

"이봐요, 노라 아가씨. 언제쯤 우리가 당신의 결혼식에서 춤을 출 수 있을까요?"

노라는 아무 대답도 하지 않았다. 대신 그에게 가까이 다가가서는 따귀를 철썩 때렸다. 처음에는 한쪽 뺨을, 이어서 반대쪽 뺨까지 시늉만 한 것이 아니라 실제로 때렸다. 그러고는 뒤도 돌아보지 않고 2층으로 올라갔다.

고양이 고모가 말했다.

"저 아인 말이다. 너무 긴장해서 그런 거야."

16장

토요일 오전은 결혼식 막바지 준비로 바쁘게 지나갔다. 앤은 넬슨 부인의 앞치마 가운데 하나를 입고 노라를 도와 부엌에서 샐러드를 만들었다. 노라는 신경이 곤두서 있었고 전날 밤에 고백했듯이 속마음을 다 털어놓은 것을 후회하는 듯했다.

노라가 투덜댔다.

"우리 가족 모두 한 달은 지쳐 있을 거예요. 아버지는 사실 이렇게 돈을 펑펑 써버릴 만한 여유가 없어요. 하지만 샐리가 '멋진 결혼식'이라는 걸 하겠다고 고집을 부려서 아버지가 양보해 준 거예요. 아버지는 항상 샐리 고집을 받아주니까요."

"웬 심술을 그리 부리는지 원. 질투하는 거냐?"

고양이 고모가 식료품 저장실에서 부엌으로 불쑥 고개를 내밀며 말했다. 그때 대고모는 식료품 저장실에서 앞으로 일어날

지도 모르는 일을 조목조목 늘어놓으며 넬슨 부인을 반쯤 미치게 만들고 있었다.

노라는 씁쓸한 얼굴로 앤에게 말했다.

"대고모님 말씀이 맞아요. 정말 맞아요. 심술 부리고 질투하는 거죠. 행복한 사람들의 얼굴을 보는 것도 싫어요. 그래도 어젯밤에 주드 테일러의 뺨을 때린 건 후회하지 않아요. 내친김에 코도 비틀어버리지 않은 게 안타까울 뿐이에요. 자, 샐러드가 다 됐어요. 예쁘네요. 난 기분이 나쁘지 않을 때면 떠들썩하게 구는 걸 좋아해요. 아, 어쨌든 간에 샐리를 위해서라도 모든 게 잘됐으면 좋겠어요. 사실 나는 샐리가 참 좋아요. 지금으로서는 모두가 다 밉고 그중에서도 짐 윌콕스가 가장 미운 것 같기는 하지만요."

고양이 고모의 애처로운 말소리가 흘러나왔다.

"음, 내가 바라는 건 신랑이 예식 직전에 사라지지나 않았으면 하는 것뿐이다. 오스틴 크리드가 그랬지. 그날 자기가 결혼한다는 걸 잊어버렸던 거야. 크리드 가문은 언제나 뭐든 잊어버렸거든. 하지만 아무리 그래도 그건 도가 지나치잖니!"

앤과 노라는 서로 바라보며 웃었다. 노라가 웃을 때는 얼굴 전체가 달라졌다. 밝아졌고 빛이 났으며 웃음이 물결처럼 번졌다. 그때 누군가가 와서 바나바가 계단에 토했다고 말해주었다. 닭의 간을 너무 많이 먹은 것 같았다. 노라는 사태를 수습하러 뛰어갔고, 고양이 고모는 식료품 저장실에서 나오더니 10년 전 앨마 클라크의 결혼식에서처럼 웨딩 케이크가 사라지지 않으면 좋겠다고 말했다.

정오가 되자 모든 준비가 끝났다. 잘 차려진 식탁에 아름답게 정돈된 화단 그리고 사방에는 꽃바구니가 놓여 있었다. 2층에 있는 널찍한 북쪽 방에서는 샐리와 세 명의 들러리 아가씨들이 제마다 한껏 화사하게 치장하고 있었다. 청록색 드레스를 입고 모자를 쓴 앤은 거울을 보면서 길버트가 이런 자기 모습을 보았으면 좋겠다고 생각했다.

"정말 멋져요!"

노라가 반쯤 부러워하는 얼굴로 말했다.

"노라야말로 멋져요! 옅은 청색 시폰 드레스와 챙 넓은 모자가 윤기 나는 머리와 푸른 눈을 돋보이게 하네요."

하지만 노라는 쓸쓸한 얼굴로 말했다.

"내가 어떻게 보이는지 신경 쓰는 사람은 아무도 없어요. 음, 내가 웃는 걸 보세요, 앤. 잔치 자리에서 해골 같은 얼굴을 하고 있을 수는 없잖아요. 결국 내가 〈결혼행진곡〉을 연주하게 됐어요. 베라가 끔찍한 두통에 시달리고 있어서요. 고양이 고모가 예언하신 것처럼 차라리 장송곡을 연주하고 싶은 기분이에요."

아무리 좋게 봐도 깨끗하다고는 할 수 없는 낡은 가운과 축 처진 실내용 모자 차림이었던 고양이 고모는 아침 내내 돌아다니며 온갖 일에 참견하더니 이제는 애니 크로슨의 결혼식 때처럼 적갈색 그로그랭 드레스를 입고 나타나 드레스 밑으로 속치마가 보이는 사람은 없었으면 좋겠다고 말했다. 넬슨 부인은 방으로 들어와서는 웨딩드레스를 입은 샐리가 참으로 아름답다며 울음을 터뜨렸다.

고양이 고모가 달래주었다.

"이런, 세상에, 그렇게 감상적으로 굴지는 말아야지, 제인. 아직 딸이 하나 남아 있잖아. 누가 봐도 그 딸은 계속 집에 있게 될 것 같고…. 결혼식에서 눈물은 불길한 거다. 뭐, 로버타 프링글의 결혼식에서 크롬웰 삼촌이 한창 예식이 진행될 때 그랬던 것처럼 누가 갑자기 죽어버리는 일만 없었으면 좋겠구나. 신부는 충격을 받아 두 주일이나 침대에 누워 있었지."

이 고무적인 격려사와 함께 신부와 들러리들은 노라가 다소 거칠게 연주하는 〈결혼행진곡〉에 맞춰 아래층으로 내려갔고, 샐리와 고든은 누가 갑자기 죽거나 반지를 잃어버리는 일 없이 무사히 결혼식을 마쳤다. 참으로 아름다운 결혼식이었다. 고양이 고모까지도 잠시 동안은 세상 모든 일에 대한 걱정을 놓아둘 정도였다. 나중에 대고모가 샐리에게 소원을 담아 말했다.

"그렇게 행복한 결혼식은 아니었다 해도 앞으로 더 불행해지지는 않을 것 같구나."

성난 눈초리로 혼자 피아노 의자에 앉아 있던 노라는 샐리에게 다가가 면사포 및 온갖 것들과 함께 힘껏 껴안았다.

"이제 다 끝났네요."

피로연이 끝나고 신부 들러리들과 하객들이 대부분 떠나자 노라가 쓸쓸한 얼굴로 말했다. 노라는 방을 둘러보았다. 잔치가 끝난 뒤의 방이 항상 그렇듯 이곳도 황량하고 어수선해 보였다. 바닥에 널린 빛바래고 짓밟힌 코르사주, 엉망으로 놓인 의자들, 찢어진 레이스 조각, 떨어진 손수건 두 장, 아이들이 흘린 빵 부스러기…. 천장에 묻은 검은 얼룩은 고양이 고모가 2층 손님방에서 주전자를 뒤집어서 물을 흘린 바람에 생긴 것이었다.

노라가 분통을 터뜨렸다.

"이런 난장판을 치워야 하는 건 나예요. 배와 연결되는 기차를 기다리는 젊은 사람들이 많고, 그중에는 일요일까지 머무를 사람들도 있어요. 모두들 마지막으로 해변에서 모닥불을 피우고 달빛이 비치는 바위에서 춤을 출 거예요. 하지만 생각해봐요. 내가 달빛 아래에서 춤을 추고 싶은 기분일지. 난 단지 침대에 들어가 울고 싶을 뿐이에요."

앤이 토닥이듯 말했다.

"결혼식이 끝난 집은 좀 폐허 같잖아요. 그래도 내가 치우는 걸 도와줄게요. 그러고 나서 같이 차라도 마셔요."

"앤 셜리 선생님. 차 한잔이 모든 일에 대한 만병통치약이라고 생각하세요? 노처녀가 돼야 할 사람이 내가 아니라 선생님이라도 그랬을까요? 그러니 신경 쓰지 마세요. 못되게 굴고 싶은 생각은 아니었어요. 하지만 이게 내 타고난 성격이겠죠. 여기 해변에서 춤을 추는 건 생각만 해도 싫어요. 결혼식보다 더요! 우리 해변에서 춤출 일이 있을 때면 짐이 항상 와줬어요. 앤, 난 간호사 공부를 하러 가기로 마음먹었어요. 물론 내가 그 일을 싫어할 거라는 사실은 잘 알아요. 내가 돌볼 환자분들을 하느님께서 구원해주셨으면 하네요. 하지만 서머사이드에서 어슬렁거리다가 안 팔리는 물건이라고 놀림이나 당하는 일은 더는 겪고 싶지 않아요. 자, 우리 이 기름기 많은 접시 더미와 씨름하면서 설거지하는 게 즐거운 척이라도 해요."

"난 설거지를 정말 좋아해요. 더러운 걸 다시 깨끗하게, 반짝반짝하게 만드는 건 즐거운 일이니까요."

노라가 쏘아붙였다.

"어머, 선생님은 이제 보니 구닥다리군요. 박물관에나 가서 앉아 있어야겠어요."

달이 뜰 무렵 해변에서 춤을 출 준비가 다 끝났다. 젊은이들은 떠밀려온 나무들을 모아 해변에 커다란 모닥불을 피웠고, 바다는 달빛을 받아 크림처럼 반짝였다. 앤도 한껏 즐길 생각이었지만 샌드위치 바구니를 가지고 계단을 내려오던 노라의 얼굴을 힐끗 보고는 잠시 주저했다.

"노라가 너무 슬퍼 보이잖아. 내가 할 수 있는 일이 뭐라도 있을 거야!"

문득 앤의 머릿속에 좋은 생각이 떠올랐다. 앤은 늘 충동적으로 일을 저지르곤 했다. 지금도 부엌으로 달려가 그곳에 켜져 있는 작은 손등을 낚아채듯 집어 들더니 뒤쪽 계단을 서둘러 올라가서는 다락방으로 통하는 또 다른 계단을 날 듯이 뛰어갔다. 그런 다음 다락방에 들어가서 건너편 항구가 내다보이는 지붕창에 등불을 놓았다. 나무에 가로막혀 있어서 춤을 추는 사람들에게는 등불이 보이지 않았다.

"짐이 이걸 보고 여기로 올지도 몰라. 노라는 나한테 화를 많이 내겠지만 그가 오기만 한다면 그런 건 상관없어. 그리고 이제 리베카 듀한테 줄 웨딩케이크를 조금 싸놔야지."

짐 윌콕스는 오지 않았다. 그래서 앤도 기다리기를 단념하고 그날 저녁의 떠들썩함 속에서 그의 일을 잊었다. 노라는 어디론가 가버렸고 고양이 고모는 놀랍게도 잠자리에 들었다. 11시가 되자 모든 소동이 끝을 맺었고 달빛을 즐기느라 피곤했던 젊은

이들은 하품을 하며 2층으로 올라갔다. 앤은 너무 졸린 나머지 다락방의 등불은 까마득히 잊어버렸다. 그런데 새벽 2시가 되자 고양이 고모가 방으로 살금살금 들어오더니 아가씨들의 얼굴에 촛불을 들이댔다.

"어머, 무슨 일이에요?"

도트 프레이저가 숨넘어가는 소리를 내며 침대에서 벌떡 일어나 앉았다.

"쉿!"

고양이 고모가 입을 열지 못하도록 주의를 주었다. 눈이 금세라도 튀어나올 것만 같았다.

"집에 누가 있는 것 같아. 틀림없어. 저게 무슨 소리지?"

"고양이가 울거나 개가 짖는 소리 같은데요."

도트가 키득거렸다. 하지만 고양이 고모는 정색하며 말했다.

"그런 소리가 아니야. 헛간에서 개가 짖었다는 건 나도 알아. 그래서 내가 깬 건 아니라고. 쿵 하는 소리였어. 아주 크고 분명하게 쿵 소리가 났다니까."

앤이 중얼거렸다.

"선하신 주님, 유령과 귀신, 다리가 긴 짐승들, 한밤중에 쿵 하는 소리를 내는 것들로부터 우리를 구원해주소서."*

"셜리 선생님, 이건 웃을 일이 아니에요. 이 집에 도둑이 들었어요. 난 새뮤얼을 부르러 갈게요."

고양이 고모가 나가자 아가씨들은 서로 얼굴을 마주보았다.

---

* 스코틀랜드의 옛 기도문을 인용했다.

이윽고 앤이 입을 열었다.

"다들 그렇게 생각하나요? 그러고 보니까 결혼 선물은 전부 다 서재에 있는데…."

메이미는 여전히 재미있다는 듯 말했다.

"어쨌든 일어나야겠네요. 앤 선생님, 혹시 촛불을 아래로 들어 그림자가 위로 비쳤을 때 고양이 고모의 얼굴을 봤어요? 머리카락이 죄다 뻗쳐 있었잖아요. 마치 엔돌에서 혼백을 불러올리는 여자 무당 * 같았어요!"

가운 차림의 네 아가씨는 발소리를 죽이며 복도로 나왔다. 고양이 고모도 뒤따라 나왔고 실내복과 슬리퍼 차림의 넬슨 박사가 그 뒤를 이었다. 가운을 미처 찾아 입지 못했던 넬슨 부인은 방문 뒤에 서서 겁에 질린 얼굴을 내밀고 있었다.

"새뮤얼, 제발 다치지 않게 조심해요. 도둑이라면 총을 쏠지도 모르잖아요."

박사가 장담했다.

"말도 안 되는 소리! 아무 일도 아닐 거요."

고양이 고모가 떨리는 목소리로 말했다.

"내가 쿵 하는 소리를 들었다고 했잖나."

젊은이 두 명이 합세했다. 모두 조심스럽게 계단을 내려갔다. 박사가 선두에 서고 한 손에 촛불을, 다른 손에 부지깽이를 든 고양이 고모가 맨 뒤를 맡았다.

서재에서 나는 소리가 똑똑히 들렸다. 박사가 문을 열고 안으

---

* 구약성경의 사무엘상 28장에 나오는 인물

로 들어갔다.

노라와 젊은 남자가 서재 중앙에 서 있었고 깜박이는 촛불이 그곳을 희미하게 비추고 있었다. 젊은 남자는 노라를 두 팔로 안은 채 커다란 하얀 손수건을 그녀의 얼굴에 대고 있었다. 사울이 헛간으로 끌려갔을 때 사람들의 눈을 피해 서재에 숨어든 바나바가 소파 등받이에 앉아 재미있다는 듯 눈을 깜빡이며 그 모습을 지켜보고 있었다.

"클로로포름으로 노라를 마취하고 있는 거야!"

고양이 고모가 새되게 악을 쓰며 부지깽이를 떨어뜨리는 바람에 무시무시한 소리가 났다.

젊은 남자는 손수건을 떨어뜨리고는 얼빠진 얼굴로 뒤를 돌아보았다. 꽤나 잘생긴 젊은이였다. 잔주름 있는 눈가에 황갈색 눈동자, 곱실거리는 적갈색 머리를 하고 있었으며 턱은 모두가 인정할 만큼 근사했다. 노라는 손수건을 얼른 집어 들고 다시 얼굴에 가져다댔다.

박사가 엄하게 말했다.

"짐 윌콕스, 이게 무슨 짓인가?"

"저도 영문을 모르겠습니다. 제가 아는 건 노라가 신호를 보내줬다는 것뿐이죠. 서머사이드 프리메이슨 연회에 갔다가 새벽 1시가 넘어서 돌아오는 바람에 등불을 늦게 봤습니다. 그래서 그길로 배를 타고 건너왔습니다."

짐 윌콕스가 볼멘소리를 하자 노라가 화를 냈다.

"저는 당신한테 신호를 보내지 않았어요! 아버지, 제발 그런 눈으로 보지 좀 마세요. 전 잠이 안 와서 창가에 앉아 있었어요.

옷도 갈아입지 않은 상태였죠. 그런데 어떤 사람이 해변에서 올라오고 있는 게 보였어요. 그가 집에 가까이 와서야 짐이라는 걸 알아보고 뛰어 내려간 거예요. 그러다가 서재 문에 부딪혀 코피가 난 거라고요. 이 사람은 그걸 막아주려고 했던 거고요."

"저는 창문으로 뛰어 들어오다가 저 의자를 넘어뜨렸죠."

고양이 고모가 끼어들었다.

"내가 쿵 하는 소리가 났다고 그랬지?"

"이제 와서 노라가 제게 신호를 보내지 않았다고 하니, 불청객인 저는 여러분에게 사과를 드리고 물러나야겠군요."

"밤에 쉬지도 못하고 바다를 건너오기까지 했는데 이렇게 헛걸음이 됐으니 참 미안하네요."

노라는 냉정하게 말하며 짐의 손수건에서 피가 묻지 않는 부분을 열심히 찾았다.

박사가 말했다.

"헛걸음이 맞나 보군."

고양이 고모가 말했다.

"돌아갈 땐 뒤쪽 문으로 나가지 그래."

"저기, 창문에 등불을 놓은 건 저였어요. 그리고 나서는 깜빡 잊어버리고…."

앤이 난처한 얼굴로 말했다. 순간 노라가 소리쳤다.

"뭐라고요? 어떻게 그럴 수 있어요? 나는 절대 선생님을 용서하지 않을 거예요."

박사의 짜증 섞인 말이 이어졌다.

"모두 정신이 나갔군! 대체 이게 무슨 난리야? 제발 창문이나 좀 닫아주게, 짐. 바람이 들어와 뼛속까지 시리다니까. 노라, 머리를 뒤로 젖히면 코피가 금세 멎을 거다.”

노라는 분노와 부끄러움으로 눈물을 흘리고 있었다. 코피로 범벅이 된 얼굴은 무척 흉측했다. 짐 윌콕스는 바닥에 구멍이라도 뚫고 지하실로 내려가고 싶다는 표정이었다.

고양이 고모가 시비를 걸듯이 말했다.

“음, 이제 자네가 할 일은 이 아이와 결혼하는 것밖에 없겠어. 노라가 새벽 2시에 자네하고 여기 있었다는 소문이라도 돌면 어떤 남자가 청혼할 수 있겠나?”

그 말에 짐이 화를 내며 소리쳤다.

“결혼이라고요? 노라와 결혼하는 건 제 평생 소원입니다. 다른 건 아무것도 바라지 않았다고요!”

노라가 그에게 고개를 돌리며 물었다.

“그럼 왜 진작 말하지 않았어요?”

“왜냐고요? 당신은 몇 년 동안이나 날 모욕하고 차갑게 대하고 비웃었잖아요. 나를 얼마나 경멸하는지 보여주려고 한 적도 여러 번이고요. 그러니 청혼해도 소용없을 거라고 생각한 겁니다. 지난 1월에도 말했잖아요. 그때 당신은….”

“그건 당신이 부추겨서 그런 거예요. 그때는….”

“내가 부추겼다고요? 말 한번 잘했소! 나를 쫓아내려고 이렇게 시비를 걸고 있으면서….”

“아니, 나는….”

“하지만 나는 모두가 잠든 한밤중에 여기 올 정도로 바보였어요. 당신이 나를 위해서 우리의 예전 신호를 창가에 놓아두었다고 생각했으니까. 노라에게 청혼하라고요? 좋습니다. 지금 청혼해서 이 일을 끝내버려야겠어요. 당신은 이 사람들 앞에서 나를 거절해 웃음거리로 삼을 수 있을 거요. 노라 이디스 넬슨, 나와 결혼해주시겠습니까?"

"아, 네. 하겠어요! 그러고말고요."

노라는 부끄러운 기색도 없이 소리쳤다. 그 바람에 바나바까지도 얼굴을 붉혔다.

짐은 믿을 수 없다는 표정으로 노라를 보았다. 그러고는 노라에게 다가갔다. 코피는 멎은 것 같았다. 물론 아직 피가 날지도 모르지만 그런 것은 상관없었다.

"지금이 안식일 아침이라는 걸 모두 잊은 것 같군."

고양이 고모가 말했다. 본인도 지금 막 기억해낸 것이었다.

"차라도 한잔 마시고 싶은데, 누가 끓여주겠나? 나는 이런 소동에 익숙하지 않아. 내가 바라는 건 가엾은 노라가 이제라도 짐하고 결혼하는 것뿐이야. 증인이 이렇게 많으니까 없었던 일로 하지는 못하겠지."

모두들 부엌으로 갔고 넬슨 부인이 내려와 차를 끓여주었다. 다만 짐과 노라는 다른 사람의 눈을 피해서 서재에 머물렀고 바나바만이 그 자리에 남아 이들을 지켜보았다. 앤은 아침이 되어서야 노라를 볼 수 있었다. 노라는 딴사람이 되어 있었다. 열 살이나 어려 보였고 행복한 나머지 홍조가 가득했다.

"큰 신세를 졌네요, 앤 선생님. 선생님이 불을 켜놓지 않았다면 어떻게 됐을까요? 어젯밤에 2분 30초쯤은 선생님 귀를 물어뜯고 싶긴 했지만요!"

토미 넬슨이 비통하게 신음했다.

"나는 그동안 잠만 자고 있었어."

하지만 끝맺음은 고양이 고모 차지였다.

"서둘러 결혼하고 천천히 후회하지나 않았으면 좋겠구나."

17장

길버트에게 보낸 편지 중에서 발췌.

오늘 학교 수업이 다 끝났어. 이제 방학이야. 초록지붕집에
서 두 달 동안 지내게 된다는 뜻이지. 시냇가를 따라 발목
까지 오는 이슬 젖은 고사리의 향기, 연인의 오솔길 위로
나른하게 얼룩지는 그림자, 벨 아저씨네 목초지에서 자라
나는 산딸기, 유령의 숲을 지키고 있는 울창하고 아름다운
전나무들과 함께 말이야! 내 영혼에는 날개가 돋아났어.

젠 프링글이 계곡에서 꺾은 백합꽃 한 다발을 가져다주
면서 즐거운 방학을 보내라고 말해줬어. 그 아이도 조만간
초록지붕집으로 와서 주말을 같이 보낼 거야. 정말 기적 같
은 일이지!

리틀 엘리자베스는 무척 서운해하고 있어. 그 아이도 놀러오게 하고 싶었지만 캠벨 부인은 "그런 일은 바람직하지 않아요"라고 했어. 다행히 엘리자베스한테는 아무 말도 하지 않았던 터라 아이에게 실망을 주는 일만큼은 면했지.

"선생님이 안 계시는 동안에 저는 계속 리지일 것 같아요. 리지가 된 기분이에요."

"하지만 내가 돌아왔을 때 다시 얼마나 즐거울지를 생각해봐. 물론 너는 리지로 지내지는 않을 거야. 네 안에 리지 같은 사람은 없으니까. 그리고 매주 편지를 써줄게, 리틀 엘리자베스."

"셜리 선생님, 꼭 그렇게 해주셔야 해요! 저는 태어나서 한 번도 편지를 받아본 적이 없어요. 정말 재미있을 것 같아요. 우표를 얻을 수 있다면 저도 선생님께 편지를 쓸게요. 우표를 구하지 못해도 편지를 쓴 거랑 똑같이 선생님을 생각하고 있다는 걸 알아주세요. 뒷마당에 있는 다람쥐한테 이름을 지어줬어요. 선생님 이름을 따서 셜리라고 했죠. 그래도 괜찮죠? 처음에는 앤 셜리라고 부르려 했어요. 그런데 그건 실례인 듯하고, 사실 앤이라는 이름은 다람쥐에게 안 어울리잖아요. 게다가 남자 다람쥐일 수도 있고요. 다람쥐는 참 귀여운 동물이에요. 그렇지 않나요? 시녀가 그러는데 다람쥐는 장미 덤불 뿌리를 먹는대요."

"그런 말을 했다고?"

난 깜짝 놀랐어.

캐서린 브룩한테 이번 여름을 어디서 보낼 거냐고 물었

더니 이렇게 대답하는 거야.

"여기서 보내야죠. 어디라고 생각하셨나요?"

캐서린도 초록지붕집에 초대해야 하지 않을까 생각했지만, 도저히 그럴 수 없었어. 어차피 올 것 같지도 않았지. 캐서린은 즐거운 일에 찬물만 끼얹는 사람이잖아. 여기 오면 모든 걸 망쳐버릴 거야. 하지만 캐서린이 여름내 싸구려 하숙집에서 혼자 외로이 지낼 거라고 생각하면 나도 양심이 좀 찔려.

요전 날에는 더스티 밀러가 살아 있는 뱀을 물고 와 부엌 바닥에 내려놓았어. 얼굴이 파랗게 질릴 수만 있었다면 리베카 듀도 그렇게 됐을 거야. 이번에도 리베카 듀는 "저도 참을 만큼 참았어요!"라고 말했지. 그런데 요즘은 짜증이 좀 나 있어. 남는 시간마다 장미나무에서 커다란 회녹색 딱정벌레를 떼어내 등유 통에 넣어야 하니까. 리베카 듀는 세상에 벌레가 너무 많다고 생각해. 슬픈 얼굴로 이렇게 예언하기도 했지.

"언젠가는 벌레들한테 세상이 다 먹혀버릴 거예요."

노라 넬슨은 짐 윌콕스와 9월에 결혼해. 결혼식은 잔치도 없이, 손님도 없이, 들러리도 없이 간소하게 치르기로 했지. 노라는 고양이 고모에게서 도망칠 방법이 이것밖에 없다고 내게 말해줬어. 고양이 고모에게 자기 결혼식을 보여주고 싶지 않다는 거야. 하지만 나는 비공식적으로 참석하기로 했어. 노라 말로는 내가 창문에 등불을 놓지 않았다면 짐은 절대 돌아오지 않았을 거래. 짐은 자기 가게를 팔고 서부로 가기로 했어. 음, 그동안 내가 성사시킨 듯한 결혼을 생각해보니까….

샐리가 그러는데 둘은 시간만 나면 싸운대. 하지만 다른 사람들이 사이좋게 지내는 것보다 두 사람이 싸우는 게 더 행복할 거래. 그래도 나는 그들이 그렇게 많이 싸울 것 같지는 않아. 세상의 어려움은 대부분 오해 때문에 생기는 것 같아. 우리도 꽤 오랫동안은 그랬잖아.

잘 자요, 내 가장 소중한 사랑. 내 기도에 약간의 힘이라도 있다면 당신은 달콤한 잠에 빠져들겠지요.

당신만의 사람

추신. 위 문장은 채티 이모의 할머니 편지에서 그대로 인용한 거야.

둘째 해

1장

유령의 길, 바람 부는 포플러나무집

　9월 14일

　우리의 아름다운 두 달이 끝나버렸다는 사실을 아직도 받아들이지 못하겠어. 정말 멋진 시간이었어! 그렇지, 내 사랑? 그리고 이제 2년만 지나면….

몇 단락이 빠졌다.

　하지만 바람 부는 포플러나무집에 돌아온 건 아주 즐거운 일이야. 여기에는 나만의 옥탑방과 특별한 의자와 높은 침대가 있고, 부엌 창틀에서 햇볕을 쬐고 있는 더스티 밀러도 있거든.

두 이모는 나를 보고 무척 반가워하셨어. 리베카 듀도 진심을 담아 "돌아와서 기뻐요"라고 말했지. 리틀 엘리자베스도 마찬가지였고. 우리는 녹색 담장 문에서 호들갑을 떨며 재회했어.

"선생님이 저를 두고 내일로 가버리신 게 아닌가 싶어서 조금 걱정했어요."

리틀 엘리자베스의 말에 가슴이 설렜어.

"오늘 참 아름다운 저녁이지?"

"선생님이 계신 곳은 언제나 아름다운 저녁이에요."

정말 대단한 칭찬이었지!

"귀여운 아가씨, 이번 여름은 어떻게 보냈니?"

리틀 엘리자베스는 조용히 대답했어.

"내일이 되면 일어날 모든 사랑스러운 일들을 생각하면서 지냈어요."

그러고 나서 우리는 옥탑방으로 올라가 코끼리에 관한 책을 읽었어. 리틀 엘리자베스는 요즘 코끼리에 관심이 아주 많거든. 아이는 평소 하던 것처럼 작은 두 손으로 턱을 감싸며 진지한 얼굴로 말했어.

"코끼리라는 이름을 들으면 왠지 황홀해져요. 내일이 되면 코끼리를 많이 만날 수 있을 거예요."

우리는 요정 나라의 지도에 코끼리 공원을 그려놓았어. 뚱딴지 같은 짓이라고 생각하는 것 알아, 길버트. 네가 이 편지를 읽고 어떤 표정을 지을지 뻔하거든. 하지만 소용없는 일이야. 세상에는 언제나 요정이 있으니까. 요정 없이는 세상이 존재할 수 없잖아. 그래서 누군가는 요정을 공급해 줘야 해.

다시 돌아온 학교도 꽤 좋았어. 캐서린 브룩은 여전히 거리를 두고 나를 대하지만 학생들은 나를 다시 만나게 돼서 기뻐하는 것 같아. 젠 프링글은 주일학교 발표회 때 써야 한다면서 천사 머리에 장식할 양철 후광 만드는 걸 도와 달라고 했어.

올해 수업은 작년보다 훨씬 재미있을 거 같아. 캐나다 역사 과목이 추가되었거든. 내일은 1812년 전쟁에 대해 간단한 강연을 해야 해. 예전에 있었던 전쟁 이야기를 읽으면 정말 이상한 기분이 들어. 다시는 일어날 수 없는 일들이잖아. '아주 오래전 전쟁'*에 대해서는 우리 가운데 누구라도 학문적인 관심 이상을 갖게 될 것 같지는 않아. 캐나다가 또다시 전쟁의 소용돌이에 휘말린다는 건 생각조차 할 수 없는 일이니까. 그런 역사의 단계가 모두 지나가버려 정말 다행이야.

우리는 곧바로 연극부를 다시 만들어서 학교와 관련 있는 모든 집에 기부를 받으러 다닐 예정이야. 루이스 앨런하고 나는 돌리시 도로에 있는 집을 맡았고, 돌아오는 토요일 오후에 다니기로 했어. 루이스에게는 일석이조의 일이야. 『농가』라는 잡지에서 주최한 '아름다운 농가 사진전'에

_____

* 영국 시인 윌리엄 워즈워스(1770-1850)의 시 〈외로운 추수꾼〉에 나온 표현

응모할 계획이래. 상금은 25달러인데 그 돈으로 꼭 필요한 정장과 외투를 마련할 생각이라는 거야. 루이스는 여름내 농장에서 일했고 올해도 하숙집에서 집안일과 식탁 차리는 일을 하고 있어. 좋아서 하는 일이 아닌 건 분명하지만 그런 이야기는 한 마디도 입 밖에 내지 않아.

난 루이스가 좋아. 그 아이는 용기도 있고 야심도 있는 데다가 웃는 모습이 아주 매력적이지. 사실 그렇게 몸이 강한 편은 아니야. 작년에는 쓰러지지 않을까 걱정하기도 했어. 하지만 이번 여름 농장에서 일하면서 좀 더 튼튼해진 것 같아. 올해 고등학교 졸업반인데, 학교를 마친 뒤 퀸스 전문학교에서 1년 동안 공부하고 싶대. 두 이모는 올겨울에 가능한 한 자주 그 아이를 일요일 저녁 식사에 초대하고 싶어 해. 케이트 이모와 내가 어떤 방법이 있고 비용이 얼마나 드는지 의논했는데, 가욋돈은 내가 내겠다고 고집을 부렸지.

물론 우리는 리베카 듀를 설득하려고 하지 않았어. 그냥 리베카 듀가 듣는 자리에서 케이트 이모한테 물어봤지. 적어도 한 달에 두 번 정도 루이스 앨런을 일요일 저녁 식사에 초대해도 괜찮겠냐고. 케이트 이모는 이곳에 늘 초대하고 있는 외로운 아가씨도 있는데 더는 여유가 없을 것 같다고 차갑게 말했지.

리베카 듀는 고뇌에 가득 찬 비명을 질렀어.

"저도 참을 만큼 참았어요. 우리가 아무리 가난해졌다고 해도 배우려고 애쓰는 가난하고 부지런하고 성실한 아이를 가끔 초대할 여유도 없다니요! 말도 안 되죠. 금세라도 터질 것같이 살찐 저놈의 고양이에게 간을 먹이는 게 돈이 훨씬 많이 들어요. 좋아요. 내 월급에서 1달러를 깎고 그 아이를 초대해주세요."

리베카 듀의 바람은 이루어졌어. 루이스 앨런이 찾아왔고 더스티 밀러의 간이나 리베카 듀의 월급도 줄어들지 않았지. 리베카 듀는 정말 사랑스러운 사람이야!

어젯밤 채티 이모가 몰래 내 방에 들어와서는 자기는 구슬 장식이 달린 망토를 갖고 싶은데, 그런 걸 입기에는 너무 늙은 것 같다고 케이트 이모가 말하는 바람에 기분이 상했다며 넋두리를 늘어놓았어.

"셜리 선생님도 내가 늙었다고 생각하세요? 채신없이 굴고 싶지는 않거든요. 그래도 난 구슬 장식이 달린 망토를 너무 갖고 싶었어요. 선생님도 마음에 들 거예요. 게다가 요즘 다시 유행한다고요."

"너무 늙었다니요! 절대 그렇지 않아요. 자기가 입고 싶은 옷을 못 입을 만큼 늙은 사람은 없어요. 정말로 늙었다면 그런 옷을 입고 싶지 않을 테니까요."

"그럼 케이트 말은 무시하고 그 옷을 입어야겠네요."

말씀은 그렇게 하셨지만 일부러 엇나가려는 듯한 느낌은 없었어. 아마도 채티 이모는 그 옷을 입을 거야. 그리고 난 못마땅해하는 케이트 이모를 어떻게 달래야 할지도 알고 있어.

난 지금 옥탑방에 혼자 있어. 밖은 고요하고도 고요해.

밤의 침묵은 벨벳같이 부드러워. 포플러나무까지도 살랑거리지 않아. 조금 전에 창문으로 몸을 내밀고는 킹즈포트에 있는 누군가를 향해 입맞춤을 보냈어.

2장

———

구불구불한 돌리시 도로는 산책하기에 적당한 길이었다. 적어도 그날 오후 그 길을 따라 돌아다니던 앤과 루이스는 그렇게 생각했다. 두 사람은 이따금씩 걸음을 멈추고 나무들 사이로 문득 비치는 사파이어빛 해협을 바라보며 감탄했다. 특별히 아름다운 풍경이나 잎이 무성한 저지대의 그림 같은 작은 집이 보이면 사진에 담기도 했다. 집집마다 찾아가 연극부를 위해 기부해달라고 부탁하는 일이 썩 유쾌하다고 할 수는 없었지만, 앤과 루이스는 기꺼이 그 일을 맡았다. 집주인에게 말을 거는 일은 앤이, 부인 응대는 루이스가 담당했다.

"그 옷과 모자 차림으로 갈 거라면 선생님은 남자를 맡으세요. 나도 젊었을 때 기부를 받으러 다닌 경험이 꽤 있어요. 옷을 잘 입고 더 예쁘게 보일수록 돈도 더 많이 모이고, 하다못해 기부 약속이라도 받게 되더라고요. 상대가 남자라면요. 하지만 여자들을 상대한다면 가장 낡고 볼품없는 옷을 입으세요.”

집을 나서기 전 리베카 듀에게 들은 조언이었다.

앤이 함께 걷는 루이스에게 꿈꾸듯 말했다.

“길이란 건 참 재미있지 않니, 루이스? 곧은 길 말고 막다른 길이나 아름답고 놀라운 무언가가 숨어 있을 수도 있는 구불구불한 길 말이야. 나는 구부러진 길이 늘 좋았어.”

“돌리시 도로는 어디로 가는 거예요?”

루이스는 현실적인 질문을 했다. 그러면서도 셜리 선생님의 목소리가 항상 봄을 연상시킨다고 생각했다.

“고지식한 학교 선생님이라면 길이란 건 ‘어디로 가는’ 게 아니라 ‘여기 있는’ 거라고 말해야겠지. 하지만 그러지 않을 거야. 길이 어디로 가든 어디로 통하든 그걸 누가 신경 쓰겠니? 어쩌면 세상 끝까지 갔다가 돌아올지도 몰라. 에머슨이 한 말을 생각해봐. ‘오, 내가 시간과 무슨 상관이 있을까?’* 그게 오늘 우리의 좌우명이야. 우리가 잠시 내버려둬도 우주는 어떻게든 제 힘으로 나아갈 거라고 생각해. 저 구름의 그림자를 봐. 그리고 푸른 계곡의 고요함도 느껴봐. 모퉁이마다 사과나무가 있는 저 집은 또 어떻고! 봄에는 어떤 모습일지 상상해봐. 오늘은 살아 있다는 것을 느끼고, 세상의 모든 바람은 자매 같은 느낌이 드는 날이야. 길가에 향긋한 고사리 덤불이 이렇게나 무성하게 자라

---

* 미국 사상가 랄프 왈도 에머슨(1803-1882)의 시 〈숲속에 혼자 남겨진 기분〉의 한 구절

있어서 기뻐. 그것도 아주 가는 거미줄까지 쳐진 덤불이잖아. 거미줄이 요정의 식탁보처럼 굴던 시절, 아니 정말 그렇다고 믿었던 날들을 떠올리게 해."

두 사람은 황금빛으로 땅이 파인 길가에서 샘물을 발견하고 가느다란 고사리처럼 보이는 이끼 위에 앉아 루이스가 자작나무 껍질을 구부려 만든 잔으로 샘물을 마셨다.

루이스가 무언가 기억났다는 듯 말을 꺼냈다.

"목이 바싹 말랐다가 물을 발견한 뒤에 마시는 진정한 기쁨을 선생님은 절대 모르실 거예요. 지난여름 서부의 선로 부설 공사장에서 일할 때였어요. 어느 더운 날 대초원에서 길을 잃고 몇 시간 동안 헤맨 적이 있었죠. 목이 말라 죽는 줄 알았는데, 어느 정착민의 오두막에 다다르니까 버드나무 숲속에 이런 작은 샘이 있는 거예요. 얼마나 정신없이 들이켰는지 몰라요! 성경에 적혀 있는 '단 물'의 뜻이 무엇인지 비로소 이해하게 된 거죠."

하지만 앤은 조금 걱정스러운 목소리로 말했다.

"다른 물도 만날 것 같아. 머지않아 소나기가 내릴 거야. 루이스, 나는 소나기가 좋아. 하지만 지금은 내 모자 중에 제일 좋은 것을 썼고 옷도 두 번째로 좋은 걸 입고 있어. 게다가 1킬로미터 근방에는 집이 한 채도 없고."

"저기 오래된 대장간이 있어요. 주인 없이 버려진 곳 같아요. 하지만 거기까지 가려면 뛰어야겠네요."

두 사람은 곧장 달려가 대장간에서 몸을 피한 뒤 소나기를 즐거운 눈으로 바라보았다. 그들은 그날 오후를 근심이나 걱정 없이 집시처럼 자유롭게 보냈다. 은은한 침묵이 온 세상을 덮었다. 돌리시 도로를 따라 그렇게나 요란하게 속삭이며 바스락대던 젊은 바람은 날개를 접고 꼼짝도 하지 않은 채 아무 소리도 내지 않았다. 나뭇잎 하나도 살랑거리지 않았고 그림자 하나도 흔들리지 않았다. 길모퉁이의 단풍잎이 잎을 뒤집는 모습이 마치 나무가 두려움으로 창백해진 것 같아 보였다. 거대하고 차가운 그림자가 녹색 파도처럼 단풍나무를 삼켰고 구름이 그곳까지 내려왔다. 그런 다음 세찬 바람이 불면서 비가 내리기 시작했다. 소나기는 나뭇잎 위에 날카로운 소리를 내며 떨어졌고, 빨갛게 피어오르는 흙길을 따라 춤을 추며 낡은 대장간 지붕을 즐겁게 두들겼다.

루이스가 걱정했다.

"비가 계속 내리면 어쩌죠?"

하지만 비는 갑자기 내리기 시작했던 것처럼 금세 그쳤고, 촉촉한 나무 위로 햇살이 내리쬐었다. 갈라진 흰 구름 사이로 눈부신 파란 하늘이 보였다. 멀리 있는 언덕은 비가 그치지 않아 아직 어슴푸레했지만 그 아래 움푹 파인 골짜기에는 복숭앗빛 안개가 자욱했다. 주변 숲은 봄이 온 듯 반짝거렸고, 대장간으로 가지를 뻗은 커다란 단풍나무에서는 새 한 마리가 정말 봄이 왔다고 믿는 듯 노래를 부르기 시작했다. 세상은 한순간에 놀라울 만큼 상쾌하고 달콤해졌다.

두 사람이 다시 걸음을 옮기기 시작했을 때, 미역취가 빼곡하게 자라는 낡은 가로대 울타리 사이로 뻗어나간 작은 샛길을 보면서 앤이 말했다.

"이 길을 탐험해보자."

루이스가 의심스러운 얼굴로 말했다.

"저 길 주변에는 아무도 안 사는 것 같아요. 그냥 항구로 이어진 길 같은데요?"

"괜찮아. 이 길로 가보자. 샛길에 발을 들여놓지 않고 그냥 둘 수는 없어. 난 밟혀서 다져진 길보다는 사람들에게 잊힌 푸르고 호젓한 길이 좋아. 젖은 풀 냄새를 맡아보렴, 루이스. 게다가 왠지 이 길 위에는 집이 있을 거라는 생각이 뼛속까지 들어. 사진으로 남기기에 아주 적당한 집을 만나게 될 거야."

뼛속까지 들었던 예감은 적중했다. 얼마 지나지 않아 집 한 채가 나타났다. 사진을 찍기에 제법 알맞은 집이었다. 고풍스러운 집의 낮은 처마 아래에는 네모지고 작은 유리창이 나 있었다. 커다란 버드나무가 그곳으로 당당하게 팔을 뻗었고, 주위에는 여러해살이풀과 관목이 무성했다. 집은 비바람을 맞아 칙칙하게 색이 바랬지만 그 뒤에 있는 커다란 헛간은 아늑하고 잘 정돈된 상태였으며, 모든 면에서 최신식이었다.

바큇자국이 깊게 나 있고 풀이 무성한 오솔길을 두 사람이 천천히 걷고 있을 때 루이스가 말했다.

"이런 말을 들었어요, 셜리 선생님. 헛간이 집보다 좋으면 수입이 지출보다 많다는 것을 보여주는 신호라던데요."

앤이 웃었다.

"그건 가족보다 말을 더 소중히 여긴다는 뜻 같은데? 이 집이 우리 연극부에 기부해줄 거라고 기대하는 건 아니지만 이제까지 다녔던 집 중에서는 사진전에서 상을 받기에 가장 적합한 곳이야. 잿빛이긴 하지만 사진에선 문제가 되지는 않을 테고."

루이스가 어깨를 으쓱했다.

"이 오솔길에는 사람이 별로 다니지 않은 것 같아요. 여기 사는 사람들은 별로 사교적이지 않은 모양이에요. 연극부가 무엇인지도 모를까 봐 걱정되네요. 어쨌든 이 집 사람들을 은신처에서 나오게 하기 전에 사진부터 찍어야겠어요."

집 안에서는 인기척이 없었지만 사진을 찍은 뒤 두 사람은 작고 하얀 문을 열고 마당을 가로질러 가서 빛바랜 파란색 부엌문을 두드렸다. 앞쪽 현관문은 바람 부는 포플러나무집과 마찬가지로 사용하기 위해서가 아니라 보여주려고 만든 것이 분명했기 때문이다. 사실 문은 담쟁이덩굴로 뒤덮여 있어서 체면치레하려고 만들었다는 말도 어울리지 않았다.

두 사람은 너그럽게 기부하든 아니든 간에 그때까지 방문했던 집에서 보여준 예의 정도는 기대했다. 그런데 문이 확 열렸을 때 두 사람은 깜짝 놀랐다. 문지방에 나타난 사람이 예상과 전혀 달랐기 때문이다. 두 사람은 미소 짓는 농부의 아내나 딸이 맞아주리라 기대했다. 그런데 눈앞에는 백발 섞인 머리에 눈썹이 굵고 키가 크며 어깨가 떡 벌어진, 쉰 살 정도 돼 보이는 남자가 떡하니 서 있었다. 그는 다짜고짜로 따져 물었다.

"무슨 일이요?"

"우리 고등학교 연극부에… 관심을 가져주시면 좋겠다는 말씀을 드리려고… 찾아왔습니다."

앤은 조금 더듬거렸다. 하지만 더는 애쓸 필요가 없었다.

"그런 건 들어본 적 없소. 물론 듣고 싶지도 않고요. 나랑은 상관없는 일이오."

그는 단호하게 앤의 말을 가로막고는 두 사람 앞에서 인정사정없이 문을 닫아버렸다.

돌아 나오면서 앤이 말했다.

"우리 거절당한 것 같은데."

루이스가 빈정거렸다.

"아주 다정하고 친절한 신사네요. 부인이 불쌍해요. 부인이 있는지는 모르겠지만요."

"아마 없을 거야. 만약 부인이 있었다면 그도 조금은 예의를 배웠을 테니까."

앤은 평정을 되찾으려고 애쓰며 말했다.

"리베카 듀에게 맡겨서 혼쭐을 내주고 싶네. 하지만 어쨌든 그 집 사진은 찍었잖아. 그걸로 상을 탈 것 같다는 생각이 들어. 이런! 구두에 돌이 들어갔네. 허락하든 말든 그 사람 집 돌둑에 앉아 돌을 빼야겠어."

루이스가 말했다.

"다행히 그 집에서는 보이지 않겠네요."

앤이 구두끈을 다시 매고 있을 때 무엇인가가 오른쪽의 무성한 관목 숲을 부드럽게 헤치는 소리가 들렸다. 이윽고 여덟 살 정도의 작은 남자아이가 나타나더니 통통한 두 손으로 커다란 사과파이를 꼭 쥐고 서서 두 사람을 수줍게 바라보았다. 반짝이는 갈색 곱슬머리와 크고 믿음직한 갈색 눈, 생김새가 번듯하고 귀여운 아이였다. 모자도 쓰지 않고 신발도 신지 않은 채 머리와 다리 사이에는 빛바랜 파란색 면 셔츠와 올이 다 드러난 벨벳 반바지를 걸쳤을 뿐이지만 어딘가 세련된 분위기가 났다. 마치 어린 왕자가 변장한 것 같은 모습이었다.

바로 뒤에는 아이의 어깨에 머리가 닿을 정도로 커다란 검은 색 뉴펀들랜드종 개 한 마리가 있었다.

앤은 언제나 아이들의 마음을 사로잡았던 미소를 지었다.

루이스가 물었다.

"안녕, 얘야. 너 어디 사니?"

아이도 화답하듯 미소 지으며 다가와서는 갖고 있던 파이를 내밀며 수줍게 말했다.

"이거 드세요. 아빠가 만들어주셨는데, 그래도 드리고 싶어요. 저는 먹을 게 많거든요."

루이스가 눈치도 없이 꼬마의 간식을 가져갈 수 없다며 거절하려던 참에 앤이 재빨리 루이스를 쿡쿡 찔렀다. 무슨 뜻인지 알아들은 루이스는 정중하게 파이를 받아 앤에게 건네주었고, 앤도 역시 정중하게 파이를 둘로 쪼개어 루이스에게 반을 돌려주었다. 둘은 이 파이를 반드시 먹어야 한다는 사실을 알았지만 아이 아빠의 요리 솜씨를 확신할 수 없어서 마음이 몹시 불안했다. 그런데 파이를 한 입 먹는 순간 마음이 놓였다. 아이 아빠는 예의가 부족했지만 파이만큼은 일품으로 만들었던 것이다.

앤이 말했다.

"정말 맛있네. 네 이름이 뭐니?"

"테디 암스트롱이에요. 하지만 아빠는 항상 저를 '꼬마 친구'라고 불러요. 아빠한테는 저밖에 없어요. 아빠는 저를 진짜 좋아하고 저도 아빠가 진짜 좋아요. 우리 아빠가 무례하다고 생각하실까 봐 걱정돼요. 문을 쾅 닫으셨잖아요. 하지만 아빠는 그럴 생각이 아니셨어요. 저는 두 분이 뭔가 먹을 걸 달라고 하는 말을 들었어요."

아이의 말을 듣는 순간 앤은 '우린 그런 말 안 했지만 아무래도 상관없어'라고 생각했다.

"저는 정원에 핀 접시꽃 뒤에 있었어요. 그래서 제 파이를 가져다주려고 생각했던 거예요. 먹을 게 많이 없는 가난한 사람들이 늘 불쌍했으니까요. 제겐 언제나 먹을 게 잔뜩 있어요. 아빠 요리를 정말 잘하시거든요. 아빠가 만든 라이스푸딩을 보셨어야 해요."

루이스가 눈을 반짝이며 물었다.

"아빠가 거기에 건포도도 넣어주시니?"

"아주아주 많이요. 아빠는 뭐든 쩨쩨하게 굴지 않아요."

앤이 물었다.

"어머니는 안 계시니?"

"네. 엄마는 돌아가셨어요. 엄마가 천국에 가셨다고 메릴 아주머니가 말씀해주셨어요. 하지만 아빠는 그런 곳은 없다고 하셨어요. 아빠가 더 잘 알고 계시겠죠. 아빠는 정말 똑똑한 사람이거든요. 책도 수천 권이나 읽었어요. 저도 크면 아빠 같은 사람이 되고 싶어요. 하지만 다른 사람이 먹을 걸 달라고 하면 언제든지 줄 거예요. 우리 아빠는 사람을 별로 좋아하지 않거든요. 그런데 저한테는 굉장히 잘해주시죠."

루이스가 다시 물었다.

"학교는 다니니?"

"아뇨. 아빠가 집에서 가르쳐주세요. 내년에는 학교에 보내야 한다고 학교 이사회 사람들이 아빠한테 말했어요. 저도 학교에 가서 다른 남자아이들과 놀고 싶어요. 물론 카를로도 있고 아빠도 시간이 날 때마다 저랑 신나게 놀아주시죠. 저희 아빠는 좀 바쁘시잖아요. 농장일도 하고 집 청소도 해야 해요. 그래서 사람들에게 신경 쓰는 걸 싫어하시는 거예요. 제가 더 크면 아빠를 많이 도와줄 수 있을 거예요. 그러면 아빠도 시간이 더 나서 사람들한테 잘해주실 테죠."

"사과파이가 참 맛있네, 꼬마 친구."

루이스가 마지막 조각을 삼키며 말했다. 꼬마 친구의 눈이 반짝였다. 아이는 기쁜 목소리로 말했다.

"맛있었다니 정말 기뻐요."

"사진 한 장 찍을까? 찍고 싶으면 루이스에게 말해."

앤이 말했다. 마음이 너그러운 이 꼬마에게 돈 같은 것을 주어서는 안 된다는 기분이 들었다.

"와, 정말요? 카를로도 같이요?"

꼬마 친구가 간절한 얼굴로 말했다.

"물론 되고말고. 카를로도 같이 찍자."

앤은 아이에게 관목을 배경으로 멋진 자세를 취하도록 했다. 아이는 커다란 털북숭이 놀이 친구의 목에 팔을 두르고 섰다. 개와 아이 모두 아주 기쁜 모습이었다. 루이스는 마지막 남은 감광판에 사진을 찍었다.

루이스가 약속했다.

"사진이 제대로 나오면 우편으로 보내줄게. 주소는 뭐라고 쓰면 되지?"

"글렌코브 거리 제임스 암스트롱 집, 테디 암스트롱이에요. 와, 우체국에서 저한테 뭐가 온다니까 정말 신나요! 제가 아주 굉장한 사람이 된 것 같아요. 아빠한테는 사진 얘기를 한 마디도 하지 않을 거예요. 깜짝 놀라게 해주려고요."

"두세 주 뒤면 우편물이 도착할 거야."

두 사람이 작별 인사를 할 때 루이스가 말했다. 앤은 갑자기 몸을 굽히더니 햇볕에 그을린 아이의 작은 얼굴에 입맞춤했다. 아이에게는 앤의 마음을 잡아끄는 무엇인가가 있었다. 너무나 귀엽고 씩씩했으며 엄마 없는 아이가 지닌 그리움이!

두 사람이 오솔길 모퉁이에서 돌아보자 아이는 개와 나란히 돌둑에 서서 손을 흔들고 있었다.

리베카 듀는 물론 암스트롱 집안의 내력을 알고 있었다.

"제임스 암스트롱은 5년 전에 아내가 죽은 충격을 아직 극복하지 못하고 있어요. 전에는 그처럼 불퉁하진 않았죠. 그런대로 친절한 편이었어요. 약간은 세상을 피해 사는 사람 같긴 했지만, 원래 그런 성격이었던 것 같아요. 어린 부인한테 푹 빠져 있었죠. 그 사람보다 스무 살이나 어렸거든요. 부인이 죽으면서 그가 엄청나게 충격을 받았다고 들었어요. 타고난 성격까지 완전히 변한 것 같았죠. 무뚝뚝해지고 짜증을 잘 내게 된 거예요. 가정부도 두지 않으려 했죠. 집안일과 아이 키우는 일도 혼자 하고 있어요. 하긴 결혼 전에 오랫동안 혼자 살았으니까 그런 일이 아주 서툰 편도 아니에요."

채티 이모가 말을 보탰다.

"하지만 그건 아이에게 좋은 환경은 아니죠. 그는 아들을 교회나 사람들을 만날 만한 곳에 절대 데려가지 않아요."

케이트 이모가 말했다.

"자기 아이를 신처럼 떠받든다는 말도 들었어요."

리베카 듀가 갑자기 성경을 인용했다.

"너희는 내 앞에서 다른 신을 모시지 못한다."•

3장

——

3주가량이 지나서야 루이스는 겨우 짬을 내어 사진을 인화했다. 바람 부는 포플러나무집에 처음으로 저녁을 먹으러 온 날 그 사진을 가져왔다. 집과 꼬마 친구의 사진 모두 아주 멋있게 나왔다. 사진 속에서 미소 짓는 아이의 모습은 리베카 듀의 말처럼 "살아 있는 것" 같았다.

앤이 갑자기 소리쳤다.

"어머, 이 아이는 너랑 닮았어, 루이스!"

리베카 듀는 판결이라도 내리듯 눈을 가늘게 뜨며 동의했다.

"닮았네요. 이 아이 얼굴을 본 순간 누구를 빼닮았다 싶었어요. 그게 누구인지는 가물가물했지만요."

앤이 감탄했다.

"음, 눈하고 이마하고 표정이… 너랑 똑같아, 루이스!"

루이스가 어깨를 으쓱했다.

"제가 이렇게 잘생긴 아이였다고는 믿어지지 않아요. 여덟 살쯤 됐을 때 찍은 사진이 어디 있을 텐데, 그걸 찾아서 비교해봐야겠네요. 보면 웃으실 거예요, 셜리 선생님. 긴 곱슬머리에 레이스 깃을 달고 막대기처럼 꼿꼿이 서서 아주 진지한 눈빛으로 앞을 바라보는 모습이거든요. 그때 많이들 쓰던 발톱 세 개가 달린 장치를 머리에 고정해 놓았던 것 같아요. 이 사진이 저랑 정말 닮았다면 그건 우연일 뿐이에요. 그 꼬마 친구가 저랑 무슨 관계가 있을 리는 없거든요. 저는 지금 이 섬에 친척이 한 명도 없으니까요."

케이트 이모가 물었다.

"너는 어디서 태어났니?"

"뉴브런즈윅이요. 제가 열 살 때 아빠하고 엄마가 돌아가셨어요. 그 바람에 엄마의 사촌언니네 집이 있는 이곳으로 오게 된 거예요. 저는 그분을 아이다 이모라고 불렀어요. 아시다시피 그분도 3년 전에 돌아가셨죠."

리베카 듀가 말했다.

"짐 암스트롱도 뉴브런즈윅에서 왔어. 그 사람은 이 섬 토박이가 아니야. 이곳 주민들 중에 그렇게 괴팍한 사람은 없어. 물론 이 마을에도 이상한 사람이야 있지만 적어도 기본적인 교양은 갖추고 있지."

"제가 그 친절하신 암스트롱 씨하고 친척인지 알아보고 싶은 마음은 없네요."

루이스는 싱긋 웃으며 채티 이모의 계피 토스트를 덥석 집었다. 그런 다음 한입 가득 우물거리면서 이야기를 이어갔다.

"하지만 사진 작업을 끝내고 두꺼운 종이에 붙인 다음에는 그걸 글렌코브 거리로 가지고 가서 조사해볼 생각이에요. 어쩌면 그분이 제 먼 친척뻘일 수도 있으니까요. 외가 쪽 친척에 대해서는 아무것도 몰라요. 어머니가 살아계셨다고 해도 마찬가지였을 거예요. 친척이 없는 것처럼 사셨거든요. 친가 쪽으로는 친척이 없어요. 그건 분명해요."

앤이 말했다.

"네가 직접 사진을 가져가면 꼬마 친구는 우편으로 무엇을 받는 짜릿한 기분을 느끼지 못하게 돼서 실망하지 않을까?"

"그건 제가 벌충해줄 거예요. 우편으로 다른 걸 보내려고요."

다음 토요일 오후 루이스는 유령의 길로 마차를 몰고 왔다. 아주 낡은 마차였고 말은 그보다 더 나이 들어 보였다.

"테디 암스트롱한테 사진을 갖다주러 글렌코브에 가는 길이에요. 선생님이 제 멋진 모습을 보고 심장마비를 일으키지 않을 것 같다면 같이 가주세요. 바퀴가 빠지진 않을 거예요."

리베카 듀가 물었다.

"세상에, 저런 골동품을 어디서 가져온 거니, 루이스?"

"제 용감한 말을 놀리지 마세요. 이렇게 나이 든 말에겐 존경심을 가지셔야죠. 돌리시 도로로 가서 심부름을 해준다는 조건으로 벤더 씨에게 말이랑 마차를 빌렸어요. 오늘은 글렌코브까지 걸어서 다녀올 시간이 없거든요."

리베카 듀가 코웃음을 쳤다.

"시간이 없다고? 내가 걸어도 저 말보다는 빨리 갔다 올 수 있을 거다.”

“벤더 씨에게 가져다줄 감자 한 자루도 짊어지고 와야 하는데, 그게 가능하시다고요? 정말 대단하세요!”

리베카 듀의 불그스름한 얼굴이 더 붉어졌다.

“나이 많은 사람을 놀리면 못써.”

리베카 듀가 꾸짖듯 말했다. 그러고는 원수를 은혜로 갚겠다는 듯 이렇게 덧붙였다.

“가기 전에 도넛 좀 먹으려무나.”

볼품없는 암말은 일단 거리를 벗어나자 놀라운 능력을 발휘했다. 길을 따라 달려가면서 앤은 속으로 웃었다.

‘가드너 부인이나 제임시나 아주머니가 지금 나를 본다면 뭐라고 하실까?’

뭐, 아무래도 상관없다. 날씨도 좋았고 눈앞에 펼쳐진 가을의 풍광도 멋졌으며 루이스는 여행의 동반자로 나무랄 데 없었다.

‘이 아이는 무슨 일이든 해낼 수 있을 거야.’

앤이 아는 사람 가운데 그 누구도 루이스처럼 벤더 씨의 말과 마차를 빌려 같이 가자고 물어볼 생각은 꿈에도 하지 못할 것이다. 하지만 루이스는 이런 일을 조금도 이상하다고 여기지 않았다. 그곳에 닿기만 한다면 어떻게 가느냐는 상관없지 않은가? 무엇을 타고 가든 높은 언덕의 고즈넉한 기슭은 푸르고, 길은 빨갛고, 단풍은 화려하기 마련이다. 루이스는 사람들이 시시콜콜 내뱉는 이야기에 거의 신경 쓰지 않았다. 하숙집에서 집안일을 한다는 이유로 ‘계집애’라고 놀리는 학생들도 있지만 그런 말에도 개의치 않았다. ‘마음대로 말하라지! 언젠가 웃는 사람은 내가 될 테니까'라고 생각하는 듯했다. 주머니는 비어 있을지 몰라도 머릿속은 꽉 찬 학생이었다. 어쨌거나 그날 오후는 한 편의 목가였고, 두 사람은 꼬마 친구를 다시 보러 가고 있었다. 벤더 씨의 처남인 메릴 씨가 감자 자루를 마차 뒤에 싣는 동안 두 사람은 그곳에 가는 이유를 이야기했다.

메릴 씨가 소리를 질렀다.

"그러니까 네가 테디 암스트롱의 사진을 찍었다는 건가?"

루이스는 사진을 싼 종이를 풀고 자랑스럽게 내밀었다.

"그럼요. 제가 찍었어요. 아주 잘 나왔죠. 직업 사진가도 이보다 잘 찍진 못했을 거예요."

메릴 씨는 자기 다리를 철썩 때렸다.

"허, 세상에 이런 일도 있군! 테디는 죽었는데…."

앤이 아연실색하며 소리쳤다.

"죽었다고요? 아, 메릴 씨… 아니에요. 그런 말씀은 하지 마세요. 그 귀여운 아이가…."

"안됐지만 사실이에요. 테디의 아버지는 정신이 나갔어요. 더 안타까운 건 아들 사진이 한 장도 없다는 거죠. 그래도 이렇게 좋은 걸 가져왔네요. 음, 그나마 잘됐어요!"

"어, 어떻게 그런 일이."

앤의 눈에는 눈물이 가득했다. 돌둑에서 작별 인사로 손을 흔들던 아이의 가냘픈 모습이 눈에 선했다.

"석 주 전쯤에 하늘나라로 떠났어요. 폐렴이었죠. 끔찍하게 고통스러웠을 테지만 아이답지 않게 잘 참았다더군요. 앞으로 짐 암스트롱이 어떻게 될지 걱정이요. 반미치광이가 됐다고 하던데…. 온종일 혼자서 맥없이 중얼거린다더군요. '내 꼬마 친구의 사진이라도 있었으면'이라고 계속 말한다는 거요."

"그 사람 참 안됐어요."

그때까지는 입을 꾹 다물고 남편 옆에 서 있던 메릴 부인이 불쑥 말했다. 초췌하고 마른 몸매에 흰머리가 살짝살짝 보였고, 늘어진 무명옷 위에 체크무늬 앞치마를 입고 있었다.

"그는 형편이 넉넉했는데, 우리를 가난하다고 얕보는 것 같은 기분이 항상 들었어요. 하지만 우리는 아들이 있어요. 뭐든지 사랑할 게 있다면 아무리 가난해도 문제될 게 없죠."

앤은 존경하는 마음으로 메릴 부인을 바라보았다. 비록 아름답지는 않았지만 부인의 움푹 들어간 회색 눈이 앤의 눈과 마주쳤을 때, 둘 사이에는 정서적 친밀감이 싹트는 듯했다. 앤은 전에 메릴 부인을 본 적 없었고 다시 만날 일도 없겠지만 인생의 궁극적인 비밀을 발견한 여성으로 항상 기억할 것이다. 사랑할 것이 있는 한 절대 가난하지 않다.

앤의 황금 같은 날은 엉망이 되었다. 어떤 이유였는지는 모르겠지만 그 꼬마 친구는 짧은 만남을 통해서도 앤의 마음을 사로잡았다. 앤과 루이스는 말없이 글렌코브 도로로 마차를 몰고 가 풀이 무성한 오솔길로 들어섰다. 두 사람이 마차에서 내리자 파란 문 앞 돌 위에 누워 있던 카를로가 일어나더니 앤에게 다가와 손을 핥으며 어린 놀이 친구의 소식을 묻듯이 슬픈 눈으로 올려다보았다. 문은 열려 있었고 어두컴컴한 방 안쪽으로는 탁자에 머리를 숙인 채 앉아 있는 한 남자의 모습이 보였다.

앤이 문을 두드리자 그는 벌떡 일어나 문가로 다가왔다. 그의 달라진 모습에 앤은 깜짝 놀랐다. 뺨은 쑥 들어가 초췌한 모습에 면도도 하지 않은 채였고, 움푹 들어간 눈에는 불꽃이 흔들리며 빛났다.

처음에 앤은 문전박대를 당할 것이라 생각했지만, 그는 누군지 알아본 듯 무기력한 목소리로 말했다.

"아, 또 왔어요? 꼬마 친구 말로는 당신이 말도 걸고 입맞춤도 해줬다고 그러더군요. 그 아이는 당신을 좋아했지. 그날 그처럼 무례하게 군 건 미안해요. 무슨 일로 왔죠?"

"보여드리고 싶은 게 있어요."

앤이 부드럽게 말했지만 그의 목소리는 쓸쓸했다.

"들어와서 좀 앉겠소?"

루이스는 아무 말 없이 꼬마 친구의 사진을 꾸러미에서 꺼내 내밀었다. 그는 사진을 낚아채고는 놀라고 애타는 눈으로 바라보다가 쓰러지듯 의자에 앉아 눈물을 쏟더니, 그대로 흐느껴 울었다. 앤은 남자가 이렇게 우는 모습을 본 적이 없었다. 그가 진정될 때까지 앤과 루이스는 연민을 느끼면서 아무 말 없이 가만히 서 있었다.

마침내 그는 간신히 입을 열었다.

"오, 이게 나한테 어떤 의미인지 모를 겁니다. 내게는 아이 사진이 한 장도 없어요. 나는 다른 사람하고는 달리… 얼굴을 잘 떠올리지 못하거든요. 대부분 마음속으로 얼굴을 떠올린다는데 난 그걸 할 수 없죠. 아이가 죽고 나서 정말 끔찍했어요. 그 아이가 어떻게 생겼는지 생각해낼 수 없는 거예요. 그런데 지금 당신들이 이걸 가져와줬군요. 내가 그토록 무례하게 굴었는데도 이렇게 호의를 베풀다니! 앉아요, 어서요. 내가 얼마나 고마워하는지 당장이라도 속마음을 꺼내서 보여줄 수 있었으면 좋겠군요. 당신들 덕분에 내가 제정신을 차릴 수 있었소. 내 목숨을 구해준 겁니다. 아, 아가씨. 이 사진은 아이와 똑같죠? 금방이라도 말을 할 것 같잖소. 내 귀여운 꼬마 친구! 너 없이 어떻게 내가 살 수 있을까? 이제는 살 이유가 아무것도 없어요. 처음에는 그 애 엄마가, 이제는 그 아이가 죽었으니까."

앤이 부드럽게 말했다.

"귀여운 아이였어요."

"그랬죠. 꼬마 친구는…. 아이 엄마가 시어도어라는 이름을 지어줬죠. '하느님의 선물'이라고 말했어요. 참을성이 많아서 불평 같은 건 절대 하지 않았어요. 한번은 미소를 짓고 날 올려다보며 이렇게 말했죠. '아빠, 난 아빠가 잘못 알고 있는 게 있다고 생각해요. 딱 하나요. 난 천국이 있다고 믿어요. 그렇지 않나요? 천국은 있잖아요, 아빠?'라고요. 그래서 제가 그렇다고, 천국은 있다고 말해줬죠. 하느님, 아이에게 천국이 없다고 가르치려 했던 일을 용서해주소서! 그 아이는 안심한 듯 다시 미소를 짓더니 이렇게 말했죠. '그럼, 아빠. 난 거기 갈 거예요. 엄마하고 하느님이 계신 곳에요. 그럼 거기서 꽤 잘 지낼 수 있을 거예요. 하지만 아빠가 걱정이에요. 제가 없으면 정말 외로우실 테니까요. 그래도 할 수 있는 한 최선을 다하고 사람들한테는 친절하게 대해주세요. 그리고 나중에 저희 곁으로 오세요.' 아이는 내게 다짐까지 받았죠. 하지만 아이가 가버리자 공허함을 견딜 수가 없었어요. 이 사진을 가져다주지 않았다면 미쳐버렸을 거요. 이제는 그렇게까지 힘들지는 않겠지."

그는 한동안 꼬마 친구 이야기를 계속했다. 구원과 기쁨을 찾은 것 같은 모습이었다. 평소의 냉랭함과 무뚝뚝함은 옷을 벗어 던진 듯 사라졌다. 마지막으로 루이스는 자기 모습이 담긴 빛바랜 사진을 꺼내 보여주었다.

"이렇게 생긴 아이를 본 적 있나요, 암스트롱 씨?"

앤이 물었다.

암스트롱 씨는 당혹스러운 얼굴로 사진을 뚫어지게 바라보다가 겨우 입을 열었다.

"우리 꼬마 친구와 정말 닮았는걸. 누구 사진이지?"

루이스가 말했다.

"저예요. 제가 일곱 살 때 사진이죠. 테디하고 놀라울 정도로 닮아서 셜리 선생님이 아저씨한테 보여드리라고 하셨어요. 아저씨나 꼬마 친구가 저하고 먼 친척일 수도 있을 것 같아요. 제 이름은 루이스 앨런이고, 아버지는 조지 앨런이에요. 뉴브런즈윅에서 태어났고요."

제임스 암스트롱은 고개를 저었다. 그러고는 이렇게 말했다.

"어머니 이름은 뭐지?"

"메리 가드너예요."

제임스 암스트롱은 잠시 동안 말없이 루이스를 바라보았다. 그리고 그가 마침내 입을 열었다.

"그녀는 내 이부동생이야. 그 애에 대해서는 아는 게 거의 없어. 한 번밖에 만난 적이 없거든. 나는 아버지가 돌아가신 뒤 삼촌 집에서 자랐지. 어머니는 재혼해서 멀리 가버렸어. 한번은 어머니가 나를 만나러 오셨는데 어린 딸을 데리고 왔어. 얼마 안 가 어머니도 돌아가시고 다시는 그 아이를 보지 못했지. 이 섬에 와 살면서 여동생 소식이 완전히 끊어졌는데, 이제 보니 너는 내 조카이자 꼬마 친구의 사촌이구나.”

세상에 홀로 남겨졌다고 생각한 소년에게 이는 놀라운 소식이었다. 루이스와 앤은 저녁내 암스트롱 씨와 있었고, 그가 글을 많이 읽은 지적인 사람이라는 사실도 알게 되었다. 무슨 이유에서인지 두 사람 모두 그에게 호감이 생겼다. 둘은 이전의 무뚝뚝한 대접을 완전히 잊고 지금껏 꺼림칙한 껍질 속에 숨겨 왔던 인격과 기질의 진실한 면을 보게 되었다.

저녁놀이 지는 가운데 마차를 몰고 바람 부는 포플러나무집으로 돌아올 때 앤이 말했다.

“그는 참 좋은 사람이야. 그렇지 않았다면 당연히 그 꼬마 친구가 자기 아버지를 그렇게 좋아할 순 없었을 거야.”

다음 주말 루이스 앨런이 그 집에 다시 찾아갔을 때 외삼촌이 그에게 이렇게 말했다.

“우리 집에 와서 같이 사는 게 어떻겠니? 너는 내 조카야. 너를 잘 보살펴줄 수 있어. 내 꼬마 친구가 살아 있었다면 아이에게 그렇게 해주었을 텐데. 너는 세상에 혼자고 그건 나도 마찬가지구나. 나도 네가 필요해. 여기서 혼자 살면 나는 또다시 무정하고 괴팍한 사람이 되고 말 거야. 꼬마 친구와 했던 약속을 지킬 수 있게 네가 도와줬으면 좋겠다. 아이가 쓰던 방은 비어 있어. 네가 와서 그 자리를 채워다오.”

“고마워요, 외삼촌. 그렇게 할게요.”

루이스는 이렇게 말하며 한 손을 내밀었다.

"그리고 가끔씩 네 선생님을 모시고 와라. 나는 그 아가씨가 마음에 드는구나. 꼬마 친구도 그분을 좋아했지. '아빠, 저는 아빠 말고 다른 사람이 저한테 입맞춤하는 걸 좋아하지 않는다고 생각했는데 그분이 해줄 때는 좋았어요. 그분 눈에는 무언가가 있었어요'라고 말했거든."

4장

"현관의 낡은 온도계는 영하 20도 가까이 되는데 옆문에 있는 새 온도계는 영하 10도가 조금 넘어요. 그래서 손에 토시를 끼고 가야 할지 말지 모르겠네요."

몹시 추운 어느 12월 밤 앤의 말에 리베카 듀가 조심스럽게 방법을 제시했다.

"옛날 온도계를 믿는 게 더 좋을 거예요. 그게 이곳 날씨에는 더 익숙할 테니까요. 그건 그렇고 이렇게 추운 밤에 어딜 가려는 건가요?"

"템플 거리로 가서 캐서린 브룩더러 초록지붕집에서 같이 크리스마스 휴가를 지내자고 말하려고요."

그러자 리베카 듀가 정색을 하며 말했다.

"저런, 그랬다간 휴가를 망치고 말 거예요! 그 사람은 천사가 하는 말도 무시할 거라고요. 그러니까… 캐서린이 천국에 들어간다면 그렇다는 뜻이죠. 정말 최악인 건 무례한 태도를 자랑스러워한다는 거예요. 그러면서 자기는 의지가 강한 사람이라고 여기는 게 틀림없어요!"

"머리로는 그 말에 전적으로 동의하지만 마음으로는 그렇게 간단히 받아들일 수 없어요. 많은 일들이 있었지만 캐서린 브룩은 무뚝뚝한 껍질에 싸여 있는 수줍고 딱한 소녀일 뿐이에요. 서머사이드에서는 캐서린과 데면데면한 관계였고 별다른 진전이 없었지만, 초록지붕집으로 데려갈 수만 있다면 그녀의 마음도 풀릴 거라고 믿어요."

리베카 듀가 단언했다.

"그러기는 힘들 거예요. 절대 가지 않을 테니까요. 그런 걸 물어보면 도리어 모욕으로 받아들일걸요? 바로 자선이라도 베푸는 거냐고 오해할 수도 있어요. 전에 우리가 크리스마스 저녁 식사를 하러 오라고 초대한 적이 있었어요. 선생님이 오기 바로 전해에 있었던 일이죠. 매컴버 부인이 칠면조를 두 마리나 주셔서 그걸 어떻게 다 먹을까 고민하고 있었어요. 그런데 캐서린은 어이없게도 '아뇨, 괜찮아요. 저는 크리스마스라는 말처럼 싫은 건 없어요!'라는 거예요."

"그건 정말 심각한데요? 크리스마스를 싫어하다니! 우리가 무슨 일이라도 해야 해요, 리베카 듀. 그래서 캐서린한테 가는 거라고요. 캐서린이 오겠다고 말할 것 같은 묘한 기분이 엄지손가락으로 오는걸요."

리베카 듀가 마지못한 표정으로 말했다.

"어쨌든 무슨 일이 일어날 것 같다고 선생님이 말하면 정말 그럴 것 같은 기분이 들긴 해요. 혹시 예지력이 있는 건 아니죠? 매컴버 선장님의 어머니도 예지력이 있었어요. 생각만 해도 소름이 끼치곤 했죠."

"당신을 소름 끼치게 할 만한 능력이 내게는 없을걸요? 난 캐서린 브룩이 겉모습은 냉혹하지만 속으로는 외로워 몸부림치는 것처럼 보여요. 그녀를 초대하면 그런 심리를 조금이라도 어루만질 수 있을 것 같아요."

리베카 듀가 겸손한 얼굴로 말했다.

"난 대학을 다니지 않았지만 내가 도저히 이해 못 하는 용어를 사용할 권리가 선생님에게 있다는 걸 부인하진 않아요. 손가락만 까딱해도 사람들을 마음대로 조종할 수 있다는 것도 인정해요. 프링글 가문을 어떻게 움직였는지 봤으니까요. 하지만 빙산과 육두구 분쇄기를 합친 것 같은 사람을 크리스마스에 집에 데려간다면 선생님이 너무나 가여워질 거예요."

템플 거리를 걸어가는 동안 앤은 점점 자신이 없어졌다. 게다가 요즘 캐서린 브룩의 태도는 정말 견디기 어려웠다. 앤은 거절당할 때마다 포의 시*에 나오는 까마귀처럼 험악하게 "다시는 안 해"라고 몇 번이나 되뇌었는지 모른다. 어제도 캐서린은 직원회의 자리에서 앤에게 모욕을 주었다. 하지만 캐서린이 잠시 마음을 놓은 순간 앤은 이 나이 든 여성의 눈에서 분노를 품고 미쳐 날뛰는 우리 속 동물처럼 절반쯤은 광기에 사로잡힌 무언

• 　　미국 작가 에드거 앨런 포(1809-1849)의 시 〈갈까마귀〉

가를 보았다. 앤은 캐서린 브룩을 초록지붕집에 초대할 것인지 말 것인지 한밤중까지 고민했다. 그러다 마침내 마음을 굳게 먹고 잠이 들었다.

캐서린의 하숙집 주인인 데니스 부인은 앤을 응접실로 맞아들였다. 앤이 브룩 선생님을 만나고 싶다고 하자 그녀는 통통한 어깨를 으쓱했다.

"오셨다고 말은 전하겠지만 선생님이 내려오실지는 모르겠네요. 지금은 기분이 언짢아 보이거든요. 서머사이드 고등학교의 어느 선생님 옷차림이 좀 민망하다는 롤린스 부인의 말을 오늘 저녁 식사 때 제가 전해줬어요. 그랬더니 평소처럼 퉁명스럽게 굴더라고요."

앤이 나무라듯 말했다.

"그런 말은 하지 않는 게 좋았을 텐데요."

데니스 부인이 비꼬는 듯한 말투로 대꾸했다.

"하지만 브룩 선생님도 아셔야 된다고 생각했어요."

"그럼 브룩 선생님이 해안가에 있는 학교에서 가장 훌륭한 교사 중 하나라고 장학사가 말했다는 사실도 알려줘야 한다고 생각하진 않으세요? 아니면 그건 모르셨던 건가요?"

"아, 듣기는 했어요. 하지만 그렇게까지 우쭐하게 해주지 않아도 지금 충분히 거만한걸요. 그런 상태를 뭐라 불러야 할지 모를 지경이라니까요. 대체 어떻게 하면 그처럼 자만심이 가득할지 모르겠네요. 어쨌든 오늘 밤에는 화가 많이 나 있어요. 개를 못 기르게 했거든요. 갑자기 개를 기르고 싶어졌나 봐요. 개가 먹을 건 자기가 살 거고 귀찮지 않게 신경도 쓰겠다고 했어요. 하지만 학교에 있는 동안은 내가 돌봐야 하잖아요. 그래서 단호하게 거절했죠. '난 개 하숙은 안 해요'라고요."

"어머, 데니스 부인. 개를 기르게 해주실 수는 없나요? 그렇게 많이 성가시진 않을 거예요. 브룩 선생님이 학교에 있는 동안은 개를 지하실에 둘 수도 있잖아요. 개는 밤에 집을 잘 지키죠. 그러니 기르게 해주세요. 부탁드려요."

"부탁드려요"라고 할 때마다 앤 셜리의 눈에는 사람들이 거절하기 어려운 무언가가 떠올랐다. 살찐 어깨와 간섭하기 좋아하는 혀를 가진 데니스 부인도 마음은 착했다. 그저 캐서린 브룩의 불쾌한 태도가 가끔씩 짜증스러울 뿐이었다.

"그 사람이 개를 기를지 안 기를지를 선생님이 왜 마음 쓰시는지 모르겠네요. 두 분이 그렇게 친한 사이인지는 몰랐어요. 브룩 선생님은 친구가 하나도 없거든요. 그녀만큼 사교성이 떨어지는 하숙인은 본 적이 없어요."

"그래서 개를 기르고 싶은 거겠죠. 누구든 친구 없이는 살 수 없는 법이니까요."

"뭐, 그 사람한테 사람다운 구석을 느낀 건 이번이 처음이네요. 내가 개를 끔찍하게 싫어하는 건 아니지만 비꼬는 식으로 물어봐서 짜증이 좀 났던 거예요. '내가 개를 길러도 되는지 물어봐도 어차피 허락해주지는 않으실 거잖아요, 데니스 부인'이라고 잘난 척하면서 말했거든요. 나도 브룩 선생님만큼 거만한 태도로 대꾸해줬죠! '당연하죠. 선생님 생각이 맞아요'라고요. 누구나 그렇듯이 나도 했던 말을 취소하기는 싫어요. 하지만 응접실에서 실수하지 않게만 해준다면 개를 길러도 된다는 말을 전해주세요."

우중충한 레이스 커튼과 흉측한 보라색 장미 무늬 깔개를 보며 충분히 몸서리를 친 터라, 앤은 개가 실수한다고 해도 응접실 상태가 더 나빠지지는 않을 것이라고 생각했다.

'이런 하숙집에서 크리스마스를 보내야 한다면 누구라도 동정할 수밖에 없지. 캐서린이 크리스마스라는 말을 싫어하는 것도 무리는 아니야. 이곳에 신선한 공기를 불어넣고 싶어. 수천 번 먹은 음식 냄새가 배어 있잖아. 캐서린은 월급도 많은데 왜 이런 데서 하숙을 할까?'

"올라오시라고 하네요."

데니스 부인이 돌아오더니 조금 의아하다는 듯한 얼굴로 말을 전했다. 브룩은 예상대로 짜증이 나 있었기 때문이다.

계단은 가파르고 좁았다. 마치 사람들이 접근하는 것을 싫어하는 듯했다. 볼일이 없다면 아무도 올라가지 않을 것이다. 복도에 깔린 리놀륨은 군데군데 찢겨 있었다. 앤이 들어선 복도 끝 작은 침실은 응접실보다 훨씬 칙칙했다. 갓이 없는 가스등 하나가 켜져 있었고 가운데가 움푹 꺼진 철제 침대가 놓여 있었다. 커튼이 제대로 달려 있지도 않은 좁은 창문으로는 양철통이 잔뜩 쌓여 있는 뒷마당이 내다보였다. 하지만 그 너머에는 기막히게 멋진 하늘과 길게 이어진 보랏빛 먼 언덕을 배경으로 길게 늘어선 롬바디포플러가 보였다.

캐서린은 삐걱거리고 쿠션도 없는 흔들의자를 무뚝뚝하게 가리켰다. 앤은 거기에 앉아 황홀한 얼굴로 말했다.

"어머, 브룩 선생님. 저 노을 좀 보세요."

"저녁노을이라면 질리도록 봤어요."

캐서린이 고개도 돌리지 않고 차갑게 말했다(속으로는 '노을 가지고 잘난 척하다니!'라고 생각하며 씁쓸해했다).

"이 노을은 본 적 없잖아요. 똑같은 노을은 없어요. 노을이 우리 영혼 속으로 지도록 여기 앉아 지켜봐요."

앤은 이렇게 말하는 한편 마음속으로 '당신은 유쾌한 말을 한 번이라도 해본 적이 있나요?'라고 생각했다.

"말도 안 되는 소리 하지 말아주세요, 제발요."

세상에 이렇게 모욕적인 말이 또 어디 있을까! 거기다 경멸하는 듯한 캐서린의 어조로 가시 돋친 모욕감이 더해졌다. 앤은 노을에서 고개를 돌리고 캐서린을 바라보았다. 일어나 나가버리는 쪽으로 마음이 반쯤 기울었다. 하지만 캐서린의 눈이 조금 이상해 보였다.

'울고 있었던 것일까? 물론 아니겠지? 캐서린 브룩이 우는 것은 상상도 할 수 없는 일이니까.'

앤이 천천히 말했다.

"내가 온 게 별로 반갑지는 않으신 것 같네요."

"난 괜찮은 척을 못 해요. 선생님은 여왕처럼 행동하는 데 도가 텄지만 내겐 그런 재능이 없잖아요. 각 사람에 맞게 이야기하는 재능 말이에요. 그래요. 선생님이 반갑진 않네요. 이런 방에서 누군들 반갑겠어요?"

캐서린은 빛바랜 벽, 아무것도 덮여 있지 않은 낡은 의자, 축 처진 모슬린 속치마가 걸린 화장대를 경멸하듯 가리켰다.

"좋은 방은 아니군요. 마음에 안 든다면서 왜 계속 여기 사는 거예요?"

"아, 왜, 왜냐고요? 선생님은 이해 못 할 거예요. 그래도 상관 없어요. 누가 뭐라고 생각하든 난 신경 쓰지 않으니까요. 오늘 밤 여기 왜 온 거예요? 설마 노을에 잠기러 온 건 아닐 테고."

"나랑 같이 초록지붕집에서 크리스마스 휴가를 지낼 수 있는지 여쭤보려고 왔어요."

앤은 속으로 '이제부터 비꼬는 말로 공격하기 시작할 거야! 캐서린이 앉기라도 했으면 좋겠는데. 내가 가기를 기다리는 것처럼 저기 서 있기만 하잖아'라고 생각했다.

하지만 잠시 동안 침묵이 흘렀다. 이윽고 캐서린이 천천히 입을 열었다.

"왜 그런 걸 묻죠? 나를 좋아해서 그런 건 아니잖아요. 아무리 선생님이라도 그런 척할 수는 없을 텐데요."

"이런 곳에서 크리스마스를 보내는 사람이 있다는 건 생각만 해도 견딜 수가 없어서예요."

앤이 솔직하게 말하자 비아냥거림이 시작되었다.

"아, 알겠어요. 크리스마스를 맞아 자선을 베풀고 싶어진 거네요. 하지만 난 아직 그런 걸 받을 만한 대상이 아니에요."

앤은 벌떡 일어났다. 이 기묘하고도 차가운 사람에 대한 인내심이 한계에 다다랐던 것이다. 앤은 방을 가로질러 걸어가 캐서린의 눈을 똑바로 바라보았다.

"캐서린 브룩 선생님, 아시는지 모르겠는데 지금 선생님한테 필요한 건 엉덩이를 호되게 맞는 일이에요!"

두 사람은 잠시 동안 서로를 물끄러미 바라보았다.

"그렇게 말하니까 속이 시원하겠군요."

어찌된 일인지 캐서린의 목소리에는 모욕적인 어조가 사라졌다. 심지어 입 주위가 희미하게 떨리기까지 했다.

"그래요. 전부터 바로 그 말을 하고 싶었어요. 자선이라도 베풀기 위해서 초록지붕집에 같이 가자고 한 게 아니에요. 그건 선생님도 충분히 알잖아요. 진짜 이유는 아까 말씀드렸어요. 누구라도 여기서 크리스마스를 보내서는 안 되니까요. 그건 생각만 해도 말이 안 되는 일이에요."

"내가 안됐다는 이유만으로 초록지붕집에 같이 가자고 초대한 거잖아요."

"난 선생님이 가엾게 느껴져요. 선생님은 삶을 막아버리고 있잖아요. 지금은 삶이 선생님을 막아버리고 있죠. 이제 그만둬요, 캐서린 선생님. 삶을 향해 문을 열어야 해요. 그러면 삶이 선생님 안으로 들어올 거예요."

캐서린이 어깨를 으쓱하며 말했다.

"앤 셜리식의 상투적인 이야기네요. '거울을 향해 미소를 지으면 당신은 미소를 보게 된다*'라는 거죠."

"상투적인 건 맞지만 전적으로 사실이에요. 자, 초록지붕집에 갈 건가요, 안 갈 건가요?"

"만약 내가 간다고 하면 선생님은 뭐라고 하실 건가요. 내가 아니라 선생님 자신한테요."

"이제까지 선생님에게서 본 적 없었던 상식적인 면을 희미하

* 미국 시인 앨리스 캐리(1820-1891)의 시 〈악한 것을 구하지 마라〉의 한 구절

게나마 봤다고 말하겠죠."

앤이 대꾸하자 놀랍게도 캐서린이 웃었다. 그런 다음 캐서린은 방을 가로질러 창문으로 걸어가 방금까지도 경멸하던 노을에 남겨진 붉은 빛을 노려보고는 다시 돌아섰다.

"좋아요. 가겠어요. 이제 선생님이 늘 하듯, '초대에 응해줘서 기뻐요. 함께 즐거운 시간을 보내요'라고 말하겠네요."

"난 진심으로 기뻐요. 하지만 선생님이 즐거운 시간을 보낼지 아닐지는 모르겠어요. 그건 선생님에게 달려 있으니까요."

"물론 난 점잖게 처신할 거예요. 선생님도 깜짝 놀라겠죠. 아주 유쾌한 손님까지는 못 되겠지만 식사 때는 예의를 지킬 거고, 날씨가 좋다고 말하는 사람을 모욕하지는 않겠다고 약속해요. 솔직히 말해서 가겠다는 이유는 딱 한 가지예요. 크리스마스 동안 여기 혼자 남아 있는 건 생각만 해도 견딜 수 없어서죠. 데니스 부인은 일주일 동안 샬럿타운에 있는 딸과 지내기로 되어 있어요. 스스로 끼니를 때워야 한다니 생각만 해도 귀찮아요. 난 요리를 정말 못하거든요. 물질이 정신을 이기는 거죠. 하지만 내게 메리 크리스마스라고 하진 않겠다고 맹세해주시겠어요? 그런 인사는… 그냥 싫어요."

"알겠어요. 하지만 우리 집 쌍둥이가 어떻게 할지는 약속드릴 수 없네요."

"여기 앉으시라는 말은 못 하겠네요. 몸이 꽁꽁 얼어붙을 테니까요. 하지만 선생님이 말씀하신 저녁노을 대신 아름다운 달이 뜬 건 보여요. 선생님만 좋다면 바래다주면서 달을 보며 감탄하는 걸 거들 생각은 있어요."

"그래주시면 좋겠어요. 하지만 에이번리의 달이 훨씬 아름답다는 사실을 선생님 마음에 새겨드리고 싶어요."

그날 밤 앤이 쓸 물주머니에 뜨거운 물을 가득 채우면서 리베카 듀가 말했다.

"그래서 캐서린도 가는 거예요? 세상에, 셜리 선생님. 날 이슬람교로 개종시킬 생각은 절대 하지 마세요. 선생님은 그것도 성공할 것 같거든요. 저놈의 고양이는 어디 있는 거죠? 온 서머사이드를 돌아다니고 있네요. 영하 20도나 되는데 말이에요."

"새 온도계로는 그렇지 않아요. 그리고 더스티 밀러는 옥탑방 난로 옆 흔들의자에 웅크린 채 태평하게 졸고 있어요."

"아, 그럼 됐어요. 세상 모든 사람이 오늘 밤 우리처럼 따뜻하고 편안하게 지내면 좋겠어요."

리베카 듀는 이렇게 말하고는 부르르 떨며 부엌문을 닫았다.

5장

앤은 바람 부는 포플러나무집을 나서고 있었다. 그러나 상록수 집의 지붕 밑 창문 가운데 한 곳에서 리틀 엘리자베스가 슬픈 얼굴로 바라보고 있다는 사실은 눈치채지 못했다. 눈물이 그렁그렁한 엘리자베스는 자신을 살아 있게 해주는 모든 것이 삶에서 당분간 사라져버리고, 리지 중에서도 가장 리지같이 되었다는 기분이 들었다. 하지만 말이 끄는 썰매가 유령의 길 모퉁이를 돌아 보이지 않게 되었을 때 엘리자베스는 창가를 떠나 침대 옆에 무릎을 끓었다.

"사랑하는 하느님, 제게 즐거운 크리스마스를 달라고 부탁드려도 소용없다는 거 알아요. 할머니와 시녀는 즐거운 사람이 될 수 없으니까요. 하지만 저의 소중한 셜리 선생님이 즐거운 크리스마스를 보내게 해주시고, 그런 뒤에 제게 무사히 돌아오도록 해주세요.”

엘리자베스는 기도를 마치고 일어서면서 말했다.

“이제 됐어. 내가 할 수 있는 건 다 한 거야.”

앤은 이미 크리스마스의 행복을 누리고 있었다. 기차가 역을 떠날 때 앤은 생기가 넘쳐흘렀다. 지저분한 거리가 앤의 뒤로 사라져갔다. 앤은 지금 집으로 가고 있다. 정겨운 초록지붕집으로…. 탁 트인 시골로 나오자 세상은 온통 황금빛과 새하얀빛 그리고 창백한 보랏빛으로 가득했고, 가문비나무와 잎을 모두 떨군 가녀린 자작나무들의 마법으로 촘촘했다. 기차가 속도를 내기 시작하자 헐벗은 숲 뒤에 걸린 낮은 해가 찬란한 신처럼 나무들 사이를 질주하는 듯 보였다. 캐서린은 아무 말도 하지 않았지만 무례하게 구는 기색은 아니었다.

“내가 말동무를 해줄 거란 기대는 마세요.”

떠나기에 앞서 캐서린은 앤에게 퉁명스레 경고했었다.

“알았어요. 선생님도 내가 뭔가 이야기를 해야만 직성이 풀리는 끔찍한 사람이라고 여기지 않으셨으면 좋겠어요. 우린 말하고 싶을 때만 말하기로 해요. 내가 쉴 새 없이 떠들고 싶어질 거라는 건 인정해요. 하지만 무슨 말을 하든 간에 선생님이 신경 쓰실 의무는 전혀 없어요.”

데이비가 털가죽을 잔뜩 실은 2인용 커다란 썰매를 몰고 브라이트리버역으로 두 사람을 마중 나왔다. 데이비는 앤을 보자 힘껏 껴안았다. 앤과 캐서린은 뒷좌석에 푹 파묻혀 앉았다. 앤은 주말에 집으로 돌아갈 때마다 역에서 초록지붕집까지 마차를 타고 가는 길을 신나게 즐겼다. 그러면서 매슈와 함께 집으로 처음 가던 때를 떠올렸다. 당시는 봄이었고 지금은 12월이지만 길가의 모든 것들이 앤에게 계속 "기억나니?"라며 말을 걸었다. 바퀴 아래로 눈이 뽀드득 소리를 냈다. 썰매 방울 소리가 눈 덮인 높고 뾰족한 전나무들 사이로 울려퍼졌다. '새하얀 환희의 길'이라고 이름 붙인 곳에서는 별들이 나무 사이로 작은 꽃줄 장식처럼 반짝였다. 길 끝에서 두 번째 언덕에 이르자 달빛 아래로 아직 얼음이 얼지는 않았지만 하얗고 신비롭게 펼쳐진 모습이 장관이었다. 웅장한 세인트로렌스만이 보였다.

앤이 입을 열었다.

"이 길의 어떤 지점에 이르면 '집에 왔구나'라는 생각이 들어요. 다음 언덕 꼭대기예요. 거기서는 초록지붕집의 불빛을 볼 수 있죠. 지금 난 마릴라 아주머니가 우리에게 차려주실 저녁 식사를 생각하고 있어요. 벌써부터 냄새가 나는 듯해요. 아, 정말 좋아요! 집에 다시 와서 정말, 정말 좋아요!"

초록지붕집 마당의 모든 나무가 앤을 환영하는 듯했고, 불이 켜진 모든 창문들도 앤에게 어서 오라고 손짓하는 듯했다. 문을 열었을 때 부엌에서 얼마나 맛있는 냄새가 났던가. 포옹과 탄성과 웃음소리가 가득했다. 캐서린까지도 외부인이 아니라 가족 가운데 한 사람인 것만 같았다. 레이철 린드 부인은 아끼던 응접실용 등불을 식탁에 가져다놓고 불을 켰다. 별로 예쁘지 않은 빨간 전구가 달려 있었지만 어쩌면 그렇게도 따뜻한 장미색 불빛을 드리우는 것일까! 그 그림자는 또 얼마나 따뜻하고 다정해 보였는지 모른다. 도라는 어쩌면 저리도 어여쁘게 컸는지! 데이비도 다 큰 청년 같았다.

앤을 기다리는 여러 소식이 있었다. 다이애나는 딸을 낳았다. 조시 파이는 정말로 젊은 연인이 생겼다. 찰리 슬론이 약혼했다는 소문도 돌았다. 모든 것이 대영제국의 소식만큼이나 흥미진진했다. 린드 부인이 천 조각을 5천 장이나 써서 만들었다는 새 이불도 선보였다. 물론 합당한 찬사를 받았다.

데이비가 말했다.

"앤 누나가 돌아오면 모든 게 살아나는 것 같아!"

도라의 새끼 고양이도 "아, 이런 게 진짜 인생이지!"라고 맞장구치듯 가르랑거렸다.

저녁 식사가 끝나고 앤이 말했다.

"달밤의 유혹을 뿌리치기란 참 힘들었어요. 눈신을 신고 산책하는 건 어때요, 브룩 선생님? 선생님도 눈신을 신을 줄 안다고 들은 것 같은데요?"

캐서린이 어깨를 으쓱하며 말했다.

"네. 내가 할 수 있는 게 그거 말고 또 뭐가 있겠어요. 하지만 6년 만에 해보는 일이네요."

앤은 다락방에서 예전에 신던 눈신을 찾아왔고 데이비는 과수원집으로 재빨리 뛰어가 다이애나가 쓰던 낡은 눈신을 빌려왔다. 두 사람은 사랑스러운 나무 그림자가 가득한 연인의 오솔길을 지나고 작은 전나무가 울타리를 이룬 들판을 가로질러 걸었다. 금세라도 비밀을 속삭일 것 같은 숲으로도 들어갔다. 그런 다음 은빛 샘처럼 탁 트인 공터로 나갔다.

두 사람은 아무 말도 하지 않았다. 말하고 싶지도 않았다. 둘 다 입을 열면 아름다운 무언가가 망가지진 않을까 두려워하는 것 같았다. 하지만 앤은 캐서린 브룩에게 이렇게나 친밀한 감정을 느껴본 적이 한 번도 없었다. 겨울밤 자체가 갖는 마법이 두 사람을 하나로 맺어준 것이다. 완전히 하나는 아니더라도 아주 가깝게 이끌어준 것만큼은 틀림없었다.

큰길로 들어서자 마차 한 대가 웃음소리를 내듯 종소리를 울리며 빠르게 스쳐 지나갔고, 두 사람은 자기도 모르는 사이에 한숨을 내쉬었다. 그들이 뒤에 남겨둔 세상은 앞으로 돌아갈 세상과 아무런 공통점도 없는 것 같았다. 시간이 존재하지 않는 세상, 영원한 젊음이 있는 세상, 말이라는 불완전한 것이 전혀 필요 없이 어떤 매개체 속에서 영혼끼리 서로 통하는 세상이 그들 뒤에 있었다.

"정말 멋져요!"

캐서린이 감탄을 쏟아냈다. 하지만 혼잣말인 것이 분명했기에 앤은 대답하지 않았다.

두 사람은 그 길을 따라 내려가다가 초록지붕집으로 이어지는 긴 오솔길로 올라섰다. 마당으로 들어서기 바로 전에 두 사람은 같은 충격에 사로잡힌 듯 걸음을 멈췄다. 그러고는 이끼 낀 낡은 울타리에 기댄 채 아무 말 없이 서서 장막 같은 나무들 사이로 희미하게 보이는 어머니 같은 옛집을 바라보았다. 겨울밤의 초록지붕집은 얼마나 아름다운지!

그 아래로는 반짝이는 호수가 얼음에 잠겨 있었고, 호수 가장자리를 따라 나무 그림자가 무늬를 만들어냈다. 사방이 고요했고 들리는 것이라고는 다리를 건너는 경쾌한 말발굽 소리뿐이었다. 앤은 예전에 다락방에 누워 몇 번이고 이 소리를 들으며

밤을 지나가는 요정이 말을 타고 달리는 소리라고 상상하곤 했다. 그때의 기억을 떠올리자 앤의 얼굴에 미소가 피어났다.

그때 갑자기 어떤 소리가 나면서 정적을 깨뜨렸다.

"캐서린! 설마 우는 건 아니죠?"

캐서린이 운다는 것은 생각조차 하기 힘든 일이었다. 하지만 그녀는 울고 있었다. 그 눈물은 캐서린의 인간적인 면모를 보여 주었다. 앤은 이제 캐서린이 두렵지 않았다.

"캐서린, 캐서린, 무슨 일이에요? 내가 뭘 도와드릴까요?"

캐서린이 숨을 몰아쉬었다.

"아, 선생님은 이해할 수 없을 거예요! 선생님은 순탄하게만 살아왔잖아요. 선생님은, 선생님은 아름다움과 로맨스로 이루어진 작은 마법의 세계에서 살고 있는 것 같아요. '오늘은 어떤 즐거운 일을 발견하게 될까?' 선생님은 삶을 늘 그런 마음으로 대하는 것 같아요. 하지만 난 어떻게 살아야 하는지조차 잊어버렸어요. 아니, 애당초 그런 걸 알았던 적도 없었죠. 나는 덫에 걸린 동물 같아요. 절대 빠져나갈 수 없죠. 누군가 계속해서 철창 사이로 막대기를 넣고 찔러대는 것 같아요. 선생님은, 선생님은 주체하지 못할 정도로 많은 행복을 누리고 있어요. 어디든지 친구가 있고, 사랑하는 사람도 있잖아요! 물론 내가 애인을 원하는 건 아니에요. 남자를 싫어하니까요. 오늘 밤 죽는다 해도 아무도 날 그리워하지 않을 거예요. 세상에 친구가 하나도 없다면 어떤 생각이 들 것 같아요?"

캐서린은 흐느끼느라 말을 잇지 못했다.

"캐서린, 솔직한 것이 좋다고 말씀하셨죠. 솔직하게 말할게요. 친구가 없다면 그건 선생님 잘못이에요. 난 선생님과 친구가 되고 싶었어요. 그런데도 선생님은 가시를 뾰족하게 세우고 찌르기만 했잖아요."

"아, 나도 알아요. 알고 있어요. 선생님이 처음 왔을 때 얼마나 싫었다고요! 진주 반지까지 자랑하면서…."

"캐서린 선생님, 나는 자랑한 적 없어요!"

"물론 그랬겠죠. 아마도 내 심사가 꼬여서 그랬을 거예요. 진주 반지를 낀 것 자체가 자랑하는 것처럼 보였으니까요. 약혼자가 있어서 부러웠던 것도 아니에요. 난 결혼하고 싶었던 적이 한 번도 없으니까요. 아버지하고 어머니의 결혼 생활이 어땠는지 충분히 봤거든요. 하지만 선생님이 나보다 어린데도 더 높은 자리에 있는 건 미웠어요. 그래서 프링글 가문이 선생님을 괴롭힐 땐 기쁘기까지 했죠. 선생님은 내게 없는 모든 걸 가진 듯했어요. 매력, 우정, 젊음… 네, 젊음이요! 그게 얼마나 부러운지 선생님은 모를 거예요. 알 턱이 없죠. 아무도 나를 원하지 않는다는 게 어떤 건지 짐작도 못 할걸요? 단 한 사람도요!"

"어머, 내가 모를 거라고요?"

앤은 초록지붕집으로 오기 전 자신이 겪은 어린 시절을 가슴 저미는 몇 문장으로 간단히 요약해 들려주었다.

"진작 알았으면 좋았을 텐데요. 그랬으면 달랐겠죠. 선생님은 행운의 주인공 같았어요. 괜히 질투하느라 내 마음만 좀먹고 있었네요. 내가 바라던 자리에 선생님이 보란듯이 앉았으니까요. 물론 선생님이 나보다 자격 있는 분이라는 건 알아요. 그래도 질투는 났죠. 심지어 예쁘기까지 하잖아요. 적어도 사람들이 예쁘다고 느낄 만한 얼굴이죠. 내가 기억하는 가장 오래된 말은 '참 못생긴 아이구나!'예요. 선생님은 첫날 즐거운 얼굴로 교무실에 들어왔죠. 아, 그날 아침 선생님의 표정이 생생하게 기억나요. 하지만 내가 그토록 미워했던 진짜 이유는 선생님이 항상 비밀스러운 기쁨을 가진 듯 보였기 때문이었어요. 삶의 모든 날들이 모험인 것처럼요. 이렇게 미워하면서도 나는 선생님이 머나먼 별에서 온 것이 아닌가 생각했을 때도 있었어요."

"정말이에요? 선생님이 이렇게 칭찬하시니까 숨도 못 쉬겠어요. 그래도 더는 날 미워하지 않잖아요. 그렇죠? 이제 우린 친구가 될 수 있어요."

"모르겠어요. 나는 어떤 의미로든 친구를 사귄 적이 없는걸요. 또래 친구도 없어요. 난 어떤 무리에도 속해 있지 않아요. 그런 적도 없었죠. 어떻게 친구가 되는 건지도 모르겠고요. 그래요, 이제 난 선생님을 미워하지 않아요. 하지만 선생님을 어떻게 생각해야 할지는 잘 모르겠어요. 아, 선생님의 소문난 매력이 내게도 효과를 발휘하기 시작한 것 같네요. 그냥 내 삶이 어땠는지 이야기하고 싶어졌어요. 선생님이 초록지붕집으로 오기 전의 생활을 말해주지 않았다면 나도 털어놓을 수 없었겠죠. 어쩌다 내가 이렇게 됐는지 이해해주셨으면 해요. 왜 선생님께 이해받고 싶은지는 모르겠지만, 아무튼 지금은 그러고 싶네요."

"말해줘요, 캐서린. 나도 선생님을 이해하고 싶어요."

"다른 사람들이 나를 원하지 않는다는 게 어떤 건지는 선생님도 알고 계시죠? 하지만 아버지와 어머니가 나를 원하지 않는 게 어떤 건지는 모르잖아요. 우리 부모님이 그러셨어요. 두 분 모두 날 미워하셨죠. 내가 태어난 순간부터, 아니 그 전부터요. 두 분은 서로를 미워했어요. 네, 계속 싸우기만 하셨거든요. 쩨쩨하게 굴고 툭하면 소리를 지르며 별것도 아닌 일로 싸우셨죠. 어린 시절은 악몽이었어요. 내가 일곱 살 때 두 분이 돌아가시자 헨리 삼촌네에서 살았어요. 그분들 역시 날 원하지 않으셨죠. 자기들이 가없은 아이를 거둬줬다는 이유로 날 업신여겼어요. 그때 얼마나 비웃음을 받았는지 하나도 빠짐없이 기억나요. 친절한 말은 한마디도 듣지 못했죠. 난 사촌들이 버린 옷만 입었어요. 그중에 모자 하나는 절대 잊어버릴 수 없어요. 그걸 쓰면 버섯처럼 보였죠. 사람들은 내가 그걸 쓸 때마다 놀려댔어요. 그래서 어느 날 그걸 찢어 불에 던져버렸어요. 그러고 나니 남은 겨울 동안 교회에 갈 때마다 끔찍하게 낡은 빵모자를 쓰고 다녀야 했어요. 개도 기를 수 없었고요. 무척 기르고 싶었지만 그림의 떡이었달까요?

머리는 좋은 편이었어요. 학사학위를 받고 싶었죠. 하지만 그건 달을 따 오는 거나 마찬가지로 헛된 꿈이었어요. 그래도 헨리 삼촌은 날 퀸스 전문학교에 보내줬어요. 졸업하고 학교에 자리를 얻으면 들인 돈을 갚는다는 조건으로요. 하숙비도 내주셨죠. 형편없는 삼류 하숙집이었지만. 부엌 위에 있는 방이라 겨울에는 얼음장 같고 여름에는 숨이 턱 막힐 듯 더운 데다가 사계절 내내 퀴퀴한 음식 냄새가 진동했어요. 퀸스 전문학교에 다니는 동안 입었던 옷은 또 어땠고요! 하지만 난 교사 자격증을 땄고 서머사이드 고등학교에서 교감 자리를 얻었어요. 내가 처음이자 유일하게 가졌던 행운이죠. 그 뒤에도 난 헨리 삼촌에게 빌린 돈을 갚기 위해 허리띠를 졸라매야 했어요. 퀸스 전문 학교에 다닐 때 지원해준 돈뿐만 아니라 내가 삼촌 집에서 사는 동안 쓴 비용까지 전부 다요. 그래서 난 삼촌에게는 한 푼도 빚을 지지 않겠다고 결심했어요. 내가 데니스 부인 집에서 하숙을 하고 추레하게 옷을 입었던 이유가 바로 그거예요. 다행히 삼촌에게 진 빚은 거의 다 갚았어요. 태어나서 처음으로 자유롭다는 기분이 들어요. 하지만 그동안 나쁜 습관이 몸에 배어버렸죠. 내가 사교적이지 않다는 건 알아요. 말할 때 적당한 말을 절대 생각해내지 못한다는 것도 알죠. 이런저런 모임에서 무시당하고 없는 사람 취급을 당하는 게 내 잘못이라는 것도 알아요. 내가 만날 무뚝뚝하게 굴며 빈정대는 것도 알고요. 학생들이 날 폭군처럼 여긴다는 것도, 그래서 날 싫어하는 것도 알고 있죠. 내가 그걸 알면서도 상처받지 않는다고 생각하세요? 학생들은 두려워하는 눈으로 날 쳐다봐요. 난 그런 게 너무 싫어요. 지금은 병적으로 누군가를 미워하게 됐죠. 나도 다른 사람들처럼 되고 싶어요. 하지만 지금의 나로서는 절대 할 수 없는 일이죠. 그래서 이렇게 가시 돋친 듯 구는 거예요."

앤은 캐서린을 껴안았다.

"아, 선생님도 할 수 있어요! 마음에서 미움을 떨쳐버릴 수 있다니까요. 스스로 치유하는 거죠. 캐서린의 인생은 이제 막 시작되었어요. 마침내 완전히 자유로워지고 독립했잖아요. 다음 번 길모퉁이를 돌았을 때 거기 뭐가 있을지는 아무도 알 수 없는 법이죠."

"선생님이 전에 그렇게 말하는 걸 들었어요. 그땐 '길모퉁이를 돈다'라는 말을 비웃었죠. 문제는 내 앞에 놓인 길에 모퉁이가 없다는 거예요. 길이 내 앞에서 지평선까지 똑바로 뻗어 있는 게 보여요. 끝없이 단조롭게요. 아, 선생님은 자기 인생이 허무함으로 가득 차 있는 것 같아서 겁이 난 적은 없었나요? 재미가 하나도 없고 냉랭한 사람들만 가득한 인생 말이에요. 네, 물론 없겠죠. 선생님은 평생 가르치는 일을 계속하지 않아도 되잖아요. 선생님은 누구든 재미있다고 생각하는 것 같아요. 심지어 선생님이 리베카 듀라고 부르는, 땅딸막하고 얼굴이 빨간 그 사람조차도요. 사실 난 선생 노릇이 싫어요. 하지만 달리 할 수 있는 일도 없으니 어쩌겠어요. 학교 선생은 시간의 노예일 뿐이에요. 아, 앤 선생님이 가르치는 일을 좋아하신다는 건 알아요. 비록 이해할 순 없지만요. 앤 선생님, 난 여행을 하고 싶어요. 항상 여행을 꿈꿔왔죠. 헨리 삼촌네서 머물던 다락방 벽에 그림이 한 장 걸려 있었어요. 다른 방에서는 별거 아니라고 내팽개친 빛바랜 인쇄물이었죠. 사막의 샘가에 야자수가 늘어서 있고 멀리서는 낙타들의 행렬이 사라져가는 그림이었어요. 난 곧바로 그 그림에 마음을 뺏겼어요. 사막에 직접 가서 그걸 보고 싶다고 생각했죠. 남십자성과 타지마할과 카르나크 신전을 보고 싶어요. 지구가 둥글다는 것도 무작정 믿는 게 아니라 직접 확인하고 싶어요. 교사 월급으로는 할 수 없는 일이겠죠. 난 헨리 8세의 부인들과 캐나다의 무한한 자원 같은 이야기들을 입으로만 떠들어댈 수밖에 없어요."

앤은 웃었다. 캐서린의 목소리에서 가시 돋친 느낌이 사라져버렸기 때문에 이제는 웃어도 괜찮았다. 그저 회한과 짜증스러움이 묻어났을 뿐이었다.

"어쨌든 우리는 친구가 될 거예요. 여기서 열흘 동안 즐겁게 지내며 우정을 나눠보자고요. 나는 선생님과 친해지고 싶었어요. 캐서린… K로 시작하는 캐서린! 난 선생님의 까칠함 뒤에는 친구가 될 만큼 가치 있는 뭔가가 있다고 느껴왔다니까요."

"정말 날 그렇게 생각했나요? 선생님이 날 어떻게 여길지 궁금할 때가 많았어요. 뭐, 이제는 왠지 표범이 무늬를 바꾸는 것도 가능하다고 생각돼요. 선생님의 초록지붕집에서는 거의 모든 걸 믿을 수 있으니까요. 집처럼 느껴진 곳은 여기가 처음이에요. 나도 다른 사람들처럼 되고 싶어요. 너무 늦지만 않았다면요. 내일 밤 오신다는 선생님의 약혼자에게 햇살 같은 미소를 지어볼 생각이에요. 물론 젊은 남성과 이야기하는 방법을 잊어버렸지만요. 원래부터 알고 있었는지조차 모르겠네요. 그분은 날 노처녀 참견꾼이라고 생각하실 거예요. 가면을 벗고 이렇게 떨리는 마음을 선생님에게 고스란히 드러냈으니 오늘 밤 잠자리에 들 때 나 자신에게 화를 낼지도 모르겠네요."

"아뇨, 그러지는 않으실 거예요. 그냥 '나도 같은 인간이라는 걸 앤이 알아줘서 기뻐'라고 생각하겠죠. 우리 따뜻하고 푹신한 이불 속으로 들어가요. 아마 뜨거운 물주머니도 두 개나 있을 거예요. 마릴라 아주머니와 린드 아주머니가 서로 잊어버렸을까 걱정하면서 각각 하나씩 넣어주셨을 테니까요. 이렇게 추운 달빛 속을 걸은 뒤에는 기분 좋게 나른한 느낌이 들겠죠. 그러다 문득 정신을 차리면 아침이 되어 있을 거고, 푸른 하늘을 처음 발견한 사람 같은 느낌이 들 거예요. 자두푸딩을 만드는 법도 배울 거고요. 화요일에 만들 건데 선생님이 도와줬으면 좋겠어요. 아주 크고 맛있는 푸딩 말이에요."

두 사람이 집으로 들어갔을 때 앤은 캐서린이 아름답다는 사실을 깨닫고 깜짝 놀랐다. 살을 에는 추위 속에서 오래 걸었는데도 얼굴이 빛났고 혈색은 몰라보게 좋아졌다.

'어머, 캐서린은 제대로 된 모자와 옷만 입어도 정말 아름다워질 텐데.'

앤은 이렇게 생각하면서 언젠가 서머사이드 가게에서 본 짙붉고 화려한 벨벳 모자를 검은 머리에 쓰고 호박색 눈까지 늘어뜨린 캐서린의 모습을 상상해보았다.

'내가 할 수 있는 일을 알아봐야겠어.'

6장

토요일과 월요일은 초록지붕집이 즐거운 일들로 떠들썩했다. 자두푸딩을 만들고 크리스마스트리를 집에 들여놓기도 했다. 캐서린, 앤, 데이비, 도라가 숲으로 가서 찾은 것이었다. 이 나무는 봄이 되면 벌채하고 쟁기질을 하기로 예정된 해리슨 씨의 작은 개간지에 있었다. 어차피 잘려나갈 운명이었기에 앤은 큰 부담감 없이 이 아름답고 작은 전나무를 베어낼 수 있었다.

네 사람은 이리저리 돌아다니며 화환을 만들 가문비나무와 만년석송 가지를 모았고, 숲속 깊은 곳까지 가서 한겨울에도 파릇파릇한 고사리를 꺾었다. 이윽고 하얗게 피어난 언덕 너머로 다시 찾아든 밤에게 낮이 미소를 보낼 무렵 이들은 의기양양하게 초록지붕집으로 돌아왔다. 담갈색 눈의 키 큰 젊은이가 와 있었다. 이제 막 기르기 시작한 콧수염 덕분에 전보다 어른스러워 보여서 앤은 한순간 이 사람이 정말 길버트인지 아니면 낯선 손님인지 몰라 당황할 정도였다.

빈정거리려고 했지만 뜻대로 되지 않아 엷은 미소만 짓고 있었던 캐서린은 응접실에 두 사람을 남겨두고 저녁내 부엌에서 쌍둥이와 게임을 하며 놀았다. 캐서린은 자기가 즐겁게 지내고 있다는 사실을 깨닫자 깜짝 놀랐다. 데이비와 함께 지하실로 내려가 이 추운 겨울에도 달콤한 사과가 남아 있다는 사실을 확인했을 때는 얼마나 즐거웠는지 모른다.

그때까지 캐서린은 시골집에 있는 지하 창고에 들어간 적이 없어서 촛불을 켜놓으면 그곳이 얼마나 <u>으스스하고</u> 어둑어둑하면서도 흥미로운 장소가 되는지 짐작도 못 했다. 그녀의 삶이 벌써 따뜻해진 것 같았다. 자기 같은 사람도 아름답게 살아갈 수 있다는 생각이 난생처음 뼈저리게 들었다.

데이비는 크리스마스 날 아침 일찍부터 소의 목에 다는 낡은 방울을 흔들며 계단을 내려왔다. 깊은 잠에 빠진 에페소의 일곱 영웅*까지 깨울 만큼 요란한 소리였다. 마릴라는 집에 손님이 있는데 어떻게 그런 짓을 하느냐며 몸서리를 쳤지만 캐서린은 웃으면서 아래로 내려왔다. 어찌 된 일인지 캐서린과 데이비 사이에 기묘한 동지애가 싹텄다. 나무랄 데 없는 도라에게는 별 관심이 가지 않지만 데이비는 자기와 똑같은 결점이 있는 것 같다고 캐서린은 앤에게 솔직히 말했다.

---

* 로마 시대에 박해를 피하려고 동굴에서 숨어 지내다 200년 뒤에 잠에서 깨어났다는 전설에 등장하는 일곱 명의 기독교인

모두들 아침 식사 전 응접실에 모여 선물을 주고받았다. 선물을 받기 전까지는 쌍둥이(도라까지도)가 아무것도 못 먹을 게 뻔했기 때문이다. 캐서린은 앤이 줄 의례적인 선물 외에 아무것도 기대하지 않았지만 놀랍게도 모두에게 선물을 받았다. 린드 부인은 코바늘로 뜬 화려한 숄을, 도라는 붓꽃 뿌리 향주머니를, 데이비는 종이 자르는 칼을, 마릴라는 조그만 병에 담은 잼과 젤리 바구니를, 심지어 길버트까지도 종이를 눌러두는 청동 고양이 모양의 작은 문진을 주었다.

그리고 크리스마스트리 아래에 묶인 채 따뜻하고 포근한 담요 위에서 몸을 웅크리고 있는 갈색 눈의 귀엽고 조그만 강아지도 있었다. 부드러운 귀를 쫑긋 세우고 꼬리를 흔드는 강아지의 목에는 이런 글귀가 적힌 카드가 달려 있었다.

주저되긴 하지만 메리 크리스마스라고 인사할게요. 앤이 드립니다.

캐서린은 버둥거리는 조그만 강아지를 두 팔로 안고 떨리는 목소리로 말했다.

"앤, 정말 귀여워요! 그런데 데니스 부인이 이 아이를 못 기르게 할 텐데요. 개를 길러도 되냐고 물었다가 거절당했어요."

"데니스 부인과는 얘기가 다 되어 있어요. 부인은 반대하지 않을 거예요. 그리고 거기 오래 있지는 않을 거잖아요. 더 괜찮은 곳을 구해야 해요. 선생님이 의무라고 생각했던 빚을 이제 다 갚았으니까요. 저기 예쁜 편지지 상자를 좀 보세요. 다이애나가 보내준 거예요. 새하얀 편지지를 보고 거기 무엇을 쓸지 생각해보는 건 정말 매혹적이죠?”

린드 부인은 화이트 크리스마스라는 사실을 고마워했다. 크리스마스에 눈이 내리면 보기 흉한 모습이 가려지기 때문이다. 하지만 캐서린에게는 보라색과 진홍색과 황금색 크리스마스인 것 같았다. 그다음 주도 크리스마스처럼 아름다웠다. 캐서린은 행복해지는 건 어떤 느낌일지 씁쓸하게 생각해보곤 했는데 이제야 알게 되었다. 그녀는 정말 놀라울 정도로 밝아졌다. 앤도 캐서린과 지내는 것이 즐겁다는 사실을 깨달았다.

앤이 깜짝 놀라며 생각했다.

‘캐서린이 내 크리스마스 휴가를 망쳐버릴지도 모른다고 걱정했었다니!’

캐서린도 혼잣말을 했다.

“생각해봐. 앤이 초대했을 때 여기 오는 걸 끝내 거절했다면 어쩔 뻔했어!”

두 사람은 멀리까지 산책을 몇 번 더 다녀왔다. 고요함마저 친근하게 여겨지는 연인의 오솔길과 유령의 숲을 지나 도깨비들이 겨울 춤을 추듯 가랑눈이 흩날리는 언덕을 넘고, 보랏빛 그림자로 가득한 과수원을 빠져나가 찬란하게 노을이 빛나는 숲을 걸었다. 지저귀는 새들도 없었고, 졸졸대는 시냇물 소리도 들리지 않았고, 재잘거리는 다람쥐도 보이지 않았다. 하지만 바람이 이따금씩 음악을 연주하면서 양으로는 부족하지만 질만큼은 뛰어난 소리를 들려주었다.

앤이 말했다.

"자세히 보고 귀를 기울이기만 한다면 아름다운 건 늘 찾을 수 있는 것 같아요."

두 사람은 '양배추와 왕들'에 이르기까지 이런저런 이야기를 나누고 마차를 별까지 끌고 갈 정도로 터무니없는 공상을 하다가 초록지붕집 식료품 저장실을 다 털어도 채울 수 없는 식욕을 품고 집에 돌아왔다. 어느 날은 눈보라가 몰아쳐 밖으로 나갈 수 없었다. 동풍이 처마 주위를 때리듯 몰아쳤고 잿빛 세인트로렌스만은 요란하게 으르렁댔다. 하지만 초록지붕집에서라면 눈보라도 나름대로 매력이 있었다. 난로 옆에 앉아 사과와 사탕을 먹으며 천장에 출렁이는 불빛을 꿈꾸듯 바라보다 보면 자연스럽게 아늑한 느낌이 들었다. 밖에서 몰아치는 눈보라와 함께하는 저녁은 또 얼마나 즐거웠는지 모른다.

어느 날 밤, 길버트가 두 사람을 안내해 다이애나와 갓 태어난 딸을 만나러 다녀왔다. 마차를 타고 집에 돌아오는 길에 캐서린이 털어놓았다.

"지금껏 한 번도 아기를 안아본 적이 없어요. 그러고 싶지 않았고, 내가 안으면 아기가 산산이 부서져버리지는 않을까 무섭기도 했거든요. 내 기분이 어땠는지 상상도 못 하실 거예요. 그렇게 작고 예쁜 아기를 팔에 안으니까 내가 정말 크고 투박하게만 느껴졌어요. 내가 아이를 떨어뜨리지는 않을까 라이트 부인이 걱정했다는 건 알아요. 불안한 마음을 숨기려고 부인이 엄청

• 　　루이스 캐럴의 동화 『거울 나라의 앨리스』에 나오는 시 〈바다코끼리와 목수〉의 한 구절

나게 애쓰는 모습도 보았고요. 하지만 난 아기에게서 무언가를 얻었어요. 그게 무언지는 정확히 모르겠지만요.”

캐서린의 말에 앤이 감상적으로 말했다.

“아기는 정말 매력적인 존재예요. 레드먼드에서 누군가가 아기를 가리켜 이렇게 말하더군요. ‘잠재력을 엄청나게 모아놓은 존재’라고요. 생각해봐요, 캐서린. 호메로스도 한때는 아기였잖아요. 보조개가 있고 커다란 눈이 밝게 빛나는 아기요. 물론 그때는 앞을 볼 수 있었겠죠.”

“그 사람 어머니는 자기 아이가 호메로스가 된다는 걸 몰랐겠죠. 정말 안타까워요.”

캐서린의 말에 앤이 부드럽게 대꾸했다.

“하지만 유다의 어머니는 아기가 그렇게 되리라는 걸 몰라서 정말 다행이지 않아요? 절대 몰랐다면 좋겠네요.”

어느 날 밤, 마을회관에서 발표회가 열리고 이어서 애브너 슬론네 집에서 파티가 열렸다. 앤은 두 곳에 다 가보자고 캐서린을 설득했다.

“발표회에서 낭송을 해주셨으면 좋겠어요. 선생님이 아름답게 낭송하는 걸 들은 적이 있거든요.”

“전에는 종종 했어요. 낭송하는 걸 꽤 좋아했던 것 같네요. 그런데 재작년 여름 해변에서 열린 발표회에서 내가 낭송을 마치자마자 피서객들이 웃는 소리를 들었어요.”

“왜 선생님을 보고 웃었다고 생각하세요?”

“분명히 그랬을 거예요. 달리 웃을 이유도 없었거든요.”

앤은 웃음을 참으며 거듭 부탁했다.

"앙코르를 받으면 〈제네브라〉*를 낭송해주세요. 아주 훌륭하게 하셨다고 들었어요. 스티븐 프링글 부인이 캐서린의 낭송을 듣고 밤에 한숨도 못 잤다고 했거든요."

"아뇨. 난 〈제네브라〉를 좋아했던 적이 없어요. 그 작품이 읽기 책에 있어서 어떻게 읽는지 수업 때 가끔 시범을 보인 거예요. 난 제네브라라는 사람이 마음에 안 들어요. 자기가 갇힌 걸 알았으면 왜 소리를 지르지 않았던 거죠? 사람들이 사방에서 제네브라를 찾으러 다녔을 때 소리를 질렀더라면 분명 누군가가 들었을 텐데요."

결국 캐서린은 낭송을 하기로 약속했다. 하지만 파티에 가는 것은 내키지 않아 보였다.

"물론 가기는 할 거예요. 하지만 아무도 내게 춤을 청하지 않을 거니까 빈정거리고 싶어지면서 편견에 빠진 채 부끄러운 마음이 들겠죠. 난 파티에 갔을 때 늘 비참했어요. 가본 적도 거의 없지만요. 내가 춤을 출 수 있다고는 아무도 생각하지 못하는 것 같아요. 사실 꽤 잘 추는데도 말이에요, 난 춤을 헨리 삼촌네 집에 있을 때 배웠어요. 그 집에 있는 불쌍한 하녀도 춤을 배우고 싶어 하더군요. 응접실에서 음악이 들려오면 하녀와 함께 부엌에서 춤을 추곤 했죠. 난 춤추는 게 좋아요! 제대로 된 파트너와 추는 거라면요."

"오늘 파티에서는 비참해지지 않을 거예요. 밖에서 구경만 하는 게 아니니까요. 알다시피 안에 있는 것과 밖에서 안을 들여

• 영국 시인 프랜시스 헤이스팅스 도일(1810-1888)의 시

다보는 건 엄청난 차이가 있잖아요. 머릿결이 정말 좋네요, 캐서린. 내가 좀 다르게 머리를 묶어주고 싶은데, 어때요?"

캐서린은 어깨를 으쓱했다.

"아, 그러세요. 내 머리가 영 볼썽사납죠? 하지만 매만질 틈이 없어서 그런 거예요. 그러고 보니 파티용 드레스도 없네요. 초록색 호박단 드레스라도 괜찮을까요?"

"정말 그렇군요! 초록색은 그 어떤 색보다 선생님이 절대 입어서는 안 되는 색깔이긴 하지만요. 그러면 이렇게 해요. 핀으로 주름을 잡은 빨간 시폰 깃을 달고 가는 거죠. 내가 만들어준 거 말이에요. 네, 그럼 되겠네요. 그리고… 선생님은 빨간 드레스가 잘 어울려요."

"하지만 나는 예전부터 빨간색이 싫었어요. 내가 헨리 삼촌네 살게 됐을 때 거트루드 숙모는 저한테 밝은 터키풍 빨간색 앞치마만 입혔거든요. 내가 그 앞치마를 하고 교실에 들어갔을 때 반 친구들이 '불이야'라고 소리 지르기도 했죠. 어쨌든 난 옷에는 별로 신경을 쓰고 싶지 않아요."

"하느님, 제게 인내심을 주세요! 옷은 아주 중요한 거예요."

머리를 땋고 말아올리던 앤이 단호하게 말했다. 그러고는 자기 솜씨를 확인하고 만족스러워했다. 앤은 캐서린의 어깨에 팔을 얹어 몸을 거울 쪽으로 돌린 뒤 웃으며 말했다.

"우리가 꽤 예쁜 아가씨 한 쌍이라는 생각이 들지 않나요? 사람들이 우릴 보고 즐거운 기분이 든다면 진짜 멋진 일이잖아요? 평범한 사람이라도 조금만 노력한다면 꽤 매력적으로 보이는 경우가 아주 많아요. 석 주 전 일요일에 교회에서, 가엾은 밀베인 목사님이 설교를 했는데 아주 지독한 코감기가 드는 바람에 뭐라고 말씀하시는지 아무도 몰랐던 날을 기억하죠? 그때 나는 주위 사람을 아름답게 꾸며주는 상상을 하면서 시간을 보냈어요. 브렌트 부인에게는 새 코를 달아주고, 메리 앤디슨은 곱슬머리로 바꾸고, 제인 마든은 레몬으로 머리를 헹궈줬죠. 엠마 딜은 갈색 대신 파란색 옷을 입히고, 샬럿 블레어는 체크무늬 대신 줄무늬를 입혀줬어요. 점도 여러 개 없애줬고…. 그리고 토머스 앤더스의 연갈색 긴 구레나룻도 깎아버렸죠. 마무리가 모두 끝난 뒤의 모습은 누구라도 몰라봤을 거예요. 브렌트 부인의 코만 빼면 내가 한 건 다들 스스로 할 수 있는 일이었죠. 어머, 캐서린의 눈은 진짜로 홍차 색깔이네요. 호박색 차 말이에요! 자, 오늘 저녁은 이름에 부끄럽지 않게 행동하셔야 해요. 시냇물이 투명하게 반짝이며 즐겁게 흐르듯 해보세요."

"전부 내가 못 하는 거네요."

"전부 선생님이 지난 한 주 동안 했던 거예요. 그러니까 오늘도 충분히 잘할 수 있어요."

"그건 초록지붕집의 마법이었을 뿐이에요. 서머사이드로 돌아가면 신데렐라에게 열두 시 종이 울리겠죠."

"선생님은 그 마법도 가지고 가실 거예요. 자기 모습을 보세요. 항상 봤어야 하는 모습을 지금 보는 거예요."

캐서린은 이것이 정말인지 의아해하며 거울에 비친 자신의 모습을 응시했다.

"정말 어려 보이네요. 선생님 말이 맞아요. 옷은 정말 중요해요. 내가 실제보다 더 나이 들어 보인다는 건 알아요. 그동안 전혀 신경을 안 썼어요. 마땅히 신경 쓸 일도 없잖아요. 아무도 내게 신경 쓰지 않았는걸요. 난 선생님 같지 않잖아요. 선생님은 어떻게 살아야 하는지 다 알고 태어난 것 같아요. 하지만 난 그런 일엔 까막눈이나 다름없어요. 인생에 관해서라면 알파벳 같은 기초도 몰라요. 배우기에는 늦은 게 아닌가 싶죠. 너무 오래 빈정대며 살아온 터라 다른 사람이 될 수 있을지 모르겠어요. 빈정거리는 게 사람들에게 내 인상을 남기는 유일한 방법이었던 것 같아요. 다른 사람들과 같이 있는 것도 늘 겁내고 있었던 것 같고요. 바보 같은 말을 할까 봐 두려웠고, 웃음거리가 되는 것도 무서웠어요."

"캐서린 브룩 선생님, 거울에 비친 선생님 모습을 보세요. 저 모습을 그대로 가지고 가는 거예요. 뒤로 묶는 대신 얼굴을 감싼 멋진 머리, 어두운 밤에 별처럼 반짝이는 눈, 뺨에 피어난 작은 홍조…. 더는 겁먹지 않아도 돼요. 자, 가요! 이러다 우리 늦겠어요. 하지만 다행히도 출연자 모두에게는 지정석이 있어요. 도라 말로는 '보존석'이래요."

길버트가 두 사람을 마을회관까지 마차로 태워다주었다. 어쩌면 예전과 이렇게 똑같을까? 다이애나 대신 캐서린이 함께 있는 것만 다를 뿐이었다. 앤은 한숨을 쉬었다. 지금 다이애나에게는 신경 쓸 일들이 너무나 많다. 이제 다이애나가 발표회나 파티에 갈 일은 없을 것이다.

그래도 그날 저녁은 얼마나 아름다웠는지 모른다! 눈이 조금 내린 뒤, 서쪽에 펼쳐진 연녹색 하늘을 배경으로 은빛 새틴 천처럼 빛나는 길이 나 있었다. 오리온자리는 하늘을 가로지르며 당당하게 행진했고, 언덕과 들판과 숲은 진주같이 고요하게 이들 주위에 놓여 있었다.

캐서린의 낭독은 첫 줄부터 청중의 마음을 사로잡았다. 파티에서는 캐서린과 파트너가 되고 싶어 하는 사람이 너무 많아 그들 모두와 춤을 출 수 없을 정도였다. 캐서린은 자기가 쓰라린 마음을 모두 잊은 채 웃고 있다는 사실을 문득 깨달았다. 이윽고 두 사람은 초록지붕집으로 돌아와 거실 벽난로 앞에서 발끝을 녹였다. 벽난로 선반에 놓인 두 개의 촛불이 포근하게 주위를 비춰주었다. 린드 부인은 밤이 깊었는데도 두 사람의 방으로 살금살금 들어와 담요가 한 장 더 필요한지 물었고, 강아지는 부엌 난로 뒤 바구니에서 포근하고 따뜻하게 쉬는 중이라고 말해주며 캐서린을 안심시켰다.

캐서린은 잠에 빠져들면서 생각했다.

'아, 삶을 달리 보게 됐어! 세상에 이런 사람들이 있다니!'

"또 와요."

캐서린을 보내면서 마릴라가 말해주었다. 마릴라는 지금껏 누구에게도 진심이 아닌 말을 한 적 없었다.

"그럼요, 또 올 거예요. 주말에 올 수도 있고, 여름에는 몇 주일 정도 머무를 수도 있고요. 우리 그때는 모닥불을 피우고 정원에서 팽이질도 해요. 사과도 따고 소도 데리러 가는 거죠. 연못에서 배도 타고 숲에서 길도 잃어버리는 거예요. 헤스터 그레이의 정원을 보여주고 싶어요, 캐서린 선생님. 메아리 오두막이랑 제비꽃이 흐드러지게 핀 골짜기도요."

7장

—

유령이 출몰하는(한다는) 골목, 바람 부는 포플러나무집

1월 5일

내 가장 존경하는 친구에게

이건 채티 이모의 할머니가 쓰신 건 아니야. 할머니가
그렇게 생각했다면 쓰실 법한 문장이지.

나는 새해 결심으로 분별 있는 연애편지를 쓰기로 했어.
그런데 그게 과연 가능할까?

그리운 초록지붕집을 떠나 그리운 바람 부는 포플러나
무집으로 돌아왔어. 리베카 듀가 나를 위해 옥탑방에 불을
피우고 침대에는 뜨거운 물주머니를 넣어줬어.

내가 바람 부는 포플러나무집을 좋아해서 정말 다행이

야. 좋아하지 않는 곳에서 사는 건 정말 끔찍할 테니까. 내게 친절하지 않은 곳, '돌아와서 기뻐요'라고 말하지 않는 곳에선 하루라도 살 수 없을 것 같아. 다행히 바람 부는 포플러나무집은 그런 집이 아니야. 조금 고풍스럽고 딱딱한 편이긴 하지만 나를 좋아하니까.

케이트 이모, 채티 이모, 리베카 듀를 다시 만난 것도 기뻤어. 세 분의 우스꽝스러운 면이 어쩔 수 없이 눈에 들어오지만, 도리어 그런 점 때문에 이분들이 좋아.

리베카 듀는 어제 아주 멋진 말을 해줬어.

"선생님이 여기 오신 뒤로 유령의 길은 몰라보게 달라졌어요, 셜리 선생님."

네가 캐서린을 좋아해줘서 정말 다행이야, 길버트. 캐서린도 놀랄 정도로 네게 잘해줬고. 마음만 먹으면 캐서린도 상냥하게 행동할 수 있다는 걸 알게 돼서 깜짝 놀랐어. 캐서린 자신도 다른 누구 못지않게 깜짝 놀랐을 거야. 그렇게 쉬울 거라고는 캐서린도 생각 못했을 테니까.

학교생활도 정말 많이 달라질 거야. 진심을 갖고 같이 일할 수 있는 교감선생님이 있으니까. 캐서린은 하숙집을 옮길 예정이야. 내 말을 받아들여서 벨벳 모자도 샀지. 나는 캐서린이 성가대에서 노래하게 설득할 수 있다는 희망을 아직 버리지 않고 있어.

어제 해밀턴 씨네 개가 와서 더스티 밀러를 쫓아다녔어. 리베카 듀는 평소처럼 "저도 참을 만큼 참았어요"라고 말했지. 붉은 뺨은 더 붉어졌고 살집 있는 등은 분노로 덜덜

떨렸어. 너무 서두르는 바람에 모자를 거꾸로 쓴 걸 알아차리지도 못하고 종종걸음을 치며 나가서는 해밀턴 씨에게 불편한 심기를 꽤 많이 드러냈어. 리베카 듀의 말을 들으며 어리둥절해하던 해밀턴 씨의 사람 좋은 얼굴이 아직도 눈에 선해.

"난 저놈의 고양이가 싫어요. 하지만 저건 우리 고양이예요. 해밀턴 씨네 개가 여기 와서 자기 뒷마당에 있는 우리 고양이에게 뻔뻔하게 굴어서는 안 되죠. '그놈은 그냥 장난 삼아 이 집 고양이를 쫓아다닌 것뿐입니다'라고 자베즈 해밀턴 씨가 말하더군요. 그래서 한마디 해줬죠. '해밀턴 가문이 생각하는 장난은 매컴버 가문이 생각하는 것과 아예 달라요. 매클린 가문이 생각하는 것과도 다르고요. 덧붙이자면 듀 가문의 생각과도 다르죠.' 그랬더니 '쯧쯧, 저녁 때 양배추를 드신 게 틀림없군요, 듀 양'이라고 말하는 거예요. 그래서 제가 대꾸했어요. '안 먹었어요. 하지만 얼마든지 먹을 수는 있었죠. 매컴버 선장 부인이 작년 가을에 양배추를 다 판 건 아니에요. 값을 후하게 쳐준다고 해서 가족이 먹을 걸 모조리 팔아버리진 않으니까요. 그런 사람들도 있긴 하죠. 주머니에서 나는 짤랑짤랑 소리 때문에 무슨 말을 해도 안 듣는 사람들 말이에요.'

난 충분히 설명해줬다고 생각해요. 하지만 해밀턴 가문 사람에게 뭘 기대할 수 있겠어요? 저런 쓰레기 같은 사람한테 바랄 걸 바라야죠!"

하얀 폭풍왕 너머로 진홍색별이 낮게 걸려 있어. 너도

여기 와서 나랑 같이 그 광경을 바라본다면 참 좋을 텐데. 네가 여기 있다면 존경과 우정 이상의 순간이 될 거라고 진심으로 생각하고 있어.

1월 12일

이틀 전 밤에는 리틀 엘리자베스가 와서 교황칙서라는 게 어떤 무서운 동물을 가리키는 말인지 알려달라고 그러더라.[*] 그리고 담임선생님이 엘리자베스한테 초등학교 발표회에서 노래를 불러달라고 했는데, 캠벨 부인이 단호하게 '안 돼'라고 딱 잘라 말했다며 울먹이는 거야. 엘리자베스가 애원하자 캠벨 부인이 이렇게 말했대.

"제발 말대답 좀 하지 마라, 엘리자베스!"

리틀 엘리자베스는 내 옥탑방에서 쓰디쓴 눈물을 좀 쏟아내더니 이 일로 자기는 영원히 리지가 되어버릴 것 같은 기분이라고 말했어. 다른 이름으로는 절대 돌아갈 수 없다는 거야.

엘리자베스가 반항하듯 말했어.

"지난주에는 하느님이 너무 좋았어요. 이번 주는 그렇지 않아요."

그 아이 반 아이들은 모두 발표회에 참가할 예정이라 자

---

[*] 교황칙서(Papal bull)에서 bull은 문서에 찍은 인장(라틴어 bulla)에서 유래된 말이지만 영어 단어 bull에 '황소'라는 뜻이 있어서 그렇게 착각한 것이다.

기가 '표범'이 된 기분이 들었대. 이 귀여운 표현은 자기가 한센인이 된 것 같았다는 뜻이겠지.[*] 어쨌든 안타까운 일이야. 귀여운 엘리자베스가 한센병에 걸려서는 안 되잖아.

그래서 다음 날 저녁 상록수집으로 갈 이유를 만들었어. 시녀(노아의 홍수 이전부터 살고 있었던 것처럼 늙어 보이는 사람이야)는 크고 무표정한 회색 눈으로 나를 차갑게 바라보더니 무뚝뚝한 태도로 응접실까지 안내한 다음 내가 찾아왔다는 말을 캠벨 부인에게 전하러 갔어.

응접실은 이 집이 지어진 뒤로 햇빛을 한 번도 받은 적이 없어 보였어. 피아노가 있었지만 지금껏 아무도 연주하지 않은 게 분명해. 벽 앞에는 실크 양단으로 덮인 딱딱한 의자가 놓여 있었어. 가운데 있는 대리석 탁자 말고는 가구를 전부 벽에 바짝 붙여놓았는데 가구들끼리 전혀 어울리지 않더라.

캠벨 부인이 들어왔어. 얼굴을 마주하는 건 이번이 처음이야. 늙기는 했지만 품위 있고 남자 얼굴처럼 윤곽이 뚜렷해서 마치 조각 같았어. 눈동자가 검고 흰머리 아래로 눈썹이 짙게 나 있었어. 장신구 따위는 허영심을 불러일으킬 뿐이라며 멀리하는 것 같진 않았어. 어깨까지 닿는 기다란 검은색 호마노 귀걸이를 하고 있었으니까. 부인이 거북할 정도로 나를 정중하게 대하는 바람에 나도 예의를 갖춰야 했

• 한센인을 뜻하는 leper와 표범을 뜻하는 leopard의 발음이 비슷해서 착각한 것이다.

지. 우리는 앉아서 잠시 날씨 이야기를 하며 인사를 나누었어. 우리 둘 모두 몇천 년 전 타키투스가 말했듯 '자리에 어울리는 얼굴'*을 하고 있었던 거야. 나는 제임스 윌리스 캠벨 목사님이 쓴 『회상록』을 잠시 빌릴 수 있는지 여쭤보러 왔다고 말했어. 프린스카운티의 초기 역사와 관련된 내용이 자세히 기록되어 있을 것 같아서 수업 자료로 이 책을 활용하고 싶었거든.

캠벨 부인은 눈에 띄게 태도가 달라지더니 엘리자베스를 불러서 자기 방으로 올라가 『회상록』을 가져오게 했어. 엘리자베스의 얼굴에 눈물 자국이 또렷했던 터라 캠벨 부인은 아이가 왜 우는지 이유를 굳이 설명했지. 리틀 엘리자베스의 선생님이 발표회에서 노래하게 허락해달라고 사정하는 편지를 보냈지만, 캠벨 부인은 가차 없이 거절하는 답장을 써서는 다음 날 아침 엘리자베스에게 가져가라고 했다는 거야. 그러면서 이렇게 덧붙였어.

"나는 엘리자베스 또래 아이가 사람들 앞에서 노래하는 걸 찬성하지 않아요. 그런 걸 하면 뻔뻔해지고 나서기 좋아하는 사람밖에 더 되겠어요?"

뭘 하든 간에 리틀 엘리자베스가 뻔뻔해지고 나서기 좋아하는 사람이 될 거라는 말투였어! 그래서 나는 상대를 은근히 배려하는 말투로 말했어.

"압니다. 부인께서 아주 현명한 판단을 하셨겠죠. 어쨌

• 고대 로마의 역사가 타키투스(56?-120?)의 『연대기』에 나온 표현

든 메이블 필립스가 노래를 부르기로 되어 있는데, 메이블의 목소리는 정말 훌륭해서 다른 사람들을 부끄럽게 만들어버린다고 들었어요. 메이블과 비교되는 자리에 엘리자베스를 나가지 못하게 하는 건 분명 현명한 처사겠죠."

그때 캠벨 부인의 얼굴은 정말 볼 만했어. 겉으로는 캠벨 가문이겠지만 속으로는 어쩔 수 없는 프링글 가문이야. 부인은 아무 말도 하지 않았고 나는 말을 멈춰야 할 정확한 순간을 알고 있었지. 나는 『회상록』을 빌려줘서 고맙다는 말을 남기고 돌아왔어.

다음 날 저녁, 리틀 엘리자베스가 우유를 가지러 담장 문으로 왔을 때 창백한 꽃 같던 얼굴이 말 그대로 별처럼 빛나고 있었어. 캠벨 부인이 엘리자베스에게 우쭐대지 않도록 조심하기만 한다면 노래를 불러도 좋다고 말씀하셨다는 거야.

리베카 듀가 그러는데 필립스 가문과 캠벨 가문은 좋은 목소리를 두고 예전부터 경쟁하던 사이였대!

엘리자베스에게 크리스마스 선물로 침대 위에 걸 작은 그림을 줬어. 빛이 어른거리는 숲길이 언덕으로 이어지고, 꼭대기에는 나무들 사이로 운치 있는 작은 집이 그려진 그림이야. 리틀 엘리자베스는 이제 어두운 곳에서 자는 것도 무섭지 않다고 했어. 침대에 눕자마자 그 길을 따라 집으로 걸어 올라간다고 상상한다는 거야. 안으로 들어가면 환하게 불이 켜져 있고 무엇보다 아버지가 거기 계신다는 거지.

가엾은 아이야! 난 그 애 아버지가 너무 미워.

1월 19일

어젯밤에 캐리 프링글네 집에서 무도회가 있었어. 캐서린은 한쪽에 새 주름 장식을 단 암적색 실크 드레스를 입고 미용실에서 머리까지 손질하고 왔어. 그랬더니 서머사이드에서 교편을 잡은 뒤로 캐서린을 알고 있던 사람들이 방으로 들어온 저분은 누구냐며 서로 묻지 뭐야. 믿을 수 없는 일이 벌어진 거라고! 그런 차이를 만든 건 드레스나 머리 모양이 아니라 캐서린 내면에서 일어난 정의하기 힘든 변화인 것 같아.

전에 캐서린이 사람들 앞에 나올 때는 항상 이런 태도였어. '저 사람들은 나를 지겨워해. 나도 저들이 지겹고. 그래 차라리 그게 낫지.'

그런데 어젯밤에는 캐서린이 인생이라는 집에 있는 모든 창문에 촛불을 밝히고 있는 것 같았어.

캐서린과 돈독한 사이가 되기까지 무척 힘든 시간을 보냈어. 하지만 가치 있는 것은 쉽게 얻지 못하는 법이야. 나는 캐서린과 나누는 우정이 그럴 만한 가치가 충분히 있다고 처음부터 느끼고 있었어.

채티 이모는 열감기로 이틀 동안 침대에 누워 계셨고, 내일은 의사에게 진찰을 받아야겠다고 생각하셔. 폐렴일 수도 있으니 미리 대비해야겠지. 그래서 리베카 듀는 의사가 오기 전 집을 말끔히 정리하기 위해 수건으로 머리를 묶고 온종일 미친 듯이 청소했어. 지금은 코바늘로 만든 허리

떠가 달린 채티 이모의 하얀 무명 잠옷을 다림질하고 있어. 그러면 플란넬 잠옷 위에 살짝 걸칠 수 있을 테니까. 전에도 얼룩 하나 없이 깨끗했지만, 옷장 서랍에 넣어두는 바람에 색이 좀 바랬다고 생각하는 것 같아.

1월 28일

올해 1월에는 춥고 잿빛으로 흐린 날이 계속되었어. 가끔씩 항구에 폭풍이 휘몰아치면서 유령의 길에 눈 더미를 쌓아놓았지. 하지만 어젯밤에는 은빛 눈도 녹았고 오늘은 해가 빛났어. 내가 좋아하는 단풍나무 숲은 상상할 수 없을 만큼 찬란한 곳이 되었어. 평범한 장소가 아름답게 변했지. 철사로 만든 울타리마저도 마치 수정 레이스처럼 보여.

오늘 저녁에는 리베카 듀가 내 잡지를 열심히 읽고 있었어. 사진이 있는 '미녀 일람' 기사였지. 그러더니 동경하는 얼굴로 말했어.

"누가 지팡이를 한 번 흔들어서 모두 미인이 되게 해준다면 정말 멋지지 않을까요, 셜리 선생님? 그냥 상상일 뿐이지만, 내가 갑자기 미인이 된다면 얼마나 좋을까요! 그런데 말이죠(이때 한숨을 쉬었어), 우리 모두 미인이라면 누가 일을 하죠?"

8장

"아, 너무 피곤하다. 이럴 땐 자리에 앉았다가 혹시라도 다시 못 일어날까 봐 무섭다니까."

어니스틴 뷰글이 한숨을 쉬면서 의자에 털썩 주저앉았다. 바람 부는 포플러나무집의 저녁 식사 자리였다.

고 매컴버 선장의 팔촌뻘이지만 케이트 이모는 꽤나 가까운 친척이라 여기는 어니스틴이 그날 오후 바람 부는 포플러나무집을 방문했다. 로베일에서부터 걸어온 것이다. 아무리 친척이라 해도 과부들은 그녀를 기꺼이 반길 수 없었다. 사실 어니스틴은 환영받을 만한 인물이 아니었다. 자기 일뿐 아니라 온 세상 걱정을 혼자 짊어진 듯 주위 사람을 불편하게 만들었기 때문이다. 리베카 듀의 말마따나 "보기만 해도 인생은 눈물의 골짜기라는 생각이 들게 만드는" 사람이었다.

어니스틴은 미인이 아니었으며 과연 아름다웠던 시절이 있었을까 의심스러운 외모였다. 야위고 작은 얼굴, 옅고 창백한 푸른 눈, 엉뚱한 곳에 난 몇 개의 점 그리고 징징거리는 목소리의 주인공이었다. 빛바랜 검은 옷을 입고 낡은 모조 바다표범 목도리를 걸친 그녀는 외풍을 맞을까 봐 걱정된다며 식탁에서도 목도리를 풀지 않았다.

리베카 듀는 원한다면 같이 식탁에 앉을 수 있었다. 과부들은 어니스틴을 특별한 '손님'이라고 여기지 않았기 때문이다. 하지만 리베카 듀는 흥을 깨고 입맛만 버리는 그 자리가 싫었다. 그래서 늘 적당히 때운다는 핑계를 대며 식탁에 앉지 않았다. 그렇다고 식탁에서 시중을 들 때 자기가 하고 싶은 말을 참는 것도 아니었다.

리베카 듀가 무미건조하게 말했다.

"이른 봄의 추위가 뼛속까지 스민 거겠죠."

"아, 그것뿐이면 좋겠네요. 하지만 난 불쌍한 올리버 게이지 부인처럼 될까 봐 걱정이에요. 그 사람이 지난여름에 버섯을 먹었는데 그중에 독버섯이 있었나 봐요. 전에는 그런 기분이 든 적 없었다고 하니까요."

채티 이모가 말했다.

"하지만 이렇게 이른 계절에는 버섯을 먹을 수 없잖아요."

"그러네요. 그래도 내가 해로운 걸 먹지는 않았나 싶어 걱정이에요. 억지로 기분을 맞춰주지 않아도 돼요. 좋은 마음으로 한 얘기겠지만 아무 소용없어요. 난 정말 많은 일을 겪었으니까요. 크림 항아리에 거미가 없는 건 확실하죠, 케이트? 내게 부어

줄 때 한 마리 본 것 같아 신경 쓰이네요."

"우리 집 크림 항아리에는 거미 같은 건 없어요."

어니스틴의 말에 리베카 듀는 기분 나쁜 얼굴로 대꾸하면서 부엌문을 쾅 닫았다.

어니스틴이 누그러진 얼굴로 말했다.

"아마 그림자였던 것 같네요. 이젠 눈도 예전 같진 않아요. 머지않아 눈이 멀 것 같아 걱정돼요. 그러니까 생각난 일인데, 오늘 오후에 마사 매카이를 보러 가봤더니 열이 나서 발진 같은 게 온몸에 나 있었더군요. 내가 말했죠. '홍역에 걸린 것같이 보이네요. 그러다 눈이 멀지도 몰라요. 그쪽 집안은 모두 눈이 안 좋으니까요.' 마사가 대비를 해둬야 한다고 생각했거든요. 그 사람 어머니도 몸이 안 좋으니까요. 의사는 어머니가 소화불량이라고 했지만 난 종양이 아닐까 걱정했어요. 그래서 내가 어머니에게 말했죠. '수술을 받아야 한다면 클로로포름으로 마취를 하게 될 텐데 깨어나지 못할까 봐 걱정이네요. 힐리스 가문 사람들은 모두 심장이 약하니까요. 아버님도 심장마비로 죽은 거 아시잖아요'라고요."

"여든일곱 해나 사셨는걸요!"

리베카 듀는 이렇게 말하고 그릇을 휙 채갔다. 그러자 채티 이모가 쾌활한 목소리로 말했다.

"성경에는 일흔 살이 정해진 수명이라고 하죠."

어니스틴은 설탕을 세 숟가락 넣고 슬픈 듯 차를 저었다.

"다윗왕이 그렇게 말했죠. 하지만 난 다윗이 어떤 면에서는 별로 훌륭하지 않다고 생각해요."

채티 이모와 눈이 마주친 앤은 자기도 모르게 웃었다. 그 순간 어니스틴이 못마땅한 얼굴로 앤을 바라보았다.

"선생님은 잘 웃는 아가씨라고 들었어요. 글쎄요, 계속 그럴 수 있다면야 좋겠지만 언제까지나 그러진 못할 것 같아 걱정이네요. 산다는 게 얼마나 우울한 일인지 선생님도 곧 깨달을 테니까요. 아, 내게도 젊은 시절이 있었죠."

머핀을 가져오던 리베카 듀가 그 말을 듣고 빈정댔다.

"오, 정말요? 자나 깨나 그렇게 걱정만 하시니 젊은 시절은 없었던 것처럼 보이는데요. 젊다는 것도 용기가 필요한 일이죠. 그건 확실히 말씀드릴 수 있어요, 뷰글 아주머니."

어니스틴이 불평했다.

"리베카 듀는 말을 참 이상하게 하네요. 물론 난 리베카 듀가 한 말에는 신경 안 써요. 그리고 웃을 수 있을 때 웃는 건 좋은 일이에요, 셜리 선생님. 하지만 그렇게 행복해하면 신의 섭리를 시험하게 될까 봐 걱정이네요. 선생님은 내가 아는 목사 사모님의 고모와 굉장히 닮았어요. 그분도 항상 웃어댔는데 뇌졸중으로 마비가 와서 죽었죠. 세 번 발작하면 희망이 없거든요. 난 로베일에 온 새 목사님이 경박하게 굴까 싶어 걱정이 됐어요. 그래서 목사님을 보자마자 루이지에게 말했죠. '목사님은 다리가 저 모양이라 춤에 정신이 팔릴까 봐 걱정돼요'라고요. 목사님이 되고 나서 춤을 그만뒀겠지만 집안 내력으로 그런 기질이 나오지 않을까 걱정돼요. 젊은 부인이 있는데, 사람들 말로는 정신을 못 차릴 정도로 목사님을 좋아한대요. 목사한테 반해서 결혼하는 사람이 있다는 건 생각도 못 하겠어요. 불경스러운 일이면 어쩌나 걱정되네요. 목사님이 설교는 꽤 잘하지만 지난 일요일 엘리야에 관해 말한 내용은 성경을 너무 자유롭게 해석한 것 같아서 걱정이에요."

채티 이모가 끼어들었다.

"신문에서 봤는데 피터 엘리스하고 패니 뷰글이 지난주에 결혼했더라고요."

"아, 맞아요. 서둘러 결혼하고 두고두고 후회하면 어쩌나 싶어 걱정이에요. 두 사람이 서로 알게 된 지 3년밖에 안 되었으니까요. 깃털이 예쁘다고 모두 훌륭한 새는 아니라는 속담을 피터가 깨달으면 어쩌나 걱정하고 있어요. 사실 패니가 변변찮아서 걱정이에요. 다림질을 식탁보 겉쪽만 하니까요. 돌아가신 패니 어머니와는 전혀 다르죠. 아, 그 어머니는 정말 빈틈없는 사람이었어요. 상중에는 잠옷도 검은색만 입었죠. 밤에도 낮만큼이나 슬프다고 했어요. 앤디 뷰글네에 요리하는 걸 도와주러 갔는데 결혼식 날 아침 아래층으로 내려갔더니 패니가 아침으로 달걀을 먹고 있는 게 아니겠어요? 자기가 결혼하는 바로 그날 말이에요. 믿기지 않겠지만 사실이에요. 나도 눈으로 직접 보지 않았으면 믿지 못했을 거예요. 내 죽은 언니는 결혼하기 전 사흘 동안 아무것도 먹지 않았어요. 남편이 죽은 뒤에는 다시는 음식에 손을 대지 않을까 봐 모두 걱정했죠. 뷰글 집안사람들을 도저히 이해할 수 없다고 느낄 때가 여러 번 있었어요. 전에는 친인척이 어떤 면에서 나랑 통하는지 알 수 있었는데 요즘은 그렇지 않으니까요."

케이트 이모가 물었다.

"진 영이 또 결혼한다는 게 정말인가요?"

"그래서 걱정하고 있어요. 물론 남편 프레드 영은 죽은 걸로들 알고 있지만, 남편이 불쑥 나타날까 봐 몹시 걱정돼요. 그는 믿을 수 있는 사람이 아니니까요. 진은 아이라 로버츠와 결혼해요. 아이라가 단지 진을 행복하게 해주려고 결혼하는 건 아닐까 걱정돼요. 언젠가 그의 삼촌인 필립이 나랑 결혼하고 싶어 했지만 난 그에게 말해줬어요. '나는 뷰글로 태어났으니까 뷰글로 죽을 거예요. 결혼은 깜깜한 데서 뛰는 것같이 무모한 짓이에요.' 또 이렇게 덧붙였죠. '그러니 거기 끌려 들어갈 생각은 없어요.' 올겨울에는 로베일에서 결혼식이 굉장히 많아요. 그걸 만회하느라 여름내 장례식을 치르지 않을까 싶어 걱정이군요. 애니에드워즈하고 크리스 헌터가 지난달에 결혼했어요. 몇 년 지나도 지금처럼 서로를 좋아할 수 있을지 걱정돼요. 애니는 크리스의 씩씩한 모습만 보고 푹 빠진 게 아닌가 싶어 걱정이네요. 크리스의 삼촌 하이럼은 정신이 나간 사람이었죠. 몇 년 동안이나 자기가 개라고 믿었거든요."

"혼자 짖기만 하는 거라면 그가 재미있게 지내는 걸 누군들 뭐라 할 수 있겠어요."

배절임과 레이어케이크를 가져오며 리베카 듀가 한마디 하자 어니스틴이 받아쳤다.

"나는 그 사람이 짖는 소리를 들어본 적 없어요. 그저 뼈를 갉아먹었고 아무도 안 볼 때 그걸 땅에 묻었을 뿐이에요. 그의 아내가 어렴풋이 눈치챘죠."

채티 이모가 물었다.

"릴리 헌터 부인은 올겨울에 어디서 지내고 계신가요?"

"샌프란시스코의 아들 집에 머물고 있어요. 그녀가 거길 떠나기 전에 또 지진이 일어나면 어떡하나 정말 걱정되네요. 무사히 빠져나왔더라도 뭔가를 몰래 가져오려다가 국경에서 문제가 생길 거예요. 여행을 하다 보면 이런저런 일들이 일어나기 마련이잖아요. 사람들은 여행에 너무 미쳐 있는 것 같아요. 내 사촌 짐 뷰글은 이번 겨울 플로리다에서 지냈어요. 돈을 많이 벌어서 속물이 될까 봐 걱정스러워요. 짐이 가기 전 이렇게 말해줬죠. 콜먼 씨네 개가 죽기 전날 밤에 그랬던 것 같아요. 그랬던가? 네, 맞아요. '교만에는 멸망이 따르고, 거만에는 파멸이 따른다'*라고요. 그의 딸은 뷰글 거리 학교에서 학생들을 가르치는데 어떤 남자를 선택해야 할지 마음을 정하지 못하고 있었어요. 그래서 이렇게 충고했죠. '장담할 수 있는 게 하나 있다, 메리 애네타. 가장 사랑하는 사람은 절대 얻을 수 없다는 거야. 그러니까 너를 사랑하는 사람을 선택해야 해. 그가 널 사랑한다는 확신이 든다면 붙잡도록 하렴.' 난 그 아가씨가 제시 치프먼이 했던 것보다는 나은 선택을 했으면 좋겠어요. 오스카 그린이 항상 곁에 있다는 이유로 제시가 그와 결혼할까 봐 걱정돼요. '그래서 그 사람을 고른 거니?'라고 물어봤죠. 더구나 오스카의 형은 진행성 결핵으로 죽었어요. 그리고 '5월에는 결혼하지 마라. 굉장히 재수가 없는 달이니까'라고 충고했어요."

마카롱 접시를 갖고 온 리베카 듀가 말했다.

---

* 구약성경(새번역)의 잠언 16장 18절

"항상 다른 사람들을 격려해주시는군요!"

"이것 좀 알려주실래요? 칼세올라리아는 꽃인가요, 아니면 무슨 병인가요?"

어니스틴은 리베카 듀의 말을 못 들은 척하면서 배절임을 한 번 더 자기 접시에 덜며 말했다.

"꽃이에요."

채티 이모의 말에 어니스틴은 실망한 듯했다.

"음, 그게 뭐든 간에 샌디 뷰글의 미망인이 그걸 얻었다고 하네요. 지난 일요일에 교회에서 자기가 칼세올라리아를 얻었다고 여동생에게 말하는 걸 들었거든요. 그런데 저 제라늄은 볼썽사납게 앙상하네요. 비료를 제때 주지 않는 것 같아 걱정이에요. 샌디 부인은 상복을 벗었어요. 가엾은 샌디가 죽은 지 4년밖에 안 됐는데 벌써 그러다니. 별수 없죠. 요즘에는 죽은 사람들이 금방 잊히니까요. 우리 언니는 남편이 죽고 나서도 25년이나 상장*을 달고 다녔어요."

케이트 이모 앞에 코코넛파이를 놓으며 리베카가 말했다.

"치맛단이 조금 벌어져 있는 거 알고 계셨나요?"

어니스틴이 가시 돋친 목소리로 대답했다.

"아니요. 나는 거울을 끼고 들여다볼 시간이 없어요. 치맛단이 조금 벌어진 게 어때서요? 나는 속치마를 세 장이나 입고 있어요. 요즘 아가씨들은 한 장만 입는다고 하더군요. 세상이 끔찍하게 경박하고 어지러워져서 걱정이에요. 그런 사람들은 최

---

* 　장례 중임을 알리기 위해 옷에 다는 표지

후의 심판 날을 생각이라도 할지 모르겠네요."

"최후의 심판 날에 속치마를 몇 장 입었는지 주님이 물으실 거라고 생각하세요?"

리베카 듀는 이렇게 묻고 나서 누군가 화들짝하기 전에 부엌으로 도망쳤다. 채티 이모까지도 이번에는 리베카 듀가 지나쳤다고 생각했다. 어니스틴은 한숨을 쉬며 말을 다시 시작했다.

"지난주 신문에서 앨릭 크라우디 할아버지가 죽었다는 기사를 봤어요. 그분 부인은 2년 전에 죽었는데 말 그대로 '고생만 하다가 무덤에 들어간' 거죠. 가엾은 사람 같으니라고. 부인이 죽은 뒤로 할아버지는 굉장히 외로워했다는데, 안됐지만 그대로 믿기에는 너무 낭만적인 이야기예요. 그 사람이 무덤에 묻혔는데도 귀찮은 일들이 아직 다 끝난 게 아니라서 걱정되네요. 유언을 남기지 않았다고 들었는데 유산을 두고 끔찍한 소동이 일어날까 봐 걱정이에요. 애너벨 크라우디는 만물상을 경영하는 남자와 결혼한다더군요. 애너벨 어머니의 첫 번째 남편도 그런 일을 하는 사람이었죠. 아마 유전인가 봐요. 애너벨의 어머니는 고생을 많이 했는데 애너벨도 섶을 지고 불에 뛰어들었다는 걸 곧 알게 될 거예요. 결혼할 남자가 알고 보니 유부남이었다는 식의 황당한 일이 벌어지지 않는다 해도요."

케이트 이모가 물었다.

"제인 골드윈은 올겨울에 어떻게 지내고 있나요? 오랫동안 마을에 얼굴을 비치지 않았잖아요."

"아, 불쌍한 제인! 점점 꼬챙이처럼 야위어가고 있어요. 왜 그런진 아무도 몰라요. 내 생각에는 뭔가 이유가 있을 것 같아 걱정이에요. 그나저나 리베카 듀는 왜 부엌에서 하이에나처럼 웃고 있는 거죠? 저 사람에게 여전히 휘둘리는 것 같아 걱정이네요. 이 집안에는 정신이 온전치 못한 사람이 많잖아요."

채티 이모가 말을 돌렸다.

"사이러 쿠퍼가 아이를 낳았다면서요."

"아, 맞아요. 불쌍한 사람이죠. 태어난 아이가 하나뿐이라 다행이에요. 쌍둥이일까 싶어 걱정했거든요. 쿠퍼 가문에는 쌍둥이가 많으니까요."

"사이러와 네드는 젊고 아주 멋진 부부예요."

케이트 이모가 말했다. 폐허가 된 세상에서 무엇이건 건져내려고 안간힘을 쓰는 듯했다.

하지만 어니스틴은 길르앗에 유향이 있다는 사실*도 인정하지 않을 사람이었다. 그러니 로베일에서 일어난 일에 대해 좋게 이야기할 리는 만무했다.

"아, 사이러는 마침내 네드를 틀어쥐었다며 기뻐하고 있어요. 네드가 서부에서 돌아오지 않으면 어쩌나 걱정하던 때도 있었으니까요. 난 이렇게 경고했어요. '네드는 널 실망시킬 거다. 그는 언제나 사람들을 실망시켰잖니. 태어났을 때도 한 살이 되기 전에 죽을 거라고 다들 생각했는데 아직까지 살아 있는 걸 봐라.' 네드가 홀리네 집을 샀을 때도 사이러에게 다시 경고했

---

*   구약성경의 예레미야 8장 22절에 나온 내용이다. 유향수(乳香樹)의 분비액을 말려 만든 유향은 약재·방부제·접착제 등으로 사용한다. 이스라엘의 길르앗에서 나는 유향은 특히 치료제로 유명했다.

어요. '그 집 우물에 장티푸스균이 득실거릴까 봐 걱정이다. 홀리네서 일하는 사람이 5년 전에 장티푸스로 죽은 것 기억하지?' 무슨 일이 일어나도 날 탓할 수는 없겠죠. 조지프 홀리는 허리가 좀 아파요. 본인은 요통이라고 그러는데 내 생각엔 척수막염인 것 같아서 걱정돼요."

"조지프 홀리 할아버지처럼 좋은 분이 어디 있다고요."

찻주전자를 새로 채워 가져오던 리베카 듀가 꼬집었다. 그 말을 어니스틴이 슬픈 얼굴로 받아쳤다.

"아, 좋은 분이고말고요. 다만 지나치게 좋아서 문제죠! 자식들 버릇이 나빠지지 않을까 걱정돼요. 그런 일이 흔하잖아요. 균형을 맞추는 것처럼요. 아뇨, 괜찮아요, 케이트. 차는 그만 마실래요. 음, 마카롱이나 하나 먹죠. 그건 위에 부담이 없으니까요. 하지만 너무 많이 먹은 건 아닌지 걱정돼요. 인사는 생략하고 이만 가야겠네요. 집에 가기 전에 날이 저물까 봐 걱정이에요. 밤이슬에 발을 적시고 싶진 않아요. 폐렴에 걸릴까 봐 걱정되니까요. 겨우내 팔부터 다리까지 아픈 데가 많아서 잠을 통못 잤어요. 얼마나 괴로운지 몰라요. 하지만 난 불평이나 하는 사람은 아니에요. 이 집 사람들을 한 번 더 보고 싶어서 일어날 결심을 한 거죠. 내년 봄에는 여기 못 올지도 모르니까요. 그런데 다들 몸이 약해졌네요. 그러다가는 나보다 먼저 가버리지 않을까 걱정돼요. 뭐, 묻어줄 친척이 있을 때 죽는 게 가장 좋죠. 세상에, 바람이 어쩜 이렇게 불까! 강풍이 불면 우리 헛간 지붕이 날아갈까 걱정돼요. 올봄에는 바람이 너무 많이 불어서 기후가 달라지는 건 아닌지도 걱정되고요. 고마워요, 셜리 선생님.

선생님도 몸조심하세요. 굉장히 지쳐 보여요. 머리카락이 빨간 사람들은 원래 튼튼한 체질이 아닌 것 같아 걱정이에요."

앤이 외투 입는 것을 도와주자 어니스틴이 걱정스레 한 말이었다. 앤은 어니스틴에게 모자를 건네며 미소를 지었다. 축 처지고 지저분한 타조 깃털이 뒤에 달린 기괴한 모양이었다.

"제 건강은 아주 좋은 편이에요. 오늘 밤은 목이 좀 아프긴 하지만요."

그러자 어니스틴은 앤을 향해 불길한 예언을 남겼다.

"아! 목이 아픈 건 잘 살펴봐야 해요. 디프테리아와 편도선염 증상은 사흘째까지 똑같으니까요. 하지만 한 가지 위안은 있네요. 젊어서 죽으면 앞으로 해야 할 수많은 고생을 피할 수 있잖아요."

9장

———

바람 부는 포플러나무집 옥탑방

4월 20일

가엾은 내 사랑 길버트에게

"내가 웃음에 관하여 말하여 이르기를 그것은 미친 것이라 하였고 희락에 대하여 이르기를 이것이 무슨 소용이 있는가 하였노라."*

백발이 되는 건 아닐까 걱정이야. 구빈원에서 인생을 마치게 될까도 걱정이야. 학생들이 학기말 시험을 통과하지 못할까 봐 걱정이야. 해밀턴 씨의 개가 토요일 밤에 나를

———

* 구약성경의 전도서 2장 2절

보고 짖어댔는데 행여나 광견병에 걸리진 않을까 걱정이야. 오늘 밤 캐서린과 만날 때 우산이 바람에 뒤집히면 어쩌나 걱정이야. 지금은 캐서린이 나를 정말 많이 좋아하지만 언젠가 그 마음이 변하면 어떡하나 걱정이야. 내 적갈색 머리가 다시 빨간색으로 변할까 봐 걱정이야. 쉰 살이 되면 코끝에 점이 생길까 봐 걱정이야. 학교에 불이 나면 빠져나오지 못할까 봐 걱정이야. 오늘 밤 침대에서 쥐가 나올까 봐 걱정이야. 네가 나와 약혼한 게 그냥 내가 항상 옆에 있었기 때문은 아닌가 싶어 걱정이야. 얼마 지나지 않아 내가 침대보를 씹어대고 있지는 않을까 걱정이야.

걱정 마, 내 사랑. 내 머리가 어떻게 된 건 아니야. 다만 어니스틴 뷰글에게 병이 옮았을 뿐이지.

리베카 듀가 왜 그 사람을 '걱정꾼'이라고 불렀는지 이제야 알겠어. 가엾게도 어니스틴은 쓸데없는 걱정을 너무 많이 해서 운명에 큰 빚을 진 게 분명해.

세상에는 어니스틴 뷰글 같은 사람이 정말 많아. 그녀만큼은 아니더라도 내일 어떻게 될지 모른다는 이유로 오늘을 즐기지 못하고 흥을 깨는 사람이 셀 수 없을 정도야.

사랑하는 길버트, 우리는 그런 걱정을 하지 말자. 그건 노예나 다름없는 삶이잖아. 대담하게 행동하고 모험을 즐기며 희망을 품고 살아가는 거야. 삶을 대면하고 그 삶이 우리에게 가져다주는 모든 것을 마주하며 즐겨야겠지! 그 과정에서 수많은 문제에 맞닥뜨리며 장티푸스와 쌍둥이를 끌어안게 되더라도 말이야.

오늘은 6월의 하루가 4월 속으로 툭 떨어진 것 같은 날이야. 눈은 다 녹아 없어지고 황갈색 초원과 황금빛 언덕은 봄을 노래했지. 내가 좋아하는 단풍나무 숲속의 작고 푸르른 구덩이에서 목신(木神)이 피리를 부는 소리가 들렸어. 폭풍왕은 가벼운 보랏빛 실안개라는 깃발을 펄럭였고.

요즘은 비가 많이 내린 덕분에 나는 여전히 촉촉한 봄날의 황혼 속에서 옥탑방에 앉아 있는 시간을 즐길 수 있어. 하지만 오늘 밤은 바람이 쉴 새 없이 거세게 불어대고 있어. 하늘을 달리는 구름까지도 분주해 보이고, 구름들 사이로 흘러나오는 달빛도 바삐바삐 세상에 쏟아지는 듯해.

생각해봐, 길버트. 오늘 밤 우리가 함께 손을 잡고 에이번리의 어느 먼 길을 걷는 모습을!

길버트, 내가 너무 앞뒤 안 가리고 너를 사랑하는 건 아닌지 걱정이야. 내가 그런다고 해서 경건하지 못하다고 생각하는 건 아니지? 어쨌든 넌 목사님이 아니잖아.

10장

헤이즐이 한숨을 쉬었다.

"저는 여느 사람과 너무 달라요."

사람들과 다르다는 것은 참 난처한 일이다. 하지만 다른 별에서 왔다가 길을 잃은 것처럼 꽤 멋진 일이기도 하다. 남과 다르다는 점 때문에 아무리 큰 괴로움을 겪는다 해도 헤이즐은 평범한 사람들 중 하나가 되고 싶지 않았다.

앤이 재미있다는 듯 말했다.

"사람마다 독특한 점이 있는 법이죠."

"웃고 계시네요."

헤이즐은 하얗고 통통하게 살이 올라 보조개 같은 홈이 파인 두 손을 맞잡으며 동경 어린 눈으로 앤을 바라보았다. 헤이즐은 말할 때마다 적어도 한 마디는 강조하는 버릇이 있었다.

"선생님의 미소는 아주 매력적이에요. 좀체 잊을 수 없는 미소죠. 처음 봤을 때 선생님은 뭐든 이해해줄 수 있는 분이라는 걸 알았어요. 우린 같은 세계에 사는 사람들처럼 비슷한 점이 많아요. 가끔씩 제게 신통력이 있다고 느낄 때가 있어요. 누구든 처음 만나는 순간 그를 좋아하게 될지 아닐지를 본능적으로 아니까요. 선생님은 공감력이 뛰어나고 이해심이 많다는 걸 첫눈에 알아봤어요. 누군가에게 이해받는다는 건 정말 기쁜 일이에요. 아무도 저를 이해해주지 않거든요. 한 사람도요. 하지만 선생님을 봤을 때 마음속에서 이런 속삭임이 들렸어요. '저분은 이해해주실 것이다. 저분과 함께라면 난 진정한 내가 될 수 있을 것이다'라고요. 아, 셜리 선생님. 우리 진정한 내가 되기로 해요. 진정한 나로 지내는 거예요. 셜리 선생님, 저를 조금이라도 사랑하나요? 아주 조금이라도요?"

"귀여운 아가씨라고 생각해요."

앤은 가볍게 웃으며 가느다란 손가락으로 헤이즐의 금빛 곱슬머리를 쓰다듬었다. 헤이즐을 좋아하는 일은 앤에게 식은 죽 먹기였다.

헤이즐은 옥탑방에서 앤에게 속마음을 터놓고 있었다. 초승달이 항구 위에 걸려 있었고 창문 아래 잔처럼 생긴 진홍빛 튤립에 감도는 5월 저녁의 황혼이 보였다.

"아직은 불을 안 켰으면 좋겠어요."

헤이즐이 부탁하자 앤이 대답했다.

"그럴게요. 어둠과 친구가 되면 이 방도 아름다워요. 그렇죠? 불을 켜는 순간 어둠은 적이 되어버려요. 원망스러운 듯 이쪽을 노려보거든요."

"저도 그렇게 생각은 하지만 셜리 선생님처럼 아름답게 표현하진 못해요. 선생님은 제비꽃의 언어로 말씀하시나 봐요."

헤이즐은 황홀한 고뇌에 빠져 신음하듯 말했다. 자기가 하는 말뜻이 무엇인지 설명할 수 없었지만, 아무래도 상관없었다. 아주 시적으로 들리지 않았던가.

옥탑방은 이 집에서 유일하게 평화로운 곳이었다. 그날 아침 리베카 듀가 다급한 표정으로 말했다.

"우리 집에서 여성 봉사회 모임이 열리기 전에 응접실하고 손님방 벽지를 새로 발라야 해요."

그러고는 일에 방해되지 않게 두 방에서 모든 가구를 즉시 옮겨났는데 도배하는 사람이 다음 날에야 올 수 있다고 했던 것이다. 그래서 바람 부는 포플러나무집은 무척 어수선했으며 유일한 오아시스는 옥탑방뿐이었다.

헤이즐 마는 앤에게 푹 빠져 있었다. 마 가족은 올겨울에 샬럿타운에서 서머사이드로 이사 왔다. 헤이즐은 스스로 즐겨 묘사하듯 '10월의 금발'로, 금동색 머리와 갈색 눈을 가졌다. 리베카 듀가 선언했듯이 헤이즐은 자기가 예쁘다는 것을 알게 된 뒤로는 세상에 별 도움이 되지 못했다. 하지만 남자들에게 인기가 있었다. 눈과 곱슬머리가 거부할 수 없는 조합이라는 사실을 발견한 남자들에게 더더욱 그랬다.

앤도 헤이즐이 좋았다. 원래 저녁나절만 되면 앤은 녹초가 되면서 기분이 울적해지곤 했다. 오후까지 학생들을 가르치면서 피로가 쌓였기 때문이다. 하지만 지금은 편안했다. 사과꽃의 달콤한 향기를 담고 창문에서 불어온 5월의 산들바람 때문인지, 아니면 헤이즐의 수다 때문인지는 알 수 없었다. 아마 둘 다일 것이다. 어쨌든 헤이즐은 앤에게 환희와 이상과 낭만적인 환상을 품었던 어린 시절을 떠올리게 해주었다.

헤이즐은 앤의 손을 잡고 경건하게 입술을 가져다 댔다.

"저보다 먼저 선생님을 사랑했던 사람들이 미워요. 지금 선생님을 사랑하는 사람들도 다 밉고요. 저는 선생님을 독차지하고 싶어요."

"그건 좀 지나친 생각이네요. 헤이즐도 나 말고 다른 사람들을 사랑하잖아요. 예를 들어, 테리는 어때요?"

"아, 셜리 선생님! 제가 얘기하고 싶은 게 바로 그거예요. 더는 입을 다물고 있을 수 없네요. 누구한테라도 그 일을 말하고 싶었어요. 이해해주는 누군가에게요. 그저께 밤에 밤새도록 연못 주위를 걸었어요. 그러니까 열두 시까지요. 모든 게 너무 힘들었거든요. 모든 게요."

헤이즐은 동그랗고 혈색 좋은 흰 얼굴과 기다란 속눈썹, 후광 같은 곱슬머리가 허락하는 한 가장 비극적인 표정을 지었다.

"어머, 난 헤이즐이 테리하고 행복하게 지내는 줄 알았어요. 모든 게 순조로운 줄로만 알았다고요."

앤이 그렇게 생각하는 것도 무리는 아니었다. 지난 3주 동안 헤이즐은 테리 갈런드에 대해 정신없이 떠들었다. 누군가에게 이야기하지 못한다면 남자 친구가 있어 봐야 무슨 소용이겠냐는 듯한 태도였다. 그런데 이제는 무척 쓸쓸레한 얼굴로 테리 이야기를 꺼낸 것이다.

"다들 그렇게 생각해요. 하지만 셜리 선생님, 인생은 복잡한 문제로 가득 차 있는 것 같아요. 저는 가끔 아무 데나 눕고 싶어져요. 생각 같은 건 집어치우고요."

"헤이즐, 무슨 일이 있었군요?"

"아니요, 아무 일도 없었어요. 아니! 실은 모든 게 문제예요. 아, 셜리 선생님. 전부 얘기해도 될까요? 제 마음을 솔직하게 털어놔도 정말 괜찮을까요?"

"물론이에요, 헤이즐."

헤이즐이 애처로운 얼굴로 말을 이어갔다.

"저는 속 시원하게 이야기할 데가 없어요. 일기장은 빼고요. 언제 제 일기를 보여드려도 될까요? 저를 숨김없이 드러낸 거예요. 하지만 마음속에서 타오르는 감정을 그대로 쓸 순 없었어요. 그래서 숨이 막힐 것 같아요!"

헤이즐은 극적인 몸짓으로 목을 움켜잡았다.

"보여주고 싶으면 그렇게 해요. 물론 나도 보고 싶네요. 그런데 두 사람 사이에 무슨 문제가 있는 건가요?"

"오, 테리! 테리가 제게 낯선 사람처럼 군다고 말씀드리면 선생님은 믿으시겠어요? 딴사람이 된 것 같아요! 그런 모습은 지금까지 한 번도 못 봤다고요."

헤이즐은 오해가 없도록 설명까지 덧붙였다.

"그런데 헤이즐, 난 당신이 그를 사랑한다고 생각했어요. 헤이즐도 그렇게 말했고요."

"맞아요. 저도 그 사람을 사랑한다고 생각했죠. 하지만 이제는 그게 전부 끔찍한 실수였다는 걸 알았어요. 선생님은 지금 제가 얼마나 힘겹게 버티고 있는지 상상도 못 하실 거예요. 뭘 어떻게 할 수 없는 지경까지 왔어요.”

앤은 로이 가드너의 일을 떠올리며 다정하게 말했다.

“그런 거라면 나도 조금은 알아요.”

“셜리 선생님, 저는 결혼할 정도로 그 사람을 사랑하지 않는 게 확실해요. 이제야 그걸 깨달았죠. 너무 늦게요. 저는 그냥 달빛 때문에 그 사람을 사랑한다고 생각해버린 거예요. 달이 뜨지 않았더라면 생각할 시간을 달라고 말했을 게 분명해요. 하지만 저는 멍해지고 말았죠. 이제야 그걸 알겠어요. 아무래도 도망가야 할 것 같아요. 뭐든 해야 한다고요!”

“실수라고 생각한다면 왜 그 사람에게 말을….”

“안 돼요! 그럴 수는 없어요! 그랬다간 그가 죽어버리고 말 거예요. 저를 굉장히 사랑하거든요. 이 상황에서 벗어날 방법이 보이지 않아요. 얼마 전에는 테리가 결혼 이야기를 꺼내기 시작했어요. 생각해보세요, 저는 아직 어려요. 겨우 열여덟 살인걸요. 친구들 몇몇한테 약혼한 사실을 말했더니 모두들 축하해줬어요. 하지만 정말 우스운 일이죠. 하나같이 테리가 멋진 신랑감이라고 생각해요. 스물다섯 살이 되면 1만 달러를 받기로 되어 있거든요. 그 사람 할머니가 남겨주신 돈이에요. 그런 말을 들으면 제가 돈만 밝히는 속물 같잖아요! 세상은 왜 그리 돈에만 관심 있는 걸까요? 도대체 왜요?”

“전부 다 그런 건 아니에요, 헤이즐. 테리에 대한 마음이 그렇다고 해도 어쩔 수 없죠. 사람은 누구나 실수를 하니까요. 자기 마음을 아는 건 아주 힘든 일이에요.”

"역시 저는 선생님이 이해해주실 줄 알았어요. 저도 제가 테리를 좋아한다고 생각했어요. 처음 만났을 때, 그날 저녁내 가만히 앉아 그 사람을 보고만 있었어요. 눈이 마주칠 때는 파도가 밀려오는 것 같았죠. 그는 정말 잘생겼어요. 그때도 그의 머리는 너무 곱슬거리고 눈썹도 너무 하얗다고 생각했지만요. 그때 그게 경고였다는 걸 알아차렸어야 했어요. 하지만 저는 항상 모든 일에 푹 빠져들잖아요. 열정적인 성격이니까요. 테리가 옆에 올 때마다 황홀해서 몸이 떨릴 정도였죠. 하지만 지금은 아무런 느낌이 없어요. 아무렇지도 않다고요! 요 몇 주 사이에 무척 늙어버린 기분이에요. 셜리 선생님, 제가… 늙어버렸다고요! 약혼한 뒤로는 거의 먹지도 못했어요. 어머니에게 물어보면 알 수 있으실 거예요. 저는 결혼할 만큼 테리를 사랑하지 않는 게 분명해요. 다른 건 몰라도 그건 확실히 알아요."

"그렇다면 관계가 더 발전하기 전에…."

"테리가 청혼했던 달빛 비치는 밤에도 저는 조앤 프링글가에서 열리는 가장무도회에 어떤 드레스를 입고 갈지 생각했어요. 5월의 여왕처럼 꾸미면 멋질 거라고 생각했죠. 짙은 녹색 띠가 있는 연녹색 옷을 입고, 머리에는 연분홍 장미 여러 송이를 꽂는 거예요. 그리고 작은 장미로 장식하고 분홍색과 녹색 리본을 늘어뜨린 5월의 기둥 옆에 서는 거죠. 정말 멋질 것 같지 않나요? 그런데 조앤의 삼촌이 돌아가시는 바람에 결국 무도회가 취소되어 모든 게 허사가 돼버렸죠. 하지만 제가 말하려는 건 따로 있어요. 이렇게 마음이 딴 데 가 있는 제가 정말 그를 사랑했느냐는 거죠. 안 그런가요?"

"글쎄요. 생각이라는 건 가끔씩 묘한 장난을 치곤 하니까요."

"저는 결혼하고 싶다는 생각을 한 번도 안 해봤어요. 혹시 손톱 손질용 오렌지나무 막대가 있나요? 고마워요. 제 손톱 반월 부분이 거칠어졌거든요. 말씀드리면서 손톱을 손질하면 되겠어요. 이렇게 비밀을 털어놓으니까 정말 좋지 않나요? 이런 기회를 얻는 사람은 거의 없을 거예요. 언제나 세상사가 끼어들게 마련이거든요. 음, 내가 무슨 말을 하고 있었지? 아, 맞다. 테리 이야기였죠. 어떻게 해야 되죠, 셜리 선생님? 선생님 생각을 듣고 싶어요. 지금 저는 마치 덫에 걸린 기분이에요!"

"하지만 헤이즐, 그건 정말 간단한 문제예요."

"아니에요. 전혀 간단한 일이 아니에요! 끔찍할 정도로 복잡하다고요. 엄마는 굉장히 좋아하시는데 진 아주머니는 안 그래요. 테리를 좋아하지 않아요. 그런데 모두들 진 아주머니가 현명한 판단을 하는 분이라고 말해요. 사실 전 누구하고도 결혼하고 싶지 않아요. 하고 싶은 일이 있거든요. 죽을 때까지 할 수 있는 직업을 갖는 거예요. 때론 수녀가 되고 싶기도 해요. 하느님의 신부가 되는 것도 멋진 일이잖아요? 성당은 정말 그림 같아요. 그렇지 않나요? 하지만 저는 천주교 신자가 아니에요. 수녀를 직업이라 할 수도 없고요. 간호사가 되는 게 좋겠다는 생각도 오래전부터 해왔어요. 아주 낭만적인 직업이잖아요. 그렇지 않나요? 고열에 힘들어하는 환자의 이마를 식혀주기도 하고 잘생긴 백만장자 환자와 사랑에 빠져서 리비에라에 있는 별장으로 신혼여행을 가기도 하겠죠. 거기서 떠오르는 태양과 푸른 지중해를 바라보는 제 모습을 상상해봤어요. 알아요, 바보 같은 꿈이죠. 하지만 아, 정말 달콤한 꿈이에요. 그런데 테리 갈런드와 결혼해서 서머사이드에 정착한다는 무미건조한 현실 때문에 그 꿈을 포기할 수는 없어요."

헤이즐은 생각만 해도 몸서리가 난다는 듯 부르르 떨더니 손톱의 반월을 꼼꼼히 살펴보았다.

앤이 말을 꺼냈다.

"내 생각엔 …."

"그와 나는 공통점이 하나도 없잖아요, 셜리 선생님. 그 사람은 시와 로맨스를 좋아하지 않지만 제겐 그게 삶의 전부인걸요. 가끔씩은 클레오파트라가 저로 환생한 게 틀림없다는 생각이 들어요. 아니면 제가 전생에 트로이의 헬레네였을 수도 있겠죠? 어쨌든 우수 어리고 매혹적인 사람이었을 거예요. 제 생각과 감정은 제법 멋지잖아요! 누군가의 현신(現身)이 아니라면 그런 걸 어떻게 얻었는지 설명할 수 없어요. 하지만 테리는 판에 박은 듯 무미건조해요. 그런 사람은 절대 누군가의 현신일 수는 없죠. 제가 베라 프라이의 깃털 펜 이야기를 했을 때 그 사람이 했던 말이 그 증거예요. 그렇잖아요?"

앤이 참을성 있게 말했다.

"베라 프라이의 깃털 펜 이야기가 뭐죠?"

"어머, 못 들으셨어요? 얘기한 줄 알았어요. 선생님한테는 정말 많은 이야기를 했으니까요. 베라가 약혼자에게 깃털 펜을 선물받았어요. 까마귀 날개에서 떨어진 깃털로 만든 거였죠. 그 사람이 베라에게 펜을 건네면서 이렇게 말했대요. '이 펜을 쓸 때마다 깃털을 품고 있던 새처럼 당신의 영혼도 하늘로 날아오를 겁니다.' 정말 멋지지 않나요? 그런데 테리에게 그 이야기를 했더니 그는 그런 펜은 금세 망가진다는 말만 하는 거예요. 베라처럼 말 많은 사람이 쓴다면 더욱 그럴 거고, 무엇보다 까마귀는 그렇게 높이 날아오르지도 않는다고 했어요. 테리는 그 일에 담긴 의미를, 그 애정 어린 선물에 담긴 진심을 하나도 알아채지 못한 거예요."

"헤이즐, 그 의미가 무엇인지 설명해줄래요?"

"아, 왜 그러니까… 날아가는 거잖아요. 이 땅을 벗어나는 거요. 베라가 낀 반지 보셨어요? 사파이어예요. 사파이어는 약혼 반지로는 너무 어두운 색 같아요. 그보다는 선생님이 낀 사랑스럽고 낭만적인 진주 반지를 갖고 싶어요. 테리는 당장이라도 반지를 주고 싶어 했지만 저는 아직 아니라고 말했죠. 족쇄같이 느껴질 게 분명했거든요. 또 반지를 받고 나면 돌이킬 수 없잖아요. 제가 정말 그 사람을 사랑했다면 그 순간 그런 기분은 들지 않았을 거예요. 그렇지 않나요?"

"뭐, 그럴 수도 있겠지만…."

"진짜 느낌을 누군가에게 이야기하는 건 정말 멋진 일이에요. 셜리 선생님, 제가 다시 자유롭게만 된다면 인생의 더 깊은 의미를 찾고 싶어요! 하지만 제가 그런 걸 말해줘도 테리는 무슨 뜻인지 모를 거예요. 그는 성질이 너무 급해요. 갈런드 가문의 특징이죠. 선생님, 제가 느끼는 걸 테리한테 전해주실 수 있나요? 테리는 선생님이 훌륭한 분이라고 생각하니까, 선생님 말씀은 순순히 따를 거예요."

"헤이즐, 그렇게 할 수는 없어요."

"왜 안 된다는 건지 모르겠네요."

헤이즐은 마지막 손톱 반월 손질을 마치고는 오렌지나무 막대를 과장된 몸짓으로 내려놓았다.

"제게 남은 건 절망뿐인가 봐요. 선생님 말고는 누구도 저를 도와줄 수 없으니까요. 저는 절대, 절대, 절대로 테리 갈런드와 결혼할 수 없어요."

"테리를 사랑하지 않는다면 그에게 가서 직접 말해야 해요. 테리가 아무리 큰 슬픔에 빠진다 해도 어쩔 수 없는 일이죠. 그리고 헤이즐도 언젠가는 정말 사랑하는 사람을 만날 거예요. 그때는 조금도 망설이지 않겠죠. 그때가 언제인지는 스스로 알게 될 거예요."

헤이즐이 바위같이 냉정한 얼굴로 말했다.

"다시는 누구도 사랑하지 않을 거예요. 사랑은 슬픔만 가져다줄 뿐이에요. 제가 비록 어리지만 그것만큼은 확실히 배웠어요. 이 일은 선생님이 쓰실 소설의 멋진 소재가 될 거예요. 이제 가봐야겠네요. 이렇게 늦은 줄은 몰랐어요. 선생님한테 털어놓으니까 속이 훨씬 후련해졌어요. 셰익스피어의 말처럼 '그림자의 땅에서 당신의 영혼과 닿으리니'* 같은 거죠."

앤이 부드럽게 말했다.

"그건 폴린 존슨이 한 말 같은데요?"

"뭐, 옛날에 살았던 누군가가 말했겠죠. 오늘 밤은 잠들 수 있을 것 같아요. 테리하고 갑자기 약혼한 뒤로는 거의 못 잤죠. 일

---

* 에밀리 폴린 존슨의 시 〈달이 진다〉의 한 구절

이 어쩌다 어떻게 되었는지 몰랐거든요."

헤이즐은 머리를 부풀리고 모자를 썼다. 모자 테두리에는 장밋빛 안감이 붙어 있었고 주위에는 장미꽃이 달려 있었다. 모자를 쓴 헤이즐은 두근거릴 정도로 예뻐서 앤은 자기도 모르게 입맞춤을 했다.

"정말 예뻐요, 헤이즐."

앤이 감탄하며 말했다.

헤이즐은 꼼짝도 않고 서 있다가 눈을 들어 옥탑방 천장에 구멍을 내고 그 위의 다락까지 뚫어 별을 찾는 듯한 표정을 지었다. 그러면서 황홀한 얼굴로 중얼거렸다.

"이 멋진 순간을 절대, 절대 잊지 않을 거예요. 제 아름다운 얼굴이 신성해진 기분이 들어요. 제가 조금이라도 아름답다면요. 아, 셜리 선생님. 자신이 아름답다고 소문났는데 만나는 사람마다 듣던 것보다 아름답지 않다고 생각할까 봐 걱정하는 게 얼마나 괴로운 일인지 모르실 거예요. 고문이나 마찬가지예요. 상대방이 제 얼굴을 본 뒤 실망했다는 걸 알아차리고는 굴욕감을 못 이겨 죽을 뻔한 적도 있었어요. 아무튼 저는 테리와 사랑에 빠졌다고 상상했던 거잖아요. 어머, 셜리 선생님. 사과꽃 향기가 나네요?"

앤도 코가 있어서 꽃향기를 맡았다.

"정말 천상의 향기 아닌가요? 천국이 온통 꽃이었으면 좋겠어요. 백합 속에서 살면 착한 사람이 될 수 있겠죠?"

앤이 짐짓 심술궂게 말했다.

"좀 갑갑할 것도 같은데요."

"아, 제발 비웃지는 말아주세요. 전 선생님을 동경한단 말이에요. 비웃으면 낙엽처럼 시들어버릴지도 몰라요."

헤이즐을 유령의 길 끝까지 바래다주고 돌아온 앤에게 리베카 듀가 말했다.

"저 아이의 수다를 듣고도 용케 죽지 않고 멀쩡하네요. 어떻게 견딘 거예요?"

"난 헤이즐이 좋아요. 진심이에요. 나도 어렸을 땐 못 말리는 수다쟁이였거든요. 나도 사람들한테 헤이즐처럼 바보 같은 말을 하지 않았을까요?"

리베카 듀가 냉정하게 말했다.

"선생님의 어렸을 때 모습을 보진 못했지만 그런 일은 절대로 없었을 거예요. 표현은 어쨌든 간에 선생님이 한 말은 진심이었을 테니까요. 하지만 헤이즐 마는 그렇지 않아요. 그 아이는 뭐랄까, 탈지유인데 크림 행세를 한다고 봐요."

"알아요. 헤이즐은 자기를 극적으로 꾸미죠. 하지만 대부분의 여자아이들이 다 그렇지 않을까요? 그리고 어떤 말은 진심이기도 해요."

앤은 테리를 떠올리면서 말했다. 앤은 테리를 변변찮게 여겼기 때문에 헤이즐이 테리에 대해 이야기했던 모든 것을 사실로 믿었다. 테리의 수중에 1만 달러가 들어온다 해도 헤이즐이 그와 결혼하는 것은 그녀의 인생을 내던지는 것이나 다름없다고 생각했다. 앤이 보기에 테리는 잘생겼지만 나약하고 소심한 청년이었다. 자신에게 눈길을 준 예쁜 아가씨와 사랑에 빠졌다가 그녀에게 차이거나 너무 오래 푸대접을 받으면, 아무렇지 않게 다른 아가씨와 사랑에 빠질 사람 같았다.

　그해 봄, 앤은 테리와 자주 만났다. 헤이즐이 테리와 만날 때 같이 있어 달라고 고집을 부렸기 때문이다. 그리고 헤이즐이 킹즈포트의 친척을 만나러 가면서 자리를 비우자 앤은 테리를 더 자주 만나게 되었다. 테리가 앤에게 달라붙어서는 마차에 태워 여기저기 다니거나 집에 갈 때 바래다주었기 때문이다. 두 사람은 서로를 '앤'과 '테리'라고 불렀다. 앤이 그에게 모성애 같은 감정을 품고 있었지만 두 사람은 나이가 엇비슷했기 때문이다. 테리는 '똑똑한 셜리 선생님'이 자기와 어울리는 것을 좋아하는 듯 보이자 몹시 우쭐해했다. 메이 코넬리의 집에서 파티가 있던 밤, 아까시나무 그림자가 미친 듯 흔들리는 정원에서 테리가 감상적인 모습을 보이자 앤은 그 자리에 없는 헤이즐 이야기를 놀리듯 꺼냈다.

　"아, 헤이즐! 그 어린애 말이죠?"

　앤이 야단치듯 말했다.

　"테리, 당신은 '그 어린애'와 약혼했어요. 아닌가요?"

　"진짜로 약혼한 건 아니에요. 그저 철부지 아이들이 말도 안 되는 소리를 한 것뿐이죠. 제 생각에는 그날 달빛 때문에 멍해져서 그랬던 거 같아요."

　앤은 재빨리 머리를 굴렸다. 테리가 헤이즐을 고작 그 정도로 여긴다면 그녀를 자유롭게 해주는 것이 훨씬 좋은 일 같았다. 이 시간이 마치 헤이즐을 어리석게 얽혀 있는 굴레에서 꺼내기 위해 하늘이 준 기회인 듯싶었다. 이들은 아직 성숙하지 못한 탓에 여러 일들을 실제보다 심각하게 받아들였으며 이 굴레를 어떻게 빠져나와야 할지 모르고 있었다.

앤의 침묵이 길어지자 테리가 그 침묵의 뜻을 곡해하며 말을 계속했다.

"물론 저도 조금은 난처한 처지예요. 헤이즐이 너무 진지하게 저를 생각하는 것 같아 걱정이에요. 그건 실수였다고 말해야 하는데, 어떻게 하는 게 그녀에게 가장 좋은 방법인지 정말 모르겠어요."

늘 충동적으로 행동했던 앤이지만 이번에는 한껏 어머니 같은 표정을 지었다.

"테리, 당신들 두 사람은 어른 흉내를 내는 아이들이에요. 당신이 헤이즐을 사랑하지 않는 것 이상으로 헤이즐도 당신을 사랑하지 않아요. 그날 밤 달빛이 두 사람을 현혹시킨 거죠. 헤이즐은 자유로워지기를 원하지만 당신의 감정을 상하게 할까 봐 걱정하며 말을 못 하고 있어요. 헤이즐은 어찌해야 할지 모르는 낭만적인 아가씨고, 당신은 자기가 사랑에 빠졌다는 사실 자체와 사랑에 빠진 청년이에요. 언젠가는 두 사람 다 지금 일을 생각하며 웃게 될 때가 오겠죠."

앤은 '이 정도면 얘기를 아주 괜찮게 한 것 같아'라고 생각하며 내심 흐뭇해했다.

테리는 긴 한숨을 내쉬었다.

"덕분에 마음의 짐을 덜었네요, 앤. 헤이즐은 귀여운 아가씨예요. 저도 헤이즐이 상처받는 건 생각만 해도 싫어요. 앤의 말이 맞아요. 지난 몇 주 동안 생각해보니 제가, 아니 우리가 실수했던 거예요. 한 남자가 한 여자를, 운명의 여자를 만났을 때….

아니, 벌써 돌아가시려고요? 이렇게 아름다운 달빛을 헛되게 하시려는 건가요? 당신은 달빛에 비친 하얀 장미같아요."

하지만 앤은 이미 달아난 뒤였다.

11장

6월 중순 어느 날 저녁, 앤은 옥탑방에서 답안지 채점을 하다 잠시 손을 놓고 코를 닦았다. 코를 어찌나 자주 닦았던지 코끝이 장밋빛처럼 빨개졌고 얼얼하기까지 했다. 앤은 지독할 뿐만 아니라 낭만적이지도 않은 코감기에 걸려버렸다. 상록수집의 솔송나무 뒤로 부드럽게 펼쳐진 파란색 하늘도, 폭풍왕 위에 걸린 은백색 달도, 창문으로 스며드는 라일락 향기도, 서리를 맞아 파랗게 질린 듯한 책상 위 꽃병 속 붓꽃의 정취도 즐길 수 없었다. 코감기 하나가 과거를 어둡게 만들고 미래에도 먹구름을 드리우는 기분이었다.

　창턱에 앉아 생각에 잠긴 더스티 밀러에게 앤이 말했다.

　"6월 코감기는 정말 지독해. 하지만 두 주 뒤엔 초록지붕집에 있겠지? 여기서 실수투성이 답안지와 씨름하며 다 헐어버린 코를 닦는 것과는 비교할 수 없이 멋질 거야. 네 생각은 어때, 더스티 밀러?"

더스티 밀러는 그렇게 생각한 것이 분명했다. 또한 몹시 화가나고 불안해 보이는 아가씨가 여러해살이풀이 무성한 오솔길로서둘러 오는 모습이 6월답지 않다는 생각도 했을 것이다. 그녀는 킹즈포트에서 하루 전에 돌아온 헤이즐 마였다. 몇 분 뒤, 헤이즐은 거칠게 문을 두들기더니 대답도 듣지 않고 옥탑방으로폭풍처럼 밀어닥쳤다.

"어머, 헤이즐. 에취! 벌써 돌아온 거예요? 다음 주에나 오는줄 알았는데요."

헤이즐이 비꼬는 투로 쏘아댔다.

"네, 그렇게 생각하셨겠죠. 그래요, 제가 돌아왔어요. 그리고뭘 알게 됐을까요? 제가 없는 동안 선생님이 테리를 유혹하려고 했다면서요? 그것도 거의 성공했고요."

"헤이즐! 에취!"

"저도 다 알아요! 제가 그를 사랑하지 않는다고 선생님이 테리한테 말했죠? 제가 약혼을 취소하고 싶어 한다는 말도 하셨고요. 우리의 신성한 약혼 말이에요!"

"헤이즐, 뭐라고요? 에취!"

"네, 저를 비웃어도 돼요. 마음껏 비웃어보세요. 하지만 부인할 생각은 하지 마세요. 선생님이 그런 짓을 한 거잖아요. 그것도 일부러 그런 거고요."

"물론 말했어요. 헤이즐이 부탁했으니까요."

"제가, 선생님한테, 부탁을, 했다고요?"

"여기, 바로 이 방에서요. 테리를 사랑하지 않으니 결혼할 수 없다고 그랬잖아요."

"어머, 그건 일시적으로 그런 기분이 들었다는 거였죠. 선생님이 진지하게 받아들일 거라고는 꿈에도 생각 못 했어요. 선생님이라면 제 예술가적 기질을 이해해주시리라 믿은 거예요. 선생님은 물론 저보다 나이가 많죠. 하지만 선생님이라면 소녀다운 수다와 변덕을 잊지 않았을 거라고 기대했어요. 그동안 선생님은 제 친구 행세를 하고 계셨던 거네요!"

'이건 분명 악몽이야.'

가엾은 앤은 코를 닦으며 생각했다. 그리고 자리를 권했다.

"앉아요, 헤이즐. 우선 앉으세요."

"앉으라고요? 어떻게 제가 앉을 수 있겠어요! 자기 인생이 무너지는 순간에 누가 앉을 수 있겠냐고요? 아, 선생님이 나이가 많아서 그런 짓을 하셨다면, 젊은 사람의 행복을 질투하고 그걸 망치려고 마음먹은 거라면, 저는 절대 나이를 먹지 말게 해달라고 기도해야겠어요."

헤이즐은 거칠게 방을 왔다 갔다 하며 모진 말을 했다.

앤은 당장 따귀를 올려붙이고 싶다는 충동이 일어 손이 따끔거렸다. 그러나 곧 감정을 추슬렀다. 자기가 그처럼 과격한 생각을 했다는 게 믿기지 않았다. 하지만 조금 가볍게라도 적절한 벌은 필요하다고 판단했다.

"앉아서 차분하게 말할 수 없다면 이만 돌아가도록 해요. 에취(무척 심한 재채기였다). 난 할 일이 있어요." (훌쩍, 훌쩍, 킁!)

"제가 선생님을 어떻게 생각하는지 다 말하기 전에는 절대 돌아가지 않을 거예요. 아, 물론 전부 제 책임이라는 건 알아요. 진즉에 알았어야 했죠. 아니, 알고 있었어요. 처음 만났을 때 선생님이 위험한 사람이라는 걸 본능적으로 느꼈거든요. 빨간 머리에 초록색 눈이니까요! 하지만 선생님이 저와 테리 사이를 갈라놓기까지 할 줄은 꿈에도 생각 못 했어요. 적어도 기독교인답게 굴 거라 믿었죠. 이런 짓을 하는 사람이 있을 줄이야! 선생님은 제 마음을 찢어놓았어요. 이젠 만족하세요?"

"이 무슨 말도 안 되는…."

"저는 앞으로 선생님과 말도 하지 않을 거예요! 선생님이 모든 걸 망쳐놓기 전까지 테리하고 저는 행복했어요. 정말 행복했단 말이에요! 친구들 중에서 제가 가장 먼저 약혼했어요. 심지어 결혼식 계획도 다 세워놨어요. 들러리 네 명에게는 검은색 벨벳 리본으로 장식한 아름다운 연푸른색 실크 드레스를 입히려고 했어요. 정말 세련된 모습인데! 아, 선생님을 세상에서 가장 미워해야 할지 가장 불쌍하게 여겨야 할지 모르겠네요. 아, 어떻게 날 이 지경으로 만들 수 있담? 제가 선생님을 얼마나 사랑하고, 신뢰하고, 믿었는데요!"

헤이즐은 말을 잇지 못했다. 눈에는 눈물이 가득 고여 있었다. 결국 그녀는 흔들의자에 쓰러지듯 주저앉았다.

'느낌표는 이제 거의 다 쓴 것 같네. 하지만 단어를 강조하는 건 끝도 없이 할 수 있겠지.'

앤이 생각하는 동안 헤이즐은 흐느꼈다.

"가엾은 엄마는 앓아누우셨어요. 정말 기뻐하셨거든요. 모두들 기뻐했는데…. 다들 이상적인 한 쌍이라고 말해줬어요. 아, 다시 예전으로 돌아갈 수 있는 방법이 없을까요?"

앤이 부드럽게 말했다.

"달빛이 비치는 밤까지 기다렸다가 시도해보세요."

"아, 네. 웃으세요, 셜리 선생님. 제 고통을 비웃어보시라고요. 정말 재미있어 한다는 걸 알고 있어요. 선생님은 고통스럽다는 게 뭔지 모르죠? 괴로워요! 얼마나 괴로운지 아세요?"

앤은 시계를 보면서 재채기를 했다. 그리고 냉정하게 말했다.

"그럼 고통스러워하지 말아요. 그러면 되잖아요."

"고통스러운 걸 어떡해요? 전 감정이 풍부한 사람이에요. 물론 감정이 메마른 사람이라면 괴로워하지 않겠죠. 어쨌든 제가 마음이 무딘 사람이 아니라는 건 고마운 일이에요. 선생님은 사랑한다는 게 뭔지 짐작이라도 하시나요? 무서울 정도로 열정적이고 멋지게 사랑하는 것이 뭔지 아시냐고요? 믿었던 사람에게 배신당하는 기분은 또 어떻고요. 킹즈포트에 갈 때만 해도 정말 행복했어요. 온 세상이 사랑스럽게 느껴졌죠. 테리에게는 제가 없는 동안 선생님에게 잘해주라고 말해두었어요. 선생님을 외롭게 내버려두지 말라고 했단 말이에요. 어젯밤 집에 올 때까지만 해도 전 행복했어요. 그런데 테리가 말했어요. 이제 날 사랑하지 않는다고요. 지금까지 했던 건 다 실수였다는 거예요. 세상에, 실수였다니! 심지어 그는 저도 테리를 사랑하지 않는다는 말을 선생님에게 들었다고 했어요. 제가 자유로워지고 싶어 한다는 말까지요!"

"그건 좋은 의도로 한 말이었어요."

유머 감각을 되찾은 앤이 웃으며 말했다. 헤이즐 못지않게 자신에 대해서도 웃음이 났다.

헤이즐이 격한 어조로 말했다.

"어젯밤에 제가 어땠는지 알아요? 방 안을 하염없이 서성거렸어요. 제가 오늘 얼마나 끔찍한 일을 겪었는지 선생님은 상상도 못 할 거예요. 테리가 선생님에게 푹 빠져 있다는 사람들의 이야기를 전 앉아서 듣고 있어야만 했어요. 그래요. 사람들이 선생님을 지켜보고 있었어요. 선생님이 뭘 했는지 다들 알고 있다고요. 왜, 왜 그러셨어요? 정말 이해할 수 없네요. 선생님은 약혼자가 있잖아요. 어째서 제 약혼자에게 접근한 거예요? 제게 무슨 나쁜 감정이라도 있나요? 제가 선생님께 무슨 잘못을 했다고 그러신 거죠?"

앤은 더 이상 참을 수 없어 화를 냈다.

"이봐요! 헤이즐하고 테리 모두 엉덩이 좀 맞아야겠어요. 그렇게 화만 내고 남의 말은 제대로 듣지도…."

"저는 화가 난 게 아니에요, 셜리 선생님. 상처를 받은 거예요. 끔찍한 상처 말이에요."

헤이즐이 말을 가로챘다. 이어지는 그녀의 목소리는 눈물에 잠긴 듯 희미했다.

"세상 모든 것으로부터 배반당한 기분이에요. 사랑뿐 아니라 우정까지도요. 가슴이 찢어지면 더는 고통받지 않는다고들 하죠? 그 말이 사실이었으면 좋겠어요. 하지만 그러지 않을 것 같아 무서워요."

"헤이즐의 꿈은 어떻게 됐나요? 백만장자 환자하고 푸른 지중해 별장에서 신혼여행을 즐기는 꿈이요."

"무슨 말씀을 하시는 건지 잘 모르겠어요. 그런 꿈 같은 건 없어요. 저는 그렇게 되바라진 신여성이 아니에요. 제 꿈은 현모양처가 되어 남편과 함께 행복한 가정을 꾸리는 거였어요. '거였다'라니, '거였다'라니, 그걸 과거시제로 써야 한다니! 네, 아무도 믿어서는 안 된다는 걸 이번에 제대로 배웠네요. 아주 쓰디쓴 교훈을요!"

헤이즐은 눈물을 훔치고 앤은 코를 풀었다. 더스티 밀러는 사람 따위는 넌더리 난다는 표정으로 별을 바라보고 있었다.

"그만 돌아가는 게 좋겠어요, 헤이즐. 난 정말 바쁘기도 하고 이런 대화는 계속해봤자 얻을 게 없어 보여요."

헤이즐은 스코틀랜드의 메리 여왕 같은 모습으로 문까지 걸어가더니 과장된 몸짓으로 몸을 돌렸다.

"안녕, 셜리 선생님. 뒷일은 선생님 양심에 맡기고 갑니다."

양심과 함께 홀로 남겨진 앤은 펜을 내려놓고 재채기를 세 번 한 뒤 혼잣말을 건넸다.

"앤 셜리, 넌 문학사 학위가 있지만 아직 배우지 못한 게 몇 가지 있어. 리베카 듀라도 가르쳐줄 수 있는 내용이야. 벌써 얘기해주기도 했잖아. 나 자신을 겸허하게 인정해야 해, 이 아가씨야. 그리고 당당한 숙녀답게 쓴 약을 먹는 거야. 아첨하는 소리를 듣고 우쭐해진 건 사실이야. 헤이즐에게 동경한다는 말을 듣고 정말 좋아했던 것도 맞아. 숭배받으면서 즐거워한 것도 인정해. 신처럼 모든 문제를 해결해줄 수 있기라도 한 듯 군 것, 그러니까 당사자는 전혀 바라지 않는데 그들을 어리석은 행위로부터 구원해주고 싶어 했다는 것도 인정해야지. 이 모든 것을 인정하고 나면 더 현명해지고, 더 슬퍼지고, 수천 년은 더 늙은 기분이 들 거야. 이제 펜을 들고 답안지 채점이나 계속하지 그래. 우선 마이러 프링글이 스랍을 아프리카에 많은 동물로* 잘못 알고 있다는 사실을 적어둬야겠지."

---

* 기독교에서 말하는 천사 스랍(seraph)의 철자를 혼동하여 기린(giraffe)으로 잘못 알고 있었던 것 같다.

12장

헤이즐이 찾아오고 일주일 후, 앤은 편지 한 통을 받았다. 은색
테두리가 있는 연푸른색 편지지였다.

> 셜리 선생님께
> 이 편지를 쓰는 건 테리와 저 사이의 모든 오해가 풀렸
> 으며 우리는 지금 너무나도 깊고 강렬하고 멋진 행복을 누
> 리고 있기에 선생님을 용서하기로 결심했다는 사실을 알려
> 드리려는 거예요. 테리는 어쩌다 보니 달빛 때문에 선생님
> 을 사랑하게 되었지만 저에 대한 마음만은 전혀 흔들리지
> 않았다고 했어요. 자기는 귀엽고 순진한 아가씨를 정말 좋
> 아한대요. 모든 남자가 다 그런 것처럼요. 꾀를 부리고 꾸
> 며대는 여자한테는 볼일이 없다고 못 박았어요. 선생님이

왜 우리에게 그런 짓을 했는지 이해할 수 없네요. 앞으로도 절대로 이해 못 할 거예요. 아마 선생님은 소설의 소재가 필요했을 거예요. 한 소녀의 달콤하고 가슴 떨리는 첫사랑을 망쳐버리면 그걸 얻을 수 있다고 생각했겠죠. 하지만 우리의 본모습을 알게 해준 건 고맙게 생각해요. 전에는 인생의 깊은 의미를 몰랐다고 테리가 말했어요. 그러니까 모든 게 가장 좋은 결과를 낳은 거죠. 우리는 서로를 진심으로 이해하고 상대방의 생각을 느낄 수 있어요. 저 말고는 아무도 테리를 이해하지 못해요. 그리고 테리에게는 제가 영원한 영감의 원천이기를 바라고요. 저는 선생님처럼 똑똑하지는 않지만 그것만은 할 수 있다는 기분이 들어요. 왜냐하면 우리는 영혼의 반려자이기 때문이죠. 질투심 많은 사람들과 거짓 친구들이 아무리 우리 사이를 훼방 놓으려 한다 해도 우리는 영원히 진실하고 한결같이 사랑을 지켜나가기로 맹세했어요.

혼수가 준비되는 대로 결혼식을 올릴 거예요. 그걸 가지러 보스턴으로 갈 거고요. 서머사이드에는 제대로 된 게 하나도 없거든요. 제 웨딩드레스는 하얀 물결무늬고 신혼여행 때 입을 옷은 보랏빛을 띤 회색이에요. 거기에 모자와 장갑을 갖추고 짙은 청색 블라우스를 입는 거죠. 물론 저는 아주 어리지만 그래도 어릴 때 결혼하고 싶어요. 활짝 핀 꽃이 시들기 전에요.

테리는 제가 꿈에 그릴 수 있는 모든 걸 갖춘 사람이에요. 제 마음속은 온통 그 사람으로 가득 차 있어요. 우리는 꿈속을 거닐듯 행복하게 살 거예요. 한때는 친구들 모두 제 행복을 기뻐해줄 거라 믿었어요. 하지만 이번 일로 세상을 살아가려면 지혜가 필요하다는 쓰라린 교훈을 얻었네요.

이만 줄일게요.

헤이즐 마

추신 1. 선생님은 테리가 성질이 급하다고 말씀하셨죠. 그는 어린양 그 자체라고 그의 여동생이 말했어요.

헤이즐 마

추신 2. 주근깨를 없애는 데 레몬주스가 효과 만점이래요. 코에 한번 발라보세요.

헤이즐 마

앤이 더스티 밀러에게 말했다.

"리베카 듀의 말을 빌리자면, 두 번째 추신은 나도 '참을 만큼 참았어'야."

13장

서머사이드에서 맞는 두 번째 방학이 되자 앤은 에이번리의 집으로 돌아갔다. 하지만 마음은 착잡했다. 그해 여름에는 길버트가 에이번리에 없었기 때문이다. 그는 새로 부설 중인 철도 공사 현장에서 일하기 위해 서부로 갔다. 그럼에도 초록지붕집은 여전히 초록지붕집이었고 에이번리는 여전히 에이번리였다. 반짝이는 호수는 전과 다름없이 빛났고 드라이어드 거품 주변에는 고사리가 무성하게 자라났다. 통나무 다리는 해마다 조금씩 낡고 이끼가 끼긴 했지만 그림자와 고요함과 바람의 노래가 깃든 유령의 숲으로 이어지는 자리에 여전히 버티고 서 있었다.

앤은 캠벨 부인을 가까스로 설득해서 리틀 엘리자베스를 집에 데려갈 수 있었다. 허락된 시간은 두 주였다. 하지만 엘리자베스는 셜리 선생님과 함께 온전히 지낼 시간을 고대하며 더는 욕심내지 않았다.

마차를 타고 바람 부는 포플러나무집을 나서면서 엘리자베스는 잔뜩 흥분한 목소리로 앤에게 말했다.

"오늘은 엘리자베스 양이 된 것 같아요. 초록지붕집 친구분들께 저를 소개하면서 '엘리자베스 양'이라고 불러주시겠어요? 그러면 어른이 된 기분이 들 거예요."

"그래, 그렇게 해줄게."

앤이 진지한 얼굴로 약속했다. 언젠가 코델리아로 불러달라고 졸라댔던 빨간 머리 꼬마 여자아이가 생각난 것이다.

브라이트리버에서 초록지붕집으로 가는 길에는 6월의 프린스에드워드섬에서만 볼 수 있는 풍경이 펼쳐졌다. 앤이 아직도 잊지 못하는 오래전 봄날 저녁에 그랬던 것처럼, 엘리자베스도 넋을 잃고 아름다운 경치에 빠져들었다. 주변에 펼쳐진 초원에는 바람이 잔물결을 만들었고, 길모퉁이를 돌 때마다 경탄할 만한 것들이 숨어 있었다. 무엇보다 엘리자베스는 사랑하는 셜리 선생님과 함께 있었다. 앞으로 두 주 동안은 시녀에게서 해방된다. 엘리자베스는 새로 장만한 분홍색 드레스를 입고 귀여운 갈색 구두를 신고 있었다. 내일이 이미 온 것만 같았다. 그것도 또다른 내일을 열네 개나 거느리고서! 이윽고 분홍색 들장미가 자라는 초록지붕집의 오솔길로 들어서자 엘리자베스의 눈은 꿈결처럼 반짝였다.

초록지붕집에 도착한 순간 엘리자베스에게는 모든 것이 마법처럼 변했다. 그로부터 두 주 동안 아이는 꿈나라에서 살았다. 문밖으로 한 걸음 나아갈 때마다 낭만적인 무언가와 마주쳤다.

에이번리에서는 이런 일들이 오늘 아니면 내일에라도 반드시 일어났다. 엘리자베스는 자기가 아직 '내일'로 들어서지는 않았지만 문턱까지 와 있다는 사실을 깨달았다.

엘리자베스에게는 초록지붕집 안팎의 모든 것이 친숙하게 느껴졌다. 마릴라의 분홍색 장미 꽃봉오리 찻잔까지도 오래된 친구 같았다. 집 안의 모든 공간이 친숙하고 사랑스럽게 아이를 맞아주었다. 심지어 풀까지도 다른 곳보다 푸르렀다. 초록지붕집 가족은 내일에 사는 사람들과 비슷했다. 엘리자베스는 이들을 사랑했고, 또한 사랑을 듬뿍 받았다. 데이비와 도라는 엘리자베스에게 푹 빠져서 무엇이든 하도록 내버려두었다. 마릴라와 린드 부인도 아이를 마음에 들어 했다. 엘리자베스는 깔끔했고 숙녀다웠으며 윗사람에게 공손했다. 비록 앤은 캠벨 부인의 육아 방식을 좋아하지 않았지만, 그녀가 증손녀를 제대로 훈육했다는 사실은 한눈에 알 수 있었다.

황홀한 저녁을 보내고 두 사람이 현관 위 다락방 침대로 들어갔을 때 엘리자베스가 속삭였다.

"아! 저는 자고 싶지 않아요, 셜리 선생님. 이 멋진 두 주일을 단 1분도 버리고 싶지 않거든요. 여기 있는 동안 한숨도 자지 않고 지낼 수 있으면 좋겠어요."

엘리자베스는 얼마간 잠들지 않았다. 침대에 누워 셜리 선생님이 바다 소리라고 알려준 희미하고 아름다운 천둥소리를 듣고 있으니 마치 천국에 온 듯했다. 엘리자베스는 그 소리를 좋아했다. 처마 끝에 부는 바람의 한숨소리도 좋았다. 지금껏 엘리자베스는 밤이 무서웠다. 이상한 것이 덤벼들지도 모른다고 생각했기 때문이다. 하지만 이제 더는 무섭지 않았다. 태어나서 처음으로 밤이 친구처럼 느껴졌다.

내일 셜리 선생님과 해변에 간다. 마지막 언덕을 넘었을 때 멀리 내다보이던 에이번리의 녹색 모래언덕 너머로 부서지는 은색 파도에 잠시 몸을 담그기로 했다. 밀려드는 파도가 엘리자베스의 눈에 또렷이 보였다. 그중 하나는 크고 어두운 잠의 파도였다. 그것이 밀려들자 엘리자베스는 기분 좋게 한숨을 내쉬며 파도 속으로 빠져들었다.

'이곳에서는… 하느님을… 사랑하는 게… 아주… 쉬워요.'

엘리자베스는 이 생각을 마지막으로 깊이 잠들었다.

다음 날부터는 셜리 선생님이 잠들어버린 뒤에도 한참 동안 뜬눈으로 누워 여러 가지를 생각하곤 했다. 왜 상록수집에서는 초록지붕집에서처럼 생활할 수 없는 것일까?

엘리자베스는 마음껏 소리를 내도 괜찮은 곳에서 살아본 적이 없었다. 상록수집에서는 언제나 조용히 말하고 얌전하게 움직여야 했다. 심지어는 생각까지도 조용히 해야만 한다는 느낌이 들 정도였다. 하지만 이따금씩 크게 소리 지르면서 심술궂게 굴고 싶기도 했다.

"여기서는 네 맘대로 아무 소리나 내도 괜찮아."

앤이 엘리자베스에게 말해주었다. 하지만 이상했다. 아무런 제한도 없는 지금은 소리 지르고 싶은 마음이 전혀 들지 않았던 것이다. 엘리자베스는 조용히 밖에 나가 주위를 둘러싼 아름다운 것들 속에 살며시 발을 내딛는 것이 좋았다.

엘리자베스는 초록지붕집에 머무는 동안 웃는 법을 배웠다.

그리고 서머사이드로 돌아갈 때 즐거운 추억을 가득 가져가면서 초록지붕집에도 그에 못지않게 즐거운 추억을 남겨두었다. 그래서인지 초록지붕집 사람들은 이후 몇 달 동안 집 안이 리틀 엘리자베스에 대한 추억으로 가득 차 있다고 느꼈다.

앤이 짐짓 엄숙하게 '엘리자베스 양'이라고 소개했는데도 이들에게 아이는 '리틀 엘리자베스'였다. 체구가 아주 작고 빛나는 금발에 요정을 빼닮아서 리틀 엘리자베스 말고는 다른 이름을 생각할 수가 없었기 때문이다. 하얀 5월 백합 사이로 황혼이 비치는 정원에서 춤을 추던 리틀 엘리자베스, 커다란 사과나무 가지에 매달려 아무런 방해 없이 동화책을 읽는 리틀 엘리자베스, 미나리아재비 들판에 반쯤 파묻혀 금발이 커다란 미나리아재비처럼 보이던 리틀 엘리자베스, 은록색 나방을 쫓거나 연인의 오솔길에서 '하나, 둘, 셋⋯' 반딧불이를 세던 리틀 엘리자베스, 초롱꽃 속에서 벌이 윙윙거리는 소리에 귀를 기울이던 리틀 엘리자베스, 식료품 저장실에서 도라가 주는 생크림 바른 딸기를 먹고 뜰에서 까치밥나무 열매를 따 먹던 리틀 엘리자베스.

"도라 언니, 까치밥나무 열매는 참 예뻐. 마치 보석을 먹는 것 같다니까!"

어두운 전나무 그늘 아래에서 혼자 노래를 부르던 리틀 엘리자베스, 커다랗고 풍성한 분홍 장미꽃을 따다가 손가락에 달콤한 향기가 묻은 리틀 엘리자베스, 골짜기 시냇물 위에 걸린 커다란 달을 바라보는 리틀 엘리자베스.

"달이 걱정으로 가득 차 있는 것 같아요. 그렇지 않나요, 린드 아주머니?"

데이비가 갖고 있던 잡지의 연재소설에서 주인공이 곤경에 처했다며 슬프게 울던 리틀 엘리자베스.

"아, 셜리 선생님. 그는 시련을 이겨낼 것 같지 않아요!"

부엌 소파에서 들장미처럼 뺨을 빨갛게 물들인 채 도라의 새끼 고양이와 꼭 붙어 몸을 웅크리고 낮잠을 자던 리틀 엘리자베스, 위엄 있는 늙은 암탉의 꽁지가 바람에 날려 등 쪽으로 흔들리는 것을 보고 큰 소리로 웃던 리틀 엘리자베스(이 아이가 저리도 크게 웃을 줄 알았던가?), 앤을 도와 케이크에 설탕 장식을 하고, 린드 부인이 새로 익힌 아일랜드식 이중 무늬 조각보의 마름질을 거들고, 도라와 함께 얼굴이 비칠 때까지 낡은 놋쇠 촛대를 닦던 리틀 엘리자베스, 마릴라의 감독을 받으면서 골무를 끼고 조그마한 비스킷을 자르던 리틀 엘리자베스.

초록지붕집 사람들은 어느 공간에서든 무엇을 보든 리틀 엘리자베스를 떠올리지 않을 수 없었다.

'이렇게 행복한 두 주를 또다시 보낼 수 있을까?'

마차를 타고 초록지붕집을 떠나면서 리틀 엘리자베스는 생각했다. 역으로 가는 길은 두 주 전과 마찬가지로 아름다웠지만 아름다운 풍광이 눈물에 가려 거의 보이지 않았다.

린드 부인이 말했다.

"내가 어린아이를 그렇게나 그리워할 줄은 상상도 못 했다."

리틀 엘리자베스가 돌아가고 나서는 캐서린 브룩이 개를 데리고 와서 남은 여름을 함께 지냈다. 캐서린은 이번 학년을 끝으로 사직하고, 가을에는 레드먼드 대학 비서과에 등록하기로 했다. 앤의 권유에 따른 결정이었다.

"틀림없이 그곳을 좋아하게 될 거예요. 캐서린은 가르치는 걸 정말 싫어했잖아요."

어느 날 저녁 두 사람은 고사리가 무성한 클로버 들판 한구석에 앉아 찬란한 노을이 지는 하늘을 바라보았다.

"인생은 지금까지 내가 지불한 것 이상을 내게 빚지고 있어요. 그래서 난 그걸 받으러 가는 거예요."

캐서린이 단호하게 말한 뒤 활짝 웃으며 덧붙였다.

"작년 이맘때보다 훨씬 젊어진 것 같아요!"

"정말 잘됐어요. 하지만 캐서린 선생님이 없는 학교는 생각하기도 싫어요. 우리는 저녁마다 이야기를 나누고, 토론도 하고, 사람이든 물건이든 농담거리로 삼아 웃으며 지냈잖아요. 그런 즐거움이 없어져버리다니! 내년의 옥탑방은 어떤 모습일까요?"

셋째 해

1장

유령의 길, 바람 부는 포플러나무집

9월 8일

가장 사랑하는 사람에게

여름이 끝났어. 올여름엔 5월 그 주말에 딱 한 번 만난 것 말고는 얼굴을 보지 못했네. 나는 서머사이드 고등학교에서 세 번째이자 마지막 해를 보내기 위해 바람 부는 포플러나무집으로 돌아왔어. 초록지붕집에서 캐서린과 보낸 시간은 참 즐거웠어. 하지만 이제 서머사이드 고등학교에서는 그녀를 볼 수 없어. 캐서린이 무척 그리울 거야. 새로 부임해서 저학년을 맡게 된 선생님은 작은 키에 장밋빛 뺨이 통통한 사람이야. 쾌활한 성격이라 강아지처럼 살갑게 굴지. 하지만 어쩐지 그게 전부인 것 같아. 아무 생각도 없이 얕고 파란 눈만 반짝이고 있거든. 물론 난 그 선생님이 좋아. 앞으로도 계속 좋아하겠지. 다만 그 이상도 그 이하도 아니야. 그분에게서는 아무것도 발견할 게 없어. 캐서린은 일단 경계를 넘어서고 나니까 얼마나 많은 것을 발견했는지 몰라.

바람 부는 포플러나무집은 달라진 게 없어. 아니, 있네! 늙어빠진 붉은 암소가 영원히 잠들었어. 월요일 밤 저녁을 먹으러 내려갔을 때 리베카 듀가 슬픈 얼굴로 알려주었지. 과부들은 귀찮게 다시 소를 기르지 않고 우유와 크림을 체리 씨에게 사서 먹기로 결정했어. 그 말은 앞으로 리틀 엘리자베스가 갓 짠 우유를 가지러 우리 집 담장 문으로 오지 않는다는 뜻이야. 하지만 캠벨 부인은 엘리자베스가 원할 때 여기 오도록 허락한 것 같아. 그러니까 전과 그리 달라질 건 없어.

그리고 또 하나 변화가 생길 거야. 케이트 이모가 이야기해줬는데 내게는 무척 슬픈 일이야. 적당한 집을 찾는 대로 더스티 밀러를 내보내겠대. 다시 생각해보라고 졸랐지만 이모는 우리 모두 화목하게 지내려면 그렇게 할 수밖에 없다고 말씀하셨어. 그것 말고는 달리 리베카 듀를 만족시킬 방법이 없어 보인대. 리베카 듀가 여름내 고양이에 대한 불평을 늘어놨거든. 불쌍한 더스티 밀러, 정말 착한 녀석인데! 이리저리 돌아다니면서 가르랑대는 모습이 얼마나 귀여운지 몰라.

내일은 토요일이야. 레이먼드 부인이 친척 장례식에 참석하러 샬럿타운으로 가 있는 동안 내가 쌍둥이를 돌보게 됐어. 레이먼드 부인은 지난겨울 이 마을로 온 과부인데, 리베카 듀와 바람 부는 포플러나무집의 두 과부(서머사이드는 과부들이 살기에 아주 좋은 곳인가 봐)는 레이먼드 부인이 서머사이드 사람들 앞에서 지나치게 잘난 척한다고 생각하셔. 하지만 연극부 활동에는 정말 많은 도움을 주셨지. "가는 정이 있으면 오는 정이 있다"라는 속담도 있잖아.

제럴드와 제럴딘은 여덟 살인데 얼굴이 천사 같아. 내가 그 아이들을 돌봐줄 거라고 하자 리베카 듀는 평소 버릇대로 입을 삐죽거렸지.

"하지만 난 아이들을 좋아해요!"

"보통 아이들이라면 그렇겠죠. 하지만 걔네들은 얼마나 극성스러운지 몰라요, 셜리 선생님. 레이먼드 부인은 아이들이 무슨 짓을 해도 벌을 주면 안 된다고 생각하죠. 아이들이 '자연스러운' 생활을 할 수 있게 해주기로 결심했다는 말이나 늘어놓으면서요. 사람들은 그 아이들의 성자 같은 얼굴에 속고 있지만 난 근처에 살았던 사람들이 아이들을 두고 하는 말을 다 들었어요. 어느 날 오후에 목사 사모님이 찾아갔대요. 레이먼드 부인은 설탕파이처럼 달콤하게 굴었는데, 떠날 때가 되자 계단에서 양파가 소나기처럼 쏟아져서 그중 하나가 사모님 머리에 부딪히는 통에 모자가 벗겨졌다지 뭐예요. 세상에나, 그때 레이먼드 부인이 한 말은 '아이들은 특히 얌전하게 있었으면 할 때마다 아주 짓궂은 행동을 하죠'가 다였대요. 다루기 힘든 아이들이라 오히려 자랑스럽다는 투였다지 뭐예요. 그 아이들은 미국에서 왔어요. 그게 무슨 의미인지 선생님도 아시죠?"

그걸로 모든 게 설명된다는 투였어. 리베카 듀도 린드 아주머니만큼이나 '양키'라는 말을 많이 써.

2장

———

토요일 오전 앤은 시골로 이어지는 거리의 아름답고 고풍스러운 집을 찾아갔다. 레이먼드 부인과 그 유명한 쌍둥이가 사는 집이었다. 레이먼드 부인은 떠날 채비를 마친 상태였다. 다만 장례식에 가기에는 조금 화려한 차림이었다. 특히 위로 올려 얹은 풍성하고 부드러운 갈색 머리에 쓴 꽃 장식 모자가 도드라졌다. 하지만 매우 아름답기는 했다.

부인의 미모를 물려받은 여덟 살 쌍둥이는 계단에 앉아 있었다. 아이들의 우아한 표정은 마치 천사 같았다. 하얀 피부에 분홍색 뺨, 커다란 연청색 눈을 한 아이들의 연노란빛 머리카락이 마치 곱고 푹신한 후광처럼 보였다.

어머니가 앤을 소개하자 두 아이는 다정하고 매력적인 미소를 지었다. 부인은 이렇게 당부했다.

"엄마가 엘라 아주머니의 장례식에 다녀오는 동안 상냥한 셜리 선생님이 너희를 돌봐주러 오셨어. 얌전히 있어야 한다. 조금이라도 말썽을 부려서는 안 돼. 알았지, 얘들아?"

귀여운 두 아이는 진지하게 고개를 끄덕이면서 어느 때보다 천사 같은 표정을 지어 보였다.

부인은 앤을 문으로 데려가더니 슬픈 얼굴로 말했다.

"지금 내겐 이 아이들이 전부예요. 어쩌면 내가 아이들을 버릇없이 키웠는지도 모르겠네요. 다들 그렇게 말한다는 걸 알아요. 사람들은 자기 앞가림도 못하면서 남의 아이를 키우는 일에 관심이 많잖아요. 그런 것 같죠, 셜리 선생님? 하지만 난 허구한 날 엉덩이를 때리는 것보다는 사랑하는 게 낫다고 생각해요. 선생님이라면 저 아이들과 문제없이 지낼 수 있을 거예요. 원래 아이들은 같이 지낼 수 있는 사람과 아닌 사람을 기가 막히게 알아차리잖아요. 선생님도 그렇게 생각하시죠? 프라우티라고, 거리 위쪽에 사는 노처녀에게 아이들을 봐달라고 부탁한 적이 있어요. 그런데 저 가엾은 아이들이 그분과 함께 있는 걸 못 견뎠죠. 물론 아이들이 그분을 좀 놀리기는 했어요. 아이들이란 원래 그렇다는 걸 선생님도 아시잖아요. 그분은 앙심을 품고 우리 아이들에 대해 터무니없는 이야기를 지어내서 동네방네 떠들고 다녔죠. 하지만 선생님과 함께라면 아이들은 좋아서 천사처럼 굴 거예요. 저 애들이 무척 씩씩하긴 해요. 그 나이엔 원래 그런 법이잖아요. 선생님도 그렇게 생각하시죠? 아이가 주눅 들어 있으면 보기에 얼마나 딱해요. 난 아이들을 자연스럽게 내버려두고 있어요. 너무 얌전한 아이들은 어딘가 어색해 보이니까요. 그렇죠? 아이들이 욕조에서 배를 띄우거나 연못에 들어가지 못하게 해주세요. 감기에 걸릴까 봐 걱정돼서요. 애들 아빠가 폐렴으로 세상을 떠났거든요."

레이먼드 부인의 커다란 눈에서 금세라도 눈물이 쏟아질 것 같았지만 부인은 눈을 깜빡이며 감정을 억눌렀다.

"아이들이 좀 싸우더라도 걱정 마세요. 아이들은 싸우면서 크는 법이니까요. 하지만 모르는 누군가가 덤벼든다면, 그땐! 선생님도 아시다시피 두 아이는 서로를 정말 아낀답니다. 둘 중 하나는 데려갈 수도 있었는데 아이들은 한 명만 간다는 걸 받아들이지 않네요. 지금껏 하루도 둘이서 떨어진 적이 없었거든요. 나도 장례식에서 쌍둥이만 돌볼 순 없잖아요."

앤이 상냥하게 말했다.

"걱정 마세요. 제가 제럴드와 제럴딘을 데리고 즐거운 하루를 보낼 거예요. 저는 아이들을 정말 좋아하거든요."

"알고 있어요. 선생님이 아이들을 좋아하신다는 걸 첫눈에 알아봤어요. 그건 누구나 알 수 있잖아요. 아이들을 좋아하는 사람에게는 무언가가 느껴지거든요. 가엾은 노처녀 프라우티는 아이들을 아주 싫어해요. 아이들에게서 가장 나쁜 점만 보려 하니까 그럴 수밖에요. 아이들을 사랑하고 이해하는 분이 우리 귀여운 쌍둥이를 돌봐주신다고 생각하니 얼마나 마음이 놓이는지 몰라요. 오늘 하루를 정말 즐겁게 보낼 것 같아요."

"우리도 장례식에 데려가면 좋을 텐데. 그렇게 재밌는 곳도 없단 말이야!"

갑자기 2층 창문으로 제럴드가 머리를 내밀며 소리 질렀다.

레이먼드 부인이 짐짓 비극적인 말투로 재촉했다.

"어머, 아이들이 욕실에 있네요! 셜리 선생님, 어서 아이들을 데리고 나와주세요. 제럴드! 엄마가 너희 둘 모두를 장례식에 데려갈 수 없다는 거 알잖니. 아! 셜리 선생님, 또 저 아이가 응접실 바닥에 있던 코요테 가죽을 두르고 앞발은 목에 감고 있네요. 가죽이 망가질 거예요. 빨리 저걸 벗겨주세요. 난 서둘러야 해요. 안 그러면 기차를 놓칠지도 몰라요."

레이먼드 부인은 미끄러지듯 우아하게 떠났다. 앤이 2층으로 뛰어 올라가자 천사 같은 제럴딘이 오빠의 두 발을 붙잡고 있는 모습이 보였다. 창문 밖으로 내던지려는 게 분명했다.

"선생님, 제럴드더러 제게 혀를 내밀지 말라고 해주세요."

제럴딘이 화난 얼굴로 부탁하자 앤이 미소 지으며 물었다.

"그래서 오빠가 널 아프게라도 했니?"

"음, 오빠가 저한테 혀를 내밀면 못쓰는 거잖아요."

제럴딘은 이렇게 대꾸하며 불쾌한 얼굴로 제럴드를 쏘아보았고 제럴드는 더 불쾌한 얼굴로 응수했다.

"내 혀는 내 거고 내가 내밀고 싶을 때 내미는 걸 네가 막을 순 없어. 그렇죠, 셜리 선생님?"

앤은 그 질문을 무시했다.

"쌍둥이들! 점심까지 딱 한 시간 남았어. 우리 정원에 나가 앉아서 게임도 하고 이야기도 해볼까? 그리고 제럴드, 코요테 가죽은 바닥에 도로 내려놓지 않을래?"

제럴드가 말했다.

"아니요! 저는 늑대놀이를 하고 싶어요."

"오빠는 늑대놀이가 하고 싶대요."

제럴딘은 이렇게 소리치면서 오빠 옆에 섰다. 이윽고 두 아이가 같이 외쳤다.

"우리는 늑대놀이를 하고 싶어요!"

문에서 초인종 소리가 난 덕분에 앤은 궁지에서 벗어났다.

"누군지 보고 오자!"

제럴딘이 소리치며 계단으로 달려갔다. 난간을 미끄러져 내려간 아이들이 앤보다 훨씬 빨리 현관에 닿았다. 그러는 도중 묶은 데가 느슨해지면서 코요테 가죽이 벗겨졌다.

제럴딘이 현관문 앞에 서 있는 부인에게 말했다.

"우리 집에서는 외판원한테 아무것도 안 사요."

방문객이 물었다.

"어머니는 안 계시니?"

"안 계세요. 엄마는 엘라 아주머니의 장례식에 갔어요. 셜리 선생님이 우릴 돌봐주고 있고요. 지금 계단에서 내려오고 계시잖아요. 선생님이 아줌마를 내쫓을 거예요."

앤은 누가 왔는지 보고는 정말 그 방문객을 내쫓고 싶어졌다. 패멀라 드레이크는 서머사이드 어디에서나 환영받는 방문객이 아니었다.

그녀는 집집마다 돌아다니면서 물건을 팔았는데, 물건을 사지 않는 한 그녀를 쫓아내는 일은 거의 불가능했다. 무시하거나 넌지시 거절해도 아랑곳하지 않았고 시간은 자기 편이라는 듯 느긋하게 굴었다.

이번에는 학교 교사에게 없어서는 안 될 백과사전 주문을 받는다고 했다. 자신은 백과사전이 필요 없으며 학교에는 이미 좋은 사전이 있다고 앤이 거절했지만 씨도 먹히지 않았다.

"그건 10년이나 지난 거겠죠. 여기 통나무 벤치에 잠깐 앉아요, 셜리 선생님. 소개 책자를 보여드릴게요."

드레이크의 목소리는 아주 단호했다.

"죄송하지만 아이들을 돌봐야 해서 지금은 시간이 없네요."

"몇 분밖에 안 걸려요. 마침 찾아뵐 생각이었어요, 선생님. 여기서 뵙다니 다행이네요. 저기 가서 놀아라, 얘들아. 셜리 선생님하고 내가 이 예쁜 소개 책자를 훑어봐야 하거든."

"우리를 돌봐주라고 엄마가 셜리 선생님을 모셔온 거예요."

제럴딘이 곱슬머리를 홱 쳐들며 말했다. 하지만 제럴드가 제럴딘을 뒤로 잡아당겼다. 이윽고 두 아이는 문을 쾅 닫았다.

"자, 셜리 선생님. 이 백과사전이 어떤지 좀 보세요. 참 세련됐죠? 종이도 만져보세요. 그림도 얼마나 훌륭한지 몰라요. 시중에 나와 있는 백과사전들은 그림이 이 책의 절반도 안 돼요. 인쇄도 정말 깔끔해요! 앞 못 보는 사람도 읽을 수 있을 정도니까요. 게다가 다 해서 80달러밖에 안 해요. 지금 8달러를 내고 나머지는 매달 8달러씩 내시면 돼요. 이런 기회는 다시없을 거예요. 지금은 홍보 기간이라 이렇지 내년에는 정가가 120달러나 될 거예요."

앤이 필사적으로 말했다.

"하지만 난 백과사전이 필요 없어요."

"아니죠. 당연히 필요할 거예요. 백과사전은 누구에게나 요긴하니까요. 더구나 이건 『국민 백과사전』이에요. 저는 이 백과사전을 알기 전에는 어떻게 살았나 모르겠어요. 아! 제가 살았다고 했나요? 아니에요. 저는 사는 것도 아니었어요. 그냥 존재한 것에 지나지 않았죠. 이 화식조 도판 좀 보세요, 셜리 선생님. 혹시 화식조를 실제로 본 적 있으세요?"

"그런데 저는…."

"조건이 좀 부담스럽다고 생각되시면 제가 선생님을 위해 특별히 편의를 봐드릴 수도 있어요. 학교 선생님이시니까요. 한 달에 8달러 대신 6달러는 어때요? 그래요, 6달러가 좋겠네요. 이런 호의를 거절하면 손해 보는 거예요, 셜리 선생님."

앤은 더 이상 거절할 수 없을 것 같았다.

'주문을 받기 전까지는 떠나지 않겠다고 마음먹은 게 분명해. 이 끔찍한 여자를 쫓아낼 수만 있다면 한 달에 6달러를 낼 만한 가치는 있지 않을까? 게다가 쌍둥이는 뭘 하고 있지? 너무 조용하잖아. 욕조에서 배를 띄우는 건 아닐까? 아니면 뒷문으로 몰래 나가 연못에 들어가지는 않았을까?'

앤은 자리를 벗어나려고 한 번 더 애를 썼다.

"잘 생각해볼게요. 그리고 제가 연락…."

하지만 드레이크는 재빨리 만년필을 꺼내며 말했다.

"이런 기회는 또 없어요. 선생님은 어차피『국민 백과사전』을 갖게 되실 거예요. 그러니까 나중이 아니라 기왕이면 지금 서명을 하세요. 미뤄서 득 될 건 아무것도 없으니까요. 또 알아요? 가격이 더 빨리 오를지. 그러면 120달러를 내고 사셔야 해요. 여기, 여기 서명하시면 돼요, 셜리 선생님."

앤은 만년필이 자기 손에 억지로 쥐이는 것을 느꼈다. 그런데 다음 순간 드레이크는 피가 얼어붙기라도 한 듯 비명을 질렀다. 앤은 통나무 벤치 옆의 삼잎국화 덤불 아래로 만년필을 떨어뜨리고는 멍하니 옆에 앉은 사람을 쳐다보았다.

'이 사람이 드레이크인가? 모자도 없고 안경도 없고 머리카락도 거의 없는, 뭐라 표현할 수도 없는 외모의 이 사람이?'

모자, 안경, 앞머리 가발은 머리 위 허공으로 떠올라 욕실 창문으로 가는 중이었다. 창문에는 두 아이의 금발머리가 비죽 튀어나와 있었다. 제럴드는 낚싯대를 잡고 있었고, 끝에는 낚싯바늘이 달린 실 두 가닥이 묶여 있었다. 어떤 마법으로 이 세 개의 물건을 용케 낚았는지는 제럴드만 설명할 수 있는 일이었다. 어쩌면 행운이었을지도 모른다.

앤은 집으로 뛰어 들어가 2층으로 올라갔다. 앤이 욕실에 갔을 때 쌍둥이는 도망치고 없었다. 제럴드는 낚싯대를 던져버렸고, 창문으로 살짝 내려다보니 화가 머리끝까지 난 드레이크는 만년필을 비롯해 자기 물건을 주섬주섬 챙긴 뒤 문밖으로 뛰쳐나가고 있었다. 패멀라 드레이크가 난생처음으로 물건 파는 일에 실패한 것이다.

쌍둥이는 뒤편 베란다에서 천사 같은 얼굴로 사과를 먹고 있었다. 앤은 어떻게 해야 할지 몰라 혼란스러웠다. 그런 행동은 야단치지 않고 그대로 넘어가서는 안 되는 게 맞지만 제럴드가 앤을 곤경에서 구해준 것은 의심의 여지가 없었다. 더구나 드레이크는 한 번쯤 혼쭐날 필요가 있는 인물이었다. 그래도….

그때 제럴드가 악을 썼다.

"너 큰 벌레 먹었어. 네 목으로 넘어가는 거 봤어!"

제럴딘은 갑자기 얼굴이 창백해져서 사과를 내려놓았다. 그러고는 구역질을 했다. 앤은 한동안 정신없이 움직였다. 제럴딘의 기분이 나아졌을 때쯤 점심시간이 되었고, 앤은 제럴드를 가볍게 타이른 뒤 용서해주기로 마음먹었다. 어쨌든 드레이크에게 큰 피해를 준 것도 아니고, 그녀는 이 일을 입 밖에 내지 않을 게 분명하니까.

앤이 부드럽게 말했다.

"제럴드, 네 행동이 신사적이었다고 생각하니?"

"아뇨. 그래도 정말 재밌었어요. 저 낚시꾼 같지 않나요?"

점심 식사는 무척 훌륭했다. 레이먼드 부인이 외출하기 전에 차려놓은 음식이었는데, 비록 아이들 훈육에 문제가 있다 해도 요리 솜씨만큼은 둘째가라면 서러울 정도로 뛰어났다. 제럴드와 제럴딘은 먹느라 정신이 없어서 싸우지도 않았고, 여느 아이들보다 식사 예절이 나쁘지도 않았다. 점심을 먹은 뒤 앤은 설거지를 했다. 제럴딘은 앤을 도와 접시를 닦았고, 제럴드는 설거지가 끝난 접시를 정리했다. 두 아이 모두 꽤 능숙했다. 이 아이들을 약간 엄하게 대하고 현명하게 훈육하기만 하면 되겠다는 생각이 들어 앤은 무척 흐뭇했다.

3장

점심 식사를 마치고 오후 2시가 되자 제임스 그랜드 씨가 찾아왔다. 서머사이드 고등학교 이사장인 그랜드 씨는 월요일에 킹즈스포트에서 열리는 교육 관련 회의에 참석하러 떠나기 전 앤과 중요한 일들을 충분히 논의하고 싶다고 했다. 앤은 바람 부는 포플러나무집으로 저녁때 와달라고 했지만, 그는 아쉽게도 그럴 여유가 없다고 했다.

그랜드 씨는 꽤 괜찮은 사람이었지만, 그를 대할 때 주의해야 한다는 걸 앤은 오래전부터 알았다. 하지만 새 설비를 둘러싸고 의견이 나뉘는지라 앤은 그를 자기편으로 만들려고 무척 애를 쓰던 참이었다.

앤은 쌍둥이에게 갔다.

"얘들아, 그랜드 씨하고 할 이야기가 있어서 그러는데, 그동안 너희끼리 뒷마당에서 얌전히 놀 수 있지? 그렇게 오래 걸리지는 않을 거야. 이따가 연못 둑으로 소풍 가자. 간식도 먹고 빨간색 염료로 물들인 비눗방울 부는 법도 가르쳐줄게. 그거 정말 예쁘거든!"

제럴드가 말했다.

"음, 저희가 얌전히 있으면 25센트씩 주세요."

"아니, 제럴드. 돈을 주고 말을 듣게 하진 않을 거야. 내가 얌전히 있으라고 부탁했으니까 네가 내 말을 잘 따를 거라고 믿어. 신사는 그렇게 하는 거야."

앤이 딱 잘라 말하자 제럴드가 짐짓 진지하게 약속했다.

"네, 얌전히 있을게요, 셜리 선생님."

"아주 얌전히 있을 거예요."

제럴딘도 똑같이 엄숙한 얼굴로 말했다.

앤이 그랜드 씨와 이야기를 나누기 위해 응접실에 들어가자마자 아이비 트렌트가 나타나지만 않았어도 쌍둥이는 약속을 지켰을 것이다. 하지만 아이비는 집에 찾아왔고 쌍둥이는 이 아이를 싫어했다. 아이비는 나무랄 데 없는 아이로, 한 번도 나쁜 짓을 하지 않았고 언제나 장신구 상자에서 갓 빼낸 듯 말쑥한 모습이었다.

이 특별한 오후에 아이비 트렌트는 새 갈색 구두와 허리띠와 어깨 장식과 주홍색 리본을 자랑하려고 온 게 틀림없었다. 레이먼드 부인은 허점이 많았지만 아이들에게 옷을 입히는 부분에서는 꽤 분별력이 있었다. 하지만 이웃들은 부인이 자신을 치장하는 데만 정신이 팔려 있다 보니 쌍둥이에게 쓸 돈이 없다고 수군거렸다. 그래서 제럴딘은 아이비처럼 차려입고 뽐내며 돌아다닌 적이 없었다. 아이비는 일주일 내내 오후마다 옷을 갈아입었다. 트렌트 부인은 항상 딸에게 얼룩 하나 없이 깨끗한 옷을 입혔다. 적어도 아이비가 집을 나설 때만큼은 그랬다. 집에 돌아왔을 때 무언가 묻어 있었다면 그것은 아이비가 부주의해서가 아니라 질투심 많은 몇몇 아이들의 소행이었다.

제럴딘은 질투가 났다. 주홍색 허리띠와 어깨 장식과 하얀 자수 드레스가 부러웠다. 저렇게 단추가 달린 갈색 구두를 가질 수만 있다면 무슨 일이든 할 수 있을 것 같았다.

아이비가 자랑스럽게 물었다.

"내 새 허리띠하고 어깨 장식 어때?"

제럴딘은 놀리며 그 말을 따라 했다.

"내 새 허리띠하고 어깨 장식 어때?"

하지만 아이비는 주눅 들지 않고 말을 이어갔다.

"하지만 넌 어깨 장식이 없잖아."

제럴딘이 이번에는 꽥꽥대며 그 말을 따라 했다.

"하지만 넌 어깨 장식이 없잖아."

아이비는 어쩔 줄 모르겠다는 표정이었다.

"난 있어. 너 그게 안 보여?"

"난 있어. 너 그게 안 보여?"

제럴딘은 계속해서 말을 따라 했다. 아이비가 하는 말이라면 무엇이든 깔보듯 따라 하는 게 무척 재미있었다.

그때 제럴드가 끼어들었다.

"아직 돈도 안 낸 거잖아."

아이비 트렌트는 화가 났다. 어깨 장식만큼이나 빨갛게 변한 얼굴에 속마음이 그대로 드러났다.

"아니야! 돈 낸 거야. 우리 엄마는 그런 거 잊어먹지 않아."

"우리 엄마는 그런 거 잊어먹지 않아."

제럴딘이 다시 따라 했다.

아이비는 속이 상했다. 이 일에 어떻게 맞서 싸워야 할지 몰랐던 것이다. 그래서 제럴드 쪽으로 돌아섰다. 제럴드는 이 거리에서 가장 잘생긴 아이가 분명했다. 아이비는 진작부터 제럴드를 마음에 두고 있었다.

"너를 내 남자 친구로 삼겠다고 말하러 왔어."

아이비는 갈색 눈동자에 감정을 담아 제럴드를 바라보며 말했다. 아직 일곱 살이었지만 아이비는 또래 남자아이들에게 이런 방식이 엄청난 효과가 있다는 사실을 알았다. 제럴드는 얼굴이 빨개졌다.

"난, 네 남자 친구 같은 건 안 할 거야."

아이비는 침착하게 말했다.

"하지만 해야 해."

"하지만 해야 해."

제럴딘이 제럴드 쪽을 바라보면서 고개를 절레절레 흔들며 말했다. 그러자 제럴드가 화를 내며 소리쳤다.

"안 할 거야! 앞으로 그런 말 하지 마, 아이비 트렌트."

아이비가 굽히지 않고 말했다.

"해야 해."

"해야 해."

제럴딘이 따라 했다.

아이비는 제럴딘을 노려보았다.

"입 다물어, 제럴딘 레이먼드!"

"우리 집 마당이야. 내 마음이거든!"

제럴딘도 지지 않았다. 제럴드 역시 같은 생각이었다.

"맞아. 제럴딘은 말해도 돼. 너 입 다물지 않으면 내가 곧장 너희 집으로 가서 인형 눈깔을 파낼 거야."

아이비의 목소리가 더 커졌다.

"그러면 우리 엄마가 네 엉덩이를 때릴 거야."

"아, 때릴 거라고? 그래, 너희 엄마가 그러면 우리 엄마가 어떻게 할지는 알고 있니? 너희 엄마 코를 갈아버릴 거야."

"뭐, 어쨌든 너는 내 남자 친구가 될 거야."

아이비는 중요한 주제로 침착하게 되돌아갔다. 하지만 화가 치민 제럴드는 더 힘주어 소리쳤다.

"난 네 머리통을 빗물받이에 처박아줄 거야. 얼굴을 개미집에 문질러주겠어. 네 리본하고 허리띠도 뜯어버릴 거야!"

제럴드가 의기양양하게 말했다. 적어도 마지막에 한 말은 실행할 수 있는 일이었기 때문이다.

"그렇게 하자."

제럴딘이 자기도 함께 하겠다며 소리를 질렀다.

쌍둥이는 맹렬한 기세로 아이비에게 덤벼들었다. 아이비는 발로 차고 소리를 지르고 물어뜯었지만 두 사람을 상대할 수는 없었다. 쌍둥이는 아이비를 끌고 마당을 가로질러 헛간으로 갔다. 이곳이라면 울부짖는 소리도 들리지 않을 터였다.

제럴딘이 숨을 몰아쉬며 말했다.

"빨리 해. 셜리 선생님이 나오기 전에."

머뭇거릴 시간이 없었다. 제럴드가 아이비의 두 다리를 잡고 있는 동안 제럴딘은 한 손으로 아이비의 손목을 잡고 다른 손으로는 머리 리본과 어깨 장식과 허리띠를 잡아뗐다.

"다리에 페인트를 칠하자."

제럴드가 소리쳤다. 지난주에 일꾼들이 남기고 간 페인트 통 두어 개가 눈에 들어온 것이다.

"제럴딘, 내가 잡고 있을 테니까 네가 칠해."

아이비는 비명을 질러댔지만 소용없었다. 양말은 벗겨졌고 잠깐 동안 다리에는 빨간색과 초록색 페인트로 줄무늬가 그려졌다. 그러는 동안 자수 드레스와 새 구두에도 페인트가 튀었다. 마지막으로 쌍둥이는 아이비의 곱슬머리에 밤송이 가시를 가득 붙여놓았다.

간신히 풀려나온 아이비는 눈 뜨고 보기 힘든 몰골이었다. 쌍둥이는 아이비를 보며 신나게 소리를 질러댔다. 그동안 잘난 척했던 아이비에게 복수를 한 것이다.

제럴드가 엄포를 놓듯 말했다.

"자, 이제 집에 가. 앞으로 내가 네 남자 친구가 돼야 한다고 사람들한테 말하고 다니면 어떻게 되는지 알겠지?"

아이비가 흐느끼며 소리쳤다.

"엄마한테 이를 거야. 집에 가자마자 다 말할 거라고. 너는 정말 끔찍하고 못됐고 밉고 못생긴 애야!"

"우리 오빠가 못생겼다고? 너야말로 잘난 척하는 건방진 아이잖아. 어깨 장식도 가져가! 이것 다 갖고 가. 이게 우리 헛간에 널려 있는 것도 보기 싫어."

제럴딘이 맞받아치며 어깨 장식을 던져주자 아이비는 흐느끼면서 마당을 벗어나 큰길로 뛰쳐나갔다.

제럴딘이 다급하게 제럴드를 재촉했다.

"빨리 가자. 뒤쪽 계단으로 몰래 올라가 목욕부터 하자. 셜리 선생님이 보시기 전에 깨끗이 씻는 거야."

4장

———

그랜드 씨는 이야기가 끝나자 인사를 하고 돌아갔다. 앤은 잠시 문 앞 돌계단에 서 있다가 문득 자신이 맡은 아이들이 어디 있는지 불안한 마음이 들었다. 그때 화가 잔뜩 난 어느 부인이 거리 위쪽에서 정문 앞까지 성큼성큼 걸어왔다. 트렌트 부인이었다. 그녀는 옷매무새가 형편없이 헝클어진 채로 서럽게 흐느끼는 아이의 손을 잡고 있었다.

트렌트 부인이 물었다.

"셜리 선생님, 레이먼드 부인은 어디 계시죠?"

"아, 레이먼드 부인은…."

"레이먼드 부인을 꼭 만나야겠어요. 이 집 아이들이 힘없고 아무 잘못도 없는 아이비에게 무슨 짓을 했는지 부인도 알아야 해요. 이 애 좀 보세요, 셜리 선생님. 좀 보시란 말이에요!"

"어머나, 트렌트 부인…. 정말 죄송해요! 모두 제 잘못이에요. 레이먼드 부인은 지금 안 계세요. 제가 아이들을 돌보겠다고 약속했어요. 그런데 그랜드 씨가 오셔서….."

"아뇨, 그건 선생님 잘못이 아니에요. 선생님을 탓할 마음도 없어요. 저런 악마 같은 아이들은 아무도 당해낼 수 없으니까요. 이 거리 사람들은 모두 알아요. 레이먼드 부인이 없다면 나도 여기 있을 이유가 없네요. 지금은 그냥 가지만 레이먼드 부인에게 이번 일을 꼭 따져야 해요. 그럼요, 부인도 알아야 하고말고요. 저 소리 좀 들어보세요, 셜리 선생님. 애들이 서로 팔다리를 뽑아대는 건가요?"

트렌트 부인이 말한 '저 소리'는 계단에서 울려 퍼지는 비명, 울부짖음, 고함이 뒤섞인 합창 같았다. 앤은 서둘러 2층으로 뛰어 올라갔다. 아이들이 복도 바닥에서 한 덩어리가 되어서는 서로를 비틀고 흔들고 물고 쥐어뜯고 할퀴고 있었다. 앤은 흥분한 쌍둥이를 어렵게 떼어놓고는 발버둥치는 어깨를 하나씩 꽉 잡은 채 왜 그러는지 물었다.

"제럴딘이 나더러 아이비 트렌트의 남자 친구가 되라고 그러잖아요."

제럴드가 고함치자 제럴딘도 지지 않고 말했다.

"맞잖아. 그럴 거잖아?"

"절대 안 그럴 거야!"

"그럴 거야!"

"이 녀석들!"

앤이 말했다. 앤의 목소리에는 아이들을 꼼짝 못하게 하는 힘이 담겨 있었다. 두 아이가 눈을 돌리자 이제까지는 본 적 없었던 셜리 선생님이 있었다. 두 아이는 난생처음으로 권위가 주는 두려움을 느꼈다.

앤은 조용히 말을 이어갔다.

"제럴딘, 두 시간 동안 침대에 들어가 있어. 제럴드, 너도 그 시간 동안 복도 벽장에 들어가 있고. 한 마디도 해서는 안 돼. 너희는 심한 행동을 했으니까 벌을 받아야겠다. 어머니가 너희를 내게 맡겼으니까 내 말을 들어야 해."

"그럼 우릴 같이 벌주세요."

제럴딘이 울기 시작했다. 제럴드도 볼멘소리를 했다.

"그래요. 선생님이 우리 둘을 떨어뜨릴 수는 없어요. 우리는 떨어져본 적이 없어요."

하지만 앤은 계속해서 근엄한 목소리로 말했다.

"그럼 이제부터 떨어져 있는 거야."

제럴딘은 순순히 옷을 벗고 자기 방 작은 침대로 들어갔다. 제럴드도 얌전하게 복도 벽장으로 들어갔다. 벽장은 크고 통풍이 잘되는 곳이었으며 창문과 의자도 있었다. 따라서 이 벌이 지나치게 심하다고 말할 사람은 없을 듯했다. 앤은 벽장문을 잠근 뒤 책을 한 권 들고 복도 창가에 앉았다. 적어도 두 시간은 마음의 평화를 누리게 된 것이다.

몇 분 뒤 제럴딘을 살짝 들여다보니 곤히 잠들어 있었다. 자는 얼굴이 너무 사랑스러워서 앤은 벌을 내린 게 살짝 후회되기도 했다. 어쨌든 낮잠은 아이들 건강에 좋은 일이다. 앤은 두 시간이 지나기 전에 제럴딘이 잠에서 깨면 일어나도 좋다고 허락해주기로 했다.

　한 시간이 지난 뒤에도 제럴딘은 여전히 자고 있었다. 제럴드는 무척 조용히 있었다. 앤은 아이가 남자답게 벌을 받고 있으니 용서해줘도 괜찮겠다는 결론을 내렸다. 결국 허영심 많은 아이비 트렌트가 아이들을 짜증 나게 만들었을 것이다.

　앤은 자물쇠를 풀고 벽장문을 열었다. 그런데 벽장 안에 제럴드가 없었다. 창문은 열려 있었고 집 옆쪽 베란다 지붕이 바로 밑에 보였다. 앤은 입술을 꽉 깨물었다. 아래층으로 내려가 마당으로 나갔다. 제럴드의 모습은 보이지 않았다. 헛간을 살펴보고 거리 위쪽과 아래쪽도 둘러보았으나 아무런 흔적도 없었다.

　앤은 즉시 마당을 가로질러 문밖으로 나갔다. 오솔길을 따라 작은 잡목 숲을 빠져나가서는 로버트 크리드모어 씨네 밭에 있는 작은 연못으로 뛰어갔다. 제럴드는 크리드모어 씨가 그곳에 둔 작은 배에 올라 장대로 바닥을 밀면서 나아가고 있었다. 얼굴은 무척 즐거워 보였다. 앤이 나무 사이에서 달려 나왔을 때 제럴드는 진흙탕 깊숙이 박힌 장대를 세 번이나 잡아당기던 참이었다. 그러다 예상 밖으로 장대가 쉽게 빠진 탓에 그만 중심을 잃고 물속으로 곤두박질쳤다.

　앤은 자신도 모르게 비명을 질렀다. 놀라긴 했지만 사실 걱정할 이유는 없었다. 연못은 가장 깊은 곳도 제럴드의 어깨 정도밖에 되지 않았고, 빠진 곳도 허리보다 조금 깊었기 때문이다. 제럴드는 겨우 몸을 일으키고는 금발에서 물방울을 뚝뚝 떨어뜨리며 멋쩍게 서 있었다. 앤의 비명이 다시 메아리라도 치는 듯 뒤쪽에서 무슨 소리가 들렸다. 잠옷 차림의 제럴딘이 숲을

뚫고 달려와서는 작은 배를 매어두었던 조그마한 나무 선착장 끝 쪽으로 몸을 내민 것이다.

"제럴드!"

제럴딘은 구슬프게 비명을 지르면서 엄청난 물보라를 일으키며 오빠 옆으로 뛰어들었다. 그 바람에 제럴드는 다시 물에 빠질 뻔했다.

"제럴드, 물에 빠져 죽은 거야? 물에 빠져 죽은 거냐고?"

"아냐, 제럴딘. 난 괜찮아."

제럴드는 이를 딱딱 부딪치면서도 여

동생을 안심시켰다. 두 사람은 서로 힘껏 끌어안고 입맞춤까지 해댔다.

앤이 말했다.

"얘들아, 빨리 이리로 올라와."

두 사람은 물을 헤치며 물가로 나왔다. 아침에는 제법 따뜻한 9월의 어느 날이었지만, 늦은 오후가 되자 춥고 바람까지 불었다. 두 아이는 몸을 몹시 떨었고 얼굴은 파랗게 질려 있었다. 앤은 야단도 치지 않고 아이들을 집으로 데려가서는 젖은 옷을 벗긴 뒤 레이먼드 부인의 침대에 눕힌 다음 따뜻한 물주머니를 발치에 넣어주었다. 그래도 아이들은 계속 떨었다. 오한이 든 것일까? 폐렴으로 도지는 것은 아닐까?

여전히 이를 딱딱거리며 제럴드가 말했다.

"우리를 더 잘 돌봐주셨어야죠, 셜리 선생님."

제럴딘도 말했다.

"당연히 그래야 했어요."

정신이 없었던 앤은 아래층으로 뛰어 내려와 의사에게 전화를 걸었다. 의사가 도착했을 때쯤 쌍둥이의 몸은 녹아 있었고, 의사는 앤에게 별일 아니니까 내일까지 침대에 누워서 쉬면 괜찮을 거라고 장담했다.

의사는 돌아가는 길에 역에서 돌아오는 레이먼드 부인을 만났다. 부인은 얼굴이 파랗게 질린 채 거의 발작을 일으킬 것같이 집 안으로 뛰어 들어왔다.

"어머나, 셜리 선생님. 내 귀여운 보물들을 어떻게 이런 위험에 빠지도록 내버려둘 수 있나요?"

쌍둥이가 한목소리로 말했다.

"우리도 똑같이 말했어요, 엄마."

"난 선생님을 믿었어요. 그렇게 당부했잖아요."

"레이먼드 부인, 왜 제가 비난을 받고 있는 건지 모르겠네요."

이렇게 말하는 앤의 눈은 잿빛 안개처럼 차가웠다.

"어떻게 된 일인지는 곧 아실 거예요. 부인이 좀 진정되시면요. 아이들은 별일 없어요. 저는 그냥 예방하는 차원에서 의사 선생님을 부른 거예요. 제럴드와 제럴딘이 제 말을 들었으면 이런 일은 일어나지 않았을 거고요."

레이먼드 부인이 신랄하게 말했다.

"그래도 직업이 교사라면 아이들에게 권위가 있을 거라고 생각했어요."

'다른 아이들이라면 그랬겠지. 하지만 이 꼬마 악당들에게는 전혀 먹히지 않아.'

앤은 이렇게 생각했지만 실제로는 다음 말만 했다.

"이제 돌아오셨으니까, 저는 집으로 가겠습니다. 더 도움 될 일도 없을 것 같고, 학교 일도 해야 해서요."

그러자 쌍둥이가 한 아이처럼 침대에서 뛰어나와 앤을 와락 껴안았다.

제럴드가 소리쳤다.

"매주 장례식이 있었으면 좋겠어요! 저는 선생님이 좋아요, 셜리 선생님. 엄마가 없을 때마다 오셔서 우리를 돌봐줬으면 좋겠어요."

제럴딘도 거들었다.

"나도 그래요. 프라우티보다 선생님이 훨씬 더 좋아요. 아… 아주 훨씬 더요."

제럴드가 말했다.

"소설 쓸 때 우리 이야기도 넣으실 거죠?"

제럴딘이 말했다.

"제발 그렇게 해주세요."

그 광경을 지켜보던 레이먼드 부인이 당황해하며 말했다.

"선생님도 잘하려고 노력은 하셨겠죠."

"감사합니다."

매달리는 쌍둥이를 떼어놓으면서 앤이 차갑게 말했다.

레이먼드 부인이 커다란 눈에 눈물을 글썽이며 부탁했다.

"이 일 때문에 우리 말다툼을 하지는 말아요. 누구랑 말다툼하는 건 너무 힘들어요."

"물론 그러지 말아야죠. 말다툼할 필요는 조금도 없다고 생각해요. 제럴드와 제럴딘도 꽤 재미있는 하루였을 거예요. 가엾은 아이비 트렌트는 그렇지 않았겠지만요."

앤은 더없이 당당하게 말했다. 마음만 먹으면 얼마든지 위엄 있는 모습을 보일 수 있었다.

앤은 몇 살 더 먹은 것 같은 기분으로 집에 돌아왔다. 그러고는 이런 생각이 떠올라 반성했다.

'그동안 데이비를 장난꾸러기라고 생각했다니.'

황혼이 비치는 정원에서 리베카 듀가 늦게 핀 팬지꽃을 꺾고 있었다.

"리베카 듀, '아이들은 눈에 보이는 곳에 있어야 하고 아무 소리도 내서는 안 된다'라는 속담이 전에는 너무 심하다고 생각했어요. 하지만 이제는 그게 무슨 뜻인지 알겠어요."

"가엾은 선생님. 맛있는 저녁을 차려드릴게요."

리베카 듀는 "그러게 내가 뭐랬어요"를 덧붙이고 싶었지만 차마 그러지 못했다.

5장

길버트에게 보낸 편지에서 발췌.

어젯밤 레이먼드 부인이 여기 찾아와서는 자기의 경솔한 행동을 용서해달라고 눈물을 글썽이며 말했어. '선생님이 엄마의 마음을 헤아리신다면, 용서해주시는 것이 그렇게 어렵진 않을 거예요.'

그래, 용서하는 게 그리 어렵진 않았어. 레이먼드 부인은 좋아할 수밖에 없는 무언가를 갖고 있으니까. 연극부 일도 많이 도와주셨고. 하지만 "집에 안 계시는 토요일에는 제가 얼마든지 아이들을 봐드릴게요"라고 말하진 않았어. 사람은 경험으로 배우잖아. 나처럼 구제 불능일 만큼 낙천적이고 남을 잘 믿는 사람에게도 버거운 일이야.

지금 서머사이드 사교계에서는 자비스 모로와 도비 웨스트콧의 연애를 크게 걱정하고 있어. 리베카 듀가 그러는데, 두 사람이 약혼한 지 1년이 넘었지만 더는 '진전'이 없다는 거야. 도비의 먼 친척 아주머니뻘인 케이트 이모는(정확하게는 도비의 어머니 쪽 육촌이라고 알고 있어) 이 일에 관심이 많아. 자비스가 도비에게는 분에 넘칠 만큼 훌륭한 신랑감인 것도 그렇지만, 꼴도 보기 싫은 프랭클린 웨스트콧이 찍소리도 못 하는 걸 보고 싶어서인 것 같아. 케이트 이모는 자기가 누군가를 미워한다는 걸 인정하지 않지만 그를 싫어하는 건 분명해. 자기와 어렸을 때부터 친한 친구였던 웨스트콧 부인은 남편 때문에 죽은 거라고 공공연하게 떠들 정도야.

나도 이 일에 관심이 있어. 일단 내가 자비스를 아주 좋아하고, 도비도 그럭저럭 좋아하기 때문이야. 그리고 내가 다른 사람의 일에 끼어들길 좋아하기 때문이기도 해. 물론 항상 좋은 의도로 그러는 거야.

상황을 요약하면 다음과 같아. 프랭클린 웨스트콧은 닳아빠진 장사꾼이야. 키가 크고 음울한 데다 폐쇄적인 성격이라 대인관계가 좋지 않아. 느릅나무집이라고 하는 커다랗고 고풍스러운 저택에 사는데 그 집은 마을 바깥 위쪽 항구 거리에 있어. 나도 한두 번 본 적이 있는데, 무슨 말을 하고는 킥킥대며 길게 웃는 불쾌한 버릇이 있더라. 그것 말고는 그 사람에 대해 아는 게 거의 없어. 찬송가가 울려 퍼지기 시작한 뒤로 단 한 번도 교회에 안 갔고, 겨울에 눈보라가 세차게 몰아쳐도 창문을 모두 열어놓도록 고집을 부려. 이 점에서는 나도 그에게 은근히 공감해. 하지만 그런 사람은 서머사이드에서 나 하나뿐일 거야. 그는 이곳 유지 행세를 하고 있어서 그의 허락이 없으면 마을 일은 아무것도 할 수 없어.

부인은 세상을 떠났어. 남편에게 틀어잡혀 영혼 없는 노예처럼 살았다는 소문도 있지. 프랭클린은 부인을 집으로 맞아들였을 때 이제부터는 자기가 주인이라고 말했대.

도비의 진짜 이름은 시빌이고 그의 외동딸이야. 예쁘고 통통하고 사랑스러운 열아홉 살 아가씨지. 약간 벌어져 있는 빨간 입술 사이로 작고 하얀 치아가 보이고, 갈색 머리는 밤송이처럼 윤기가 흘러. 파란 눈동자는 무척 매력적이고, 검은 속눈썹은 너무 길어서 진짜일까 궁금할 정도야. 젠 프링글이 그러는데 자비스가 정말 사랑하는 건 도비의 눈이래. 젠하고 두 사람에 대해서 진지하게 이야기를 나눈 적이 있거든. 자비스는 젠이 가장 좋아하는 사촌이기도 해.

(말이 나왔으니까 말인데, 젠이 얼마나 나를 좋아하는지 너는 믿을 수 없을 거야. 내가 젠을 얼마나 좋아하는지도 그렇고. 젠은 정말 세상에서 가장 귀여운 아이야.)

프랭클린 웨스트콧은 도비가 남자 친구를 사귀는 걸 절대 허락하지 않았어. 자비스 모로가 도비에게 눈길을 주기 시작하자 그는 자비스를 집에 들이지 않았고 도비에게는 앞으로 저 녀석과 돌아다니지 말라고 했지. 하지만 운명의 장난이라고 해야 할까? 도비와 자비스는 이미 깊이 사랑하는 사이가 되어버렸거든.

이곳 사람들은 모두 이 연인을 안쓰러워해. 프랭클린 웨스트콧이 억지를 부리고 있거든. 변호사로 이름을 날리고 있는 자비스는 집안도 좋고 앞날도 유망한 데다가 아주 착하고 점잖은 청년이야.

리베카 듀도 단언했어.

"더 괜찮은 상대는 없을 거예요. 자비스 모로는 마음만 먹으면 서머사이드의 어떤 아가씨든 사귈 수 있죠. 프랭클린 웨스트콧은 도비를 노처녀로 만들려고 작정한 게 틀림없어요. 매기 고모가 돌아가시고 나서 집안일을 할 사람으로 남겨둘 생각인 거죠."

그래서 내가 물었지.

"그를 설득할 만한 사람이 없을까요?"

"프랭클린 웨스트콧하고 언쟁할 수 있는 사람은 아무도 없어요. 굉장히 빈정거리거든요. 게다가 말싸움에서 지면 엄청나게 화를 내죠. 그 사람이 화를 내는 걸 직접 보지는 못했지만, 프라우티가 그 집에 바느질하러 갔을 때 그가 어떻게 굴었는지 이야기하는 걸 들었어요. 무슨 일 때문인지 그가 엄청나게 화를 냈다는 거예요. 눈에 띄는 물건을 닥치는 대로 잡더니 창밖으로 내던졌다지 뭐예요. 밀턴의 시집은 울타리를 완전히 넘어 조지 클라크네 수련 연못까지 날아갔어요. 그 사람은 항상 인생에 원한을 품은 것 같은 모습이에요. 프라우티가 그러는데 그가 태어났을 때 악을 쓰는 소리도 이제까지 들어본 어떤 아기 울음소리보다 대단했다고 자기 어머니가 이야기해줬대요. 하느님은 무슨 이유가 있어서 그런 사람을 만드셨겠지만, 그걸 감안하더라도 의아한 일이죠. 아니, 같이 도망이라도 가지 않으면 자비스하고 도비는 언제까지나 지금과 같을 거예요. 하긴 그건 좀 저급한 일이죠. 사랑의 도피에 대해 낭만적인 헛소리가 끔찍할 정도로 많기는 하지만 두 사람이 그랬다면 누구라도 용서해줄 거예요."

나도 어떻게 해야 할지 모르겠지만, 그래도 뭔가 해봐야겠지? 가만히 앉아 내 코앞에 있는 사람들이 자기 인생을 망쳐버리는 걸 보고만 있을 수는 없으니까. 프랭클린 웨스트콧이 화를 많이 내겠지만 그쯤은 감수해야지. 자비스 모로도 영원히 기다려주진 않을 거야. 누가 그러는데 그도 인내심이 이미 바닥나서 자기가 나무에 새겨놓은 도비의 이름을 마구 파내고 있는 걸 본 적이 있대. 파머 가문의 매력적인 아가씨가 자비스 눈에 들려고 애쓴다는 소문도 있어. 그 사람 어머니도 자기 아들이 어떤 아가씨든 몇 년 동안 매달릴 필요는 없다는 말을 했다고 자비스 누나가 그랬어.

길버트, 그 연인 때문에 정말 걱정이야.

오늘 밤은 달빛이 참 밝아. 마당의 포플러나무에도 달빛이 비치고 있지. 유령선이 먼바다를 떠다니는 항구에도 달빛이 잔물결처럼 비치고 있어. 오래된 묘지에도, 나만의 골짜기에도, 폭풍왕에도. 연인의 오솔길과 반짝이는 호수와 유령의 숲과 제비꽃 골짜기에도 달빛이 비치고 있을 거야. 오늘 밤에는 언덕에서 요정들이 춤추고 있겠지. 하지만 사랑하는 길버트, 같이 볼 사람이 없는 달빛은 한낱 달빛일 뿐이야.

리틀 엘리자베스를 데리고 산책을 나갈 수 있으면 좋겠어. 그 아이는 달빛 아래에서 산책하는 걸 정말 좋아하거든. 초록지붕집에 있을 때는 달밤에 즐겁게 산책하곤 했어. 하지만 집에서는 엘리자베스도 창문으로만 달빛을 볼 수 있을 뿐이야.

나는 그 아이도 조금 격정되기 시작했어. 이제 열 살이 되는데, 두 노부인은 정신적으로나 정서적으로 아이에게 뭐가 필요한지 아무것도 모르잖아. 좋은 음식과 좋은 옷만 있으면 된다고 여길 뿐 그 외에도 필요한 것이 있다는 걸 생각하려고도 하지 않아. 해마다 상황은 더 나빠질 거야. 그 가엾은 아이는 도대체 어떤 소녀 시절을 보내게 될까?

6장

졸업식에 참석했던 자비스 모로는 집으로 가는 길에 앤과 함께 걸어가면서 고민을 털어놓았다.

"자비스, 그 아가씨를 데리고 도망가야 해요. 모두들 그렇게 말하고 있어요. 원칙적으로 난 사랑의 도피를 찬성하진 않아요. (40년 경력의 교사같이 말했다고 생각하면서 앤은 남모르게 미소를 지었다.) 하지만 모든 원칙에는 예외가 있는 법이죠."

"그러려면 두 사람 마음이 맞아야 해요, 앤 선생님. 혼자서는 도망칠 수 없으니까요. 그런데 도비는 아버지를 정말 무서워해서 감히 그러자고 설득할 수 없어요. 그리고 제가 생각하는 건 사랑의 도피처럼 심각하지도 않아요. 도비가 적당한 날 저녁에 제 누나 줄리아 집으로만 오면 되거든요. 누나가 스티븐스 부인인 건 아시죠? 제가 목사님을 그곳에 모셔와 누구라도 만족할 만한 결혼식을 올린 다음 킹즈포트에 있는 버사 고모네로 신혼여행을 가면 돼요. 아주 간단하죠. 하지만 도비를 그런 엄청난 도박에 끌어들일 수 없어요. 가엾게도 도비는 아버지의 변덕과 터무니없는 생각에 계속 굴복하고 지내온 터라 자신의 의지라는 게 하나도 남아 있지 않거든요."

"도비가 용기를 내도록 만들어야 해요."

"맙소사, 제가 안 해봤을 거라고 생각하세요? 정말 얼굴이 타들어갈 때까지 애원했어요. 그런데 저랑 같이 있을 때는 마음을 굳힌 것 같다가도 집에 돌아가자마자 그럴 수 없다고 말하는 거예요. 이상하게 들리겠지만, 그 가엾은 아이는 아버지를 정말 좋아해요. 그래서 아버지에게 용서받지 못할 일은 꿈도 못 꾸는 거라고요."

"아버지하고 당신 중에서 선택해야만 한다고 말해보세요."

"그랬다가 아버지를 선택한다고 하면요?"

"그럴 염려는 없을 것 같아요."

하지만 자비스는 어두운 얼굴로 말했다.

"그건 알 수 없는 일이에요. 하지만 어떤 식으로든 빨리 결정을 내려야 해요. 계속 이렇게 지낼 순 없으니까요. 저는 도비에게 푹 빠져 있어요. 서머사이드 사람이라면 다 알고 있죠. 도비는 손이 닿지 못하는 곳에 핀 작고 붉은 장미예요. 저는 반드시 그 꽃을 손에 넣어야 해요."

하지만 앤의 목소리는 아주 차가웠다.

"시적 표현은 적절한 곳에서나 멋진 법이에요. 이 경우에는 별 도움이 되지 못해요. 리베카 듀가 하는 말처럼 들리겠지만,

그게 현실인걸요. 지금 당신에게 필요한 건 분명하고 당연한 상식이에요. 도비한테 가서 그 미적거리는 태도에 지쳤으니 나를 붙잡든지 떠나든지 선택해야 한다고 말하세요. 설혹 아버지를 떠날 정도로 도비가 당신을 사랑하는 게 아니라면, 그 사실을 알게 되는 것도 당신에게 유익할 거예요."

자비스가 신음 소리를 냈다.

"선생님은 프랭클린 웨스트콧의 손아귀에 있어 본 적이 한 번도 없잖아요. 그가 어떤 사람인지 전혀 모르니 그렇게 말씀하실 수 있겠죠. 그래요, 저도 마지막까지 노력할 거예요. 선생님 말씀처럼 도비가 나를 정말 사랑한다면 제게 오겠죠. 만에 하나 그렇지 않다면, 저도 최악의 상황을 알게 되는 게 좋을 거고요. 사실 지금껏 어리석은 짓을 해왔던 게 아닌가 하는 느낌이 들기 시작했어요."

'자비스가 이런 느낌이 들기 시작했다면 큰일인걸! 도비는 지금처럼 머뭇거릴 때가 아니야.'

앤은 생각했다.

며칠 뒤 저녁, 도비는 앤과 의논하기 위해 조용히 집을 빠져나와 바람 부는 포플러나무집으로 왔다.

"어떻게 해야 하죠, 앤 선생님? 제가 뭘 할 수 있을까요? 자비스는 저랑 도망가고 싶어 해요. 때마침 좋은 기회가 왔어요. 아버지가 다음 주 어느 날 밤 프리메이슨 집회에 참석하러 샬럿타운으로 가시거든요. 매기 고모도 의심하진 않을 거예요. 자비스는 저더러 스티븐스 부인네로 와서 결혼식을 올리자고 했어요."

"오! 도비, 정말 잘됐네요!"

"아, 앤 선생님. 제가 정말 그래야 한다고 생각하세요?"

도비는 귀엽게 응석을 부리는 듯한 표정으로 사정했다.

"제발, 제발 저 대신 결정을 내려주세요. 머릿속이 혼란스러워서 어떡해야 할지 모르겠어요."

이어지는 도비의 목소리는 눈물에 젖어 계속 끊어졌다.

"아, 앤 선생님. 선생님은 저희 아버지를 모르세요. 아버지는 자비스가 그냥 싫은 거예요. 대체 왜 그러시는지 통 알 수가 없어요. 선생님은 상상이 가세요? 도대체 누가 자비스를 싫어할 수 있을까요? 그 사람이 처음 저를 찾아왔을 때가 생각나요. 아버지는 자비스가 집 안에 발도 못 들이게 하셨죠. 그렇게 쫓아내고는 다시 찾아오면 개를 풀어서 물게 하겠다고 엄포를 놓으셨어요. 우리 집 커다란 불도그 말이에요. 불도그는 한번 물면 절대로 놓지 않잖아요. 제가 자비스랑 도망친다면 아버지는 저를 결코 용서하지 않을 거예요."

"둘 중에서 선택해야 해요, 도비."

도비는 끝내 흐느꼈다.

"자비스도 똑같은 말을 했어요. 얼마나 단호하던지…. 전에는 그런 얼굴을 본 적이 없었죠. 그리고 저는, 그 사람 없이 저는, 사… 살 수 없어요."

"그러면 그 사람하고 살아야죠. 그건 사랑의 도피가 아니에요. 그냥 서머사이드에서 친구들에게 둘러싸여 결혼하는 거죠. 그건 달아나는 게 아니잖아요."

도비는 애써 눈물을 삼키며 말했다.

"하지만 아버지는 그렇게 생각하실 거예요. 그래도 선생님의 충고를 받아들이겠어요. 선생님은 잘못된 쪽으로 가라고 말씀하실 분이 아니니까요. 자비스보고 먼저 가서 결혼 허가증을 받아놓으라고 할 거예요. 저는 아버지가 샬럿타운에 계시는 날 밤에 그분 누님네로 가겠어요."

이후 앤이 자비스를 만났을 때 그는 도비가 마침내 결단을 내렸다고 의기양양하게 말했다.

"다음 주 화요일 밤에 오솔길 끝에서 도비를 만나기로 했어요. 매기 고모님이 저를 보면 안 되니까 집으로 오지 말라고 도비가 그랬죠. 그런 다음 우리는 줄리아 누나 집으로 가서 곧바로 결혼식을 올릴 거예요. 제 가족이 전부 모여 축하해줄 테니 가엾은 도비도 그렇게 외롭진 않을 거예요. 프랭클린 웨스트콧은 제게 절대로 딸을 주지 않을 거라고 그러셨죠. 그게 잘못된 생각이었다는 걸 입증해 보일 겁니다."

7장

———

11월도 다 지나간 화요일은 날씨가 음산했다. 이따금씩 차가운 소나기가 언덕 위로 휘몰아쳤다. 회색 이슬비가 내리는 세상은 황량하고 아무도 살지 않는 곳 같았다.

'가엾게도 도비는 결혼식조차 화창한 날에 하지 못하는구나. 만약, 만약에….'

앤은 생각하다 말고 몸서리를 쳤다.

'결국 일이 잘 풀리지 않으면 어떡하지? 그건 전부 내 탓이잖아. 내가 그런 말을 하지 않았다면 도비는 자비스의 제안을 절대로 받아들이지 않았을 거야. 만약 프랭클린 웨스트콧이 영원히 딸을 용서하지 않는다면 어떡하지? 앤 셜리, 이제 그만! 이건 전부 날씨 때문이야.'

밤이 되자 비는 그쳤지만 공기는 차갑고 쌀쌀했으며 하늘은 뭐라도 쏟아질 듯 흐렸다. 앤은 옥탑방에서 답안지를 채점하는 중이고, 더스티 밀러는 난로 밑에 웅크리고 있었다. 갑자기 현관문을 부서져라 두드리는 소리가 들렸다.

앤이 뛰어 내려갔다. 리베카 듀가 놀라 침실 문으로 고개를 내밀었다. 앤은 다시 들어가라고 손짓을 했다.

리베카가 멍하니 말했다.

"현관문에 누가 있어요!"

"괜찮아요, 리베카 듀. 아니, 안 괜찮은 것 같아 걱정이긴 하지만, 어쨌든 자비스 모로가 온 것뿐이에요. 옥탑방 옆쪽 창문으로 그를 봤어요. 아마 나를 보러 온 것 같아요."

"자비스 모로라고요? 나도 참을 만큼 참았어요."

리베카 듀는 방으로 들어가서 문을 닫았다.

"자비스, 도대체 무슨 일이에요?"

자비스는 정신이 나간 듯한 얼굴이었다.

"도비가 안 왔어요. 다 같이 모여 몇 시간이나 기다렸는데 깜깜무소식이에요. 목사님도 거기 계셨고 제 친구들도 있는데, 줄리아 누나는 저녁도 다 준비해놨는데, 도비가 안 왔다고요. 저는 오솔길 끝에서 도비를 기다리다가 초조해서 미치는 줄 알았어요. 도비 집으로는 감히 갈 수 없었죠. 무슨 일이 일어난 건지 모르니까요. 그 잔인한 프랭클린 웨스트콧 영감이 돌아왔을 수도 있고, 매기 고모님이 도비를 가둬놨을 수도 있죠. 대체 어떻게 된 건지 알아야겠어요. 앤 선생님, 느릅나무집으로 가셔서 도비가 왜 안 왔는지 알아봐주세요."

"나를요?"

앤이 믿을 수 없다는 듯 문법까지 틀려가며 말했다.

"네, 선생님이요. 믿을 수 있는 사람이 달리 없어요. 사정을 아는 사람도 없고요. 아, 앤 선생님. 이제 와서 저를 버리지 마세요. 선생님이 쭉 저희를 도와주셨잖아요. 도비가 그러는데 진정한 친구라고는 선생님밖에 없대요. 그리 늦지도 않았어요. 아직 9시밖에 안 됐잖아요. 제발 다녀와주세요."

앤이 비꼬듯 말했다.

"그래서 불도그한테 물리라고요?"

"그건 늙어빠진 개라고요! 그 개는 부랑자를 봐도 짖지 않아요. 설마 제가 그 개를 무서워한다고 생각하시는 건 아니죠? 게다가 밤에는 항상 개를 가둬놔요. 혹시 그 집 사람들이 뭘 알아낸 거라면 제발 도비에게 아무 일도 없어야 할 텐데…. 앤 선생님, 제발 부탁이에요!"

"어쩔 도리가 없군요."

앤은 체념한 듯 어깨를 으쓱하며 말했다.

자비스는 앤을 마차에 태우고 느릅나무집으로 이어지는 긴 오솔길까지 달려갔다. 하지만 앤은 더 이상 가까이 가지 못하도록 자비스를 만류했다.

"당신이 말한 대로 아버지가 집에 왔다면, 당신 모습이 보였을 때 도비 입장이 난처해질 수도 있어요."

앤은 나무가 길게 줄지어 있는 오솔길을 서둘러 내려갔다. 빠르게 흐르는 구름 사이로 이따금씩 달이 얼굴을 내밀었지만 길은 대체로 어두컴컴해서 걷기 불편했다. 게다가 앤은 개가 달려들까 봐 조금 걱정되었다.

느릅나무집에서는 단 하나의 불빛만 새어나왔다. 부엌 창문이었다. 매기 고모가 직접 옆문을 열어주었다. 매기 고모는 프랭클린 웨스트콧과 나이 차이가 많이 나는 누나로, 허리가 조금 구부정하고 주름도 많았다. 아주 똑똑한 편은 아니었지만 살림 솜씨는 훌륭했다.

"매기 고모님, 도비가 집에 있나요?"

매기 고모는 별일 아니라는 듯 대답했다.

"도비는 자는데요?"

"잔다고요? 어디 아픈가요?"

"그런 것 같진 않은데요. 온종일 안절부절못하는 것처럼 보이긴 했어요. 저녁을 먹고 나서는 피곤하다면서 그만 자야겠다고 말했고요."

"잠깐 만나야겠어요. 좀 알아볼 일이 있어서요."

"그럼 아이 방으로 올라가보세요. 올라가서 오른쪽이에요."

매기 고모는 계단을 가리키고는 부엌으로 되돌아갔다.

앤이 급히 문을 두드리고 다소 무례하게 방으로 들어갔을 때 도비는 일어나 앉아 있었다. 작은 촛불만으로도 도비가 눈물을 흘리고 있다는 것을 알 수 있었다. 하지만 그 모습이 애처롭게 보이기는커녕 화를 돋웠다.

"도비 웨스트콧, 오늘 밤 자비스 모로와 결혼하기로 약속한 거 잊어버렸어요? 오늘 밤이요!"

"아뇨, 아니에요. 아, 앤 선생님. 제가 너무 처량하게 느껴져요. 오늘 하루는 너무 끔찍했어요. 제가 종일 어떤 기분이었는지 선생님은 절대, 절대 모르실 거예요."

앤이 사정없이 말했다.

"가엾은 자비스가 어떤 기분으로 보냈는지는 알고 있어요. 추위에 떨고 보슬비까지 맞아가며 저 오솔길에서 두 시간이나 기다렸다고요."

"그 사람, 그 사람은 화가 많이 났나요?

"그야 당연하죠."

"아, 앤 선생님. 저는 그냥, 그냥 무서웠어요. 어젯밤에는 한숨도 못 잤어요. 도저히 감당할 수 없었어요. 도망친다는 건 정말 창피한 일이니까요. 그리고 멋진 선물도 모두 포기해야 하잖아요. 그렇게 많이 받지는 못하겠지만요. 저는 항상 예쁘게 꾸며진 교회에서 겨, 겨, 결혼하고 싶었어요. 하얀 베일하고 웨딩드레스를 입고 으, 으, 은빛 덧신도 신고요!"

"도비 웨스트콧, 침대에서 나와요. 당장요! 그리고 옷을 입고 나랑 같이 가요."

"앤 선생님, 이젠 너무 늦었어요."

"늦지 않았어요. 그리고 지금이 아니면 영원히 못 해요. 손톱만큼의 분별력이라도 있다면 그 정도는 알 거예요. 이렇게 자비스 모로를 바보 취급하면 그 사람은 앞으로 당신에게 말조차 걸지 않을 거예요."

"아, 앤 선생님. 그는 절 용서할 거예요. 제 사정을 알면…"

"천만에요. 나는 자비스 모로를 알아요. 그 사람은 당신이 자기 인생을 끝없이 농락하도록 내버려두지 않을 거예요. 도비, 내가 당신을 침대에서 끌어내기라도 해야겠어요?"

도비는 몸을 떨며 한숨을 쉬었다.

"적당한 옷이 하나도 없는데….."

"예쁜 드레스가 여섯 벌이나 있잖아요. 장미색 호박단 드레스를 입어요."

"게다가 혼수도 하나도 없고요. 모로 가족은 두고두고 저한테 뭐라 그럴 텐데….."

"나중에 구하면 돼요. 도비, 이런 것들은 이미 다 전에 따져보지 않았나요?"

"그…그게… 안 했어요. 그래서 곤란한 거예요. 어젯밤에 겨우 생각하기 시작했거든요. 선생님은 저희 아버지가 어떤 분인지를 모르세요."

"자, 딱 10분 줄게요. 어서 옷을 입고 준비해요!"

도비는 앤이 정해준 시간 안에 옷을 입었다. 앤이 고리를 채워주는데 도비가 흐느꼈다.

"드레스가 너무 꽈, 꽉 껴요. 제가 더 뚱뚱해지면 자비스는 저를 사, 사, 사랑하지 않을 거예요. 저도 선생님처럼 키가 크고 날씬하고 피부도 희었으면 좋았을 텐데. 아, 앤 선생님. 매기 고모가 우리가 나가는 소리를 들으면 어떡해요?"

"못 들으실 거예요. 부엌문도 닫아놨고 고모님은 귀도 약간 어두우시잖아요. 여기, 모자하고 외투요. 그리고 가방에 필요한 물건 몇 가지를 넣어뒀어요."

"아, 가슴이 너무 뛰어요. 저 지금 꼴이 엉망이죠?"

"아니요, 아주 예뻐요."

앤이 진심으로 말했다. 장밋빛과 크림빛이 도는 도비의 피부는 무척 매끄러웠고 그렇게 눈물을 흘렸는데도 눈은 예전과 다름없었다. 하지만 자비스는 어두운 곳에 있는 도비의 눈을 볼 수 없었고, 자신이 흠모하던 그녀에게 약간 짜증이 나 있는 상태여서 마차를 타고 마을로 가는 동안 조금 쌀쌀맞게 대했다.

자비스는 스티븐스 집의 계단을 내려가는 도비에게 조바심을 내며 말했다.

"제발요, 도비. 나랑 결혼한다고 그렇게 겁먹은 얼굴을 하지는 말아요. 그리고 울지 좀 마요. 코가 붓겠어요. 이제 곧 10시예요. 우린 11시 기차를 타야 해요."

자비스와 결혼한 도비는 이제 돌이킬 수 없게 되었다는 사실을 깨닫자마자 금세 안정을 되찾았다. 나중에 길버트에게 보낸 편지에서 앤이 짓궂게 묘사한 '신혼여행용 표정'이 도비의 얼굴에 벌써 나타나 있었다.

"앤 선생님, 다 선생님 덕분이에요! 오늘 이 순간을 영원히 잊지 못할 거예요. 그렇지, 자비스? 그리고 앤 선생님, 한 가지 일만 더 해주실 수 있나요? 저희 아버지께 제가 결혼했다는 이야기를 전해주세요. 아버지는 내일 저녁 일찍 집에 오실 거예요. 누군가는 아버지께 말해줘야 하는데, 앤 선생님밖에는 아버지를 진정시킬 사람이 없을 거예요. 아버지가 저를 용서하시도록 선생님이 최대한 애써주세요. 부탁드려요."

앤은 자기야말로 누군가가 진정시켜줘야 한다는 생각이 들었다. 하지만 일이 이렇게 된 것에 자기 책임도 있다는 마음이 들어 도비의 청을 들어주겠노라 약속했다.

"아버지는 엄청나게 화를 내시겠죠? 하지만 앤 선생님을 잡아먹진 않을 거예요."

그러더니 도비는 갑자기 격앙된 목소리로 말했다.

"아, 선생님은 모르실 거예요. 자비스와 있으면 제가 얼마나 안심이 되는지 상상도 못 하실걸요?"

앤이 집으로 돌아왔을 때, 리베카 듀는 일이 어떻게 됐는지 궁금한 나머지 미쳐버리기 직전이었다. 그녀는 잠옷을 입고 네모난 플란넬 천으로 머리를 감싼 채 앤을 따라 옥탑방으로 가서 자초지종을 들었다.

이야기가 끝나자 리베카 듀는 비아냥거림을 섞어 말했다.

"뭐, 이게 사람들이 말하는 '인생'이라는 것이겠죠. 프랭클린 웨스트콧이 마침내 마땅한 벌을 받아 정말 기쁘네요. 매컴버 선장 부인도 그렇게 생각하실 거예요. 하지만 그 소식을 전하러 가는 선생님은, 전혀 부럽지 않네요. 아마 프랭클린은 마구 화를 내며 엉뚱한 소리나 지껄이겠죠. 내가 선생님 입장이라면요, 오늘 밤에는 한숨도 못 잘 거예요."

"그렇게 유쾌한 경험은 아닐 것 같다는 생각이 드네요."

앤이 후회하는 얼굴로 말했다.

8장

—

다음 날 저녁, 앤은 느릅나무집으로 발걸음을 옮겼다. 11월의 안개 덕분에 꿈같이 펼쳐진 풍경 속을 걷다 보니 앤의 마음도 조금씩 안정을 찾아갔다. 즐거운 일은 확실히 아니었다. 도비도 말했듯이 프랭클린 웨스트콧이 앤을 잡아먹지는 않을 것이다. 그에 대한 소문이 모두 사실이라면 앤에게 무언가를 집어던질 수도 있지만, 앤이 물리적 폭력을 두려워하는 건 아니었다.

'화를 내며 소리를 질러대진 않을까?'

앤은 그때껏 머리끝까지 화가 나서 고함을 지르는 남자를 본 적이 없었다. 상상만으로도 아주 불쾌한 광경이었다. 어쩌면 그가 빈정거려서 상대방의 속을 뒤집어놓는 그 유명한 재능을 앤에게 선보일지도 모른다. 남자건 여자건 간에 빈정대는 것은 앤이 유일하게 두려워하는 무기였다. 앤은 그런 말을 들을 때마다 상처를 입었다. 그러면 영혼에 생긴 물집이 점점 커져서 몇 달이 지나도록 쿡쿡 쑤시곤 했다.

'제임시나 아주머니가 가능하면 나쁜 소식을 전하는 사람이 되지 말라고 자주 말씀하셨지. 다른 것도 그렇지만 이 말씀은 특히 옳은 것 같아. 아, 이제 도착했다.'

느릅나무집은 고풍스러운 저택으로, 네 모퉁이에 탑이 있고 위에는 돔 같은 지붕이 있었다. 앞쪽으로 난 계단 맨 위에는 개가 한 마리 앉아 있었다.

불도그는 한번 물면 절대 놓지 않는다고 했던 도비의 말이 불현듯 기억났다. 옆문으로 돌아서 가야 하나 고민하다가 프랭클린 웨스트콧이 창문으로 자기를 보고 있을지도 모른다는 생각이 들면서 앤은 용기를 냈다. 개를 무서워하는 모습을 보여서 그가 코웃음치게 만드는 일은 절대 하지 않기로 마음먹었다. 앤은 결연히 고개를 들고 당당하게 계단을 올라가 개를 지나친 뒤 초인종을 눌렀다. 개는 꼼짝도 하지 않았다. 어깨 너머로 슬쩍 돌아보니 분명 자는 듯했다.

프랭클린 웨스트콧은 집에 없었지만 샬럿타운에서 오는 기차가 도착하는 대로 돌아올 것이라고 했다. 매기 고모는 '서죄'*라고 부르는 방으로 앤을 안내했다. 개가 일어나서 두 사람을 따라 방으로 들어오더니 앤의 발치에 자리를 잡았다.

앤은 이 '서죄'가 마음에 들었다. 기분 좋고 소박한 방으로, 벽난로에서 불꽃이 타올라 무척 아늑했으며, 닳아빠진 붉은 카펫

---

* 원서에서는 library(서재)를 liberry로 발음한 상황이다.

에는 곰 가죽 깔개가 깔려 있었다. 프랭클린 웨스트콧은 책과 담배 파이프에 관한 한 호사를 누리는 것이 분명했다.

얼마 지나지 않아 인기척이 났다. 프랭클린 웨스트콧은 모자와 외투를 현관에 걸어놓고는 아주 단호한 표정으로 눈썹을 찌푸리며 서재 문 앞에 섰다. 앤은 그를 처음 보았을 때 신사적인 해적 같은 인상을 받았는데, 오늘도 마찬가지였다.

프랭클린이 무뚝뚝하게 말했다.

"아, 선생님이군요. 그래, 무슨 일이죠?"

그는 앤과 악수를 하려고 손을 내밀지도 않았다. 이 사람보다는 확실히 이 집 개가 예의 있다고 앤은 생각했다.

"웨스트콧 씨, 제발 제 말을 끝까지 참고 들어주시면…."

"내 참을성은 충분합니다. 아주 잘 참죠. 말해보세요!"

앤은 프랭클린 웨스트콧 같은 사람에게는 돌려서 말해도 소용없다고 결론 내렸다.

"드릴 말씀이 있어서 왔어요. 댁의 따님 도비가 자비스 모로와 결혼했어요."

그러고 나서 앤은 지진이 일어나기를 기다렸다. 하지만 아무 일도 없었다. 프랭클린 웨스트콧의 성마른 갈색 얼굴에서 근육 하나도 움직이지 않았다. 그는 방으로 들어와 앤 맞은편에 놓인 다리가 안쪽으로 굽은 가죽 의자에 앉았다.

"언제였죠?"

"어젯밤이요. 그 사람 누나 집에서 결혼식을 올렸죠."

프랭클린 웨스트콧은 희끗한 눈썹 아래 깊이 박힌 황갈색 눈으로 잠시 동안 앤을 바라보았다. 한순간 앤은 그가 아기였을 때 어떤 모습이었을지 궁금해졌다. 이윽고 그는 고개를 뒤로 젖히고 경련이라도 난 듯 몸을 흔들며 소리 없이 웃었다.

사실을 밝히는 그 어려운 일을 해치우고 나서 간신히 기운을 되찾은 앤이 간절한 얼굴로 말했다.

"도비를 나무라시면 안 돼요, 웨스트콧 씨. 도비 잘못이 아니니까요."

"당연히 그렇겠죠."

프랭클린 웨스트콧이 말했다.

빈정대는 것인가 싶어서 앤은 솔직하고 용감하게 말했다.

"네, 전부 제 잘못이에요. 제가 도비한테 도망가라고, 아니 결혼하라고 조언했어요. 그렇게 하라고 제가 시킨 거죠. 그러니까 제발 도비를 용서해주세요, 웨스트콧 씨."

프랭클린 웨스트콧은 차분하게 파이프를 집어 들고 거기에 담뱃잎을 채우기 시작했다.

"선생님이 시빌을 자비스 모로와 도망가게 하신 거라면요, 내가 아무도 못 할 거라고 생각했던 일 이상을 선생님이 해내신 겁니다. 난 그 아이가 그런 일을 할 만한 강단이 없는 게 아닌가 싶어 걱정하던 중이었거든요. 그러면 내가 한발 물러나야만 하는데…. 맙소사, 우리 웨스트콧 가문이 누군가에게 숙이는 걸 얼마나 싫어하는데요! 내 체면을 살려주신 겁니다. 그러니 감사하다는 인사를 드려야겠군요."

프랭클린 웨스트콧은 한참 동안 아무 말도 하지 않고 담뱃잎을 파이프 안으로 꾹꾹 누르더니 재미있다는 듯 앤을 바라보며 눈을 찡긋했다. 앤은 갑자기 바다에라도 빠진 것처럼 당황스러워 말문이 막혔다.

"아마도 선생님은 이 끔찍한 소식을 제게 전해야 한다는 생각에 무서워서 벌벌 떨며 여기 오셨겠죠?"

"네."

앤이 잠시 가만히 있다가 말했다. 그러자 프랭클린 웨스트콧은 소리 없이 킥킥 웃었다.

"그러지 않아도 됐을 텐데요. 이보다 더 반가운 소식은 없으니까요. 사실 난 시빌의 상대로 자비스 모로를 점찍었어요. 두 사람이 어렸을 때부터요. 다른 남자애들이 딸에게 눈길을 주기 시작하면 곧바로 쫓아버렸죠. 그게 자비스가 우리 아이를 마음에 품은 계기였어요. 자기는 쫓겨나지 않고 내게 본때를 보여주겠다는 듯이 굴었죠! 사실 아가씨들한테 인기가 많았던 자비스가 우리 아이에게 진심으로 마음을 주었을 때 난 엄청난 행운이라고 생각했습니다. 그래서 작전을 짠 거죠. 모로 가문이라면 머리부터 발끝까지 전부 알고 있으니까요. 선생님은 모를 겁니다. 좋은 가문이기는 하지만 그 집안 남자들은 쉽게 얻은 건 금세 싫증을 느껴요. 도리어 손에 넣기 어려운 걸 얻으려고 마음먹고요. 항상 반대로 가는 거죠. 자비스의 아버지는 아가씨 세 명을 울렸는데 그건 아가씨들의 집에서 먼저 딸을 주겠다고 나섰기 때문이었어요. 이번 경우도 무슨 일이 일어날지 난 정확히 알고 있었습니다. 시빌이 자비스에게 푹 빠질 거고, 그러면 머지않아 그가 우리 아이에게 싫증을 내겠죠. 만약 내 딸이 너무 쉽게 얻을 수 있는 상대라면 관계가 오래가지 않을 게 뻔했어요. 그래서 그가 우리 집 근처로 오는 걸 막고 시빌에게는 말도 섞지 말라고 한 거죠. 난 엄한 부모 역할을 완벽하게 연기해 낸 겁니다. '가질 수 없는 것보다 매력적인 건 없다'라는 말도 있잖아요! 모든 일이 예정대로 진행되었죠. 그런데 그만 시빌에게 배짱이 없다는 암초에 부딪친 겁니다. 우리 딸은 착한 아이지만 너무 소심해요. 내 뜻을 거스르면서까지 결혼할 용기는 없었던 거죠. 자, 이제 좀 숨을 돌리셨죠, 젊은 선생님? 그럼 자초지종을 털어놔주시죠."

앤의 유머 감각이 다시금 앤을 구해주었다. 앤은 한바탕 웃어댈 기회를 놓칠 수 없었다. 스스로 웃음거리가 되더라도 말이다. 앤은 프랭클린 웨스트콧이 친밀하게 느껴졌다.

그는 파이프 담배를 피우며 앤에게 귀를 기울였고 이야기가 끝나자 흡족한 듯 고개를 끄덕였다.

"생각했던 것보다 선생님께 신세를 크게 졌군요. 선생님이 없었다면 딸아이는 그런 일을 할 용기를 내지 못했겠죠. 자비스 모로는 두 번이나 바보 취급을 당하는 짓은 하지 않았을 겁니다. 그럼요, 그 가문이 그럴 리 없죠. 어쨌든 가까스로 성공했네요! 난 평생 동안 선생님께 고개를 들 수 없을 겁니다. 나에 대한 온갖 이야기를 다 듣고도 이렇게 여길 찾아오셨으니 선생님은 정말 훌륭한 분이네요. 이런저런 소문을 많이 들으셨을 겁니다. 그렇지 않나요?"

앤은 고개를 끄덕였다. 불도그는 앤의 무릎에 머리를 얹고 편안한 듯 코를 골았다.

앤이 솔직하게 말했다.

"웨스트콧 씨가 심술궂고 괴팍하며 까다롭다고 사람들이 한

결같이 말해주더군요."

"내가 폭군이고, 가엾은 아내를 힘들게 했으며, 가족에게는 쇠막대기를 휘둘렀다는 말도 하지 않던가요?"

"네. 하지만 저는 그 이야기들을 적당히 걸러서 들었어요. 소문처럼 무서운 분이라면 도비가 아버지를 그렇게 좋아할 리는 없다고 생각했거든요."

"정말 똑똑한 아가씨군요! 제 아내는 행복한 여자였습니다, 셜리 선생님. 내가 아내를 못살게 굴어서 죽게 만들었다는 말을 매컴버 선장 부인이 또 입 밖에 낸다면 대신 한 방 먹여주세요. 이런, 내가 품위 없는 말을 했군요. 죄송합니다. 내 아내 몰리는 참 예뻤어요. 시빌보다 더 예뻤죠. 분홍빛 뺨과 하얀 피부, 황갈색 머리, 이슬에 젖은 듯한 푸른 눈동자! 서머사이드에서 가장 예쁜 여자가 틀림없었죠. 아내보다 더 아름다운 여자를 데리고 교회에 오는 남자가 있었다면 저는 참을 수 없었을 겁니다. 저는 가장으로서 집안을 이끌었지만 폭군처럼 굴지는 않았어요. 아, 물론 가끔씩 성질을 부린 적은 있었습니다. 몰리도 제 행동에 익숙해지고 나서는 신경 쓰지 않았어요. 남자라면 가끔씩 말다툼을 할 권리 정도는 있는 거니까요, 그렇지 않나요? 여자는 지루한 남편이면 싫증이 나는 법이죠. 게다가 마음이 가라앉은 뒤에는 꼭 반지며 목걸이며 장신구 같은 걸 아내에게 사줬어요. 서머사이드에서 멋진 보석을 아내보다 더 많이 가진 여자는 없었어요. 그걸 꺼내 와서 시빌한테 줘야겠네요."

앤은 짓궂게 말을 이었다.

"밀턴 시집은 어떻게 된 일이죠?"

"밀턴 시집이요? 아, 그건 밀턴의 시집이 아니었어요. 테니슨 시집이었죠. 난 밀턴을 존경하지만 앨프리드 테니슨은 참을 수 없거든요. 그 사람 시는 느글거릴 정도로 지나치게 달콤해요. 어느 날 밤에 〈이녹 아든〉*의 마지막 두 줄에 너무 화가 나서 창문 밖으로 책을 던져버렸다니까요. 그런데 다음 날 〈뿔피리의 노래〉 때문에 그 책을 다시 주워왔어요. 그 시를 위해서라면 누가 무슨 짓을 해도 용서해줄 겁니다. 그 책은 조지 클라크네 연못에 떨어지지 않았어요. 프라우티가 과장한 거예요. 아니, 벌써 가시게요? 여기 남아서 하나뿐인 딸아이를 빼앗긴 외로운 노인과 저녁 식사라도 하시죠."

"정말 안타깝게도 그럴 수 없네요. 오늘 밤 교사 회의에 참석해야 하거든요."

"그럼, 시빌이 돌아오면 뵙도록 하죠. 두 사람을 위해 파티를 열어줄 겁니다. 당연히 그래야죠. 이런, 이제야 마음이 편해지네요. 내가 고개를 숙이고 '내 딸을 데려가주겠나'라고 말하기가 얼마나 싫었는지 선생님은 모르실 겁니다. 이제 내가 할 일은 아픈 마음을 붙잡고 체념하면서 가엾은 어머니를 봐서 하는 수 없이 딸아이를 용서하는 척하는 거죠. 아주 멋지게 해낼 겁니다. 자비스가 의심하면 안 되니까요. 그러니 선생님도 절대 비밀을 털어놓아서는 안 됩니다."

"그런 일은 없을 거예요."

앤은 굳게 약속했다.

• 앨프리드 테니슨의 서사시로 두 남성과 한 여성의 애절한 사랑 이야기다.

프랭클린 웨스트콧은 앤을 문까지 정중하게 배웅해주었다. 불도그는 웅크리고 앉아 앤의 등 뒤에 대고 짖었다.

문가에서 프랭클린 웨스트콧은 입에 물고 있던 파이프로 앤의 어깨를 토닥였다. 그러고는 엄숙하게 말했다.

"항상 기억하세요. 고양이 가죽을 벗기는 방법은 하나만 있는 게 아닙니다. 고양이가 자기 가죽이 없어진 것도 모르게 그걸 벗길 수도 있어요. 리베카 듀에게 안부 전해주세요. 아주 착한 할머니 고양이 같은 분이죠. 선생님이 제대로 쓰다듬을 줄만 안다면요. 그리고 고마워요. 정말 고맙습니다."

앤은 부드럽고 고요한 밤길을 걸어서 집으로 돌아왔다. 안개는 걷히고 바람은 잦아들었으며 연녹색 하늘은 서리가 내린 것 같았다. 앤은 생각에 잠겼다.

'다들 내가 프랭클린 웨스트콧을 제대로 모른다고 했지. 그들 말이 맞았어. 하지만 모르기는 그들도 마찬가지야.'

리베카 듀는 무슨 일이 있었는지 알고 싶어 안달이 난 모습이었다. 앤이 없는 동안 마음을 졸이고 있었던 것이다.

"그 사람이 뭐라고 하던가요?"

앤은 비밀을 지키려고 둘러댔다.

"그렇게 나쁘지는 않았어요. 적당한 때가 되면 그도 도비를 용서해주겠죠."

리베카 듀가 감탄했다.

"선생님같이 대단한 분은 처음 봐요. 어쩜 그렇게 다른 사람을 설득할 수 있죠? 무언가 비결이 있는 게 분명해요."

그날 밤 앤은 지친 몸을 이끌고 접이식 계단을 세 걸음 올라가 침대로 들어가며 롱펠로의 시를 떠올렸다.

"'노력 끝에 무언가를 마침내 얻은 그 하루의 휴식은 어찌나 달콤한지.'* 또 누가 사랑의 도피에 대해 내게 조언을 구할지 벌써부터 조바심이 나는걸!"

•   헨리 워즈워스 롱펠로의 시 〈마을의 대장장이〉의 한 구절

9장

길버트에게 보낸 편지에서 발췌.

서머사이드에 사는 어느 부인이 내일 밤 저녁 식사 자리에 날 초대했어. 못 믿겠지만 그 부인의 성은 톰갤런이야. 미네르바 톰갤런.* 너는 내가 디킨스의 작품을 너무 많이 읽어서 그런 이름을 생각해냈다고 하겠지.

　사랑하는 길버트, 네 성이 블라이드라서 다행이다 싶지 않니? 만약 톰갤런이었다면 나는 절대로 너랑 결혼할 마음을 먹지 않았을 거야. 생각해봐. 앤 톰갤런! 도저히 상상도

~~~~~~

* 　톰갤런(Tomgallon)은 유명 소설가인 찰스 디킨스의 아류로 평가받은 영국 극작가 톰 갤런(Tom Gallon, 1866-1914)의 이름에서 따온 성이다.

할 수 없는 일이잖아.

톰갤런 저택에 초대받는 건 서머사이드에서 누릴 수 있는 최고의 영예야. 그 집은 따로 붙은 이름이 없어. 톰갤런 대신 느릅나무나 밤나무나 농장 같은 이름이라면 얼마나 시시하겠어?

내가 알기로 그 가문은 예전에 '왕족'이었대. 그에 비하면 프링글 가문은 벼락부자 정도지. 하지만 지금은 미네르바 부인만 남았어. 6대에 걸친 톰갤런 가문의 유일한 생존자야. 부인은 퀸 거리의 웅장한 저택에서 혼자 살아. 커다란 굴뚝이 여러 개 있고 초록색 차양이 달려 있지. 마을의 일반 가정집 중에서는 유일하게 스테인드글라스 창문이 있어. 네 가족이 충분히 머물 만큼 큰 집에서 미네르바 부인과 요리사와 하녀만 살아. 손질이 잘되어 있지만, 그 옆을 지날 때마다 어쩐지 이곳은 인생에서 잊힌 장소라는 느낌이 들어.

미네르바 부인은 성공회 교회에 가는 일 말고는 거의 외출하지 않아. 그래서 몇 주 전에 교사와 이사회 회원 모임에서 부인을 처음 봤어. 아버지가 남긴 귀한 장서를 학교에 정식으로 기증하려고 오셨지. 미네르바 톰갤런이라는 이름을 들었을 때 떠오르는 외모 그대로야. 키가 크고 여윈 데다 갸름하고 하얀 얼굴에 코는 길고 가늘며, 마찬가지로 입술도 길고 얇아. 이렇게 말하면 별로 매력적인 외모가 아닐 것 같지만 미네르바 부인은 당당하고 귀족적인 분위기가 나는 아름다운 분이야. 조금 구식이긴 해도 언제나 우아한 옷차림을 하고 계셔. 젊었을 때는 굉장한 미인이었다고 리베카 듀가 말해줬는데, 지금도 크고 검은 눈은 불꽃처럼 빛나면서도 어두운 광택으로 가득 차 있지. 말솜씨도 유창한데 증정식 연설을 이분만큼 즐겁게 하는 사람은 처음 봐.

미네르바 부인은 내게 특별히 잘해주셨어. 그리고 저녁을 같이 먹자는 정식 초대장을 어제 받았어. 리베카 듀에게 말하니까 마치 버킹엄궁전에라도 초대받은 것처럼 눈을 크게 뜨더라. 그러면서 경외심을 담아 말했어.

"톰갤런 저택에 초대받는 건 굉장한 영광이에요! 미네르바 부인이 이곳 교장선생님을 초대했다는 말은 처음 들어요. 하긴 전에는 다 남자 선생님이었으니까 초대하는 게 적절한 일은 아니었겠죠. 음, 그분이 장황하게 이야기해서 듣다가 숨이 넘어가지 않았으면 좋겠어요. 그 가문 사람들은 쉴 새 없이 자기 이야기만 해대거든요. 모두 앞에 나서는 걸 좋아하죠. 어떤 사람들은 미네르바 부인이 집 안에서만 지내는 건 나이가 들어서 전처럼 앞장설 수 없고 누군가를 따르는 걸 싫어하기 때문이라고 생각해요. 어쨌거나 뭘 입고 가실 거예요? 크림색 실크 망사 드레스를 입고 검은 벨벳 리본을 단 모습을 보고 싶어요."

"조용한 저녁 식사 자리인데 너무 화려해 보이지 않을까 걱정되네요."

"미네르바 부인은 좋아할 것 같아요. 톰갤런 가문 사람들은 모두 다 손님이 잘 차려입고 오는 걸 좋아하거든요. 미네르바 부인의 할아버지가 초대를 받고 무도회에 온 어느 여자의 면전에서 문을 쾅 닫아버렸다는 소문도 있어요. 두 번째로 좋은 드레스를 입고 왔다는 이유로요. 그러고는 가장 좋은 드레스를 입고 왔어도 톰갤런 가문의 수준에 한참 미치지 못했을 거라고 그 여자에게 말씀하셨대요."

하지만 길버트, 리베카 듀가 뭐라 하건 난 초록색 보일 드레스를 입을 생각이야. 톰갤런 가문의 유령들도 내 옷차림에 적응해야겠지.

내가 지난주에 한 일을 고백해야겠어, 길버트. 너는 내가 또다시 다른 사람 일에 참견하고 있다고 생각하겠지. 하지만 뭐라도 할 수밖에 없었어. 나는 내년이면 서머사이드에 없으니까. 해가 갈수록 더 엄해지고 편협해지기만 하는 두 할머니에게 리틀 엘리자베스를 맡기고 떠난다는 걸 생각하면 견딜 수가 없어. 그 음침하고 낡은 집에서 그 사람들과 함께 있으면 그 아이는 도대체 어떤 어린 시절을 보내게 될까?

얼마 전에 엘리자베스가 슬픈 얼굴로 내게 말했어.

"무섭지 않은 할머니가 있는 건 어떤 느낌일까요?"

난 결국 그 아이 아버지에게 편지를 썼어. 파리에서 산다는 것만 들었을 뿐 난 그의 주소를 몰라. 하지만 리베카 듀가 회사 이름을 기억하고 있더라. 그가 파리 지사를 맡고 있대. 그래서 모든 걸 운명에 맡기고 회사로 편지를 보냈어. 가능한 한 완곡한 어조로 썼지만 엘리자베스를 맡아야 한다는 건 분명하게 전했지. 그 아이가 얼마나 아버지를 그리워하는지, 캠벨 부인이 어쩌나 엄하고 가차 없이 아이를 대하는지 말해줬어. 헛수고일 수도 있겠지만 편지를 쓰지 않았다면 죄의식에 영원히 사로잡혔을 거야.

이 일을 생각하게 된 건, 어느 날 엘리자베스가 진지한 얼굴로 하느님한테 편지를 썼다고 말해줬기 때문이야. 아버지를 다시 오게 해달라고, 자기를 사랑하게 해달라고 하느님께 부탁했다는 거야. 학교에서 집으로 돌아오다가 공터 한가운데 멈춰 서서는 하늘을 바라보며 편지를 읽었대. 무언가 이상한 행동을 했다는 건 나도 알고 있었어. 프라우 티가 그 모습을 보고는 다음 날 과부들과 바느질을 하러 왔을 때 이야기해줬거든. 저렇게 하늘에 대고 말하다니 엘리자베스가 점점 이상해져간다고 생각했대.

엘리자베스에게 물어봤더니 이렇게 얘기해줬어.

"아주 오랫동안 기도했어요. 하지만 하느님께 기도하는 사람은 아주 많잖아요. 기도보다는 편지가 하느님의 관심을 더 끌 거라고 생각했어요."

그래서 그날 밤 엘리자베스의 아버지에게 편지한 거야.

편지를 마치기 전에 더스티 밀러 얘기를 해줘야겠네. 얼마 전에 케이트 이모가 더스티 밀러의 새 집을 알아봐야겠다고 말한 것 기억하지? 리베카 듀의 불평을 더는 견딜 수 없다는 거야. 지난주 어느 저녁에 학교에서 돌아오니 더스티 밀러가 없었어. 에드먼즈 부인에게 줬다고 채티 이모가 그랬지. 그녀의 집은 바람 부는 포플러나무집에서 봤을 때 서머사이드 반대편에 있어. 왠지 서운했어. 더스티 밀러하고 나는 좋은 친구였으니까. 하지만 '괜찮아. 적어도 리베카 듀는 행복해할 테니까'라고 생각하며 마음을 달랬지.

리베카 듀는 그날 집에 없었어. 친척이 깔개를 짜는 걸 도와주러 시골에 갔거든. 해 질 녘에 돌아왔을 때도 이런 사실을 전혀 모르고 있었지. 그러다가 잘 시간이 되어 리베카 듀가 뒤쪽 현관에서 더스티 밀러를 부르자 케이트 이모가 조용히 말했어.

"리베카, 이제는 더스티 밀러를 부르지 않아도 돼요. 여기 없으니까요. 새 집을 구해줬어요. 그러니 더는 애먹을 일이 없을 거예요."

리베카 듀가 얼굴이 창백하게 질릴 수 있는 사람이었다면 아마 그렇게 됐을 거야.

"여기 없다고요? 새 집을 구해줬다고요? 어머나! 여기가 더스티 밀러의 집 아닌가요?"

"에드먼즈 부인에게 줬어요. 딸이 결혼한 뒤로 무척 외로워하길래 점잖은 고양이라면 좋은 친구가 될 거라고 생각했죠."

리베카 듀는 아무 말 없이 방으로 들어가 문을 쾅 닫았어. 잔뜩 화가 난 눈치였지.

"저도 참을 만큼 참았어요."

리베카 듀가 말했어. 실제로도 그렇게 보였어. 그녀의 눈이 분노로 이글거리는 건 처음 봤거든.

"이번 달 말에 이 집을 나가겠어요, 매컴버 부인. 다른 사람을 구할 수 있다면 더 빨리 떠날게요."

케이트 이모가 당황한 얼굴로 말했어.

"하지만 리베카, 이해가 안 되네요. 더스티 밀러를 싫어
했잖아요. 지난주에도 그렇게 말했으면서…."

리베카 듀는 씁쓸한 얼굴로 말했어.

"맞아요. 전부 제 탓이죠! 제 기분 같은 건 상관하지 않
으셔도 돼요! 불쌍한 고양이! 전 그 녀석을 애지중지 돌봐
주고, 밤에도 일어나서 집에 들였어요. 그런데 이제 와서
제 의견도 묻지 않고 제가 없을 때 고양이를 치워버렸네요.
게다가 에드먼즈 부인한테 주다니요! 간 한 조각이 없어서
그 불쌍한 것이 죽어간다고 해도 눈 하나 깜짝 안 할 사람
이잖아요. 더스티 밀러는 제 하나뿐인 부엌 친구였어요!"

"하지만 리베카는 항상…."

"계속하세요. 계속 말씀해보시란 말이에요! 제가 한 마
디도 끼어들지 못하게 해보시라고요. 매컴버 부인, 저는 그
고양이를 새끼 때부터 키웠어요. 아프지 않게 챙기고, 말도
잘 듣게 보살폈다고요. 그런데 왜 그러셨어요? 제인 에드
먼즈가 잘 키운 고양이를 갖고 싶어 해서 그랬다고요? 아,
그 사람이 제가 했던 것처럼 밤에 서리를 맞으며 서서 고양
이가 밖에서 얼어 죽지 않도록 몇 시간이고 불러댈 수 있을
까요? 천만의 말씀이죠. 퍽이나 그러겠네요. 매컴버 부인.
제가 바라는 건 앞으로 영하 10도 밑으로 떨어졌을 때 부
인의 양심이 찔리지 않는 것뿐이에요. 그런 일이 일어나면
저는 한숨도 못 자겠지만 어떤 사람한테는 그런 게 헌신짝
처럼 아무 상관도 없겠죠."

"리베카, 혹시 원한다면…."

416 ✄ 417

"매컴버 부인, 저는 남한테 빌붙는 벌레도 아니고 함부로 밟아도 되는 신발닦이 깔개도 아니에요. 뭐, 전 좋은 교훈을 얻었네요. 아주 귀중한 교훈이요! 동물이건 뭐건 다시는 좋아하는 일 없을 거예요. 부인이 숨기는 거 없이 당당하게 그 일을 하셨다면 모르겠지만, 제가 없을 때 일을 저지른 거잖아요! 이렇게 어처구니없는 일은 들어본 적도 없어요! 하지만 저는 제 기분을 고려해달라고 기대할 처지도 아니겠죠?"

케이트 이모가 필사적으로 말했어.

"리베카, 당신이 원하면 더스티 밀러를 집에 다시 데려올게요."

"왜 제게 먼저 말하지 않았어요? 게다가 제인 에드먼즈는 고양이를 꽉 붙들고 있겠죠. 과연 포기할까요?"

"그럴 거예요. 고양이가 돌아오면 우리 집에서 나가버리진 않을 거죠, 리베카?"

케이트 이모가 말했어. 마음은 곤죽이 된 상태였지.

"생각해볼게요."

리베카 듀는 어마어마한 양보라도 하듯 대꾸했어.

다음 날 채티 이모는 더스티 밀러를 덮개가 달린 바구니에 담아 집으로 데려왔어. 리베카 듀가 더스티 밀러를 부엌으로 데리고 가서 문을 닫아버리자 채티 이모와 케이트 이모가 서로 눈짓을 했어. 순간 나는 정말 놀랐어! 이 모든 게 제인 에드먼즈의 도움을 받아 이모들이 주의 깊게 짜놓은 각본이었을까?

그 뒤로 리베카 듀는 더스티 밀러에 대해 불평 한 마디 하지 않았고, 자는 시간에 고양이를 부르는 목소리에는 승리의 울림이 담겨 있었어. 마치 더스티 밀러가 집으로 돌아왔다는 것과 자신이 한 번 더 두 과부와 겨뤄서 이겼다는 사실을 서머사이드 전체가 알아주길 바라는 것 같아.

10장

———

어둡고 바람이 부는 3월 저녁이었다. 하늘을 스쳐가는 구름까지도 급해서 서두르는 것처럼 보이던 때, 앤은 세 단으로 된 계단을 사뿐히 올라갔다. 폭이 넓고 그리 높지 않은 계단은 양옆에 돌로 만든 항아리와 사자가 있었고, 톰갤런 저택의 거대한 현관문과 이어졌다. 평소 앤이 어두워진 뒤 주위를 지나갈 때마다 이 집은 음침하고 황량해 보였으며, 창문 한두 곳에서 희미하게 불빛이 깜빡일 뿐이었다. 하지만 지금은 눈부시게 빛났고, 건물 양쪽 가장자리까지 불이 환하게 밝혀져 있었다. 마치 미네르바 부인이 온 마을 사람들을 접대하는 듯했다. 앤은 자기를 환영하며 켜놓은 불빛에 압도되었다. 크림색 망사 드레스를 입고 왔으면 좋았을 것 같다는 생각까지 들었다.

그래도 초록색 드레스를 입은 앤의 모습은 무척 매력적이었다. 현관에서 앤을 맞이한 미네르바 부인도 그렇게 생각한 듯했다. 앤을 대하는 얼굴과 목소리가 매우 상냥했기 때문이다. 검은색 벨벳 드레스를 입은 미네르바 부인은 위엄 있어 보였다. 풍성하게 땋아올린 진회색 머리카락에 다이아몬드로 장식한 빗을 꽂았으며 세상을 떠난 톰갤런 가문 사람들의 머리카락으로 장식한 커다란 카메오* 브로치를 달고 있었다. 옷차림은 유행에 뒤떨어졌지만 미네르바 부인의 당당한 태도 덕분에 시대를 초월한 왕족의 의상처럼 보였다.

"톰갤런 저택에 오신 걸 환영해요, 선생님."

부인이 다이아몬드 반지를 낀 앙상한 손을 앤에게 내밀었다.

"선생님을 이 집 손님으로 모시게 돼서 정말 기뻐요."

"저도…."

"예전에 톰갤런 저택은 젊고 아름다운 분들이 항상 드나드는 휴양지 같았죠. 우리는 성대한 파티를 많이 열어 이곳을 방문한 유명 인사들을 대접하곤 했습니다."

빛바랜 붉은 벨벳 카펫 위를 지나 커다란 계단으로 앤을 안내하며 미네르바 부인이 말했다.

"하지만 이제는 모든 게 달라졌어요. 손님을 초대할 일이 거의 없어요. 난 톰갤런 가문에서 마지막으로 남은 사람이죠. 아마 맞는 말일 거예요. 우리 가문은 저주받았으니까요."

수수께끼와 무서움이 감도는 섬뜩한 목소리였다. 앤은 몸이 떨릴 지경이었다.

•　　돋을새김을 한 작은 장신구

'톰갤런 가문의 저주라니! 정말 멋진 소설 제목인걸!'

"이 계단은 증조할아버지께서 넘어져 목이 부러진 곳이죠. 새집의 완공을 축하하는 집들이 파티가 있던 날 밤에 일어난 일이에요. 흔히 하는 말마따나 이 집은 인간의 피로 축성한 거였죠. 할아버지가 넘어지신 곳은 바로 저기….”

미네르바 부인이 길고 하얀 손가락으로 복도에 있는 호랑이 가죽 깔개를 극적으로 가리키는 바람에 앤은 그곳에서 톰갤런 씨가 죽어가는 모습이 머릿속에 그려졌다. 앤은 뭐라고 해야 할지 몰라 맥 빠진 소리만 냈다.

"아!"

미네르바 부인은 앤을 이끌고 복도를 걸어갔다. 초상화와 빛바랜 아름다운 그림이 걸려 있었고, 복도 끝에는 유명한 스테인드글라스 창문이 있었다. 그곳을 지나자 넓은 공간에 천장이 높고 무척이나 위엄 있는 분위기의 손님방이 나왔다. 호두나무로 만든 높은 침대에는 거대한 머리판이 붙어 있었다. 침대 위에는 화려한 실크 조각보가 덮여 있어 앤은 그 위에 모자와 외투를 놓는 것조차 신성모독처럼 느껴졌다.

미네르바 부인이 감탄하며 말했다.

"머리가 아주 아름답네요, 선생님. 난 빨간 머리를 좋아해요. 리디아 고모의 머리카락이 그런 색이었어요. 톰갤런 가문에서 유일하게 빨간 머리였죠. 어느 날 밤에 고모가 북쪽 방에서 머리를 빗고 있었는데, 갑자기 촛불이 몸에 옮겨붙어 불길에 휩싸인 채 비명을 지르며 현관으로 뛰어 내려왔어요. 그 일 역시 우리 가문의 저주 중 하나예요"

"그럼 그분은…."

"아뇨, 다행히 불에 타 죽지는 않았어요. 하지만 미모는 모두 잃었죠. 원래는 꽤 미인인 데다 허영심도 강했어요. 고모는 그날 밤부터 돌아가실 때까지 집 밖으로 절대 나가지 않았어요. 자기가 죽으면 관을 닫아놓으라는 유언도 남겼죠. 흉터 있는 얼굴을 보이기 싫었던 거예요. 앉아서 덧신을 벗지 않으시겠어요, 선생님? 이건 아주 편안한 의자예요. 우리 언니는 이 의자에서 뇌졸중으로 죽었죠. 언니는 과부였는데, 남편이 죽자 이 집으로 돌아와서 함께 살았어요. 언니의 어린 딸은 우리 집 부엌에서 물이 끓는 냄비에 데어 죽었어요. 어린아이가 그렇게 죽은 건 정말 비극이지 않나요?

"어머, 어떻게 그런…."

"하지만 적어도 어떻게 죽었는지는 알았죠. 아버지의 이복여동생 일라이자는, 그러니까 살아만 있었으면 내 고모가 되셨을 그분은, 여섯 살 때 그냥 사라졌대요. 대체 어떻게 된 영문인지 알 수가 없어요."

"그래도 꼭…."

"모든 방법을 다 동원했지만 아무것도 발견하지 못했어요. 일라이자의 어머니는, 그러니까 우리 양할머니는 부모를 잃고 여기서 자란 할아버지의 조카딸에게 무척 심하게 대했죠. 어느 더운 여름날에 벌을 준다고 계단 위 옷장에 가둬놨는데 나중에 꺼내주려고 갔더니 죽어 있었대요. 딸이 사라진 건 이 일에 대한 천벌이라고 생각한 사람도 있었죠. 하지만 난 그저 우리 가문의 저주라고 생각해요."

"누가 그런 저주를…."

"이제 보니 발등이 참 높네요, 선생님! 사람들이 내 발등에도 감탄하곤 했어요. 그 아래로 물이 흐를 정도라는 말도 들었는데…. 그건 귀족이라는 증거죠."

미네르바 부인은 벨벳 스커트 아래로 슬리퍼를 조심스레 내밀며 누가 봐도 인정할 만큼 아름다운 발을 내보였다.

"네, 확실히…."

"저녁 먹기 전에 집 구경이라도 할까요, 선생님? 이 집은 서머사이드의 자랑이었죠. 이제는 모든 게 구식이 되어버렸지만 흥미를 끄는 것이 몇 개는 있을 거예요. 계단 꼭대기에 걸려 있는 칼은 내 고조할아버지 유품이에요. 그분은 영국의 육군 장교였는데 프린스에드워드섬에서 복무한 공로를 인정받아 토지를 받으셨어요. 비록 그분은 이 집에서 살지 않았지만 고조할머니는 몇 주 동안 머무셨어요. 아들이 비극적인 죽음을 당하자 얼마 못 가서 돌아가시고 말았죠."

미네르바 부인은 앤을 사정없이 끌고 다니며 거대한 저택 구석구석을 누볐다. 커다랗고 네모난 방이 끝도 없이 나왔다. 무도실, 온실, 당구장, 응접실 세 곳, 아침 식사를 하는 방, 수많은 침실, 엄청나게 넓은 다락방까지 셀 수도 없었다. 모든 방이 화려하면서도 한편으로는 음산했다.

"이쪽은 로널드 삼촌과 루번 삼촌이에요."

미네르바 부인이 두 명사의 초상을 가리키면서 말했다. 벽난로 반대편에서 서로 노려보는 듯한 모습이었다.

"두 사람은 쌍둥이였는데 태어날 때부터 서로를 몹시 미워했대요. 싸우는 소리가 온 집에 울려 퍼졌죠. 그 바람에 어머니의 일생이 비참해졌어요. 천둥이 치던 날 바로 이 방에서 마지막으로 싸우다가 루번 삼촌이 벼락을 맞아 죽은 거예요. 로널드 삼촌은 그 충격을 잊을 수 없었죠. 그날부터 귀신 들린 사람처럼 되어버렸어요. 그리고 숙모는요….”

미네르바 부인은 갑자기 생각난 듯 덧붙였다.

“결혼반지를 삼켜버렸대요.”

“세상에 그런 말도 안 되는 이야기가….”

“로널드 삼촌은 부주의해서 벌어진 일이라며 대수롭지 않게 생각해서 아무런 조처도 하지 않으셨어요. 구토제라도 먹였다면 좋았을 텐데. 하지만 반지에 대해서는 두 번 다시 들은 적이 없어요. 그 일로 숙모의 일생은 엉망이 됐죠. 결혼반지가 없어서 항상 미혼 같은 기분이 들었대요.”

“어쩜 저렇게 아름다운….”

“아, 맞아요. 저분은 에밀리아 숙모님이에요. 물론 저랑 피가 섞인 건 아니에요. 알렉산더 삼촌의 부인이니까요. 고상한 외모로 유명했지만, 남편을 독살했어요. 스튜에 독버섯을 넣어 남편에게 먹였던 거죠. 우리는 계속 그 일이 사고였던 것처럼 행동했어요. 집 안에서 살인이 일어났다는 소문이 나면 골치 아프니까요. 하지만 모두가 진상을 알고 있었죠. 물론 숙모는 마음에도 없는 결혼을 했어요. 숙모는 명랑한 아가씨였고 삼촌은 부인에 비해 나이가 너무 많았죠. 마치 12월과 5월처럼 차이가 났으니까요. 그래도 독버섯이 괜찮다는 건 아니에요. 숙모는 얼마 뒤에 쇠약해졌어요. 두 분은 샬럿타운에 나란히 묻혔죠. 톰갤런 가문은 모두 샬럿타운에 묻히거든요. 이쪽은 루이즈 고모예요. 아편이 들어간 약을 마신 적이 있어요. 의사 선생님이 억지로 토하게 해서 목숨은 건졌지만, 이후로 우리는 고모를 조심스레 지켜봐야겠다고 생각했죠. 폐렴이라는 그럴듯한 병으로 돌아가시고 나서야 우리는 안심했어요. 물론 가족 중에는 고모를 탓하지 않는 사람도 있었어요. 그러니까… 고모부가 고모의 볼기를 때렸거든요.”

“정말 볼기를….”

미네르바 부인이 엄숙하게 말했다.

“정말이에요. 신사라면 절대 해서는 안 될 일이 몇 가지 있죠. 그중 하나가 바로 아내의 볼기짝을 때리는 거예요. 아내를 때려 눕히는 건, 뭐 그럴 수도 있겠죠. 하지만 볼기를 때리는 일만큼은 절대 안 돼요! 감히 내 볼기를 때릴 만한 용기를 가진 남자가 있다면 어디 한번 보고 싶어요.”

앤도 그런 사람이 있다면 보고 싶다는 생각이 들었다. 그러나 자신의 상상력에도 한계가 있다는 사실을 깨달았다. 아무리 애를 써봐도 미네르바 톰갤런 부인의 볼기를 때리는 남편은 머릿속에 그릴 수 없었다.

“여기는 무도회를 열었던 방이에요. 물론 지금은 쓸 일이 없죠. 하지만 전에는 여기서 자주 무도회를 열었어요. 톰갤런 가문의 무도회는 유명했어요. 섬 전역에서 사람들이 찾아왔죠. 저 샹들리에는 우리 아버지가 500달러나 주고 사신 거예요. 고모할머니인 페이션스가 어느 날 밤에 여기서 춤을 추다가 쓰러져 돌아가셨어요. 바로 저기 구석에서요. 그때 고모할머니는 자기를 버린 남자 때문에 무척 괴로워하고 있었어요. 나는 여자가 남자 때문에 마음이 찢어진다는 건 상상도 할 수 없어요. 남자는 말이죠…."

미네르바 부인은 뻣뻣한 구레나룻이 나고 매부리코를 한 아버지의 초상화를 물끄러미 바라보며 말했다.

"언제나 참 하찮은 존재로 보여요."

11장

———

톰갤런 저택의 식당 역시 다른 공간과 잘 어울렸다. 찬란한 샹들리에가 있었고 그에 못지않게 화려한 금테 거울이 벽난로 선반 위에 걸려 있었다. 식탁에는 은 식기와 유리그릇 그리고 오래된 더비산 도자기가 놓여 있었다. 어두운 표정의 나이 든 하녀가 저녁 식사 시중을 들었는데, 양도 넉넉하고 깜짝 놀랄 만큼 맛있어서 앤은 한창때의 왕성한 식욕을 한껏 채웠다. 미네르바 부인은 잠시 말이 없었고, 앤도 다른 끔찍한 이야기가 물밀듯 밀려들지 모른다는 불안감에 감히 아무 말도 하지 못했다. 그때 검은 털에 윤기가 흐르는 커다란 고양이가 들어와 "야옹!" 하고 울면서 미네르바 부인 옆에 앉았다. 미네르바 부인은 접시에 크림을 부어서 고양이 앞에 놓아주었다. 그때부터 부인이 훨씬 인간미가 있어 보였기에 앤이 가졌던 톰갤런 가문 마지막 인물에 대한 공포심도 거의 사라졌다.

"복숭아 좀 더 드세요, 선생님. 아무것도 안 드시네요. 이렇게
못 드셔서 어떡해요."

"어머, 톰갤런 부인, 저는 정말 많이…."

미네르바 부인이 만족스러운 얼굴로 말했다.

"톰갤런 가문은 언제나 음식을 푸짐하게 차리죠. 소피아 숙
모는 내가 맛본 것 중에서 가장 맛있는 스펀지케이크를 만드셨
어요. 우리 집에 오는 손님 중에서 아버지가 정말 싫어했던 사
람은 여동생 메리뿐이었죠. 입이 아주 짧았거든요. 메리 고모
는 음식을 잘게 썰어서 맛만 봤어요. 아버지는 그걸 자신에 대
한 모욕으로 받아들인 거예요. 정말 가차 없는 분이셨어요. 내
동생 리처드가 아버지 뜻을 거스르고 결혼하려던 일을 절대 용
서하지 않으셨죠. 아버지는 리처드를 내쫓았고, 리처드는 다시
는 이 집에 들어올 수 없었어요. 아버지는 매일 아침 가족 예배
에서 주기도문을 외웠는데 리처드가 아버지 뜻을 거역한 뒤로
는 이 문장을 항상 빼놓으셨어요. '우리가 우리에게 죄 지은 자
를 사하여준 것같이 우리 죄를 사하여주시옵고' 말이에요. 지금
도 그때의 아버지가 눈에 선해요. 무릎을 꿇고 그 부분을 뺀 채
로 기도하시던 모습이요."

미네르바 부인은 꿈꾸듯 말을 맺었다.

저녁 식사를 마치고 두 사람은 세 개의 응접실 중에서 가장
작은 방(그래도 꽤 넓고 음침한 곳이었다)으로 자리를 옮겨 커다란
벽난로 앞에서 저녁 시간을 보냈다. 난롯불 덕분에 유쾌하고 아
늑했다. 앤은 복잡한 무늬를 넣어 작은 깔개를 뜨개질했고, 미

네르바 부인은 코바늘로 담요를 짜면서 거의 혼자서만 말을 했다. 대부분은 톰갤런 가문의 찬란하고 섬뜩한 내력이었다.

"이 집은 비극적인 기억으로 가득하답니다."

"톰갤런 부인, 그럼 이 집에서는 지금껏 즐거운 일이 한 번도 일어나지 않았나요?"

앤이 가까스로 물었다. 완전하게 문장을 끝낼 수 있었던 것은 순전히 요행이었다. 미네르바 부인이 코를 푸느라 꽤 길게 말을 멈추고 있었던 덕이다.

"아, 있었죠. 네, 물론 있었어요. 내가 어렸을 때 이 집에서 즐겁게 지내기도 했으니까요."

대답은 이렇게 했지만 인정하기는 싫은 기색이었다.

"아! 서머사이드에 사는 모든 사람에 대한 책을 쓰고 계신다는 이야기가 있던데요, 선생님."

"아뇨. 그건 전혀 사실이…."

"어머! 뭐, 그래도 만약 원하신다면 우리 집 이야기는 마음대로 쓰셔도 돼요. 아마 이름은 바꿔야겠죠. 그럼 이제 파치시*를 할까요?"

"죄송하지만 이제 갈 시간이 돼서…."

미네르바 부인은 약간 실망한 것이 분명했다.

"아, 선생님. 오늘 밤에는 집에 가실 수 없어요. 비가 억수같이 내리는걸요. 게다가 바람도 어찌나 세차게 부는지, 저 소리 좀 들어보세요. 이제 우리 집에는 마차가 없어요. 거의 쓸 일이

---

* 인도의 보드게임으로 19세기 영국에 전해졌다.

없어서 처분했거든요. 이 폭우 속에서 거의 1킬로미터나 걸어갈
순 없잖아요. 오늘 밤은 여기서 묵어야 해요."

앤은 톰갤런 저택에서 하룻밤을 보내고 싶지 않았다. 하지만
3월의 폭풍우 속에서 바람 부는 포플러나무집으로 걸어가는 것
도 내키지 않았다. 그래서 두 사람은 파치시를 했다. 미네르바
부인은 게임에 너무 열중한 나머지 무서운 이야기를 하는 것도
잊어버렸다. 그럭저럭 시간이 흘러 밤참을 먹을 때가 되었다.
두 사람은 시나몬 토스트를 먹으면서 놀랍도록 얇고 아름다운
잔으로 코코아를 마셨다. 톰갤런 가문에서 오래전부터 써온 골
동품이었다.

마침내 미네르바 부인이 앤을 손님방으로 안내했다. 다행히
미네르바 부인의 언니가 뇌졸중으로 죽었던 방이 아니어서 앤
도 처음에는 안심했다.

"여기는 애너벨라 고모의 방이에요."

미네르바 부인이 아름다운 녹색 화장대 위에 놓인 은촛대에
불을 켜고 가스를 잠그며 말했다. 어느 날 밤 매슈 톰갤런이 가
스등을 불어서 끄다가 세상을 하직했다고 했다.

"애너벨라는 톰갤런 가문에서 가장 미인이었어요. 거울 위에
있는 그림이 애너벨라의 초상화죠. 입매를 보세요. 품위가 넘치
죠? 고모가 침대 위에 있는 저 굉장한 조각보 이불을 만들었어
요. 그럼 편안하게 쉬셨으면 좋겠네요, 선생님. 메리가 침실을
환기하고 보온용 돌도 두 개나 넣어뒀어요. 선생님이 입을 잠옷
도 미리 꺼내놨죠."

부인은 플란넬 천으로 만든 넉넉한 옷을 가리켰다. 의자에 걸

려 있는 그 옷에서는 방충제 냄새가 코를 찔렀다.

"옷이 잘 맞았으면 좋겠네요. 가엾은 내 어머니가 입고 돌아가신 뒤로는 여태껏 아무도 입지 않은 옷이에요. 참, 그 말씀을 드리는 걸 깜빡할 뻔했네요."

미네르바 부인이 문을 나가려다가 돌아섰다.

"이 방은 오스카 톰갤런이 죽었다가 다시 살아난 곳이에요. 죽은 지 이틀 뒤에요. 아무도 그분이 다시 살아나기를 바라지 않았다는 건 선생님도 아시겠죠? 정말 비극이었어요. 그럼 안녕히 주무세요, 선생님."

앤은 과연 잠을 잘 수 있을까 의심스러웠다. 갑자기 방 안에서 낯설고 이상한 무언가가 느껴졌다. 약간 적의가 있어 보였다. 하지만 몇 대에 걸쳐 사용해온 방이라면 기묘한 것이 있을 법했다. 이 공간에서는 죽음이 있었고, 사랑도 빨간 장미를 피웠고, 새 생명도 탄생했다. 온갖 열정과 희망이 움텄을 것이며 분노로 가득 차기도 했을 것이다.

그렇다고 해도 이곳은 증오와 비탄에 잠겨 죽은 사람들의 유령으로 가득 차 있는 고택이다. 빛이 있는 곳으로 가지 못하고 집 안 구석이나 그늘진 곳에서 곪아가는 어두운 일들이 북적거리는 곳이다. 너무도 많은 여인이 이곳에서 울었을 것이다. 바람은 창가의 가문비나무에 부딪치면서 무시무시한 소리를 내고 있었다. 앤은 폭풍우가 몰아치든 말든 밖으로 뛰어나가고 싶은 기분이 들었다.

잠시 뒤 앤은 결연히 마음을 다잡고 상황을 상식적으로 바라보았다. 오랜 세월 동안 이곳에서 비극적이고 무서운 일이 일어났다면 분명 즐겁고 사랑스러운 일들도 그만큼 많았을 것이다. 명랑하고 예쁜 아가씨들이 이곳에서 춤을 추고 저마다의 멋진 비밀을 이야기했을 것이다. 보조개가 귀엽게 팬 아이들도 태어났을 것이다. 결혼식과 무도회와 음악과 웃음이 있었을 것이다. 스펀지케이크를 잘 굽는 부인은 마음씨가 고왔고, 아버지에게 용서받지 못했던 리처드는 용감한 연인이었을 것이다.

"긍정적으로 생각하며 잠을 자야지. 이런 조각보를 덮고 눕는 건 처음이야! 아침이 되면 머리가 이상해지지는 않을까 몰라. 여기는 손님방이야! 나는 누가 손님방을 내주고 자게 해줬을 때 얼마나 두근거렸는지 아직도 그 느낌을 잊지 못하고 있어."

앤은 애너벨라 톰갤러 초상화 바로 앞에서 머리를 풀고 빗질했다. 애너벨라는 자부심과 허영심 그리고 대단한 미인이 갖는 오만함이 담긴 얼굴로 앤을 내려다보고 있었다. 앤은 거울을 보면서 약간 오싹한 기분이 들었다. 거울 속에서 어떤 얼굴이 자신을 마주 볼지 누가 알겠는가? 이 거울을 들여다본 적이 있는 사람들, 즉 모든 비극을 안고 유령이 된 부인들일 수도 있다. 앤은 해골이라도 몇 개쯤 굴러나오지는 않을까 반쯤 기대하며 용감하게 옷장 문을 열고 옷을 걸었다. 누가 앉으면 모욕을 당했다고 느낄 것 같은 위엄 있는 의자에 차분하게 앉아 신발을 벗었다. 그리고는 플란넬 천으로 만든 잠옷을 입은 뒤 촛불을 끄고 침대에 들었다. 메리가 넣어준 보온용 돌 덕분에 따뜻한 기운이 느껴졌다. 잠시 동안은 창문에 흐르는 비와 오래된 처마 주위에서 불어오는 바람 소리가 잠을 방해했다. 그러다 앤은 톰갤런 가문의 모든 비극을 잊고 깊은 잠에 빠져들었다. 그날 밤에는 꿈조차 꾸지 않았다. 눈을 떴을 때는 거무스름한 전나무 너머로 붉은 해가 떠오르고 있었다.

"오셔서 정말 즐거웠어요, 선생님. 참 재밌었어요, 그렇죠? 난 너무 오래 혼자 살아서 그런지 말하는 걸 거의 잊어버리긴 했지만요. 이 경박한 시대에 정말 매력적이고 때 묻지 않은 젊은 아가씨를 만나서 얼마나 기쁜지는 말할 필요도 없겠죠? 말씀은 드리지 않았지만 어제는 내 생일이었어요. 이 집에서 젊음을 조금이나마 느낄 수 있어 아주 즐거웠어요. 지금은 내 생일을 챙겨주는 사람이 아무도 없어요."

아침 식사를 마치고 앤이 떠나려 하자 미네르바 부인이 말했다. 그리고 희미하게 한숨 쉬며 이렇게 마무리했다.

"전에는 그렇게 많이들 기억해줬지만요."

그날 밤, 바람 부는 포플러나무집에서 채티 이모가 말했다.

"꽤 음침하고 암울한 역사를 들었겠네요."

"채티 이모님, 미네르바 부인이 제게 말해준 일들이 전부 다 실제로 일어난 건가요?"

"글쎄요, 믿기지는 않지만 그렇다는군요. 기묘하게도 톰갤런 가문에는 끔찍한 일들이 많았죠."

케이트 이모가 끼어들었다.

"6대째 이어온 대가족이라면 더한 일이 일어났다 해도 이상할 건 없죠."

채티 이모가 말했다.

"아, 그런데 그 집이 좀 유별나긴 해요. 정말 그 집에는 저주가 내린 것 같았어요. 너무 많은 사람이 갑자기 죽거나 사고를 당했으니까요. 물론 그 가문에는 광기 같은 게 흐르고 있어요. 다들 아는 사실이죠. 그것만으로도 충분히 저주라고 할 수 있을 거예요. 내가 오래된 이야기를 들은 적이 있어요. 자세한 건 기억이 안 나지만, 그 집을 지은 목수가 저주를 내렸다는 내용이죠. 계약과 관련해서 분쟁이 있었는데, 폴 톰갤런 할아버지가 원래 계약을 고집한 탓에 쫄딱 망했다나 봐요. 목수가 처음에 생각했던 것보다 훨씬 많은 비용이 들었거든요."

앤이 말했다.

"미네르바 부인은 저주를 자랑스러워하는 것 같았어요."

리베카 듀가 말했다.

"가엾은 노인이죠. 그게 그 사람이 가진 전부니까요."

앤은 위엄 있는 미네르바 부인을 '가엾은 노인'이라고 부른 것이 우스워서 미소를 지었다. 자리를 파한 뒤 앤은 옥탑방으로 가서 길버트에게 편지를 썼다.

나는 톰갤런 저택이 아무 일도 일어나지 않고 잠들어 있는 오래된 곳이라고 생각했어. 지금이야 그렇지 않지만 예전에는 별일이 많았던 게 사실이야. 리틀 엘리자베스는 언제나 내일을 이야기해. 하지만 오래된 톰갤런 저택은 '어제' 야. 내가 어제에서 살고 있지 않는 게 기뻐. 내일이 여전히 친구인 것도 그렇고.

물론 내 생각에 미네르바 부인은 톰갤런 사람들이 모두 그렇듯이 주목받는 걸 좋아하고, 그 많은 비극을 이야기하며 끝없이 만족하는 것 같아. 부인한테 비극은 다른 여성들로 치면 남편과 자식 같은 거야. 아, 길버트. 앞으로 아무리 나이를 먹더라도 우리는 인생을 모조리 비극으로 간주하고 거기에 빠져서 지내지는 말자. 나는 120년이나 된 집은 싫을 것 같아. 우리는 새 집에 살았으면 좋겠어. 유령이나 전통은 없었으면 해. 그러기 힘들면 적어도 꽤 행복한 사람들이 살았던 곳이었으면 좋겠어. 톰갤런 저택에서 지낸 하룻밤은 절대 잊지 못할 거야. 게다가 난생처음 수다로 나를 이긴 사람을 만난 셈이지.

12장

―

리틀 엘리자베스 그레이슨은 태어났을 때부터 줄곧 무슨 일이 일어나기를 기대해왔다. 할머니와 시녀의 감시 아래에서는 그런 일이 일어나기 어렵다는 것을 알았지만, 그래도 엘리자베스는 기대를 거두지 않았다.

'언젠가는 무슨 일이 반드시 일어날 거야. 오늘이 아니라도 괜찮아. 내일이 있으니까.'

셜리 선생님이 바람 부는 포플러나무집에 와서 살게 되었을 때 엘리자베스는 '내일'이 분명 아주 가까이 왔고, 초록지붕집 방문은 내일을 미리 맛본 것 같다고 느꼈다. 하지만 셜리 선생님이 서머사이드 고등학교에 오고 나서 세 번째 해이자 마지막 해의 6월이 된 지금, 리틀 엘리자베스의 마음은 할머니가 항상 신겨주는 단추 달린 멋진 구두가 있는 데까지 잔뜩 내려앉았다.

학교에서는 많은 아이가 리틀 엘리자베스의 아름다운 염소 가죽 구두를 부러워했다. 하지만 리틀 엘리자베스는 자기의 단추 달린 구두에 아무런 신경도 쓰지 않았다. 그것을 신고 자유를 향한 길로 나아갈 수 있는 것이 아니라면 딱히 관심을 가질 이유가 없었기 때문이다. 게다가 이제 사랑하는 셜리 선생님과 영원한 이별을 앞두고 있다. 6월 말에 선생님은 서머사이드를 떠나 아름다운 초록지붕집으로 돌아갈 것이다. 그 생각만 해도 견딜 수 없이 괴로웠다. 셜리 선생님은 결혼하기 전에 여름 동안 초록지붕집으로 자신을 데려가겠다고 약속했지만 소용없는 일이다. 그곳에 가는 일을 할머니가 다시는 허락하지 않으리라는 걸 리틀 엘리자베스는 어렴풋이 알았다. 자기가 셜리 선생님과 가깝게 지내는 것을 할머니가 그리 탐탁지 않아 한다는 것도 이미 알고 있었다.

엘리자베스는 흐느꼈다.

"이제 모든 게 끝났어요, 셜리 선생님."

"희망을 가져야지. 이건 새로운 시작일 뿐이야."

앤이 애써 밝은 얼굴로 말했다. 하지만 앤도 마음이 무거웠다. 리틀 엘리자베스의 아버지에게서는 아무런 소식이 없었다. 편지가 도착하지 않았거나 그가 편지 내용에 개의치 않거나 둘 중 하나일 것이다. 그가 관심을 두지 않는 것이라면 엘리자베스는 어떻게 성장할까? 어린 시절도 이렇게 암울했는데 앞으로는 어떻게 될까?

"두 할머니는 저 아이가 죽을 때까지 쥐락펴락할 거예요."

리베카 듀가 이렇게 말한 적이 있다. 앤은 이 말이 고상하지는 않아도 진실이라고 느꼈다.

엘리자베스는 자신이 '휘둘리고' 있다는 사실을 알았다. 특히 시녀가 자기를 휘두르는 데는 더 화가 났다. 물론 할머니가 그러는 것도 싫었지만 어느 할머니건 손자나 손녀를 휘두를 권리가 있다는 사실은 싫더라도 인정할 수밖에 없었다. 하지만 시녀에게 무슨 권리가 있단 말인가? 엘리자베스는 늘 시녀에게 물어보고 싶었다. 언젠가는, 아마도 내일이 오면 물어볼 것이다. 아, 그때 시녀의 얼굴을 보면 얼마나 속이 후련할까!

할머니는 리틀 엘리자베스가 혼자 산책을 나가도록 허락하지 않을 것이다. 엘리자베스 말로는 집시가 납치해갈지도 모르기 때문이라고 했다. 40년 전엔가, 한 아이가 집시에게 납치당한 사건이 있었다. 지금은 집시가 이 섬에 오는 일이 거의 없기 때문에, 리틀 엘리자베스는 할머니의 말이 핑계일 뿐이라고 생각했다. 하지만 자기가 납치되든 말든 할머니는 그것을 왜 신경쓰는 것일까? 할머니와 시녀는 자신을 조금도 사랑하지 않는 게 분명하다. 사실 두 사람은 어쩔 수 없는 경우가 아니면 엘리자베스를 이름으로 부르지도 않았다. 항상 '그 아이'였다. 엘리자베스는 '그 아이'라는 말이 싫었다. 집에서 동물을 기를 때 '저 개'나 '저 고양이'라고 부르는 것과 마찬가지 느낌이 들었기 때문이다. 한번은 엘리자베스가 마음을 단단히 먹고 따지자 할머니는 건방지다고 화내면서 손녀에게 벌을 주었다. 그때 시녀는 옆에서 흐뭇한 듯 바라보았다. 리틀 엘리자베스는 시녀가 자기를 왜 미워하는지 궁금할 때가 많았다. 도대체 왜 자기처럼 조그만 아이를 미워하는 것일까? 미워해서 얻는 게 뭘까? 리틀 엘리자베스는 자기를 낳기 위해 목숨을 희생한 어머니를 할머니가 얼마나 사랑했는지 모르고 있었다. 만약 알았다 하더라도 비뚤어진 사랑이 그릇된 형태로 나타날 수 있다는 사실까지는 이해할 수 없었을 것이다.

리틀 엘리자베스는 음침하고 화려하기만 한 상록수집을 싫어했다. 내내 이곳에서 살아왔는데도 집이 낯설게만 느껴졌다. 하지만 셜리 선생님이 바람 부는 포플러나무집에 온 다음부터 모든 것이 마법처럼 변했다. 리틀 엘리자베스는 꿈나라에서 살게 되었다. 어디를 보나 아름다웠다. 다행히 할머니와 시녀도 엘리자베스의 눈을 가릴 수는 없었다. 가릴 수만 있다면 분명히 그렇게 했을 것이다. 아주 드물게 허락받을 수 있었지만, 이따금씩 셜리 선생님과 함께 마법의 길인 붉은 항구 거리를 산책하는 것은 엘리자베스의 그늘진 삶에서 가장 큰 즐거움이었다.

엘리자베스는 눈에 보이는 모든 것을 사랑했다. 이상한 빨간색과 하얀색 동그라미를 그리는 먼 곳의 등대, 가물거리는 해안, 자그마한 은빛 푸른 파도, 보라색 어스름을 뚫고 희미하게 빛나는 목장의 불빛…. 이 모든 것이 엘리자베스에게 가슴 저미는 즐거움을 안겨주었다. 안개가 자욱한 섬들과 항구에 내려앉은 노을은 또 어떤가! 엘리자베스는 언제나 이중으로 경사진 망사르드지붕의 창으로 올라가 나무 꼭대기 너머로 이 모든 것을 바라보았다. 달이 뜰 때 항해하는 배를 지켜보기도 했다. 돌아오는 배도 있었고, 아예 떠나가는 배도 있었다. 엘리자베스는 그중 하나에 올라 '행복의 섬'으로 가는 항해를 하고 싶었다. 돌아오지 않는 배는 행복의 섬에 정박할 것이며 그곳은 매일이 내

일일 것이다.

그 마법의 붉은 길은 끝없이 뻗어 있었고, 엘리자베스는 그 길로 가고 싶어서 늘 발이 근질거렸다. '저 길은 어디로 이어지는 것일까?' 너무 궁금해서 가슴이 터질 듯했던 적도 있었다. 내일이 정말 오면 그곳에 갈 것이고, 그러면 나만의 섬을 찾게 될지도 모른다. 나와 셜리 선생님만 살 수 있고 할머니와 시녀는 절대 올 수 없는 곳이다. 두 사람 모두 물을 싫어하니까 배에는 발도 들여놓지 못할 것이다. 리틀 엘리자베스는 자기 섬에 서서 언짢은 얼굴로 육지 해변에 있는 두 사람을 놀려주는 장면을 그려보곤 했다.

"여긴 '내일'이에요. 이제는 저를 붙잡을 수 없어요. 두 분은 '오늘'에만 머물러 있으니까요."

엘리자베스는 그렇게 큰 소리로 외칠 것이다. 그렇게 놀려대면 얼마나 즐거울까! 시녀의 얼굴에 떠오르는 표정을 보면 얼마나 통쾌할까!

그러던 6월 말 어느 날 저녁에 놀라운 일이 일어났다. 셜리 선생님이 다음 날 부인 봉사회의 다과 책임자인 톰프슨 부인을 만나려고 '날아다니는 구름섬'에 가야 한다면서 엘리자베스를 데려가도 좋은지 캠벨 부인의 허락을 구하러 온 것이다. 할머니는 평소처럼 탐탁지 않다는 얼굴로 승낙했다. 프링글 가문이 무서워할 만한 사실을 셜리 선생님이 알고 있다는 것까지는 몰랐던 엘리자베스는 할머니가 왜 허락했는지 이해할 수 없었다.

앤이 속삭였다.

"날아다니는 구름섬에서 할 일을 다 끝낸 뒤에 항구 입구까지 곧장 가보자."

리틀 엘리자베스는 자리에 누웠지만 너무 흥분한 나머지 한숨도 못 잘 것 같았다. 그렇게나 오랫동안 자신을 부르며 유혹했던 그 길의 손짓에 마침내 응답할 수 있다니! 한껏 흥분한 상태였지만 그래도 엘리자베스는 자기 전에 하던 작은 의식을 공들여 치렀다. 옷을 개고 이를 닦고 금발을 빗었다. 스스로도 꽤 예쁜 머리라고 생각했다. 물론 황금빛이 감도는 셜리 선생님의 아름다운 붉은 머리와 귀 옆에 말려 있는 애교머리만큼은 아니었다. 리틀 엘리자베스는 셜리 선생님 같은 머리카락을 가질 수만 있다면 무엇이라도 내주었을 것이다.

잠자리에 들기 전에 리틀 엘리자베스는 높고 반질거리는 오래된 검은 옷장의 서랍을 열고는 손수건이 있는 곳 아래 조심스럽게 숨겨놓은 사진 한 장을 꺼냈다. 『주간신보』 특집판에 실린 학교 교직원의 사진 중에서 셜리 선생님을 오려낸 것이었다.

"안녕히 주무세요, 사랑하는 셜리 선생님."

엘리자베스는 앤의 사진에 입을 맞추고 비밀 장소에 다시 넣어두었다. 그리고 침대로 올라가 담요를 둘렀다. 6월의 밤은 서늘했고, 항구에서 불어오는 바람이 피부에 느껴졌다. 사실 그날 밤의 바람은 여느 때와 달랐다. 휘파람처럼 불다가 쾅 소리를 내더니 달가닥거리며 철썩 부딪쳤다. 지금 항구에서는 달빛 아래 큰 파도가 치고 있다는 사실을 엘리자베스는 알았다. 몰래 빠져나가 달 바로 아래까지 가면 얼마나 재미있을까! 하지만 내일이 아니면 그렇게 할 수 없는 노릇이었다.

날아다니는 구름섬은 어디에 있을까? 참 멋진 이름이야! 이번에도 내일에서 왔겠지. 이렇게 내일 가까이 있으면서도 그곳으로 갈 수 없다는 사실에 화가 났다. 그런데 내일 날씨가 바람이 불다가 비로 바뀌면 어떡하지? 비 오는 날에는 아무 데도 못 간다는 사실을 엘리자베스는 알고 있었다.

엘리자베스는 침대에 일어나 앉아 두 손을 모았다.

"사랑하는 하느님, 저는 하느님이 하시는 일에 참견하고 싶지는 않아요. 하지만 내일 날씨를 맑게 해주시겠어요? 하느님, 제발 부탁드려요."

다음 날 오후는 화창했다. 리틀 엘리자베스는 셜리 선생님과 음울한 집에서 나올 때 보이지 않는 족쇄에서 풀려난 것 같은 기분이 들었다. 엘리자베스는 자유를 마음껏 들이마셨다. 커다란 현관문의 빨간 유리 너머로 시녀가 얼굴을 찡그리며 두 사람을 보고 있었지만 상관없었다. 셜리 선생님과 이 아름다운 세상을 걸어가다니, 얼마나 천국 같은가! 셜리 선생님과 단둘이 있는 것은 항상 멋진 일이다. 셜리 선생님이 떠나면 어떻게 해야 좋을까? 하지만 리틀 엘리자베스는 그런 생각을 단호하게 치워 버렸다. 우울한 생각을 하면서 오늘 하루를 망치고 싶지는 않았다. 어쩌면, 정말로 어쩌면, 오늘 오후에 셜리 선생님과 내일로 가게 되어 언제까지나 헤어지지 않게 될지도 모른다. 리틀 엘리자베스는 주변의 아름다움에 젖어서 세상 끝의 푸른 곳을 향해 조용히 걸어가고 싶을 뿐이었다. 모든 길모퉁이에 새로운 아름다움이 모습을 드러냈다. 어디서 나타났는지도 모르는 시냇물의 흐름을 따라 길은 끊임없이 굽이돌며 이어졌다.

미나리아재비와 클로버가 가득 핀 들판이 펼쳐졌고, 벌들이 윙윙대며 날아다녔다. 때때로 두 사람은 은하수처럼 피어 있는 데이지 꽃밭을 걸었다. 멀리 있는 해협에서 은빛 파도가 두 사람을 향해 웃음 지었다. 항구는 물결무늬 비단 같았다. 파란색 새틴 천 같을 때보다 지금 보이는 모습이 리틀 엘리자베스는 더 좋았다. 두 사람은 바람을 들이마셨다. 부드러운 바람이 기분 좋은 소리를 내며 달래주는 것 같았다.

리틀 엘리자베스가 말했다.

"이렇게 바람하고 같이 걸으니 정말 멋져요."

"멋지고 친근하고 향기로운 바람이지. 나는 프랑스의 리옹만에서 부는 미스트랄이라는 바람도 이럴 거라고 생각했어. 미스트랄이라는 말이 그렇게 들리잖아. 그런데 거칠고 기분 나쁜 바람이라는 걸 알고 나서 얼마나 실망했는지 몰라!"

앤이 말했다. 엘리자베스가 아니라 자기에게 이야기하는 듯했다. 엘리자베스는 무슨 말인지 이해할 수 없었다. 미스트랄이라는 말은 들어본 적도 없었다. 하지만 사랑하는 사람의 음악 같은 목소리만으로도 충분했다. 하늘까지도 기뻐하고 있었다. 금빛 귀걸이를 한 선원이 미소를 지으며 지나갔다. 내일에서나 만날 듯한 사람이었다. 엘리자베스는 주일학교에서 배운 시편의 한 구절이 떠올랐다. "작은 산들이 기쁨으로 띠를 띠었나이다."* 이 시를 쓴 사람은 저 항구 건너편에 있는 것 같은 푸른 언덕을 본 적이 있겠지?

엘리자베스가 꿈꾸듯이 말했다.

•   구약성경 시편 65편 12절에 나온 표현

"여긴 하느님께로 가는 길일 거예요."

"그럴지도 모르겠네. 아마 모든 길이 그럴 거야. 리틀 엘리자베스, 우리 이제 저쪽으로 돌아가자. 저 섬으로 건너가야 하거든. 저기가 바로 날아다니는 구름섬이야."

날아다니는 구름섬은 해변에서 400미터 정도 떨어진 길쭉하고 작은 섬이었다. 나무들이 있고 집도 한 채 있었다. 리틀 엘리자베스는 은빛 모래가 깔린 해변이 있는 자기만의 섬을 항상 갖고 싶어했다.

"저기까지 어떻게 건너가요?"

"이 배를 타고 가면 돼."

셜리 선생님이 삐죽 튀어나온 나무에 묶인 작은 배에서 노를 집어 들며 말했다. 셜리 선생님은 노도 저을 수 있다. 셜리 선생님이 못 하는 일도 있을까?

섬은 무슨 일이라도 일어날 수 있을 것 같은 매력적인 곳이었다. 물론 내일에 속한 곳이었다. 그렇지 않다면 이런 섬은 존재할 수 없었다. 지루한 오늘과는 아무 상관도 없는 곳이었다.

섬에 있는 집의 문이 열리더니 어린 가정부가 나와 두 사람을 맞이했다. 그녀는 톰프슨 부인이 지금 섬 반대편에서 산딸기를 따는 중이라고 앤에게 알려주었다. 산딸기가 나는 섬이라니 얼마나 멋진 곳인가!

앤은 톰프슨 부인을 찾으러 나가기 전에 리틀 엘리자베스가 거실에서 기다릴 수 있게 해달라고 가정부에게 부탁했다. 리틀 엘리자베스가 낯선 길을 오래 걸어 좀 피곤해 보였던지라 쉬게 해야겠다고 생각했던 것이다. 리틀 엘리자베스는 아무렇지도 않았지만 셜리 선생님 말씀이라면 사소한 것이라도 법이나 다름없었기에 기꺼이 따랐다.

아름다운 방이었다. 여기저기 꽃이 놓여 있었고 창으로 거센 바닷바람이 불어왔다. 엘리자베스는 벽난로 선반 위의 거울도 마음에 들었다. 거울에 비친 방은 참 근사했다. 열려 있는 창문 너머로는 항구와 언덕과 해협이 언뜻 보였다.

갑자기 한 남자가 문을 열고 들어왔다. 엘리자베스는 순간 당황하고 겁이 났다. 혹시 집시인가? 하지만 그는 엘리자베스가 상상했던 집시와는 다른 모습이었다. 물론 한 번도 집시를 본 적이 없는 터라 섣불리 장담할 수는 없었다. 그런데 문득 이 사람이라면 자기를 납치해도 상관없다는 생각이 본능적으로 들었다. 엘리자베스는 그의 담갈색 눈과 주름진 눈매, 갈색 곱슬머리, 각진 턱 그리고 미소가 마음에 들었다. 그가 미소를 짓고 있었기 때문이다.

그가 물었다.

"그래, 넌 누구니?"

"어, 저는… 저는 저예요."

엘리자베스가 더듬거렸다. 아직은 좀 당황스러웠다.

"아, 그렇구나. 너는 너겠지. 내 생각에 넌 바다에서 솟아나와 모래언덕을 올라온 것 같은데. 아직 사람들에게는 이름이 알려지지 않았구나."

엘리자베스는 왠지 놀림을 받는 기분이 들었다. 하지만 개의치 않았다. 도리어 좋았다. 그래도 조금은 정색하며 대답했다.

"제 이름은 엘리자베스 그레이슨이에요."

침묵이 흘렀다. 아주 기묘한 침묵이었다. 남자는 한동안 아무런 말도 없이 엘리자베스를 바라보기만 했다. 그러고는 앉으라고 정중하게 말했다.

"저는 셜리 선생님을 기다리고 있어요. 선생님은 부인 봉사회의 다과 관련 일로 톰프슨 부인을 만나러 가셨어요. 선생님이 돌아오시면 우리 둘이 세상 끝으로 가기로 했고요."

엘리자베스가 차근차근 설명한 뒤 생각했다.

'자, 절 납치할 생각이라면 그렇게 하세요, 아저씨!'

"아, 그렇구나. 하지만 그동안은 편하게 있는 것이 좋겠네. 내가 대접해야겠다. 가볍게 간식이라도 먹는 건 어떻겠니? 톰프슨 부인의 고양이가 여기 뭘 좀 갖다놨을 거야."

엘리자베스는 자리에 앉았다. 이상할 정도로 행복하고 편안한 기분이 들었다.

"제가 좋아하는 것도 있을까요?"

"물론이지."

"그럼 딸기잼을 얹은 아이스크림이 먹고 싶어요."

엘리자베스가 거리낌 없이 말하자 남자는 벨을 흔들고 음식을 주문했다.

'그래, 여기는 내일이 틀림없어. 오늘이라면 고양이가 갖다주든 아니든 아이스크림하고 딸기잼이 이렇게 마법처럼 나타날 리가 없잖아.'

남자가 말했다.

"셜리 선생님이 드실 건 따로 남겨놓자."

두 사람은 금세 좋은 친구가 되었다. 남자는 말을 많이 하지 않았지만 엘리자베스에게서 눈을 떼지 않았다. 그의 표정은 무척 다정했다. 지금껏 누구의 얼굴에서도, 심지어 셜리 선생님의 얼굴에서도 본 적 없었던 다정함이었다. 엘리자베스는 이 사람이 자기를 좋아한다고 느꼈다. 그리고 자기도 그가 좋다는 사실을 깨달았다.

마침내 그는 창문 밖을 슬쩍 보더니 자리에서 일어섰다.

"이제 난 가봐야겠다. 셜리 선생님이 걸어오고 계시는구나. 그러니 내가 가도 너 혼자 있지는 않을 거야."

"기다렸다가 선생님을 만나보지 않으실래요?"

엘리자베스가 숟가락에 묻은 잼을 핥으며 물었다. 할머니와 시녀가 이 모습을 봤다면 놀라서 기절했을 것이다.

그가 말했다.

"다음에 다시 만나자."

엘리자베스는 그가 자기를 납치할 생각이 전혀 없다는 것을 알고 아주 이상하면서도 설명할 수 없는 실망감을 느꼈다. 하지만 예의 바르게 인사했다.

"안녕히 가세요. 감사합니다. 내일인 이곳은 정말 멋지네요!"

"내일이라고?"

"여기가 내일이에요. 저는 항상 내일에 가고 싶었는데 마침내 지금 들어온 거예요."

"아, 그렇구나. 글쎄, 그런데 미안하지만 나는 내일에는 별 관심이 없어. 나는 어제로 돌아가고 싶구나."

리틀 엘리자베스는 그가 안쓰러웠다. 그는 불행해 보였다. 그런데 내일에 사는 사람이 불행할 수 있는 것일까?

떠날 시간이 되자 엘리자베스는 날아다니는 구름섬을 그리운 듯 뒤돌아보았다. 해변과 도로 사이에 있는 가문비나무숲을 지나가며 엘리자베스는 다시 한번 작별 인사를 하기 위해 몸을 돌렸다. 말들이 끄는 짐마차가 모퉁이를 돌아 마구 달려왔다. 마부가 말을 제대로 다루지 못하는 것이 분명했다.

엘리자베스는 셜리 선생님의 비명을 들었다.

13장

방이 이상하게 돌았다. 가구가 이리저리 끄덕이고 흔들렸다. 침대는… 아, 어쩌다가 나는 침대에 누워 있게 된 것일까? 하얀 모자를 쓴 누군가가 문밖으로 나가려는 참이었다. 어느 방의 문이지? 머리에서 왜 이렇게 이상한 느낌이 들까! 어디선가 말소리가 들렸다. 낮은 목소리였다. 이야기를 나누는 사람이 누구인지는 보이지 않았지만 어쩐지 셜리 선생님과 그 남자라는 것을 알 수 있었다.

무슨 말을 하는 것일까? 띄엄띄엄 몇 마디씩 들렸다. 무슨 뜻인지 알 수 없는 속삭임이 혼란스럽게 이어졌다.

"… 정말인가요?"

셜리 선생님은 몹시 들떠 있는 듯했다.

"네… 선생님의 편지… 직접 보고… 캠벨 부인과 이야기를 나누기 전에… 날아다니는 구름섬은 우리 회사 총지배인의 여름 별장인데….”

이 방만 가만히 있어 주면 좋을 텐데! 진짜로 내일에서는 여러 가지 이상한 일들이 벌어지네. 고개를 돌려 누가 이야기하는지 볼 수만 있다면… 엘리자베스는 길게 한숨을 쉬었다.

그러던 중 사람들이 침대 곁으로 왔다. 셜리 선생님과 그 남자였다. 키가 큰 셜리 선생님은 무서운 경험이라도 한 듯 백합처럼 창백했다. 하지만 얼굴에서 내면의 광채가 빛나는 것 같았다. 마치 방을 가득 채운 황금빛 석양의 일부처럼 보였다. 남자는 엘리자베스를 내려다보며 환하게 미소 지었다. 엘리자베스는 그가 자신을 정말 많이 사랑하고 있으며 둘 사이에는 비밀스럽고 소중하고 사랑스러운 무언가가 존재한다는 것을 느꼈다. 그것이 무엇인지는 내일에서 쓰는 언어를 배우는 즉시 알게 될 것이다.

셜리 선생님이 말했다.

“몸은 좀 나아졌니, 엘리자베스?”

“제가 어디 아픈가요?”

“큰길에서 마차를 모는 말들과 부딪쳤어. 내가, 내가 너무 늦었지. 나는 네가 죽은 줄 알았어. 배를 타고 여기로 곧장 널 데려왔어. 이 신사분이 전화로 의사와 간호사를 불러주셨고.”

리틀 엘리자베스가 말했다.

“그럼 전 죽나요?”

“무슨 소리니, 엘리자베스. 그냥 기절한 것뿐이야. 곧 괜찮아질 거야. 그리고 엘리자베스. 이분이 네 아빠란다.”

"아빠는 프랑스에 계시잖아요. 그럼 저도 지금 프랑스에 와 있는 거예요?"

지금 이곳이 프랑스라고 해도 엘리자베스는 놀라지 않았을 것이다. 이곳은 내일이 아닌가? 게다가 아직도 방 안에 있는 것들이 조금씩 흔들리고 있었다.

"아빤 지금 여기 있다, 우리 아가."

정말 듣기 좋은 목소리였다. 목소리만으로도 사랑할 수 있을 것 같았다. 그는 몸을 굽혀 엘리자베스에게 입을 맞추었다.

"널 만나러 왔단다. 이제 더는 떨어져 지내지 않을 거야."

하얀 모자를 쓴 여자가 다시 방으로 들어오려는 참이었다. 어쩐지 엘리자베스는 이 여자가 들어오기 전에 할 말을 다 해야 할 것 같았다.

"우리 이제 같이 사는 거예요?"

아버지가 대답했다.

"그럼, 앞으로 계속 그럴 거야."

"할머니하고 시녀도 우리랑 같이 사는 거예요?"

"그분들은 같이 살진 않을 거란다."

황금빛 석양은 옅어졌고 간호사는 탐탁지 않은 얼굴로 엘리자베스를 바라보았다. 하지만 엘리자베스는 개의치 않았다.

간호사가 아버지와 셜리 선생님을 내보내려고 눈길을 줄 때 엘리자베스가 말했다.

"저 내일을 찾았어요."

간호사가 문을 닫으려 할 때 아버지가 말했다.

"난 내가 가진 줄도 몰랐던 보물을 이제야 찾았습니다. 내게

편지를 보내주셔서 무어라 감사의 말을 드려야 할지 모르겠군
요, 셜리 선생님."

그날 밤 앤은 길버트에게 보내는 편지에 이렇게 적었다.

이렇게 리틀 엘리자베스의 수수께끼 같았던 길은 행복으로
이어졌고 낡은 세상과는 작별을 고하게 됐어.

14장

유령의 길, 바람 부는 포플러나무집

1월 27일(마지막 편지)

진심으로 사랑하는 사람에게

이제 또 하나의 길모퉁이에 다다랐어. 지난 3년 동안 이 낡은 옥탑방에서 정말 많은 편지를 네게 써서 보냈구나. 이게 이곳에서 보내는 마지막 편지일 거야. 이후로는 아주 오랫동안 네게 편지를 쓸 일은 없겠지. 편지를 쓸 필요가 없을 테니까. 몇 주만 지나면 우리는 영원히 서로의 것이 되잖아. 마침내 함께 살 수 있어!

생각해봐. 같이 말하고, 걷고, 먹고, 꿈꾸고, 계획을 세우고, 서로의 멋진 순간을 나누고, 꿈꾸던 집에서 가정을 이루는 거야. 우리의 집! 신비롭고 멋지게 들리지 않니, 길버트? 내가 평생 지어온 꿈의 집이 드디어 완성을 앞두고 있어! 꿈의 집에서 함께 살고 싶은 사람이 누구인지는 내년 어느 날 4시에 알려줄게.

처음에는 3년이라는 시간이 끝없이 길게만 느껴졌어. 그런데 눈 깜빡할 사이에 지나가버렸네. 정말 행복했던 시간이었어. 프링글 가문하고 부딪쳤던 처음 몇 달은 빼야겠지. 그 뒤로 이곳에서의 생활은 행복한 금빛 강물처럼 흘러갔어. 프링글 가문 때문에 골머리를 앓은 일이 마치 꿈만 같아. 이제 그들은 나를 참 좋아해. 날 미워했다는 사실조차 잊어버렸지.

프링글 가문 과부의 아이인 코라 프링글이 어제 내게 장미꽃 한 다발을 가져다줬어. 줄기에 종이를 감아놨는데 이런 문구가 적혀 있었지.

"세상에서 가장 친절한 선생님께."

프링글 가문 사람이 이렇게 해준 거야!

젠은 내가 떠나는 일로 무척 상심하고 있어. 나는 젠이 앞으로 뭘 하게 될지 관심 있게 지켜볼 생각이야. 똑똑하면서도 어디로 튈지 모르는 아이거든. 한 가지는 확실해. 평범하게 살지는 않을 거야. 괜히 베키 샤프*를 닮은 게 아닐 테니까.

루이스 앨런은 맥길 대학에 입학했어. 소피 싱클레어는

<hr>

* 영국 작가 윌리엄 새커리(1811-1863)의 소설 『허영의 시장』의 등장인물

퀸스 전문학교로 갔는데, 졸업한 뒤에 교편을 잡으면서 킹즈포트에 있는 연극학교에 갈 학비를 모을 생각이래. 마이러 프링글은 이번 가을에 사교계로 나갈 거라고 했어. 그래, 맞아. 그 아이는 정말 예쁘니까 과거분사쯤은 몰라도 전혀 상관없을 거야.

담쟁이덩굴이 얽혀 자라는 담장 문 건너편의 꼬마 이웃은 이제 이곳에 없어. 리틀 엘리자베스는 햇빛도 비치지 않는 그 집을 영원히 떠나갔지. 내일로 간 거야. 내가 서머사이드에 계속 남게 되었다면 그 아이가 그리워 가슴이 찢어졌겠지? 하지만 지금으로서는 기쁜 일이야. 엘리자베스의 아버지 피어스 그레이슨 씨가 데려갔거든. 파리로 가지 않고 보스턴에서 살 거래. 우리가 헤어질 때 엘리자베스는 정말 슬퍼하며 울었지만, 아버지와 살게 된 걸 굉장히 행복해하니까 눈물은 금세 마를 것 같아. 캠벨 부인과 시녀는 이 모든 일을 언짢아하면서 전부 내 탓으로 돌렸어. 나는 그들의 비난을 기쁜 마음으로 뉘우침 없이 받아들일 거야.

캠벨 부인이 도도하게 말했어.

"그 아이는 이 집에서 잘 살고 있었어요."

'애정 어린 말 한 마디도 듣지 못하는 곳에서요?'

생각은 했지만 입 밖에 내지는 않았어.

"이제 저는 계속해서 베티로 지낼 것 같아요, 사랑하는 셜리 선생님."

엘리자베스가 마지막으로 한 말이었지. 아이는 다시 이렇게 덧붙였어.

"그런데 선생님을 생각하면서 외로워지면, 그때는 리지가 될 것 같아요."

그래서 내가 말했지.

"무슨 일이 있어도 리지가 되면 안 돼."

우린 서로의 모습이 보이지 않을 때까지 입맞춤을 보냈어. 그런 다음 난 눈물이 그렁그렁한 채로 옥탑방에 올라왔지. 정말 귀엽고 사랑스러운 아이였어. 내게 그 아이는 꼭 조그마한 에올리언하프* 같았어. 사랑의 숨결을 아주 조금만 불어넣어도 항상 반응을 보였거든. 그 아이와 친구가 되는 건 신나는 모험이었어. 피어스 그레이슨 씨가 자기 딸이 어떤 아이인지 깨닫길 바라. 물론 그럴 거야. 내게 아주 고마워하면서도 그동안 딸을 그렇게 내버려둬서 후회하는 눈치였거든.

그는 무척 고마워하며 말했어.

"엘리자베스가 더는 아기가 아니라는 걸 깨닫지 못했습니다. 아이가 자라는 환경이 얼마나 매정했는지도 몰랐고요. 선생님께서 이 아이에게 많은 걸 해주셨어요. 마음 깊이 감사드립니다."

나는 리틀 엘리자베스에게 작별 선물로 요정 나라의 지도를 액자에 넣어서 줬어.

바람 부는 포플러나무집을 떠나는 건 슬퍼. 물론 짐을 싸고 여기저기 옮겨 다니는 생활에 지치긴 했지만 나는 이

---

*   줄에 바람이 닿으면 저절로 울리는 악기

곳을 정말 사랑했어. 내 방 창가에서 보내는 상쾌한 아침 시간도, 밤마다 기어 올라가야 하는 침대도, 도넛 모양의 파란색 쿠션도, 불어오는 온갖 바람도 사랑했어. 앞으로도 여기 있었을 때처럼 바람과 사이좋게 지낼 수 있을지 걱정이야. 아침 해와 저녁 해를 모두 볼 수 있는 방에 사는 일이 또 있을까?

이제 바람 부는 포플러나무집에서의 시간은 끝났어. 난 약속도 지켰지. 채티 이모의 비밀 장소를 케이트 이모에게 일러바치지도 않았고 두 분이 각각 품고 있던 버터밀크 비밀을 어느 쪽에도 말하지 않았거든.

모두들 내가 떠나는 걸 아쉬워하는 듯해. 분에 넘치게 고마운 일이야. 내가 간다고 기뻐한다거나 내가 떠난 뒤에 조금도 그리워하지 않는다면 얼마나 끔찍할까? 리베카 듀는 지난주 내내 내가 좋아하는 음식을 잔뜩 만들어줬어. 심지어는 달걀을 열 개나 써서 엔젤 케이크를 만들어줬지. 그것도 두 번이나! 그리고 손님용 찻잔도 내줬어. 내가 떠난다는 이야기를 할 때마다 채티 이모의 상냥한 갈색 눈에는 눈물이 어려. 더스티 밀러도 옆에 웅크리고 앉아 나를 원망스럽게 바라보는 것 같아.

지난주에 캐서린에게서 장문의 편지가 왔어. 아무래도 캐서린은 편지 쓰는 재주를 타고난 것 같아. 세계 여러 곳을 다니는 의원의 개인 비서 자리를 얻었대. 세계 여러 곳을 다닌다니, 얼마나 매력적인 말이야! '샬럿타운으로 갑시다'라고 하듯이 '이집트로 갑시다'라고 말하겠지? 그러고 정말 가는 거야! 그런 삶이야말로 캐서린에게 딱 맞아.

캐서린은 자신의 인생관이 바뀌고 새로운 가능성을 발견한 게 모두 내 덕분이라고 주장하고 있어.

"선생님이 내 인생에 무엇을 가져다주었는지 상상도 못하실 거예요!"

편지에 적혀 있는 문장이야. 사실 내가 그녀에게 꽤나 큰 도움을 준 것 같기는 해. 처음에는 쉽지 않았어. 캐서린은 가시 돋친 말만 했고, 학교 일로 내가 어떤 제안을 해도 엉뚱한 생각이라며 비웃었거든. 하지만 이제는 다 잊었어. 그런 모습은 캐서린이 감추고 있던 인생에 대한 증오에서 생겨났을 뿐이야.

다들 나를 저녁 식사에 초대해줬어. 폴린 깁슨도 예외는 아니었지. 깁슨 할머니가 몇 달 전에 돌아가셔서 그럴 수 있었던 거야. 톰갤런 저택에도 갔는데 지난번과 마찬가지로 미네르바 부인의 말을 듣기만 했지. 하지만 아주 좋은 시간이었어. 미네르바 부인이 차려준 맛있는 음식을 먹고 몇 가지 비극을 들으며 즐겁게 있다 왔거든. 부인은 집안사람 외에는 누구든 불쌍하게 여긴다는 사실을 숨기려 들지 않았지만 내게 몇 가지 기분 좋은 칭찬을 해주셨고, 녹주석(파란색과 초록색이 섞인 달빛 같아)이 박힌 아름다운 반지도 주셨어. 열여덟 번째 생일날 아버지에게 받은 거래.

"나도 젊었을 때는 예뻤어요, 선생님. 굉장히 예뻤죠. 이제는 이런 말을 해도 괜찮을 것 같네요."

그 반지가 알렉산더 삼촌의 부인이 아니라 미네르바 부

인 것이라 다행이야. 그게 아니었으면 나는 그 반지를 절대 끼지 못했을 게 뻔해. 무척 아름다운 반지야! 바다의 보석에는 신비로운 매력이 있는 것 같아.

톰갤런 저택은 아주 훌륭해. 특히 정원에 꽃이 가득한 지금은 말할 필요도 없지. 하지만 나는 유령이 출몰하는 톰갤런 저택과 정원을 통째로 준다 해도 아직 찾지 못한 내 꿈의 집과 바꾸진 않을 거야.

그래도 유령이라는 존재가 주위에 있으면 왠지 멋있고 귀족적인 느낌이 드는 건 사실이야. 유령의 길에 대한 내 유일한 불만은 유령이 없다는 점이니까.

어제저녁에는 오래된 묘지에 가서 마지막 산책을 했어. 주변을 구석구석 걸어다니며 '허버트 프링글은 무덤 안에서 가끔씩 킥킥대며 웃지 않을까?' 같은 생각을 해봤지. 오늘 밤에는 꼭대기에 노을이 걸려 있는 그리운 폭풍왕에게 그리고 땅거미가 내린 작고 굽이진 골짜기에게 작별 인사를 할 거야.

시험이며 송별회며 온갖 마무리할 일들로 한 달을 보낸 뒤라 조금 지쳤어. 초록지붕집으로 돌아가서 일주일 정도는 게으름을 부릴 거야. 정말 아무것도 안 하면서 여름의 아름다움이 가득한 초록빛 세상을 자유롭게 돌아다닐 생각이야. 해 질 무렵에는 드라이어드 거품에 가서 공상에 잠겨야지. 달빛으로 만든 작은 배를 타고 반짝이는 호수를 떠돌고…. 달빛으로 만든 작은 배를 타기에 적당한 때가 아니라면 배리 아저씨의 배도 괜찮아. 유령의 숲에서는 기생꽃과

방울꽃을 꺾을 거야. 해리슨 아저씨네 언덕 목초지에서는 산딸기가 자라는 곳을 찾아봐야지. 연인의 오솔길에서는 반딧불이들과 함께 춤을 추고, 아무도 찾지 않는 헤스터 그레이의 정원을 거닐어볼 거야. 그리고 별빛이 내리는 뒷문 계단에 앉아 바다가 잠을 자면서 부르는 소리에 귀를 기울이려고 해.

그 일주일이 끝나면 네가 집으로 돌아오겠지? 그러면 나는 더 바랄 게 없을 거야.

다음 날 앤이 바람 부는 포플러나무집 사람들에게 작별 인사를 하러 왔을 때 리베카 듀는 자리에 없었다. 대신 케이트 이모가 앤에게 편지 한 통을 엄숙하게 건네주었다.

사랑하는 셜리 선생님

말로는 제대로 전할 수 없을 것 같아 이렇게 편지로 인사합니다. 지난 3년 동안 선생님은 우리와 한 지붕 아래 사셨습니다. 쾌활한 정신에 청춘의 기쁨을 만끽하는 능력을 타고난 선생님은 경박하고 변덕스러운 사람들이나 바라는 헛된 쾌락에 굴복한 적이 한 번도 없었죠. 무슨 일이든 누구에게든 특히 지금 이 글을 쓰는 사람에게 더없이 세심하게 배려해주셨습니다. 선생님은 언제나 내 기분을 가장 살펴주셨는데 이제 떠난다고 생각하니 마음이 무거울 따름입니다. 하지만 주님이 오래전에 정하신 일일 테니 함부로 불평해서는 안 되겠죠? 구약성경의 사무엘상 18장과 29장의 내용처럼요.

선생님과 친해질 특권을 누렸던 서머사이드 주민들은 모두 애석하게 생각할 것입니다. 비천하지만 충직한 마음을 가진 나는 항상 선생님을 존경할 것입니다. 선생님이 현세에서 행복과 번영을, 내세에서도 많은 복을 누리길 늘 기도드립니다.

선생님은 머지않아 '셜리 양'이라는 이름을 버리고 마음으로 선택하신 분과 영혼의 결실을 맺을 거라 들었습니다. 사람들이 그러는데 상대가 보기 드물게 반듯한 젊은이라더군요. 보잘것없는 매력에 이제 나이도 먹는 걸 느끼기 시작한(아직 몇 년 정도는 괜찮아요) 나는 결혼에 대한 열망을 품은 적이 없습니다. 하지만 친구의 결혼에 관심을 갖는 즐거움까지 마다하는 것은 아닙니다. 그러니 선생님의 결혼 생활이 중단 없이 행복하게 이어지길 바라는 마음만큼은 드러내도 괜찮을 것 같습니다. (어떤 남자든 너무 많이 기대하지만 않으면 돼요.)

이렇게 말해도 되는지 모르겠지만 내 존경심과 당신을 향한 애정은 절대 줄어들지 않을 것입니다. 혹시 여유가 있을 때 한 번씩은 세상에 나 같은 사람이 있다는 것을 부디 기억해주세요.

당신의 충직한 시녀
리베카 듀

추신. 하느님의 축복이 있기를.

　편지를 접을 때쯤 앤의 눈은 안개가 낀 듯 흐려졌다. 대부분
의 문장을 리베카 듀가 즐겨 읽는 『예법사전』에서 베꼈다는 의
심이 강하게 들었지만, 리베카 듀의 진심만은 조금도 줄어들지
않았고 덧붙인 부분은 확실히 애정을 그대로 담아냈다.

　"사랑하는 리베카 듀에게 제가 그녀를 절대 잊지 않을 것이며
여름마다 만나러 오겠다고 전해주세요."

　채티 이모가 흐느꼈다.

　"선생님과 함께했던 추억은 무슨 일이 있어도 사라지지 않을
거예요."

　케이트 이모도 힘주어 말했다.

　"무슨 일이 있어도요!"

　하지만 앤이 바람 부는 포플러나무집을 떠날 때 받은 마지막

인사는, 옥탑방 창문에서 미친 듯 펄럭이는 커다랗고 하얀 목욕
수건이었다.

수건을 흔드는 이는 리베카 듀였다.

앤의 감성을 길러준 문학작품

❋ 이야기가 담긴 서사시

'빨간 머리 앤' 시리즈에는 서사시가 자주 등장한다. 서정시, 극시와 함께 시의 3대 부문 중 하나인 서사시는 역사적 사실이나 신화, 전설, 영웅의 사적 등을 이야기 형식으로 쓴 시다. 대표적인 서사시로 호메로스의 〈일리아스〉와 〈오디세이아〉를 꼽을 수 있으며, 우리나라의 주요 작품으로는 이규보의 〈동명왕편〉, 김동환의 〈국경의 밤〉 등이 있다.

1권에서 앤은 친구들과 연못가에 모여 역할극을 한다. 영국 시인 앨프리드 테니슨의 서사시 〈국왕 가집〉 중에서 〈랜슬롯과 일레인〉 부분을 각색한 것이다. 앤이 연기한 일레인은 영국의 '아서왕 전설'에 등장하는 여인이다. 영주의 딸인 그녀는 기사 랜슬롯을 짝사랑했지만 이미 그는 다른 여인을 마음에 두고 있었다. 랜슬롯에게 고백했다가 거절당한 일레인은 슬픔에 빠져 시름시름 앓던 끝에 숨을 거둔다. 그녀는 자기의 시신을 작은 배에 실어서 랜슬롯이 있는 캐멀롯의 아서왕 궁전으로 보내달라는 유언을 남겼다. 앤은 바로 이 장면을 따라 하다가 사고를 당한 것이다. 일레인이 떠내려가는 장면을 묘사한 부분은 다음과 같다.

벙어리 하인이 일레인의 시신을 배에 싣고 노를 젓는 장면
(〈일레인〉, 소피 앤더슨, 1870년)

병거에서 내린 두 형제는 / 그녀를 검은 갑판 위에 눕히고,
그녀의 손에 백합 한 송이를 쥐이고
땋은 머리 장식을 새긴 비단 주머니를 걸고,
그녀의 차분한 이마에 입을 맞추며 인사했다.
"자매여, 영원히 안녕." / "안녕, 사랑하는 자매여."
그들은 그렇게 눈물로 헤어졌다.
이윽고 벙어리 늙은 하인이 일어나 노를 저었고
시신은 배에 실려 위쪽으로 나아갔다.

앤이 크리스마스 발표회 때 출연한 대화극 〈요정 여왕〉도 영국 시인
에드먼드 스펜서의 서사시를 각색한 것이다(1권). 요정 나라의 글로리아

베르길리우스가 단테에게 지옥을 안내하는 장면
(〈지옥의 단테와 베르길리우스〉, 들라크루아, 1822년)

나는 여왕이 12일 동안 연 축제에서 12가지 덕목을 완수하는 기사 12인의 모험담을 담았다. 글로리아나는 당시 영국 여왕이었던 엘리자베스 1세를 형상화한 것이다. 이 작품은 12권으로 완결될 예정이었으나 스펜서가 갑작스럽게 사망하면서 7권까지만 출판되었다.

앤은 에이번리 학교의 교사로 일할 때 틈틈이 베르길리우스의 시를 독학한다(2권). 베르길리우스는 '시성'(詩聖)으로 추앙받았던 고대 로마의 시인이다. 대표작으로 트로이 함락 후 아이네이아스가 이탈리아에서 로마의 기초를 이룰 때까지의 과정을 노래한 〈아이네이스〉가 있다. 그의 서사시는 문체, 구성, 운율 면에서 후대에 큰 영향을 끼쳤다. 특히 단테의 『신곡』에서는 저승의 여정을 이끄는 인도자로 등장하는데, 이는 그가 문학가들에게 바른길을 알려주는 스승으로 인정받았음을 의미한다.

"이게 바로 '끝이 좋으면 다 좋다'는 게 아니고 뭐겠니?"

　한바탕 소동을 치른 뒤 원하던 접시를 손에 넣은 앤이 다이애나에게
한 말이다(2권). 〈끝이 좋으면 다 좋다〉는 영국의 극작가 윌리엄 셰익스
피어의 희곡 제목이다. 백작의 아들 버트람을 사랑하는 헬레나가 온갖
오해와 역경을 이겨내고 마침내 사랑을 이룬다는 내용이다.

　이처럼 빨간 머리 앤 시리즈에는 희곡의 제목이나 대사, 등장인물의
이름이 자주 등장한다. 그중에서도 가장 많이 언급되는 것은 셰익스피어
의 작품들이다. 〈오셀로〉, 〈맥베스〉, 〈십이야〉, 〈줄리어스 시저〉 등에서
인용한 표현이 등장인물의 말과 사건 설명 속에 녹아 있다. 앤은 레드먼

〈리어왕과 코델리아〉(벤저민 웨스트, 1793년)

드 대학으로 공부하러 가기 전 에이번리 마을 개선협회가 열어준 송별회에서 셰익스피어의 희곡집을 선물로 받기도 했다.

초록지붕집에 온 날, 마릴라가 이름을 묻자 앤은 자기를 '코델리아'(Cordelia)로 불러달라고 부탁하는데, 코델리아에는 '심장', '바다의 보석'이라는 뜻도 있지만 셰익스피어의 희곡에 관심이 있다면 〈리어왕〉을 떠올릴 것이다. 리어왕이 가장 아끼는 막내딸 이름이기 때문이다.

앤은 서머사이드 고등학교 교장으로 일할 때 연극부를 만들고 마을회관에서 공연한다(4권). 이때 주인공 메리 여왕 역은 가난하지만 열정과 재능이 있는 소피에게 돌아간다. 공연은 대성공을 거두었고 소피는 훗날 유명 배우로 성장한다. 학생들이 공연한 연극의 등장인물인 스코틀랜

〈형장으로 향하는 메리 여왕〉(윌리엄 가디너, 1870년)

드의 메리 여왕은 문학작품이나 음악, 영화, 뮤지컬 등에 자주 등장한다. 그녀는 태어나자마자 왕위에 올랐고 자라서는 프랑스 왕비가 되었다. 남편인 프랑수아 2세가 요절한 뒤 고국으로 돌아왔다가 권력 다툼에서 패해 잉글랜드로 망명했으며, 결국 반역에 연루되어 처형당했다. 메리 여왕의 삶을 다룬 작품으로 독일 극작가 프리드리히 실러의 희곡 〈마리아 슈투아르트〉를 꼽을 수 있다.

✱ 풍부한 정서를 담아낸 서정시

앤의 낭만적인 성향과 풍부한 감수성은 시를 좋아하는 것과 관련이 깊다. 앤은 초록지붕집에 오기 전부터 시를 많이 외우고 있었으며, 시 짓기와 낭송에도 뛰어난 재능을 보였다. 이는 십 대 때부터 지역 신문에 시를 발표하기 시작해 평생 500편의 시를 남긴 몽고메리를 떠올리게 한다.

　빨간 머리 앤 시리즈에서는 등장인물의 말, 작가의 묘사, 장 제목에 이르기까지 수많은 시구절을 곳곳에서 찾아볼 수 있다. 앤은 길버트에게 보내는 편지에서 저녁노을이 지는 항구의 모습을 "쓸쓸한 요정 나라"에 비유했는데(4권), 이는 존 키츠의 시 〈나이팅게일에게 부침〉에 나온 표현이다. 키츠는 고든 바이런, 퍼시 셸리와 함께 영국 낭만주의를 대표하는 시인이다. 〈나이팅게일에게 부침〉은 시적 상상력의 세계를 잘 보여주는 작품으로 평가받고 있다. 작품 속 앤의 성향은 꿈과 공상의 세계를 동경하고 감상을 중요하게 여기는 낭만주의의 영향을 받은 것으로 보인다.

　앤은 레드먼드 대학에서 공부할 때 방학 동안 섬의 동쪽 밸리로드에서 임시 교사로 일한 적이 있다. 당시 하숙집 침대 머리맡에는 침울한 얼굴로 자신이 사랑했던 하이랜드 메리의 무덤을 찾아간 로버트 번스의 그림이 걸려 있었다(3권). 번스는 잉글랜드 고전 양식에서 벗어나 스코틀랜드 방언으로 서민의 소박하고 순수한 감정을 노래한 영국 시인이다. 5권에서 짐 선장이 앤과 마지막으로 만났을 때 인용한 노래 〈올드 랭 사인〉(*Auld Lang Syne*)의 작사자이기도 하다. 번스는 1788년에 어떤 노인이

W. J. 니트비가 〈나이팅게일에게 부침〉을 묘사한 그림(1899년)

〈서재에서 롱펠로〉(새뮤얼 홀리어, 1881년)

부르던 노래를 채록한 뒤 그것을 토대로 이 시를 지었다고 한다. 번스의 시에 윌리엄 쉴드가 곡을 붙여 만든 이 노래는 묵은해를 보내고 새해를 맞이하는 축가로 널리 불린다. 우리나라에는 〈작별〉, 〈석별의 정〉, 〈이별의 노래〉 등의 제목으로 알려졌으며, 대한제국과 일제강점기 때 애국가의 곡조로 쓰이기도 했다.

19세기 미국의 대표적인 시인으로 손꼽히는 헨리 워즈워스 롱펠로의 작품도 빨간 머리 앤 시리즈에서 자주 볼 수 있다. 특히 1권 31장('시내와 강이 만나는 곳')과 37장('죽음이라는 이름의 추수꾼')은 제목부터가 롱펠로의 시에서 따온 것이다. 아이를 잃은 앤에게 짐 선장이 롱펠로의 시 〈체념〉의 한 구절을 인용하면서 위로하기도 한다(5권). 낭만파에 속하는 롱펠로의 작품은 낙천적이고 이상적이기 때문에 앤의 성향과 잘 들어맞는다. 롱펠로는 탁월한 서정시를 남긴 것 외에도 유럽의 고전을 번역하여 미국 대중에게 소개한 공로를 인정받고 있다.

〈올드 랭 사인〉을 묘사한 그림(존 메이시 라이트와 에드워드 스크리븐, 1841년경)

✱ 수업 시간에 몰래 읽던 소설

앤은 어렸을 때부터 소설이 주는 꿈의 매력에 푹 빠져 있었다. 수업 시간에는 소설을 읽다가 선생님께 들키기도 했다(1권). 선생님이 가까이 오는 것도 모르고 빠져든 책은 미국 소설가 루 월리스의 『벤허』였다. 유대인 청년 벤허의 운명을 방대한 이야기로 엮어낸 이 소설은 치밀하고도 생생한 묘사와 박진감 넘치는 사건 전개로 큰 인기를 끌었으며, 1880년 출간된 뒤 50년 넘게 베스트셀러 자리를 지켰다. 당시에는 소설이 오락으로 간주되었고, 교훈을 주기는커녕 문제를 일으킬 소지가 많다고 비판받았다. 그래서 고지식한 마릴라는 앤이 소설책을 너무 많이 읽는다며 핀잔을 주었다(1권). 하지만 역사적 사건과 종교적 교훈이 충실하게 담긴 『벤허』는 소설이 독자에게 재미를 줄 뿐만 아니라 교육에도 유익하다는 사실을 입증했다. 『벤허』는 연극과 영화로 제작되어 수천만 명의

무성영화 《벤허》(프레드 니블로 감독, 1925년)의 전차 경주 장면

존 테니얼이 그린 『거울 나라의 앨리스』 초판(1871년) 그림 중 〈바다코끼리와 목수〉

관객을 모았고, 성경을 배경으로 삼은 다른 작품에도 큰 영향을 끼쳤다.

몽고메리는 특정 인물이나 상황을 설명할 때 소설 속 장면 혹은 등장 인물을 종종 언급한다. 자주 인용되는 작품은 영국의 루이스 캐럴과 찰스 디킨스의 소설이다. 루이스 캐럴은 초현실적 동화를 발표하여 동화의 새 국면을 연 소설가다. 공상을 좋아하고 어렸을 때부터 상상의 친구를 만들어냈던 앤과 일맥상통한다. 찰스 디킨스는 사회 풍자와 일상의 애환을 그린 소설로 명성을 얻었으며, 주요 작품으로는 『크리스마스 캐럴』, 『올리버 트위스트』 등이 있다. 도덕성을 중요하게 여기는 마릴라는 캐럴의 『이상한 나라의 앨리스』에 등장하는 공작부인에 비유된다(1권). 앤은 길버트에게 편지를 쓸 때 캐럴의 『거울 나라의 앨리스』에 나온 구절을 인용한다. 2권과 3권에서는 디킨스가 『리틀 도릿』에서 의젓하고 신중한 인물을 묘사할 때 사용한 '점잔 빼는'이라는 표현이 등장한다. 또한 앤은 어떤 행동을 설명할 때 디킨스의 『마틴 처즐윗』에 나온 마크 태플리와 『데이비드 코퍼필드』의 등장인물 유라이어 히프를 예로 든다.

앞면지 Library and Archives Canada, public domain

468쪽 Sophie Gengembre Anderson, public domain

469쪽 Eugène Delacroix, public domain

470쪽 Benjamin West, Folger Shakespeare Library Digital Image Collection,
CC-BY-SA-4.0

471쪽 William Nelson Gardiner, public domain

473쪽 W. J. Neatby, public domain

474쪽 Samuel Hollyer, public domain

475쪽 John Masey Wright, public domain

476쪽 public domain

477쪽 John Tenniel, public domain

그린이 유보라

대학에서 애니메이션과 만화를 공부했다. 현재 일러스트레이터이자 문구 디자이너로 바쁘게 활동하고 있다. 특히 어릴 적 누군가 찍어 주었던 사진 속 아이처럼 마냥 행복했던 그 순간을 사람들에게 전하고 있다.

옮긴이 오수원

대학과 대학원에서 영어영문학을 공부하고 현재 파주 출판도시에서 동료 번역가들과 '번역인'이라는 작업실을 꾸려 활동하고 있다. 철학, 역사, 예술, 문화 관련 양서를 우리말로 맛깔나게 옮기는 것이 꿈이다. 총 8권에 이르는 빨간 머리 앤 전집을 번역하면서 작가 몽고메리가 펼쳐놓은 인간의 우정과 신의, 자연과 영성에 대한 섬세한 감성, 상실에 대한 쓰라린 통찰을 독자에게 전하려 했다.

빨간 머리 앤 전집 4

바람 부는 포플러나무집의 앤

1판 1쇄 발행 2023년 6월 14일

발행인 박명곤 **CEO** 박지성 **CFO** 김영은
기획편집 채대광, 김준원, 박일귀, 이승미, 이은빈, 이지은, 성도원
디자인 구경표, 임지선
마케팅 임우열, 김은지, 이호, 최고은
펴낸곳 (주)현대지성
출판등록 제406-2014-000124호
전화 070-7791-2136 **팩스** 0303-3444-2136
주소 서울시 강서구 마곡중앙6로 40, 장흥빌딩 10층
홈페이지 www.hdjisung.com **이메일** main@hdjisung.com
제작처 영신사

© 현대지성 2023

"Inspiring Contents"
현대지성은 여러분의 의견 하나하나를 소중히 받고 있습니다.
원고 투고, 오탈자 제보, 제휴 제안은 main@hdjisung.com으로 보내 주세요.